LE CŒUR À L'ENVERS

DU MÊME AUTEUR

L'Orchidée, Éditions Bénévent, 2009
Fleur et Lola, Pygmalion, 2010
Ce mec et moi ? Tu rêves !, Pygmalion, 2011
Marre de compter pour des prunes, Pygmalion, 2012
Trois dames de cœur et atout pique, Pygmalion, 2013
Le Silence d'Amarine, Pygmalion, 2014
Place des Tilleuls, Pygmalion, 2015
Quatre auteurs à la plage, collectif, département de Seine-Maritime, 2015
À l'ombre du bonheur, Incartade(s), 2017
Quand le temps s'arrêtera, De Borée, 2018
Demain, peut-être, De Borée, 2019
Toutes les dernières fois, Éditions du 123, 2020
Il est temps d'aimer, Éditions du 123, 2021
La pluie attendra, Éditions du 123, 2022

Carole Duplessy-Rousée

LE CŒUR À L'ENVERS

Roman

TERRES DE FRANCE

Les Presses de la Cité

92, avenue de France – 75013 Paris
ISBN 978-2-258-20095-1
Dépôt légal : février 2023

À Julie-Thérèse Demougeot,
qui prépare de délicieuses cerises à l'eau-de-vie

À Patricia His, Pascal Demougeot, Sandrine
et Pascal Castel, Bénédicte Pinot,
Éric Yastremsky, dit Le Tsar,
qui dégustent ces cerises avec bonheur

À Rodolphe Bourel, mon ami

À mon cousin Franck Duplessy
et à mon neveu Maxime Delacour,
en souvenir de parties de pêche aux têtards…

1

Le carillon retentit et la porte s'ouvrit. Maud releva la tête puis rajusta ses lunettes tombées sur le bout de son nez. Elle reconnut Amaury, et son visage se fendit d'un large sourire.

— Ah ! s'exclama-t-elle en se levant. Mon grand frère préféré !

— Espèce de chipie ! Je n'ai aucun mal à être ton grand frère préféré puisque tu n'en as qu'un. J'avais envie de t'embrasser et de bavarder avec toi.

Il ouvrit les bras et elle se jeta contre lui avant de lui claquer deux bises sur les joues. Sa barbe de trois jours la chatouilla et elle réprima un frisson. Elle se recula pour le contempler. Avec ses cheveux bruns parsemés de fils gris lui tombant sur la nuque, son teint mat, ses yeux noisette et son visage joliment dessiné, Amaury était toujours aussi séduisant. Comme si les années n'avaient pas de prise sur lui, il avait une allure de jeune homme.

— Quel beau gosse !

— Je te retourne le compliment. Enfin, façon de parler… Tu es très élégante. Jean, chemise blanche, veste noire, ça te va à ravir. Montre un peu.

Il attrapa sa sœur par la main et la fit tourner sur elle-même.

— Mon Dieu, quelle silhouette !

Comme lui, Maud était brune aux yeux noisette, mais son teint était plus clair et ses pommettes bien roses quand elle était troublée, ou tout simplement heureuse.

— Les affaires marchent ? demanda-t-il en regardant son bureau sur lequel s'entassaient des classeurs.

— Je ne me plains pas. L'immobilier, ça va, ça vient. La semaine a été calme mais j'ai fait une bonne vente il y a quinze jours, alors…

— Alors, tout baigne !

Installée sur le boulevard Heurteloup, un quartier de Tours très fréquenté non loin de la mairie, la petite agence immobilière de Maud tournait bien. La clientèle ne manquait pas et était variée – étudiants à la recherche de studios dans le centre-ville, jeunes couples désireux de s'installer à deux, familles nombreuses ou sur le point de s'agrandir, en quête d'une maison avec jardin… Heureusement, Maud avait une gamme de produits suffisamment étendue pour satisfaire tous les goûts et répondre à toutes les attentes, que ce soit en ville, dans l'agglomération ou à la campagne.

— Et ma délicieuse nièce, comment va-t-elle ? reprit Amaury.

— Julia ?

— Ben oui, Julia ! À moins que tu aies une autre fille ? Je te rappelle que tu as déjà eu celle-ci toute seule, ce qui avait fait grand bruit dans la famille. Pense à maman. Cette fois, ce serait la crise cardiaque !

Maud éclata de rire. Sa mère avait eu du mal à digérer cette enfant dont elle avait prétexté ne pas connaître le père... ou plutôt ne pas savoir lequel de ses amants était l'heureux géniteur.

— Maman a avalé ça depuis longtemps et elle ne craint rien. Et puis, à mon âge, je ne risque plus rien. La machine à bébés est désormais hors service.

— T'es sûre ?

— Je l'espère ! Mais arrête de grimacer, tu me fiches la trouille.

— Prends tes précautions, tout de même, au cas où...

— Toi aussi, tu pourrais être papa. Les hommes ont de la chance, il n'y a pas de limite pour eux.

— C'est vrai, mais tu m'imagines papa ? Avoir un premier enfant à mon âge...

Maud haussa les épaules et sourit. Pourquoi pas ? Amaury, qui menait une vie de patachon, ne s'était jamais fixé avec aucune femme, mais il suffisait de faire la bonne rencontre au bon moment.

— Bon, trêve de plaisanterie, dit-il en s'asseyant dans un fauteuil. Julia, comment va-t-elle ?

— Bien.

— Vraiment bien ?

Maud s'approcha de son frère et posa une main sur son épaule, touchée de le voir s'inquiéter pour sa nièce. Julia avait été une enfant vivante, espiègle, mais facile à élever. Les problèmes étaient apparus à l'adolescence. Pas une semaine sans qu'un enseignant lui donne une heure de retenue ou mette un mot dans le carnet de correspondance. Les années collège avaient été épuisantes pour Maud. Amaury n'avait rien oublié de cette époque. S'il s'était abstenu de donner des conseils à sa sœur, il lui avait toujours prêté une oreille attentive. Pour amadouer Julia, Maud avait tout testé. Elle avait tour à tour sévi, lâché du lest, tenté de parlementer. Sans succès. Sa fille était devenue rebelle, séchant les cours, sortant le soir en cachette… Maud avait souvent retrouvé son lit vide et à chaque fois elle avait appelé Amaury au secours. Ensemble, ils parcouraient les rues de Tours dans l'espoir de mettre la main sur la gamine.

Au lycée, la crise s'était calmée, jusqu'en terminale lorsqu'il avait fallu choisir une filière après le bac. Rien n'intéressait Julia, qui n'était pas prête à construire son avenir. Hélas, le système français ne permet pas de déroger à la règle, il faut décider de son orientation avant même de passer l'examen. En désespoir de cause, la jeune fille avait opté pour des études de droit. Elle serait avocate et ne défendrait que des innocents ou des causes perdues. Après un master à la faculté de Tours, Julia avait réussi un concours lui permettant d'entrer dans un centre régional de formation professionnelle d'avocats. Tout avait basculé trois mois plus tôt, alors qu'elle effectuait un stage dans un cabinet. Un soir, elle était rentrée hors d'elle, à la fois en colère et défigurée par le chagrin, hurlant qu'elle plaquait tout. L'avocat qui l'employait avait été sollicité pour défendre une victime d'agression sexuelle. Il avait reçu la plaignante en présence de Julia qui prenait des notes dans un coin du bureau, l'avait écoutée raconter son histoire puis lui avait expliqué la procédure, avant de la raccompagner à la porte. À peine était-elle sortie qu'il s'était mis à déblatérer sur « les femmes qui se posent toujours en martyres alors qu'elles l'ont bien cherché ! ». Pendant quelques secondes, Julia était demeurée interdite. Avait-elle bien compris ? Comme s'il avait lu dans ses pensées, l'avocat avait insisté : « Il faut bien l'avouer, les femmes aiment séduire. Elles nous allument, puis elles crient au viol ! » Outrée, Julia était partie en claquant la porte. Maud avait écouté sa fille sans l'interrompre puis lui avait vivement recommandé de chercher un stage ailleurs. Tous les hommes ne sont heureusement pas des mufles, elle n'avait pas eu de chance, c'est tout. Mais Julia s'était entêtée, elle ne chercherait pas d'autre cabinet. C'était fini, avait-elle juré.

Comme Maud, Amaury avait été sidéré par ce revirement. S'il se tracassait pour sa nièce, il se faisait aussi du souci pour sa sœur. À quarante-cinq ans, Maud avait besoin de souffler.

— Oui, ça va. Ne te torture pas pour Julia. Elle passe ses journées au domaine, entre mamie Hortense et le contremaître. Quand elle vient ici, elle me parle de fleurs, de fruits, de l'odeur de la terre après la pluie. Elle respire et moi aussi.

— D'accord, mais toutes ces années d'études pour en arriver là… Ce n'est plus une gamine. Elle doit aller au bout. Rappelle-lui qu'elle ne sait rien faire de ses mains.

— Il faut la laisser aller là où elle veut.

— Aller là où elle veut ? Mais le sait-elle seulement ?

— Tu crois qu'elle n'en est pas consciente ?

— Si, évidemment. Mais…

— Tu aurais admis, toi, à vingt-deux ans, que maman te dicte ce que tu devais faire ?

— Non, c'est vrai. Mais je ne voulais pas bosser au domaine. Je voulais partir, monter mon commerce d'antiquités.

— Ce que tu as fait.

Amaury acquiesça. Il avait ouvert une première boutique vingt ans plus tôt à Montlouis-sur-Loire, et une autre plus récemment dans le centre de Tours. Son affaire marchait bien. Il avait deux employés, ce qui lui laissait du temps pour chiner à droite, à gauche, rencontrer des particuliers désireux de se séparer d'un objet. Il adorait cet aspect de son activité : dénicher la pièce rare, la négocier, la remettre en état si nécessaire. À partir du moment où elle était prête pour la vente, elle l'intéressait moins.

— Bon, si notre Julia va bien, ça me va, conclut-il. Au moins, au domaine, on sait avec qui elle est !

Maud fronça les sourcils. Amaury avait la fâcheuse manie de vouloir garder un œil sur sa nièce. C'était à la fois rassurant et un peu agaçant de la part de quelqu'un qui avait toujours été très indépendant. Comme son frère, Maud revendiquait sa liberté, mais contrairement à lui elle avait compris qu'elle devait lâcher la bride. Elle n'allait pas suivre sa fille pas à pas.

— Oui, je sais, je t'énerve ! dit Amaury, percevant la contrariété de sa sœur. Il faut bien qu'on les guide, ces jeunes.

— Si elle se trompe, elle apprendra de ses erreurs. Comme nous l'avons fait tous les deux.

— Mais, enfin, tu ne vas pas la laisser s'enterrer au domaine entre deux abricotiers !

— Pourquoi pas ? Mamie Hortense dit que Julia se plaît dans cet environnement. Peut-être qu'elle reprendra les rênes du domaine.

— N'importe quoi ! Ça va durer quelques mois et elle se lassera. Elle a entrepris de belles études, elle ne va pas se tuer à récolter trois cerises et deux pêches !

— Tu es injuste, Amaury. Ces fruits ont nourri

la famille pendant des années. Toi et moi, nous n'avons pas voulu nous investir sur l'exploitation, d'accord. Tu as choisi la brocante, moi l'immobilier, mais Julia préfère peut-être les fruits au droit !

Amaury se renfrogna. Pourvu que ce ne soit pas le cas, songea-t-il, et que Julia se détourne vite du travail de la terre, qu'elle renoue avec ses ambitions premières. Elle n'avait qu'à chercher un autre stage. Tout se passerait mieux et elle oublierait le premier. Il en était convaincu.

— Un avocat gagne mieux sa vie qu'un arboriculteur ! maugréa-t-il. Surtout, il n'est pas soumis aux aléas climatiques.

Maud haussa les épaules sans rien ajouter. Amaury se retourna, faisant mine d'observer la plante verte que sa sœur avait posée devant la vitrine afin d'égayer l'agence. Ils n'avaient certes jamais manqué de rien, mais il se souvenait d'années noires au domaine, de récoltes fichues à cause du mauvais temps. On ne peut jamais savoir de quoi sera fait le lendemain. Plus d'une fois, il avait vu sa mère la tête dans les mains, devant un cahier de comptes. Quand les fruits sont arrivés à maturité, il suffit d'un orage de grêle pour ravager des dizaines d'arbres et mettre en péril la survie de plusieurs familles…

— Est-ce que tu viendras à la maison pour le week-end de Pâques ? demanda Maud pour changer de sujet.

Amaury sourit. La maison... Ils n'y habitaient plus depuis des années mais c'était toujours chez eux. S'il n'avait jamais voulu y travailler, il adorait néanmoins la Dame blanche et pour rien au monde il n'y aurait manqué une réunion du clan. Située entre Tours et Loches, au bord d'un bras de l'Indre, entourée de vergers, la demeure était la propriété des Châtillon depuis plus d'un siècle. Y revenir était toujours un bonheur.

— Bien sûr que je serai là !

— Alors, tu verras Julia. Parle-lui, écoute-la. Si elle te semble heureuse, laisse-la se reconstruire entre « trois cerises et deux pêches », comme tu dis.

— D'accord.

— Ah, encore une chose, elle a rendu son studio à Tours.

— Elle s'est installée définitivement à la Dame blanche ?

— Oui ! Avec mamie Hortense et le reste de la tribu.

Amaury leva les bras au ciel. C'était pire qu'il ne l'avait imaginé. Si Julia vivait à temps plein au domaine, si elle avait coupé les ponts avec son existence tourangelle, ce serait difficile de la convaincre de revenir à ses études. À coup sûr, mamie Hortense y était pour quelque chose. Il plongea les yeux dans ceux de sa sœur. Elle pensait la même chose que lui mais n'en semblait pas affectée. Au contraire ! Son regard souriait comme si elle s'amusait de la situation.

— Ah, les femmes Châtillon ! soupira-t-il. Je crois que c'est à cause de vous que je suis resté célibataire !

Maud lui fit un clin d'œil et il éclata de rire.

2

— Votre café, madame Châtillon, dit Claudine en déposant un plateau devant Hortense. Bonne fin de journée et à demain.

— Merci, Claudine. À demain.

Hortense leva la main et agita les doigts vers son employée de maison, une femme dévouée qu'elle avait recrutée une trentaine d'années plus tôt. Claudine venait chaque jour. Elle arrivait à 9 heures tapantes et repartait à 17 heures. Sa principale mission était la préparation des repas, Hortense n'ayant jamais aimé cuisiner. En dehors de cette activité, Claudine s'occupait du ménage et du repassage. Malgré un léger embonpoint, elle était alerte et efficace. Et toujours de bonne humeur. Une qualité qu'Hortense appréciait plus que tout. Si elle détestait rester devant un fourneau à surveiller une casserole, elle retrouvait volontiers Claudine à la cuisine, qui lui rapportait les potins du village en épluchant les légumes, avec souvent une petite note d'humour ou d'ironie qui amusait beaucoup Hortense.

Elle but une première gorgée de café. Elle n'avait pas vu l'après-midi filer. Assise dans un grand fauteuil de rotin rembourré d'un épais coussin, elle avait lu deux chapitres d'un roman puis laissé son esprit vagabonder au rythme de la brise qui faisait chanter le feuillage des arbres. La terrasse donnait plein sud et dominait le jardin qui descendait jusqu'à l'Indre. Presque cachée entre deux saules pleureurs, une passerelle de bois permettait de franchir le cours d'eau. Sur la rive opposée, un talus protégeait les vergers des débordements de la petite rivière qui pouvait se transformer en monstre incontrôlable après un orage. Derrière s'étendaient des hectares de pommiers, de cognassiers et de poiriers, les plus anciens arbres de l'exploitation. L'or de la Dame blanche de Châtillon… Il y avait également des pruniers, des cerisiers, des pêchers, ainsi que des abricotiers plantés récemment afin de diversifier la production. L'ensemble formait une vaste étendue fleurie et odorante au printemps. Une atmosphère paisible, propice à la rêverie.

Avec un brin de mélancolie, Hortense ne put s'empêcher de songer à l'époque où elle avait encore la force de parcourir le verger du matin au soir pour inspecter un à un chaque tronc, chaque branchage, et vérifier si la terre était assez humide. Une époque révolue. Si son grand âge lui permettait toujours de faire quelques promenades à l'ombre des fruitiers, elle ne pouvait plus arpenter les allées pendant des heures.

Elle fronça les sourcils, avala une gorgée de café et alluma une cigarette pour oublier cet accès de nostalgie. À ses pieds, les chiens remuèrent. Oxford, la femelle Cavalier King Charles, se redressa sur ses pattes avant, jeta un coup d'œil circulaire avant de se laisser retomber sur Carlo, le mâtin de Naples, qui soupira, ouvrit les yeux, regarda sa maîtresse et s'étira avant de se rendormir. Tout allait bien, la meute pouvait siester tranquillement. Hortense sourit et tira une bouffée.

— Je croyais que tu avais promis à ton médecin que tu arrêterais de fumer, murmura une voix derrière elle.

Elle se retourna, fit un clin d'œil à son fils.

— C'était pour lui faire plaisir. Il est gentil et je ne veux pas le contrarier ! Mais ne t'inquiète pas, il n'est pas dupe. Il se doute bien que je n'ai pas renoncé à mon plaisir de griller une blonde.

Jacques éclata de rire et approcha une chaise pour s'asseoir près de sa mère. Il l'avait toujours trouvée déraisonnable de fumer, mais il ne voyait pas pourquoi le médecin s'obstinait à lui recommander l'arrêt du tabac à l'aube de ses quatre-vingt-dix printemps. Elle n'avait jamais obéi à quiconque, il aurait été surprenant qu'elle capitule face au praticien. Malgré les années, Hortense était restée une femme de caractère. Quelqu'un à qui on ne dictait pas sa conduite. Elle avait toujours mené sa barque comme elle l'entendait, contre vents et marées, ce qui la rendait unique et attachante. Un peu agaçante aussi, parce que têtue.

— Je ne m'inquiète pas, dit Jacques après un court silence. Tu roules ton docteur dans la farine et il fait semblant de te croire. Votre relation est très drôle. Le jour où tu te soumettras, je serai en droit de m'affoler.

Hortense tira une dernière bouffée avant d'écraser son mégot dans le cendrier de porcelaine et posa les yeux sur Jacques. Sur les quatre enfants qu'elle avait mis au monde, elle n'avait plus que lui et Benoît. Mais Benoît était comme effacé, et depuis longtemps déjà. Louis, Jacques, Benoît, Sylvain... Une si jolie famille, qu'elle avait presque construite toute seule, quatre beaux garçons dont elle était fière. Mais une tribu fauchée par un drame qui avait emporté Sylvain, le jumeau de Benoît des décennies plus tôt. Un événement dont elle ne parlait jamais et sur lequel elle ne voulait pas s'arrêter car la blessure n'avait jamais cicatrisé. Elle aurait voulu ne plus y penser, c'était impossible.

Louis, le père d'Amaury et de Maud, était mort foudroyé par une crise cardiaque la veille des soixante-cinq ans d'Hortense. Il avait été son bras droit dans les affaires, dirigeant d'une main de fer le domaine arboricole qui l'avait vu naître et grandir. Lorsqu'il s'était marié, Isabelle, sa jeune épouse, était venue habiter à la Dame blanche. À la mort de Louis, elle était restée aux côtés d'Hortense. Elle n'était pas douée pour planter, tailler ou cueillir, mais c'était une excellente comptable. Elle s'était adaptée à l'informatique et savait très exactement quand on pouvait dénouer les cordons de la bourse ou quand il fallait se serrer la ceinture. Si Victor, le contremaître, réclamait du matériel, Isabelle consultait son ordinateur et donnait son feu vert, ou pas. Hortense n'était jamais parvenue à tisser des liens très intimes avec sa belle-fille qu'elle jugeait trop sage, trop sérieuse, mais elle lui reconnaissait de grandes qualités et la respectait.

Jacques était revenu au domaine peu après la disparition de Louis. Il avait quitté les ordres sans explication. Pour être avec sa mère ? Hortense en doutait. Si Jacques avait abandonné le service de Dieu, c'était sans doute pour un motif plus profond. Elle s'était demandé si c'était pour une femme. Mais son fils ne lui ayant jamais présenté quiconque, elle s'était dit qu'il en avait peut-être eu assez des prières non entendues... Et comme elle n'avait jamais été très pieuse, elle s'était réjouie de ce changement de cap. Quand Jacques lui avait annoncé son intention d'entrer au séminaire, elle n'avait pas apprécié qu'un de ses enfants voue son existence à l'Église mais elle l'avait laissé faire. Elle n'avait jamais commandé ses fils, elle-même ayant toujours détesté qu'on la dirige. Ses enfants étaient la meilleure preuve de son insoumission. Elle ne s'était jamais mariée, avait eu Louis très jeune avec son premier amoureux, Jacques avec un autre,

Benoît et Sylvain, les jumeaux, avec un troisième. Des hommes qu'elle avait aimés. Jamais épousés. Et quittés dès qu'elle avait su qu'elle était enceinte. Être mère, elle l'avait toujours voulu. Être femme aussi, mais jamais « la femme de… ». Elle tenait trop à sa liberté. Elle avait élevé seule ses quatre fils, et aujourd'hui, elle se retrouvait à la tête de toute la famille. « Tel un patriarche », comme disait Julia, l'aînée de ses arrière-petits-enfants. Un rayon de soleil, cette gamine qui égayait ses journées. Elle était comme une promesse. La promesse que le domaine aurait un lendemain.

— Que fait Benoît ? demanda Jacques. Il y a des heures que je ne l'ai pas vu.

— Il est dans le bureau. Il fait les comptes.

— Les comptes ? Et tu le laisses faire ? Comment pourrait-il gérer le domaine alors qu'il n'a pas toute sa tête ?

— Ne t'inquiète pas. Je lui ai confié un vieux cahier. Il doit plancher sur des chiffres qui ont plus de trente ans. Ça l'occupe. Pendant ce temps, il ne fait pas de…

Hortense préféra se taire. Enfant, Benoît avait perdu son jumeau lors d'un terrible accident, et elle, avait perdu un fils. Le drame de sa vie. Une mort qu'elle avait appris à accepter pour aller de l'avant, ne pas craquer, ne pas s'effondrer. Comme toute la famille, Benoît avait été ébranlé, choqué. Durant des mois, il avait même cessé de parler. Puis il s'était redressé et était revenu à la vie. Adulte, il s'était marié et avait eu un fils : Léopold. Le passé n'était pas oublié mais admis. La malchance s'était hélas acharnée sur Benoît. Son épouse s'était suicidée après une fausse couche. Une nouvelle tragédie dont il ne s'était jamais remis. Il avait sombré dans une sorte de folie douce qui le protégeait de la souffrance mais le rongeait irrémédiablement. Léopold avait été élevé par Hortense. Elle avait su compenser l'absence de sa mère et celle, très particulière, de son père. Léopold semblait échapper au malheur. Il avait une femme avec laquelle il s'entendait bien et deux beaux garçons. Le mauvais sort était conjuré.

— Maman, tu as pensé à ce que Benoît deviendra quand tu...

Jacques se tut, regrettant d'avoir osé évoquer ce moment où Hortense partirait. Elle le rassura d'un sourire.

— Quand je serai morte ? dit-elle. Je ne me tracasse pas puisque tu es là.

Il sourit à son tour. Sa mère avait toujours été douée pour se débarrasser de certains soucis. Elle ne s'encombrait jamais de problèmes auxquels elle n'avait pas la solution. Elle comptait sur les siens.

— Ah ! Voilà Julia ! s'exclama Hortense en se redressant dans son fauteuil.

Elle se pencha un peu en avant pour observer son arrière-petite-fille, qui franchissait la passerelle de bois, accompagnée du contremaître. Celui-ci obliqua à droite, vers un des bâtiments où était entreposé le matériel agricole. Julia fonça droit vers la maison, grimpa rapidement les quelques marches qui menaient à la terrasse. La petite Oxford se mit à japper tandis que Carlo s'étirait puis se recouchait aux pieds de sa maîtresse. Julia ôta son chapeau de paille et leva ses bras vers le ciel.

— Je suis cassée ! s'écria-t-elle en se laissant tomber sur une chaise. Cassée, mais contente. J'ai passé la journée à transporter l'échelle d'arbre en arbre, à monter, à descendre. J'ai appris plein de trucs. Victor est un super professeur.

— Et c'est quoi, ces trucs ? demanda Jacques.

— On a inspecté les feuillages et les fleurs. On a parlé du goût des fruits. De la météo qui peut rendre une pomme un peu plus sucrée d'une année sur l'autre. C'était génial !

Jacques hocha la tête, amusé. Sa petite-nièce ressemblait à une gamine lorsqu'elle s'extasiait. Hortense était visiblement sous le charme. Elle buvait ses paroles, ouvrant de grands yeux comme pour mieux détailler la jeune femme.

— Demain matin, j'irai voir Claudine, reprit Julia. Je suis certaine qu'elle a quelques bonnes recettes de confitures à me donner.

— Tu comptes faire des confitures ? Les fruits ne sont pas encore mûrs, se moqua gentiment Hortense.

— Justement, j'ai besoin de temps pour réfléchir.

— Réfléchir à quoi ?

— À des idées de confitures…

Jacques rit intérieurement. Après quelques années

de droit, Julia semblait désireuse de s'offrir de longues vacances. Il se demanda combien de temps allait durer cette pause. Même si Julia avait besoin de faire un break, comme elle le prétendait, il ne fallait pas qu'elle reste trop longtemps sans se pencher sur son avenir. Que ferait-elle, si elle ne devenait pas avocate comme elle l'avait longtemps souhaité ?

— Des idées de confitures ? répéta Hortense après un long silence. Dis-moi ce qui te trotte dans la tête. Il ne s'agit pas seulement de faire un peu de cuisine, n'est-ce pas ?

Le regard de Julia s'éclaira davantage, ses prunelles pétillèrent et sa bouche se fendit d'un large sourire.

— Tu devines toujours tout, grand-mamie ! Victor m'a expliqué le tri des fruits une fois cueillis. Seuls les plus beaux partent à la vente. Les autres, vous les mangez ou vous les donnez. Les ouvriers embauchés pour la récolte en emportent chez eux mais il y en a toujours de perdus. C'est dommage. Je me disais que je pourrais me lancer dans la transformation de ces fruits. Faire des confitures, par exemple.

— Alors, tu as raison de te rapprocher de Claudine. Chaque année, elle nous prépare quelques pots de marmelade pour l'hiver. Elle te sera de bon conseil.

— Mais je ne te parle pas de quelques pots ! Je vois plus grand. J'imagine très bien une partie de la production fruitière transformée ici pour être vendue dans de jolis bocaux étiquetés *Domaine de la Dame blanche*. Ça en jette, hein ? T'en penses quoi, grand-mamie ?

Hortense ouvrit de grands yeux. Son arrière-petite-fille l'étonnait. Elle appuya les mains sur les accoudoirs de son fauteuil pour se redresser.

— Je sais où tu peux dénicher quelques pistes. Il faut qu'on aille au grenier.

— Au grenier ? intervint Jacques. Tu as envie de te casser quelque chose, maman ?

— Tu n'as qu'à nous accompagner. Avec vous deux, je ne risque rien.

Hortense se mit debout et Jacques sut qu'il n'avait plus qu'à obtempérer. Carlo était déjà au garde-à-vous, prêt à suivre sa maîtresse.

— Que va-t-on faire là-haut ? demanda Julia.

— Chercher un vieux cahier. Il appartenait à ton ancêtre Blanche Châtillon. Elle préparait de délicieuses confitures et notait avec soin ses recettes. Si on met la main sur ce cahier, tu auras de quoi réfléchir à ta future entreprise.

Julia se jeta sur son arrière-grand-mère et l'embrassa. Jacques les contempla. Laquelle des deux était la plus farfelue, la moins raisonnable ? Julia rêvait de marmelade et Hortense évoquait déjà une entreprise. Comment Maud le prendrait-elle ? Et Isabelle ? Maud s'était saignée aux quatre veines pour offrir à Julia ses études. Isabelle avait toujours espéré pour sa petite-fille une existence plus sereine, plus sûre que ne l'avait été la sienne. Vivre de la terre et de ses fruits, c'était ne jamais être certain de gagner assez pour entamer l'année suivante... Certes, l'existence était agréable au domaine, mais il y avait eu des temps difficiles et il y en aurait encore.

3

D’un regard bienveillant, Hortense embrassa la famille réunie autour de la table. Un joli déjeuner de Pâques. Pas un membre de la tribu ne manquait à l’appel. Tous avaient plaisir à se retrouver dans la vieille maison du domaine, même si, parfois, certains se chipotaient. L’aïeule les contemplait, à la fois fière et heureuse, un peu triste aussi à l’idée qu’un jour elle partirait. Elle était encore en forme, mais elle n’ignorait pas qu’elle avait brûlé le plus long morceau de la mèche…

— Du pain, mamie Hortense ? proposa Amaury en lui tendant la corbeille.

Elle dévisagea son petit-fils et attrapa une tranche. À chaque fois qu’il était près d’elle, elle ne pouvait s’empêcher de songer à Louis. Amaury était le portrait craché de son père, grand et beau. Ils étaient les dignes descendants de Paul Châtillon, le père d’Hortense. En plus modernes, évidemment… Il suffisait d’observer la toile qui trônait au-dessus de la cheminée du séjour pour en convenir. Amaury ressemblait comme deux gouttes d'eau à son arrière-grand-père. Il aurait eu les cheveux plus courts sur la nuque et une petite moustache, l'illusion aurait été parfaite. Hortense soupira. Si son père avait été encore là, il aurait apprécié de voir une si belle tablée dans cette demeure qu'il avait fait construire au début du XXe siècle...

Un éclat de rire ramena Hortense à la réalité. N'ayant pas suivi la conversation, elle ne comprit pas ce qui avait provoqué cette explosion de gaieté. Assise à côté d'Amaury, Maud avait les joues roses de bonheur et la petite Julia affichait un sourire jusqu'aux oreilles. Elle avait bien grandi, la petite ! Un cadeau tombé du ciel vingt-deux ans plus tôt. Hortense n'oublierait jamais la colère de Louis et d'Isabelle quand Maud leur avait appris qu'elle allait être mère et que l'enfant n'avait pas de père. Le tonnerre avait grondé de la cave au grenier ! Le bébé était né, les tensions s'étaient apaisées. Seule Isabelle râlait parfois. Quelle femme pouvait désirer faire un enfant toute seule et, pire, l'élever seule ? « Moi, je l'ai voulu », avait un jour rétorqué Maud pour mettre fin à ces remarques qui l'agaçaient. « Moi aussi, j'ai fait mes fils toute seule, avait renchéri Hortense. Et je ne m'en suis pas trop mal sortie. Vous, Isabelle, qui avez épousé Louis, vous ne le trouvez pas bon mari ? L'aurais-je mal éduqué ? » La riposte de Maud, conjuguée à celle d'Hortense, avait calmé Isabelle. Le décès de Louis avait fini de l'adoucir. Elle était devenue moins intransigeante, plus permissive avec Julia qu'elle ne l'avait été avec ses propres enfants. Elle avait dû reconnaître que Maud était une bonne maman et Julia une adorable petite fille. Adolescente, Julia s'était éloignée de la famille pour ses études, ne revenant au domaine que pour les grandes occasions, mais à présent, elle prenait plaisir à flâner dans les vergers et s'intéressait à des choses qu'elle n'avait jamais regardées jusqu'alors. Et elle avait fini par s'installer à la Dame blanche. Pour le plus grand bonheur d'Hortense !

À l'autre extrémité de la table, Jacques fixait sa mère. Elle avait retrouvé une seconde jeunesse depuis l'arrivée de son arrière-petite-fille sous son toit. Julia apportait un souffle de fraîcheur dans cette maison où ils n'étaient en temps ordinaire que « quatre seniors », comme il disait avec humour… La présence de Julia avait changé l'ambiance. On causait moins des petits bobos qui tracassaient chacun et on riait plus souvent. Aujourd'hui, l'atmosphère était encore plus légère. Pendant le week-end pascal, la demeure allait résonner d'éclats de voix, de cris et de rires. On entendrait aussi les portes claquer, les volets grincer et la dégringolade des pas dans l'escalier. Seul Benoît n'en profiterait pas, toujours imperméable aux émotions. Peut-être n'avait-il même pas remarqué la présence de son fils Léopold, venu avec Marianne et leurs deux enfants.

L'aîné, Léon, tout juste trois ans, avait déjeuné avant les adultes et faisait le tour de la table, grimpant sur les genoux des uns et des autres pour réclamer tantôt une histoire, tantôt un câlin, se laissant dévorer de baisers, éclatant de rire dès qu'on le chatouillait. Augustin, le dernier-né, dormait dans son landau dans un coin de la salle à manger. La relève, comme aimait à le répéter Amaury. Lui qui braillait toujours haut et fort qu'il n'aurait jamais de gosses comptait sur les autres pour en faire !

— L'agneau pascal ! annonça Claudine en entrant.

Elle portait à bout de bras un énorme plat et dut enjamber le mâtin de Naples qui dormait au beau milieu de la pièce. Amaury se précipita vers elle pour lui prendre des mains le plat qu'il déposa sur la table.

— Pour la suite, tout est prêt, dit Claudine. Le plateau de fromages est sur la desserte et la pâtisserie au réfrigérateur. Pensez à la sortir une bonne trentaine de minutes avant de la déguster, elle n'en sera que meilleure.

— Merci beaucoup, répondit Hortense. Merci de vous être déplacée pour nous préparer ce magnifique repas.

D'ordinaire, Claudine ne travaillait pas le week-end, mais quand Hortense recevait sa tribu, elle venait volontiers prêter main-forte. Elle fit encore un aller-retour à la cuisine pour apporter des pommes de terre dorées au four et des haricots verts.

— À demain, dit-elle en adressant à la tablée un petit signe de la main avant de s'éclipser.

— Au revoir, Claudine ! s'écrièrent-ils tous en chœur. Merci !

Hortense se servit et passa les plats à Amaury. C'était délicieux, comme toujours. Elle se félicita d'avoir conservé sa cuisinière, même si cet emploi avait un coût, même si elle aurait dû être plus économe. L'entretien de la vieille maison de famille était un gouffre. L'arboriculture rapportait, mais une fois les frais d'exploitation réglés et les salaires payés, il ne restait pas grand-chose. Lorsqu'elle s'était rendue au grenier avec Julia la semaine précédente, elle avait constaté que la toiture était endommagée à plusieurs endroits. Il faudrait faire venir le couvreur, si possible avant le retour des mauvais jours, avant que la pluie ne fasse davantage de dégâts. Mais en aurait-elle les moyens ? Elle poserait la question à Isabelle une fois le week-end passé. Pour le moment, elle ne voulait que profiter de la présence des siens.

Elle tendit l'oreille vers Julia qui discutait avec sa mère.

— Je suis tombée sur une recette de confiture de fraises aux coquelicots ! J'adorerais essayer.

— Mais on ne cultive pas la fraise au domaine ! s'exclama Maud en fronçant les sourcils.

— Oui, oui, je sais bien, mais rien n'empêche d'en acheter quatre ou cinq kilos sur le marché. Je ferai quelques pots, juste pour voir. J'ai aussi plusieurs idées de marmelades parfumées d'une touche de vanille de Bourbon. Ici, j'aurai de quoi faire avec les abricots, les pommes et tout le reste.

— Je suis volontaire pour goûter tes recettes une fois qu'elles seront au point, ma fille !

— Et tu serais aussi volontaire pour m'aider ?

— T'aider à cuisiner ? Oh, mon Dieu, je ne suis pas très douée ! Et avec l'agence, je n'ai pas beaucoup de temps.

— Non, ce n'est pas aux fourneaux que j'ai besoin de toi. J'aurais plutôt besoin de conseils... financiers !

— Il te faut de l'argent ?

— Ça te passionne tant que ça, les fruits, la cuisine ? intervint Amaury qui écoutait la conversation depuis un moment.

— Ce n'est pas qu'une histoire de cuisine, il s'agit de parfums, de saveurs. Tout ça dans de jolis pots. Des produits destinés à une clientèle gourmande.

— Attends, Julia, je ne te suis pas bien, s'interposa Isabelle. Il y a deux minutes tu disais vouloir simplement faire quelques pots de confiture, et maintenant tu parles d'argent, de jolis pots et d'une clientèle gourmande. C'est quoi, ton idée ?

— Et que devient le droit dans tout ça ? ajouta Amaury.

— Rien, répondit Julia à son oncle. Le droit, c'est

terminé. Je vais vivre et travailler au domaine. J'ai besoin d'un peu de temps pour bien définir mon projet. Ensuite, il me faudra de l'argent. Quand tout sera au carré dans ma tête, je prendrai rendez-vous à la banque. Mais si maman peut me donner un coup de pouce, il sera le bienvenu.

Amaury écarquilla les yeux, ouvrit la bouche et la referma aussi sec en réprimant un cri de douleur. Hortense venait de lui donner un coup de pied dans le tibia tout en foudroyant sa belle-fille du regard.

— Je trouve l'idée excellente ! s'exclama-t-elle. J'y apporterai ma contribution !

Julia eut une mine réjouie tandis qu'Amaury se retenait d'exploser et qu'Isabelle se demandait comment Hortense pourrait *apporter sa contribution.* En finançant le projet ? Mais avec quel argent ? Les caisses du domaine n'autorisaient aucune dépense futile !

— On en reparle en tête à tête, dit Maud à sa fille. D'accord ?

Elle ne voulait pas que le repas soit terni par une discussion houleuse. Julia comprit le message et acquiesça d'un clin d'œil.

— Papa ! Ça suffit, maintenant ! hurla soudain Léopold en tapant du poing sur la table. Tu cesses de compter les haricots dans ton assiette et tu manges !

Surpris par la violence du ton, Carlo se redressa et vint se poster près d'Hortense, prêt à défendre sa maîtresse. La vieille dame lui caressa le crâne pour l'apaiser et sourit à son petit-fils.

— Allons, allons, laisse ton père à ses calculs. Une fois qu'il aura terminé l'addition des haricots, il n'en restera pas une miette, tu verras.

Léopold soupira et but une gorgée de vin. Comment sa grand-mère pouvait-elle demeurer aussi calme ? Où trouvait-elle la patience pour supporter Benoît ? Plus le temps passait, plus l'état de son père devenait inquiétant. Il n'était pas méchant, mais il était dans un autre monde, une bulle étanche où ne pénétrait aucune émotion. C'est à peine si Benoît avait regardé Augustin dans son landau. Avait-il compris qu'il s'agissait de son second petit-fils ? « Se souvient-il seulement que je suis son fils ? » s'interrogea Léopold. Il sentit sa gorge se nouer et des larmes lui montèrent aux yeux.

— Tu ne voudrais pas aller coucher Léon ? demanda Marianne en posant doucement la main sur celle de son mari. Il est fatigué et agité. Une petite sieste lui fera du bien. Pendant ce temps, je vais débarrasser. Ne t'inquiète pas, on t'attendra pour le fromage.

Léopold posa un regard tendre sur sa femme. Elle avait saisi son désarroi et lui donnait une raison de s'éclipser quelques minutes, le temps que se dissipe l'énorme boule coincée en travers de sa gorge. Il quitta la table et attrapa Léon qui se pendit à son cou, tandis que Marianne se levait pour changer les assiettes, suivie de Maud et de Julia. Jacques déboucha une nouvelle bouteille de vin.

— Qu'est-ce que tu nous proposes pour accompagner le fromage ? demanda Amaury en tendant son verre.

— Un saumur-champigny ! répondit Jacques qui s'empressa de le servir.

4

— Alors, tu m'en dis un peu plus ? demanda Maud à sa fille.

Julia resserra son bras gauche autour de celui de sa mère. Après le déjeuner, Jacques et Léopold avaient entamé une partie de dames. Hortense et Amaury s'étaient installés sur la terrasse. Marianne donnait le sein à Augustin tandis que Léon, qui avait fini sa sieste, prenait son goûter sous la surveillance d'Isabelle. Benoît était monté s'enfermer dans sa chambre. « Il a besoin de calme », avait dit Hortense, coupant court à tout commentaire. Maud et Julia s'étaient éclipsées pour faire quelques pas dans la propriété.

Julia ralentit, avant de s'arrêter pour contempler la passerelle de bois qui traversait l'Indre et menait vers le verger. Une vieille barque à fond plat était amarrée à la berge. Une promenade sur l'eau aurait été idéale en cette belle journée d'avril. Il faisait un peu chaud au soleil, mais à l'ombre des arbres et au bord de la rivière, la température était agréable. Un léger souffle de vent faisait bouger les branches des saules et les insectes bruissaient entre les feuilles nouvellement écloses.

— Tu rêves, Julia ? insista Maud. Tu ne veux pas me parler de ton projet ?

— On fait demi-tour et on remonte, tu veux bien ? Je vais tout t'expliquer.

Les deux femmes se remirent en marche. Une fois la maison contournée, elles se retrouvèrent dans la cour où étaient garées les voitures. La façade sud, avec sa terrasse, son jardin en pente douce vers la rivière, était beaucoup plus charmante.

— Tu nous emmènes où ? interrogea Maud.

— Là, dit Julia en faisant un signe du menton.

Elle montrait la vieille serre. Un bâtiment inutilisé depuis longtemps et dont plusieurs vitres étaient cassées.

— J'aimerais la remettre en état. Pour mon projet confitures.

Elle fixa sa mère, inquiète de sa réaction, consciente qu'après cinq années d'études de droit, miser son avenir sur une serre délabrée avait de quoi faire hurler n'importe quel parent.

— Ne sois pas déçue, maman, murmura-t-elle.

— Déçue ? Mais de quoi ?

— De moi ! De mes choix !

— Comment peux-tu penser une chose pareille ? s'exclama Maud en serrant sa fille dans ses bras. Je suis fière de toi, de la femme que tu es devenue.

Je t'écoute, je te regarde réfléchir à ton avenir, à comment le construire comme tu l'entends.

— Mais tu n'as pas l'air emballée.

Les yeux de Maud s'éclairèrent, un sourire fendit son visage jusqu'aux oreilles. Évidemment, elle n'était pas comme Hortense, toujours à démarrer au quart de tour, quitte à mettre la charrue avant les bœufs…

— Je t'écoute, répéta-t-elle. Et pendant que tu me racontes, je cogite.

— J'aimerais élaborer un produit de qualité avec les fruits cultivés ici. Je voudrais que mes confitures portent le nom du domaine. Qu'on puisse lire *La Dame blanche de Châtillon* sur de jolis pots de verre qui seraient vendus dans les meilleures épiceries.

Maud dévisagea sa fille, une magnifique jeune femme de vingt-deux ans mais une enfant rêveuse qui avait besoin de repères. D'être guidée plutôt que d'être commandée, songea-t-elle. Elle resta muette un moment, fit le tour de la serre, ouvrit la porte à laquelle il manquait un carreau, jeta un œil à l'intérieur. Elle entrevit une brouette, des pots en terre cuite dont certains étaient cassés, de petites tables aux pieds plus ou moins branlants, des ballons crevés ou dégonflés, un vieux tricycle, des outils au manche brisé, des seaux et des arrosoirs. Elle se souvenait d'avoir joué là avec Amaury, enfants. Dans son esprit, l'endroit était moins sinistre. Sans doute était-il moins délabré à l'époque. Elle garda ce commentaire pour elle et se tourna vers Julia.

— Si tu te lances, il faut lister tout ce qui est à faire, dans quel ordre, et combien ça va coûter. C'est moins drôle que d'imaginer de jolis pots de confiture, mais il faut en passer par là. Par ailleurs, j'aurais aimé…

Maud se tut. *Il faut… J'aurais aimé…* Elle avait l'impression d'entendre sa propre mère quand elle lui avait annoncé être enceinte et qu'elle élèverait seule son enfant. Elle avait le même âge que Julia aujourd'hui.

— Qu'aurais-tu aimé ? demanda Julia. Que je revienne à mes ambitions premières ? Que je devienne avocate ?

— Non, pas du tout. Ça, je l'ai admis. Tu as quitté ce milieu car tu as senti que tu n'y trouverais pas ta place, du moins que tu n'y serais pas heureuse. Tu es venue ici pour retomber sur tes pattes, et si j'en juge ta bonne mine, c'est chose faite. Depuis quelques semaines, tu évoques ton intérêt pour les fruits, les cultures sur le domaine, et je me dis pourquoi pas ? Mais…

— Mais ?

— Je ne veux pas être directive, Julia. Je veux te suivre, t'épauler, pas te dicter ce que tu dois faire.

— C'est moi qui te demande des conseils, et peut-être ton aide, alors tu as le droit d'exprimer ce que tu penses.

Maud soupira. Elle regrettait presque le temps de l'adolescence, quand Julia faisait les quatre cents coups et qu'elle n'avait que faire de ses reproches et remarques. C'était plus facile de se fâcher et de lui faire la morale que de répondre à ses attentes aujourd'hui.

— Concernant les confitures, murmura Maud, avant d'entreprendre de grandes choses, tu ne voudrais pas t'exercer ? J'ai peur que tu ne te précipites. Tu pourrais d'abord faire des essais avec les fruits cultivés sur le domaine, et si ça te plaît, envisager alors de développer ton projet. Qu'en dis-tu ?

Julia fit la moue mais ne broncha pas. Elle regagna la cour et sa mère la suivit. Elle lui saisit doucement son bras.

— Je suis avec toi, Julia. Il ne faut pas en douter. Mais je tiens à ce que tu t'assures que cette voie te plaît. Ce qui n'empêche pas de penser finances dès maintenant. Comme je te l'expliquais tout à l'heure, il faudrait lister tes besoins. Il y a nécessairement du matériel à acheter pour ton entreprise, et tout cela a un coût. Il y a aussi la serre à remettre en état. Elle date de Mathusalem et menace de s'effondrer. Bref, tout est à organiser. Tu dois tout apprendre de A à Z, y compris comment faire de bonnes confitures !

— Grand-mamie m'a confié un cahier plein de recettes. Ce sont surtout celles à base de fraise qui m'intéressent.

— Ici, on ne cultive pas la fraise. Et c'est quoi, ce cahier ? Hortense n'a jamais cuisiné de sa vie ! s'étonna Maud.

Julia éclata de rire. Les rares fois où Hortense

avait touché une casserole, la famille avait risqué l'intoxication alimentaire.

— Pour les fraises, on pourrait se lancer dans la production. D'ici là, j'achèterais ce qu'il faut chez un bon producteur. Toutes les recettes de confitures figurant dans ce cahier ont été imaginées par Blanche, notre aïeule. Il y a de ces trucs ! Fraise et coquelicot, par exemple, et aussi fraise et citron de Menton. Bref, des choses inédites. C'est ça qui m'intéresse.

— Et avec les fruits du domaine, que pourrais-tu cuisiner pour commencer ?

— J'ai repéré une marmelade d'abricots aux amandes et une autre d'abricots à la lavande. Il y a de multiples combinaisons possibles.

— Alors, démarre avec ces produits. Et si tu as envie d'aller plus loin, on fera réparer la serre. Ça nous laissera le temps de monter un business plan. Il faudra faire établir un devis par un artisan. Ensuite, on fera nos comptes et on verra ce qu'on peut consacrer à cette rénovation. Et ne laisse pas Hortense s'emballer. Elle va te dire qu'il n'y a pas besoin de compter, qu'elle va faire venir un artisan pour les réparations, et qu'elle réglera la facture.

— Ça te poserait un problème ?

— À moi, non ! répondit Maud sur un ton un peu véhément. Mamie est généreuse, mais parfois… inconsciente ! Cela dit, il lui est difficile de jeter l'argent par les fenêtres avec maman qui gère les finances du domaine !

Julia acquiesça en faisant la moue. Hortense n'avait pas les coudées franches, c'est vrai.

— Pourquoi mamie Isabelle surveille-t-elle grand-mamie ?

— Parce que grand-mamie est un panier percé !

— Elle doit avoir l'aval de sa belle-fille pour entreprendre telle ou telle dépense ? Ça doit être frustrant.

— Maman n'a pas eu le choix. Quand le domaine a été au bord de la faillite il y a quelques années, elle a investi l'héritage laissé par papa pour redresser la barre. Grand-mamie, elle, a vidé ses livrets pour injecter de l'argent dans l'exploitation. Toute sa fortune est dans la maison et les vergers qui l'entourent.

— J'ignorais tout cela.

— Je m'en doute, Julia. Hortense et maman n'en parlent jamais. Elles ont agi d'un commun accord et ne regrettent ni l'une ni l'autre leur décision. Mais, parfois, Hortense oublie qu'elle ne peut pas faire de dépenses inconsidérées. La seule chose à laquelle personne n'a pu la contraindre, c'est renoncer à ses chiens.

— Mais pourquoi l'aurait-elle fait ? Elle adore ses animaux.

— C'est coûteux, les chiens. Il faut les nourrir, les soigner… Et je ne te parle même pas du prix d'achat d'un chien de race.

— Je croyais qu'on les lui avait donnés ?

— C'est vrai pour Oxford. Un éleveur lui a offert

un chiot pour la remercier de garder deux de ses chiennes lorsqu'il part quelques jours et qu'il ne peut pas les emmener. Bref, tout ça pour te dire que les chiens de grand-mamie, c'est aussi un sujet de frictions… budgétaires ! Mais tout ceci ne doit pas t'empêcher de rêver, ni de faire des projets.

Julia embrassa sa mère. Elle veillerait à modérer Hortense. Monter cette affaire de confitures lui tenait à cœur, mais pas au point de mettre la famille dans l'embarras. Elle ne voulait pas susciter de querelle.

— Alors, reprit Maud, de combien as-tu besoin pour débuter ?

— Dans l'immédiat, je n'ai besoin de rien. J'ai ce qu'il faut pour acheter du sucre, de la vanille, des pots, des étiquettes… Ça restera artisanal. Je veux d'abord savoir si je suis capable de cuisiner de bons produits. Ah, et comme je l'ai dit, j'ai aussi l'intention d'acheter quelques kilos de fraises.

— Tu es sûre que tu en auras assez, Julia ? demanda Maud en dévisageant sa fille.

Elle craignait d'avoir refroidi son enthousiasme avec ses explications sur l'état des finances du domaine. Mais après tout, Julia n'était plus une gamine. Elle devait être au fait de la réalité.

— Oui, et je sais que je pourrai compter sur toi lorsque j'envisagerai plus grand. Démarcher, faire de la pub, et bien sûr remettre la serre en état. Comme je le disais tout à l'heure, si je monte mon affaire, j'irai à la banque. Il y a des prêts pour les jeunes entrepreneurs.

— À part l'argent, tu crois que tu pourras tout assurer toute seule ?

— J'en ai parlé avec Victor, il est prêt à m'aider. Et Claudine aussi !

Maud leva un sourcil interrogateur. Le contremaître ? Comment ferait-il pour se consacrer aux confitures alors qu'il arpentait les vergers parfois jusqu'à douze heures par jour ? Et Claudine ? Certes, elle pourrait prodiguer à Julia quelques conseils de cuisine, mais elle avait déjà fort à faire avec la préparation des repas, le ménage et le repassage... Elle allait poser toutes ces questions, quand une voiture de la gendarmerie franchit le portail et se gara dans la cour. Deux hommes en descendirent.

— Bonjour, mesdames. Commandant Samara, de la gendarmerie de Tours, dit le plus grand des deux en guise de présentation. Et voici le lieutenant Veuil.

Maud s'approcha et salua les gendarmes.

— Désolés de vous déranger un dimanche, mais on nous a signalé un individu rôdant dans les parages. Avez-vous noté quelque chose d'inhabituel ?

— Rien du tout. Et toi, Julia ?

— Non. En même temps, je n'ai pas vraiment fait attention.

Le commandant Samara montra le grand portail de fer forgé.

— Vous le laissez toujours ouvert ou vous attendez de la visite ?

— Il est toujours ouvert, admit Maud. On est à trois kilomètres de la départementale, personne ne vient jusqu'ici.

— Justement, vous êtes en bout de chemin, l'endroit est plutôt isolé. Vous devriez prendre l'habitude de boucler la propriété.

— On a des chiens pour surveiller la maison.

— Et où sont ces gardiens ? se moqua gentiment le gendarme. Je ne les ai pas vus en arrivant. Ni même entendus.

Maud rougit, puis sourit, se doutant bien que les « bestiaux », comme elle les appelait, étaient sur la terrasse, couchés aux pieds d'Hortense…

— Ils sont de l'autre côté, dit-elle.

— Alors il faut garder le portail fermé.

Maud acquiesça, tout en sachant qu'Hortense refuserait. Victor allait et venait à sa guise entre son domicile situé non loin de la départementale et les vergers. Tôt le matin et tard le soir, le week-end et les jours fériés si l'envie lui en prenait.

— Qui vous a signalé qu'un individu traînait par ici ? demanda Maud.

— Monsieur Nahon. Il habite aux abords de la route. Hier, il a remarqué qu'un véhicule avait emprunté à plusieurs reprises le chemin menant chez vous.

— Un véhicule ? De quel type ? Celui du contremaître du domaine, peut-être ?

— Une berline blanche, sans précision de modèle ou de marque.

Maud fit la moue. Ce n'était pas le break noir de Victor, encore moins le gros utilitaire de la propriété.

— Ce qui a interpellé monsieur Nahon, poursuivit le gendarme, c'est que la voiture est restée garée sous un petit bosquet à différents moments de la journée. Elle était encore là ce matin, comme si on surveillait le coin…

— Bizarre, répondit Maud. En tout cas, nous n'avons vu personne.

— Tant mieux. Par précaution, on a préféré venir vérifier. C'est un long week-end, les cambrioleurs guettent les maisons vides.

— Ce qui n'est pas le cas ici, sourit Maud. Toute la famille est présente !

— Ça vous ennuie si on fait le tour du jardin ?

— Absolument pas, mais c'est vaste ! Les vergers au-delà de la passerelle, en aval, font partie du domaine.

Le commandant regarda le lieutenant Veuil puis se retourna vers Maud.

— On se contentera de jeter un œil aux alentours immédiats.

— D'accord, je vous accompagne. Mais je souhaiterais d'abord vous présenter Hortense Châtillon, ma grand-mère. C'est elle la propriétaire des lieux.

5

Maud posa son polar sur la table de chevet et se redressa. Après la promenade, elle avait eu envie de s'isoler un peu. Elle était montée dans sa chambre pour lire mais n'était pas parvenue à se concentrer. Sans cesse, ses pensées revenaient vers Julia et ses projets d'avenir. Faire des confitures et les vendre, pourquoi pas ? Mais pouvait-on vivre de cette activité ? Et, surtout, combien de temps ce métier passionnerait-il la jeune femme ? Ne risquait-elle pas de se lasser des fruits, des marmites et des pots estampillés aux couleurs du domaine de la Dame blanche ? N'était-elle pas trop jeune pour se lancer dans une activité aussi… solitaire ? La vérité, c'est que je ne l'imagine pas enfermée ici toute sa vie, gronda Maud pour elle-même. La vérité, c'est que moi, à son âge, je ne rêvais que de quitter cette campagne pour aller vivre à Tours, sortir, voir du monde, prendre un pot en terrasse le soir avec les amis, et faire la fête ! Mais Julia était Julia, et elle n'entrevoyait pas l'existence de la même façon. Une fois de plus, Maud se dit qu'elle ne devait pas se mêler des choix de sa fille outre mesure. Elles pourraient en discuter ensemble, mais en aucun cas elle ne lui dicterait une conduite. Apaisée, elle fit le tour de sa chambre, ouvrit son sac et en sortit les affaires qu'elle avait apportées pour ce long week-end. Elle déposa un tee-shirt et un short en coton sur le lit, sa trousse de toilette sur la commode. Machinalement, elle ouvrit un tiroir et s'amusa d'y retrouver d'anciens vêtements. Une autre époque. Elle n'avait pas tout emporté lorsqu'elle était partie, abandonnant ce qu'elle jugeait démodé ou trop enfantin pour la femme qu'elle se sentait devenir. Plus question de ressembler à une adolescente !

Elle déplia un sweat-shirt bleu marine en épais molleton et songea qu'il était loin d'être laid ou ringard. Il serait même très sympa à porter sur un jean et avec une paire de baskets. Une tenue détente qu'elle appréciait lorsqu'elle ne travaillait pas. Elle replia le vêtement et le posa sur une chaise. Peut-être l'emporterait-elle. Elle sourit encore devant toutes les petites choses qui portaient la marque de sa jeunesse. Des photos punaisées au mur au-dessus de son bureau, le pot à crayons rapporté d'un voyage scolaire à Londres, un minuscule singe en peluche nommé Kiki assis sur le dictionnaire et des cartes postales scotchées sur la porte du cabinet de toilette. Saint-Malo,

Lorient, Quiberon, Cahors, Agde, Barcelonnette, La Bresse, Paris, Le Touquet, Cabourg… Sans avoir à les relire, elle se souvenait de qui les avait envoyées. Celles du Lot étaient de Simone, celles de Bretagne de Nathalie. C'était avant les téléphones portables et les SMS, bien avant les smartphones et les photos numériques postées en quelques secondes…

— Nostalgique ? fit une voix derrière elle.

Elle se retourna et sourit. Amaury était entré sans bruit, elle ne l'avait pas entendu.

— Peut-être, murmura-t-elle. La nostalgie, ça vient avec l'âge. On se rend compte que le temps a filé et qu'on ne reviendra jamais en arrière. Tu te souviens comme on voulait grandir vite ?

— Oh oui ! Dieu sait combien j'aime cette maison et combien j'aime y revenir, mais pour rien au monde je ne serais resté ici. On n'y était pas malheureux avec les parents, pourtant… Je ne sais pas comment expliquer pourquoi toi et moi nous avons voulu quitter aussi rapidement le nid.

— Sans doute parce qu'on voulait être indépendants. On avait nos projets. Et toute une bande de potes à Tours !

— Ah, ces noubas ! C'était bon, hein ?

Maud approuva et éclata de rire. Amaury, son aîné de deux ans, l'entraînait toujours avec lui. Des nuits entières à danser, à boire un peu trop aussi, à flirter… Et le lendemain, après quelques heures de sommeil, ils étaient prêts à recommencer. Comme elle était loin, cette époque !

— Faire la nouba, j'adore, mais il me faut huit jours pour récupérer, maintenant.

Amaury acquiesça. Lui non plus n'avait plus la même pêche qu'à vingt ans, mais il lui arrivait de faire encore des excès.

— Tiens, tu me donnes une idée ! s'exclama-t-il. Je vais organiser une belle fête !

— À quelle occasion ?

— Aucune. Juste pour se faire plaisir. En juin, c'est pas mal, les jours sont plus longs. T'en penses quoi ?

— Pourquoi pas ?

— Parfait ! Bon, dis-moi pourquoi tu es montée dans ta chambre. La discussion avec Julia a été houleuse ?

— Pas du tout.

— Mais ?

— Mais rien. Elle m'a expliqué son projet. Je la laisse se lancer. De toute façon, je n'ai pas à intervenir dans ses choix.

— Certes, mais elle renonce à un sacré métier. Avocate, c'est tout de même autre…

— C'est une carrière, le coupa Maud. Pas une vie. Julia n'est plus un bébé et je suis certaine qu'elle s'en sortira bien.

— Tu dis ça pour me rassurer et surtout te rassurer. En réalité, tu doutes. Tu penses que c'est une lubie et que dans quelques mois ta fille abandonnera ce qu'elle aura mis sur pied pour passer à autre chose.

Maud tapa du pied en fusillant son frère du regard. Il avait le don d'appuyer là où cela faisait mal, de lire dans ses pensées, de deviner ce qui la tracassait. Même quand elle ne parvenait pas à poser les mots exacts sur ses craintes et ses appréhensions. Elle se mordit la lèvre et poussa un long soupir. Amaury n'avait pas tort, elle voulait se persuader que tout irait bien, et au passage convaincre son frère. Il s'approcha pour la prendre dans ses bras.

— OK, je ne t'embêterai plus avec ça, murmura-t-il à son oreille. Tu es inquiète, un peu contrariée, mais tu vas laisser ton petit oiseau voler de ses propres ailes. Tu garderas un œil sur lui, prête à décoller pour le rejoindre s'il y a le moins souci.

Maud réprima un sanglot, enfouit son nez dans le cou de son frère. Il y avait toujours eu beaucoup de complicité entre eux. Pour faire les quatre cents coups lorsqu'ils étaient petits, se couvrir mutuellement plus tard. Ils n'étaient pas toujours d'accord, surtout à propos de Julia et particulièrement depuis qu'elle avait abandonné le droit, mais pour rien au monde Amaury ne voulait voir sa sœur souffrir.

— Je suis à tes côtés, chuchota-t-il. Mais pas de cachotterie au sujet de Julia. Au moindre problème, tu m'en parles. On ne sera pas trop de deux pour veiller au grain. Tu sais que tu peux compter sur moi, hein ?

Il se recula et saisit Maud par les épaules, ému de voir ses yeux briller. Elle avait le même regard lorsque, enfant, elle avait du chagrin.

— Julia avocate, c'est du passé, ajouta-t-il. Promis, on n'en parle plus. On se tourne vers son avenir et on la chaperonne.

— Sans l'étouffer.

— Sans l'étouffer. Je vais mesurer mes paroles et mes actes. Je me sens devenir sage, tu n'es pas d'accord ?

Il fit un clin d'œil et Maud pouffa. « Sage » était un adjectif qui ne collait pas à son frère, mais elle n'aurait pas voulu le voir différent.

— Il est l'heure de descendre préparer le dîner, déclara Amaury après avoir consulté sa montre. Je vais allumer le barbecue.

— Et moi faire une salade.

Ils dévalèrent l'escalier comme lorsqu'ils étaient mômes. Au premier, ils stoppèrent leur cavalcade, intrigués par des cris en provenance de la chambre de Benoît. Ils restèrent sans bouger quelques secondes, indécis sur la conduite à tenir, quand la porte s'ouvrit brusquement. Léopold sortit de la pièce l'air renfrogné, poussé par Jacques qui referma derrière lui. Le jeune homme passa devant ses cousins comme s'ils n'étaient pas là et dégringola les marches qui menaient au rez-de-chaussée. Maud retint Jacques par le bras.

— Que se passe-t-il, parrain ?

Jacques regarda sa nièce avec tendresse. Cette façon qu'elle avait de l'appeler le remuait. Il n'oublierait jamais le jour de sa naissance, quand son frère Louis lui avait demandé d'être le parrain de sa fille. Jacques avait été fier de tenir la petite au-dessus des fonts baptismaux, de tracer sur son front la croix avec quelques gouttes d'eau bénite. Maud n'était pas devenue une fervente catholique, mais elle était pleine de bienveillance et de bonté. C'était mille fois mieux qu'être une grenouille de bénitier.

— Rien de grave. Une dispute entre Léopold et Benoît. Léopold voulait que son père l'accompagne jusqu'au potager mais il a refusé.

— Pourquoi Benoît ne sort-il pas ? Il est enfermé depuis la fin du déjeuner.

— Il n'a pas fini de faire les comptes. Du coup, Léopold s'est emporté. Tout ça sera oublié au dîner.

— Quels comptes ? s'étonna Maud.

Jacques leva les yeux au ciel. L'état mental de Benoît se dégradait de jour en jour. Maintenant, il ne vivait plus qu'avec du papier et un crayon. Il comptait tout. Quand ce n'étaient pas les petits pois ou les haricots verts de son assiette, c'étaient les poires ou les abricots. Jacques expliqua à sa filleule qu'Hortense avait confié à son fils de vieux cahiers de comptabilité datant des années 1980.

— Benoît épluche toutes les dépenses et les recettes du domaine. Ça l'occupe.

— Tu ne trouves pas ça dérangeant ? Fou ?

Jacques tiqua. Maud avait lâché le mot que tout le monde, chez les Châtillon, se refusait à prononcer. Il soupira, l'air soudain fatigué.

— Écoute, Maud, c'est toujours mieux que de le trouver, comme la semaine dernière, à quatre pattes en train de compter les franges du vieux tapis qui couvre le parquet de sa chambre.

Maud plaqua une main sur sa bouche, estomaquée, et Amaury fronça les sourcils.

— Il serait grand temps qu'il consulte un spécialiste, non ? dit-il. Un psychiatre !

— Va dire ça à Hortense, marmonna Jacques.

Il baissa d'un ton pour expliquer que sa mère faisait l'autruche. Elle ne voulait pas voir que Benoît allait de plus en plus mal. Elle semblait s'accommoder de tout, pourvu qu'il se tienne tranquille et qu'on ne parle pas de médecin, et encore moins de folie.

— Le médecin traitant en pense quoi ? demanda Amaury.

— Rien qui puisse contrarier Hortense. Il cède à tous ses caprices et préfère ignorer la situation. J'ai bien essayé de lui en toucher un mot, il m'a clairement dit qu'il ne ferait rien sans l'aval de maman.

— Et si nous discutions de cela avec elle ?

— Si vous voulez... Mais pas maintenant, pas ce week-end, pendant que Léopold est là. Il est déjà assez bouleversé comme ça. Ne remuons pas le couteau dans la plaie, d'accord ? Essayons plutôt de faire en sorte que tout se passe bien.

Amaury grimaça mais ne dit rien. Maud n'insista pas non plus ; elle avait besoin d'un peu de légèreté.

6

— Au fait, mamie, on n'a pas reparlé de la visite des gendarmes, remarqua Maud.

Hortense était installée dans son grand fauteuil sur la terrasse, le petit Augustin contre sa poitrine. Le bébé ne dormait pas, il était très calme, bien calé dans les bras de l'aïeule. Non loin, assis autour d'une table de jardin, Marianne et Léon jouaient aux petits chevaux. Le gamin était en veine et éclatait de rire à chaque fois qu'il jetait le dé. Il enchaînait les 6, tous ses chevaux étaient sortis, certains avaient déjà accompli un tour complet de plateau et ne tarderaient pas à rentrer à l'écurie. Sa mère n'avait que deux cavaliers qui, tour à tour, avaient été renvoyés à la case départ par un malheureux coup du sort, ou plutôt un heureux hasard si l'on en croyait la mine réjouie du petit garçon. Hortense leva les yeux sur Maud, l'air interrogateur.

— Les gendarmes ? Que veux-tu qu'il ressorte de

cette visite ? Je ne vois même pas pourquoi ils se sont dérangés puisque je ne leur ai rien demandé.

— Par précaution ! Un rôdeur a été aperçu non loin de la maison.

— Un rôdeur, tu parles ! Le père Nahon raconte n'importe quoi. Tout le monde sait qu'il débloque, surtout quand il a un peu forcé sur la bouteille !

— Peut-être, mais c'est rassurant que les gendarmes ne prennent pas les choses à la légère. Et ce serait prudent de fermer le portail le soir.

— Ah ! Tu ne vas pas t'y mettre ! On n'a jamais rien bouclé, ici, on ne va pas commencer maintenant. De toute façon, il n'y a rien à voler. Et puis, on a les chiens.

— Rien à voler, je ne suis pas d'accord avec toi, mamie, intervint Amaury. La maison regorge de jolis meubles, de bibelots intéressants…

— Intéressants pour toi peut-être, monsieur le brocanteur et antiquaire ! le contra Hortense. Pour moi, tout ça, c'est des vieilleries. J'y tiens parce que ce sont des souvenirs, pas pour leur valeur.

— Il y a un marché pour ces « vieilleries », mamie, et des gens pas très recommandables derrière. Des voleurs, des revendeurs, des intermédiaires et des acheteurs. Tout un trafic. Ce qui m'importe le plus, c'est vous, pas le mobilier de la maison !

— On ne risque rien, trancha Hortense.

Pour montrer que cette conversation lui déplaisait et qu'elle n'irait pas plus loin, elle posa ses doigts sur la nuque du petit Augustin et se mit à le caresser en murmurant des mots doux à l'oreille. Amaury se retourna vers sa mère et lui fit un signe avant de tirer Maud par le poignet. Il les entraîna toutes les deux dans le séjour.

— Toi, maman, tu en dis quoi de cette histoire de type qui épie le domaine ?

— Je n'ai rien remarqué, répondit Isabelle. Mais si quelqu'un traîne dans les parages, je préférerais qu'on ferme le portail. Au moins la nuit ! Les chiens sont rentrés tous les soirs. Si un homme s'introduit dans le domaine, ils n'entendront rien.

— Et si quelqu'un pénètre dans la maison ?

Isabelle haussa les épaules. Les chiens n'avaient pas le droit de monter dans les étages. Ils demeuraient au rez-de-chaussée et dormaient dans leur bannette respective. Ils étaient gentils, pas agressifs pour deux sous, mais de là à laisser entrer un étranger… Carlo, le mâtin de Naples, était tout de même très imposant, et la petite Cavalier King Charles avait de la voix. Ses aboiements étaient capables de réveiller toute la maisonnée.

— Finalement, je suis soulagée que nous ayons ces animaux, avoua-t-elle. Si un intrus ose fracturer notre porte, on sera avertis. À part appeler la gendarmerie, que pourrait-on faire ? Attendre, retranchés dans nos chambres, et trembler de peur ?

Ses propres paroles l'effrayèrent, comme si le danger était là. Ses yeux s'arrondirent d'effroi. Maud lui saisit la main.

— Ne t'affole pas, maman. Pour le moment,

aucun cambrioleur n'est en vue. Vous n'avez d'ailleurs jamais reçu aucune vilaine visite. Cela dit, je ne laisse pas tomber, j'en reparlerai à mamie jusqu'à ce qu'elle accepte de fermer le portail le soir. Je demanderai à Julia de m'aider à la convaincre.

— Tu sais, ta grand-mère, pour lui faire entendre raison…

— Je sais, maman, mais je n'abandonnerai pas. Au moindre doute, tu appelles les gendarmes.

— Si je le fais pour rien, Hortense sera furieuse.

— Pourquoi grand-mamie serait-elle furieuse ? demanda Julia qui venait d'arriver.

Maud lui résuma la situation et la pria d'insister auprès d'Hortense pour boucler le domaine chaque soir.

— OK, répondit la jeune femme, je lui en toucherai un mot et j'irai moi-même verrouiller le portail, si ça peut rassurer tout le monde.

— Super ! s'exclama Isabelle. Nous serons en sécurité. On peut éventuellement acheter une de ces armes qui neutralisent l'adversaire par un choc électrique.

— Tu ne crois pas que tu exagères, mamie ? réagit Julia. Et pourquoi pas un flingue ? On n'est pas en danger. Le voisin aurait aperçu un type pas loin d'ici ? C'est possible, mais pas sûr. Aucun psychopathe ne s'est échappé de l'asile ! Le seul zinzin de la maison, c'est Benoît !

Isabelle se recula, vexée par le ton de sa petite-fille. Maud fronça les sourcils, surprise elle aussi par sa véhémence. Julia se tut, consciente d'avoir dépassé les limites. Souvent, sa grand-mère l'énervait. Son caractère alarmiste lui pesait. Elle mettait des freins à tout. Même à l'imagination des autres. Comment Hortense faisait-elle pour la supporter, depuis le temps qu'elles vivaient sous le même toit ? Hortense, elle, ne craignait rien et ne s'embarrassait de rien. Elle était restée jeune. C'était une rêveuse, une femme capable de bâtir des châteaux en Espagne et que l'âge n'avait pas rendue plus raisonnable. Ce qui faisait d'ailleurs tout son charme, c'était le bonheur de vivre à ses côtés. La personnalité d'Isabelle était aux antipodes de celle d'Hortense. Isabelle avait les deux pieds bien ancrés sur terre. Elle était sérieuse, enserrée dans un carcan rigoriste où il n'y avait guère de place pour l'originalité et les petites folies de la vie. D'après Jacques, avec lequel Julia aimait parler de la famille, elle avait toujours eu ce côté prudent et pondéré, et les fonctions que son mari lui avait attribuées au domaine avaient encore renforcé cette extrême sagesse. Louis avait agrandi la Dame blanche en diversifiant et augmentant la production, ce qui lui avait permis de vendre ses fruits bien au-delà des marchés locaux. Accaparé par l'exploitation, il avait confié à son épouse la comptabilité de l'affaire. Une gestion étroitement liée au quotidien de la famille vivant au domaine. Isabelle avait toujours eu à cœur de bien mener la barque et son sens des responsabilités s'était aiguisé. Une erreur, et les salaires de tous étaient menacés. Investie d'une mission qui l'occupait tous les jours et rongeait ses nuits quand les comptes étaient dans le rouge, elle n'avait pas eu beaucoup de temps à accorder à la légèreté. Le décès de Louis n'avait fait que la rendre encore plus circonspecte et prévoyante.

— Tu ne devrais pas parler ainsi de Benoît, fit Isabelle en pinçant les lèvres. Tu ne sais rien de ses souffrances.

— Ne mélangeons pas tout, intervint Amaury qui n'avait pas envie d'assister à une dispute entre Julia et sa grand-mère. Benoît n'a rien à voir dans nos préoccupations actuelles. Pour cette histoire de portail, considérons que l'affaire est réglée. Chaque soir, Julia le fermera. Il suffit d'en avertir Victor et de lui recommander de garder son trousseau de clés sur lui. S'il vient travailler à l'aube, il n'aura qu'à ouvrir les grilles lui-même. Maman, au moindre doute, tu fais comme Maud le suggère, tu appelles les gendarmes. Ceux qui sont venus étaient à l'écoute, on peut compter sur eux.

Isabelle acquiesça puis tourna les talons.

— Va la retrouver, conseilla Maud à sa fille, encore mécontente de son attitude. Présente-lui tes excuses pour t'être emportée.

Julia poussa un soupir. Elle n'avait aucune envie de faire amende honorable, persuadée qu'elle n'avait pas tort. Elle toisa sa mère quelques secondes, puis finit par capituler, pour la tranquillité de tous. Elle revint très vite, saisit sa mère et son oncle par les bras.

— Venez, commanda-t-elle en souriant. Avant que vous ne repartiez à Tours, je vous emmène au verger.

Amaury secoua la tête, perplexe. Julia imaginait-elle qu'elle allait lui faire découvrir les cerises, les abricots et les pêches ? Il avait vécu ici bien avant elle ! Les allées entre les arbres fruitiers avaient été son terrain de jeu favori. Avec son vélo, il adorait emprunter les chemins dont les ornières se creusaient sous la pluie. En mai, quand les premiers bigarreaux Burlat rougissaient, il grimpait dans le feuillage, souvent imité par Maud. Il ne fallait être vu par personne et surtout pas le contremaître ou leur père. Ils s'installaient à califourchon sur une grosse branche et s'empiffraient de fruits juteux. Quand ils revenaient à la maison, les lèvres et les doigts tachés de rouge et collants de sucre, ils s'arrangeaient pour ne pas croiser leur mère qui travaillait à son bureau et montaient se débarbouiller en vitesse. Au dîner, parfois, ils n'avaient pas faim. Mimant l'inquiétude, mamie Hortense se levait de table et venait poser une main sur leur front. « Non, pas de fièvre, disait-elle. Juste un peu de fatigue. Allez, un yaourt et au lit. » Puis elle leur adressait un clin d'œil complice et ajoutait, taquine : « Vous voulez peut-être des cerises pour le dessert ? » Ils faisaient non de la tête d'un air désolé. Un peu plus tard, lorsqu'ils avaient regagné leurs chambres, ils éclataient de rire…

— Tu te souviens, Maud, on en mangeait à se faire péter la panse ! s'exclama Amaury lorsqu'ils atteignirent la première rangée de cerisiers.

— Il faudra qu'on patiente encore un peu, elles ne sont pas mûres.

— Il n'y en a plus pour longtemps, fit Julia. D'après Victor, dans dix jours on commence la cueillette. Et moi, je démarre mes confitures ! J'ai des idées de recettes très originales.

— Pas trop, j'espère, dit Amaury en fronçant les sourcils.

— Confiture de cerise à la menthe, au romarin, confiture de cerise à la vanille, ou encore au citron vert ! Vous serez les premiers à les déguster.

Amaury grimaça. À la vanille, pourquoi pas ? Mais au romarin ou à la menthe… Il avait beau aimer sa nièce, il ne servirait pas de cobaye pour tester sa cuisine.

— J'aime autant rester dans le classique.

— Ringard ! Et toi, maman ?

— Cerise au citron vert, ça me tente ! dit Maud.

— Allez, tu goûteras bien les autres aussi, non ?

— Bien sûr, mais je ne te promets pas que j'apprécierai. La menthe, je n'en raffole pas.

— Tiens, Victor est au bout de l'allée, remarqua Amaury. Allons lui demander ce qu'il pense de tes futures recettes.

Ils bavardèrent quelques instants. Le contremaître

prenait très au sérieux le projet de Julia et semblait fermement décidé à l'aider, dans la mesure de ses disponibilités. L'idée de voir « ses fruits » devenir de nobles marmelades lui plaisait. Et la perspective de lire sur les pots le nom du domaine le rendait fier. Il avait voué sa vie à ce verger. Son soutien rassura Maud. Si Victor jugeait l'idée intéressante et envisageable, c'était réconfortant. Léopold et Benoît venaient de les rejoindre, mais ils ne s'attardèrent pas et poursuivirent leur promenade.

— Voilà une bonne chose, murmura Maud, Léopold a tout de même réussi à sortir son père de sa chambre aujourd'hui. Prendre l'air lui fera du bien.

— Il sort, parfois, intervint Victor. Je le vois de temps en temps au bord de l'Indre. Il parle tout seul. Pauvre homme… L'autre jour, je suis allé échanger quelques mots avec lui. Il attendait Sylvain. Je lui ai dit qu'il ne reviendrait pas et ça l'a fâché. Alors, je n'ai pas insisté. Je l'ai laissé à ses rêves, sous les arbres au bord de l'eau. C'est sûrement moins dur pour lui… Moi, quand je vais me recueillir au cimetière sur la tombe de maman, je lui parle comme si elle était là. Chacun console ses chagrins comme il le peut, n'est-ce pas ?

Julia regarda sa mère puis son oncle, hochant du menton, d'un air qui signifiait : « Vous voyez que je ne raconte pas n'importe quoi quand je prétends que Benoît est complètement zinzin ! » Ignorant sa fille, Maud regarda s'éloigner Léopold et son père, jusqu'à ce qu'ils disparaissent dans l'allée suivante. Oui, Benoît était un pauvre homme. Jamais il ne s'était remis de la disparition de son frère jumeau cinquante ans plus tôt, ni plus tard de la mort de sa femme alors que leur fils était encore petit. Deux fois, la vie lui avait arraché le cœur. Quel être humain ne serait pas devenu fou après de telles épreuves ?

7

Maud ralentit le pas en arrivant rue Buffon, ravie d'échapper au bruit de la circulation sur le boulevard Heurteloup. Elle n'était plus qu'à une minute de chez elle. Il devait faire bon dans le jardin de la préfecture, à l'ombre des grands marronniers, pensa-t-elle en longeant les grilles. Elle entendit des éclats de rire et devina que des enfants s'amusaient de l'autre côté, sans doute sous le regard attentif des mamans assises sur les bancs. Des années plus tôt, elle s'était souvent rendue dans ce petit parc avec Julia, surtout en fin de journée après le travail. Julia adorait faire de la bicyclette dans les allées, entre les massifs de fleurs... Maud respira ; il lui sembla sentir le parfum des rosiers grimpants et elle se félicita d'avoir choisi son logement dans ce quartier du centre-ville, beaucoup plus paisible que le long des grandes avenues et malgré tout proche de son agence immobilière. De son bureau à son cocon de la rue Buffon, elle n'avait pas dix minutes de marche. Devant chez elle, elle marqua un temps d'arrêt. Le portail était entrouvert et un type plutôt costaud traversait la petite cour d'un pas pressé. Elle fut vite rassurée en reconnaissant Maxence Luçay, le fils de ses voisins, qui s'arrêta pour la saluer.

— Contente de te croiser ! Ça fait un bail que je ne t'ai pas vu, dit-elle. Comment vas-tu ?

— Bien ! Et vous ?

Maud sourit. Elle le tutoyait comme lorsqu'il était haut comme trois pommes, alors qu'il la vouvoyait toujours.

— Bien, merci ! Tes parents ont dû être aux anges de recevoir ta visite. À chaque fois que je rencontre ta mère, elle me parle de toi. Tu fais son bonheur.

— Et ma mère fait le mien ! Même si je suis indépendant maintenant, j'ai toujours du plaisir à passer un moment avec mes parents, dans la maison de mon enfance.

Maud acquiesça en contemplant la façade. C'était une vaste maison de ville divisée en deux logements. Les Luçay occupaient une moitié, elle avait acheté l'autre. Elle y avait investi toutes ses économies et complété la somme requise par un emprunt que la banque avait bien voulu lui accorder. Dans la petite cour commune fermée par un portail, on pouvait garer trois voitures. À l'arrière du bâtiment, les jardins étaient privatifs. Maud avait craqué en découvrant ce coin de nature entouré de hauts murs, à l'abri des regards indiscrets. Un luxe en pleine ville ! Auparavant, elle vivait dans un deux-pièces avec Julia qui dormait dans la chambre alors qu'elle dépliait chaque soir le clic-clac du séjour. L'arrivée rue Buffon avait été une bouffée d'air pour toutes les deux. Les Luçay vivaient déjà là le jour de son emménagement. Maxence, plus vieux que Julia, était alors un garçon plutôt chétif de nature aimable. Il avait poussé d'un seul coup à l'adolescence et était devenu un sacré gaillard, toujours aussi sympathique.

— Julia va bien, elle aussi ? demanda Maxence qui ne paraissait pas pressé de partir. Je l'ai croisée il y a un mois ou deux. Elle m'a expliqué qu'elle avait lâché le droit et qu'elle comptait lancer son affaire de confitures.

— Oui, ça prend forme, du moins dans sa tête et sur le papier. Côté confitures, elle a réalisé quelques recettes. Rien qui se vende pour le moment. C'est juste pour nous faire goûter. Il faut sélectionner les produits avec lesquels elle compte démarrer.

— Ah, la famille sert de cobaye, alors ?

— C'est ça ! Cet été, elle va produire davantage grâce aux récoltes du domaine. Elle commencera à vendre sur Tours.

— Elle a bien fait de foncer, assura Maxence. Il fallait oser. Ce ne sera pas facile, mais au moins, elle sera son propre patron. Les conditions de travail sont devenues tellement difficiles… J'ai fait trois boîtes en trois ans, avec à chaque fois l'impression de n'être qu'un larbin. Ce n'est pas très valorisant.

Maud hocha la tête. Elle était au courant. La mère de Maxence lui avait raconté les déboires de son fils. Infographiste, il avait travaillé dans deux entreprises où on n'avait laissé aucune place à son imagination. Il s'y était beaucoup ennuyé. Dans la troisième, on lui avait fait miroiter un poste finalement donné à un autre, sans parler des heures supplémentaires imposées et jamais rémunérées. Il avait démissionné et avait été embauché par la Ville. On ne lui avait fait aucune promesse mirobolante, son salaire n'était pas à la hauteur de ses attentes, mais au moins ses talents d'illustrateur étaient enfin reconnus. Il créait des affiches, des plaquettes, des prospectus en fonction des besoins de la mairie. Cela allait des présentations de spectacles aux informations municipales.

— Et toi, tout va bien côté boulot ? demanda Maud.

— Oui, de ce côté-là, pas de souci.

En voyant Maxence froncer les sourcils, Maud pinça les lèvres. Visiblement, il y avait un côté avec soucis, mais elle se refusa à se montrer indiscrète. Maxence la fixa et elle se sentit mal à l'aise. Quel message souhaitait-il faire passer en la dévisageant ainsi ? Elle prétexta beaucoup de fatigue pour mettre un terme à leur bavardage.

Rentrée chez elle, elle retira ses chaussures et grimpa à l'étage, pressée de se glisser sous la douche.

Le jet d'eau à peine tiède lui fit du bien et elle se sentit revigorée. Elle enfila un short et une chemise de coton bleue, descendit au salon et fit coulisser la baie vitrée qui ouvrait sur le jardin. Elle se servit un grand verre de citronnade, l'emporta pour le déguster à l'ombre des lilas et s'allongea sur un transat. Elle consulta son téléphone personnel. Amaury lui avait laissé deux messages. Il avait une multitude de choses à lui dire, dont deux très importantes. La première concernait la fête qu'il donnerait au mois de juin et dont il avait arrêté la date. Maud la nota immédiatement afin de bloquer la journée dans son planning. La seconde concernait la famille. À son ton sérieux, Maud estima qu'elle devait le rappeler. Elle prit son téléphone. Il répondit aussitôt.

— Aujourd'hui, je suis allé livrer un client exigeant, l'informa-t-il. Il avait acheté un bonheur-du-jour Louis XVI en acajou et une console du même style. Comme il semblait tatillon sur les conditions d'emballage et de transport, j'ai préféré lui livrer moi-même la marchandise. Si le type est maniaque, il s'est pour autant montré sympathique. Il m'a offert un café, on a bavardé, et de fil en aiguille j'ai découvert qu'il était psychiatre. Je n'ai pas pu m'empêcher de lui parler de Benoît. L'autre jour, Julia n'y est pas allée de main morte, mais elle a raison, notre oncle est vraiment zinzin. De pire en pire !

— Et ?

— Et le cas de Benoît intéresse ce médecin. Il est

prêt à le recevoir. Évidemment, il faudra convaincre Hortense de nous laisser emmener Benoît voir le psy, et persuader Benoît d'accepter de le rencontrer.

— Dois-je comprendre que nous allons toi et moi nous charger de ces démarches ?

— À ton avis ?

Maud soupira. Elle n'avait aucune envie de gérer Benoît et sa folie douce. Mais elle entendait les arguments de son frère. La situation ne s'arrangerait pas. Avec l'âge, elle risquait même de se dégrader. Il ne s'agissait pas de faire enfermer leur oncle, mais plutôt de lui proposer une thérapie qui soulagerait tout le monde. Hortense était très vieille même si elle avait toute sa santé. Tout finirait par retomber tôt ou tard sur les épaules de Julia. Comment se débrouillerait-elle avec des personnes vieillissantes, dont une qui n'avait plus toute sa tête ? Ce dernier point eut raison de Maud. Elle s'engagea aux côtés de son frère.

— Avant tout, ajouta-t-elle, promets-moi d'en parler à Léopold. On ne lui demande pas de se joindre à nous, mais il nous faut son consentement. Parles-en aussi à Jacques. On a besoin de son appui. C'est important vis-à-vis d'Hortense et de Benoît.

Elle raccrocha et vida son verre de citronnade. Elle aurait volontiers avalé quelque chose de plus fort… S'occuper de Benoît ne l'emballait pas. En fait, depuis longtemps déjà, elle ne prêtait guère attention à son oncle. Elle l'avait toujours connu détaché de tout et n'avait tissé aucun lien avec lui. Enfermé dans son monde, il n'avait jamais cherché non plus à se rapprocher d'elle, ni de quiconque d'ailleurs. Il restait en dehors de la vie familiale, même s'il avait toujours habité le domaine. Elle s'était habituée à ce fantôme qui prenait ses repas avec tout le monde mais n'avait jamais un mot ni un sourire pour l'un ou pour l'autre. Seule Hortense parvenait parfois à lui arracher un regard, une mimique, une phrase. Maud ne le voyait pas, qu'il soit là ou pas. Elle s'en voulut de son comportement égoïste et se jura qu'elle épaulerait Amaury dans cette entreprise qui promettait de ne pas être aisée.

Quelques coups à la porte interrompirent ses cogitations. Elle s'en étonna, personne n'avait sonné à l'interphone. Elle ouvrit et resta interdite. Maxence se tenait devant elle, une bouteille de blanc de Touraine à la main.

— Il est l'heure de l'apéritif, dit-il. Ce serait sympa de continuer à bavarder autour d'un verre.

Maud recula pour le laisser entrer mais ressentit comme un malaise. Les dernières fois que Maxence était venu chez elle remontaient à plus de quinze ans, pour jouer avec Julia. Ça n'avait pas duré car, de cinq ans plus âgé qu'elle, il avait vite regardé vers d'autres horizons. Que venait-il faire ? Évoquer des soucis dont il n'avait pas osé lui parler tout à l'heure ? Lui demander un service ? Ou parler encore de Julia ? Peut-être avait-il envie de fréquenter la petite voisine de son enfance ? Il suivit Maud dans la cuisine et l'observa tandis qu'elle sortait des verres et lui donnait le tire-bouchon.

— Il y a un problème, Maxence ?

— Pas du tout.

Il remplit les verres et lui en tendit un.

— À la nôtre, fit-il en souriant.

Maud se sentit à nouveau mal à l'aise. Maxence la détaillait et elle regretta sa tenue légère. Son short dévoilait ses jambes et elle n'avait pas remis de soutien-gorge sous sa chemise après sa douche.

— Je peux faire quelque chose pour toi ? demanda-t-elle afin de rompre le silence.

Il remua la tête négativement et but quelques gorgées de vin, un millésimé à température parfaite qui sortait sans doute de chez le caviste deux rues plus loin. Elle fit de même, s'interrogeant. Ils étaient toujours dans la cuisine, debout devant le comptoir qui donnait sur le séjour. Devait-elle lui proposer de s'asseoir dans le salon ? Au jardin ?

— Vous êtes très belle.

Elle rougit de ce compliment auquel elle ne s'attendait pas. Contre toute attente, il profita de son embarras pour approcher la main et lui caresser la joue.

— Qu'est-ce que tu fais ? dit-elle en faisant deux pas en arrière. J'ai presque l'âge de ta mère !

— Peu m'importe puisque tu ne lui ressembles en rien.

— Ah, tu me tutoies maintenant ? fit-elle d'un

ton qu'elle voulait léger. Allez, buvons notre verre et va rejoindre tes amis, et avant tout des filles de ton âge.

Elle vida son verre d'un trait, le posa sur le plan de travail et rejoignit la porte pour l'inciter à s'en aller. Il la rejoignit, appuya son poing contre le chambranle pour l'empêcher de l'ouvrir.

— Je me fiche des filles de mon âge, c'est toi que je veux.

Il tendit la bouche, la plaqua sur les lèvres de Maud qui le repoussa. Elle n'avait aucune envie de coucher avec un gosse, encore moins avec le fils de ses voisins !

— Oublie ce qui te tracasse, murmura-t-il, comme s'il avait deviné ce qui se tramait dans sa tête. Ferme les yeux et oublie qui je suis.

Il l'enlaça et elle posa les paumes sur sa poitrine pour l'écarter. Il ne broncha pas. Elle le dévisagea. Il était éblouissant. Il n'avait rien d'un môme, à part la jeunesse de sa peau et de ses traits. Pour le reste, c'était un homme. Un homme décidé, sûr de lui. De nouveau, il se pencha et l'embrassa. Elle tenta de se secouer, de retrouver sa lucidité. Maxence resserra ses bras autour de Maud. Elle fut parcourue d'un long frisson. « Il ne faut pas. Il ne faut pas. Il ne faut pas. » Elle répéta cette phrase comme on fait une prière puis se trouva une excuse. Il y avait trop longtemps qu'elle n'avait pas fait l'amour ; son corps le lui rappelait. Il réclamait des baisers, des caresses, de la tendresse. Il demandait à être aimé.

Juste une fois. « Il ne faut pas, il ne faut pas... » Sa tête lui recommandait de ne pas céder mais sa chair s'abandonnait.

Les mains de Maxence glissaient sous la chemise de coton, couraient sur sa peau, frôlaient ses seins, ses lèvres l'embrassaient, la goûtaient, la dévoraient. Elle s'arc-bouta quand les doigts du jeune homme effleurèrent son ventre, puis ses cuisses, et firent tomber son short. Maud laissa Maxence glisser ses jambes entre les siennes, se sentit soulevée de terre, plaquée contre le mur. Elle eut encore dix secondes de conscience pendant lesquelles elle songea qu'elle faisait une bêtise. Puis il n'y eut plus que le plaisir, le bonheur de se sentir femme, de sentir un homme en elle.

Quand Maxence relâcha son étreinte, ils étaient en nage. Elle l'entraîna vers la salle de bains. Sous la douche, il lui fit encore l'amour. Il la regarda ensuite s'enrouler dans un peignoir pour se sécher. Il avait encore envie d'elle.

— Tu es belle.

C'était tout ce qu'elle voulait entendre. Elle l'attira dans la chambre, le poussa sur le lit et le chevaucha. Elle n'était pas une poupée dont on fait ce qu'on veut. Elle conduisit son jeune amant aux portes du paradis, eut plaisir à l'entendre gémir, le fixant lorsqu'il ouvrait grands les yeux ou au contraire les fermait. Ils oublièrent de dîner, incapables de se lâcher, insatiables.

8

— Merci, Mélanie ! s'exclama Maud en entrant dans l'agence. Comme d'hab, t'es au top !

Elle souleva la dizaine de dossiers qui se trouvaient sur son bureau, ouvrit le premier avant même d'avoir ôté sa veste. Elle rentrait d'un long après-midi de visites avec de futurs clients. Du moins l'espérait-elle.

— Les nouveautés sont en ligne sur Internet, précisa Mélanie.

Maud lui sourit largement. Mélanie Philippe était la perle rare. Elle n'avait jamais regretté de l'avoir embauchée. La jeune femme était à la fois secrétaire, comptable et hôtesse. Maud pouvait lui confier l'agence en toute confiance, le travail était fait.

— Il est tard, l'heure pour toi de quitter le navire ! dit Maud après avoir consulté sa montre.

— Si tu as besoin, je reste. Rien ni personne ne m'attend ce soir.

— Merci, c'est gentil. Mais rentre chez toi. Je vérifie mes notes et je ferme la boutique.

— D'accord, mais ne t'attarde pas trop. Tu as une petite mine.

Maud passa sa main dans ses cheveux et replaça une mèche derrière son oreille. Fatiguée, oui, elle l'était un peu. Mais heureuse aussi. Sa vie avait pris une autre tournure depuis quelques semaines. Elle voyait Maxence assez souvent, le temps d'une soirée ou d'une nuit, et leurs ébats laissaient des cernes autour de ses yeux. La veille encore, ils avaient longuement fait l'amour. Elle avait dû le chasser à 4 heures du matin pour dormir quelques heures, et être sûre qu'il ne croiserait pas ses parents en partant…

— À demain ! lança Mélanie.

— À demain ! On déjeunera ensemble. C'est moi qui invite !

Les deux femmes ne se voyaient guère en dehors de l'agence, mais de temps à autre elles avaient plaisir à partager un repas et à bavarder. Jamais rien qui soit vraiment intime. Maud parlait un peu de Julia et Mélanie racontait les frasques de ses neveux et nièces. À part ça, elles discutaient cinéma ou évoquaient leurs lectures, et parfois allaient courir les boutiques. Leur complicité n'avait pas besoin de plus. L'essentiel concernait leur mode de fonctionnement à l'agence, complémentaire et bien rodé.

Maud s'assit à son bureau et ôta ses chaussures pour se masser les pieds avant de les poser sur le carrelage dont la fraîcheur lui fit du bien. Elle avait tellement galopé que ses jambes lui semblaient comme prises dans une chape de béton. L'image la fit sourire ; elle aurait bonne mine si elle ne parvenait pas à se relever de son fauteuil pour rentrer à la maison !

Elle se secoua, sortit sa tablette de son sac et ouvrit le premier des dossiers laissés par Mélanie. Quelques minutes lui suffirent pour mettre à jour la liste des disponibilités. Elle se félicita d'avoir misé autant sur la ville que sur la campagne pour les biens à vendre et de disposer d'un portefeuille locatif bien garni. En juin, les demandes étaient nombreuses. Familles désireuses de quitter le milieu urbain pour un cadre de vie plus vert, jeunes couples à la recherche d'un appartement plus grand, étudiants en quête d'un logement à la mesure de leurs moyens. Elle appréciait cette jeune clientèle et la traitait avec bienveillance. Sans doute parce qu'elle avait l'impression de se trouver en présence de sa fille. Ces jeunes gens n'étaient guère riches mais ils représentaient une rentrée d'argent non négligeable. L'immobilier n'était plus aussi florissant qu'à l'époque où Maud s'était lancée. Les ventes étaient plus rares et la location assurait un revenu relativement régulier.

Elle fut interrompue par un appel, une dame souhaitant une estimation de sa maison. Rendez-vous fut pris pour le lundi suivant. Quand elle raccrocha, Maud ne savait plus où elle en était et se maudit de se déconcentrer aussi vite. Elle était souvent dans la lune depuis que Maxence était entré dans sa vie… Elle rêvassa encore quelques instants, se demandant comment l'attirance avait pu être à ce point immédiate. Jamais elle ne s'était donnée aussi vite à un homme. Jamais elle n'avait cédé dès une première fois. Alors quoi ? Avait-elle eu peur que cette première fois ne se représente jamais ? Troublée, elle réfléchit et en conclut que ce qui l'avait surprise, bouleversée même, c'était qu'un homme aussi jeune s'intéresse à elle.

Elle s'ébroua, se pencha sur son écran. La mise à jour du fichier achevée, elle imprima plusieurs feuillets afin de préparer une vente qui serait actée à la fin du mois. Elle sortit l'exemplaire type d'un avant-contrat qui précédait l'acte de vente proprement dit. Son téléphone personnel vibra. Peut-être était-ce Maxence. Ils n'avaient pas prévu de se voir, mais… C'était Amaury. Elle ne décrocha pas. Elle le rappellerait plus tard. Elle s'en voulut d'avoir espéré que ce soit Maxence. Elle avait besoin de récupérer. Dîner tôt et se coucher dans la foulée. Le week-end serait court car elle avait accepté des rendez-vous avec des acheteurs potentiels le samedi. Le dimanche, elle le passerait à la Dame blanche auprès d'Hortense, et surtout de Julia qui avait mille choses à lui raconter. Elle reprit l'avant-contrat, compléta quelques rubriques au crayon. Elle vérifierait une dernière fois la description détaillée du logement avant d'imprimer le document définitif. Elle relut tous les points, un crayon à papier coincé entre les dents, et faillit lâcher un grognement lorsqu'elle entendit le carillon de la porte. Elle leva les yeux, un homme entra. Elle se redressa, lâcha son travail et rangea le dossier tout en cherchant à tâtons ses chaussures abandonnées sous le bureau. L'accueil du client primait.

L'homme la salua. Elle répondit à son salut puis le détailla discrètement. Elle était sûre de l'avoir déjà rencontré. Elle ne savait plus quand ni où. Peut-être ici, se dit-elle. Parfois, les clients tergiversaient, retardaient leur projet, s'évanouissaient dans la nature pour réapparaître quelques mois plus tard. Son portable vibra à nouveau. Cette fois, c'était Maxence, mais il lui était impossible de répondre en présence d'un client. L'homme formula sa demande. Il avait repéré dans la devanture une annonce de maison individuelle sur laquelle était indiqué en lettres capitales : VENDUE.

— J'aimerais ce type d'habitation, dit-il. J'ai bien noté qu'elle n'est plus disponible, mais elle correspond à ce que je recherche. Sur Tours, ou à la périphérie.

— Quand vous parlez de périphérie, vous pensez à un rayon de combien ? Dix, vingt kilomètres ?

— Le moins possible. Je ne peux pas trop m'éloigner du centre.

— Je note ce détail tout de suite, dit-elle en saisissant sa tablette. Et si on est obligé de s'éloigner un peu, Tours nord ou Tours sud ?

— Aucune idée…

Maud pinça les lèvres avant de se composer une expression neutre. Pas question de grimacer devant la clientèle. Celui-là était un indécis. Il se pointait juste avant la fermeture sans avoir réfléchi en amont à ce qu'il désirait. À moins que ce ne soit qu'un promeneur entré là par hasard, pour lui faire perdre son temps.

— Pouvez-vous me donner quelques précisions ? Ce dont vous avez besoin précisément ? Combien de chambres ? Quelle surface habitable ? Un jardin de quelle taille ? Un garage ?

— Heu… Deux, trois chambres peut-être. Pas plus. Je préfère un séjour assez vaste. Un jardin, oui, mais pas trop grand car je ne suis pas sûr d'avoir le temps de m'en occuper. À moins que je m'oriente vers un appartement…

— Bien, murmura-t-elle en songeant que l'affaire n'allait pas être aisée.

Elle pianota sur son clavier. Des maisons à vendre, elle en avait dans son portefeuille, mais elle n'avait aucune envie d'en décortiquer le descriptif maintenant. Il était tard, elle était fatiguée et ne se sentait pas la patience d'aller plus loin avec ce client confus.

— Si vous voulez, je prépare une liste des biens qui pourraient vous correspondre et nous nous revoyons la semaine prochaine. Qu'en pensez-vous ?

— Oui, pourquoi pas ? C'est une bonne idée.

— Parfait ! Profitez de ce laps de temps pour

bien définir vos désirs. Ce que vous souhaitez, et ce que vous ne souhaitez pas.

Il acquiesça et il lui parut d'un seul coup plus détendu. Pour la seconde fois, elle eut le sentiment qu'ils s'étaient déjà vus. Mais quand, et où ? Elle renonça à lui poser la question de peur de se tromper.

— Pouvez-vous me laisser vos coordonnées ? demanda-t-elle en lui tendant un bloc-notes et un stylo. Je vous appelle dès lundi et on fixe un rendez-vous. Voici ma carte. Appelez-moi si d'ici là vous avez une question particulière.

Il prit le bloc, hésita un instant.

— Laissez-moi un message si je ne réponds pas, la pria-t-il. Il m'arrive de ne pas avoir le temps de consulter mon téléphone personnel durant la journée.

Elle hocha la tête, reprit le bloc et y jeta un œil.

— Commandant Samara ? De la gendarmerie de Tours ?

— Oui.

— Je ne vous avais pas reconnu. Sans l'uniforme…

Il la dévisagea et sourit.

— Vous êtes la petite-fille de madame Châtillon ! s'exclama-t-il. Je ne vous avais pas reconnue non plus, excusez-moi.

— Pas de problème. C'est courant quand on croise les gens dans des circonstances tout à fait différentes.

Il approuva et sourit encore, cette fois parfaitement à son aise.

— Pas de signe de rôdeur dans la jolie propriété de madame Châtillon ?

— Aucun. Du moins, je crois. Je ne vis pas là-bas, vous savez, mais il m'arrive d'y aller en fin de semaine.

— Le portail est-il fermé, maintenant ? demanda-t-il d'un ton faussement sérieux.

— Ah ! Le portail… Ma fille, qui réside au domaine, s'est engagée à le boucler tous les soirs. Mais le fait-elle ? Je lui poserai la question.

— Vous savez, c'est juste que par les temps qui courent il faut être vigilant. Le voisin s'est peut-être inquiété pour rien, mais deux précautions valent mieux qu'une. Dans mon métier, je vois des choses tellement…

Il se tut, conscient qu'il risquait de l'effrayer. D'un autre côté, il savait que sa mission consistait également à prévenir.

— Pour revenir au sujet qui m'amène dans votre agence, acheter une maison est quelque chose de tout nouveau pour moi. Je suis à Tours depuis quelques années, logé à la caserne, et j'aimerais scinder vie privée et travail.

— Je comprends ! Pas très agréable de croiser les collègues le dimanche, quand on rentre du marché.

— Voilà, c'est exactement ça. C'est aussi pour avoir un chez-moi, que je pourrais aménager comme bon me semble. Je suis passé de caserne en caserne, dans des appartements toujours impersonnels. J'ai besoin de me poser et de construire… mon nid. Ma mère m'a laissé un petit héritage auquel je n'ai pas touché car j'ignorais si j'allais rester en Touraine. Ayant appris récemment qu'à moins de le demander je ne changerais plus d'affectation, je peux enfin penser à m'installer. La région est agréable et la vie pas trop stressante par ici.

Maud jeta un coup d'œil à sa montre.

— Il est tard et je m'égare, s'excusa le commandant Samara. Peut-être alliez-vous fermer ?

Elle rougit, comme prise en faute, et bafouilla :

— Ma journée a été longue, c'est vrai. Je vous appelle lundi, d'accord ?

— D'accord !

Il s'avança vers la porte et lui fit un petit signe de la main avant de sortir, le visage souriant et l'air heureux.

9

— Mais enfin, Maud, t'as la tête ailleurs ? Je t'ai appelée dix fois, j'ai laissé autant de messages et tu ne me rappelles pas !

Amaury se tut et fixa sa sœur. Elle avait une petite mine, les traits un peu tirés. Il se radoucit.

— Qu'est-ce qui ne va pas ? T'as un souci ? T'es malade ? Tu sais bien que tu peux tout me dire. Profites-en, on est seuls. Personne ne viendra nous déranger.

Il était arrivé avant elle à la Dame blanche et l'avait attendue assis sur les marches du perron, décidé à avoir une explication.

— Tout va bien, Amaury. Je suis un peu fatiguée, mais ça va.

Elle ouvrit le coffre de la voiture et en sortit un sac rempli de livres. Hortense et Isabelle aimaient lire. Maud n'oubliait jamais de leur apporter les romans qu'elle avait lus ainsi qu'une ou deux nouveautés achetées dans une librairie où elle avait l'habitude de se fournir. Elle attrapa un second sac qui contenait un petit cadeau pour Julia. Deux jolis tee-shirts et un livre de cuisine qui recensait mille et une recettes de confitures.

— Tu me le jures ? Tu me le dirais s'il y avait quelque chose de grave, n'est-ce pas ?

Maud referma le coffre et se planta devant son frère, soutenant son regard. L'espace de quelques secondes, elle faillit tout lâcher sur Maxence, leur relation très charnelle, le bonheur qu'elle ressentait dans ses bras. Se confesser l'aurait soulagée. Vivre cette histoire en secret lui pesait. De son côté, Maxence la tannait pour ne plus se cacher. Il souhaitait mettre ses parents au courant. Elle ne savait plus à quel saint se vouer car elle n'était pas sûre d'attendre de cette relation quelque chose d'officiel. Les dix-huit ans qui la séparaient de Maxence la mettaient mal à l'aise. Pourtant, elle était mordue et n'envisageait pas de renoncer à son jeune amant. S'ouvrir à Amaury, lui soumettre les questions qui la hantaient auraient pu l'aider à y voir clair, mais c'était au-delà de ses forces.

— Tu es toujours le premier à qui je me confie, répondit-elle enfin. Mais toi, qu'avais-tu de si important à me dire ?

Il la dévisagea encore, le front plissé. Certes, elle ne lui cachait jamais rien, mais le temps qu'elle avait mis à lui répondre l'intriguait.

— Patrick Avrillé, le psychiatre, est passé à la boutique jeudi soir. Il cherchait un lustre style

Louis XVI, vingt-quatre lumières et… Bref ! On a bavardé un peu et je lui ai demandé ce qu'il pensait du cas de Benoît. Évidemment, sans l'obliger à trahir le secret professionnel.

— Et ?

— Et rien. Du moins pas grand-chose. C'est lui qui m'a posé des questions. Il aimerait en savoir plus sur le drame qui a frappé Benoît, sur ce qui est arrivé à son frère. Pour ça, il faut qu'on discute avec Hortense. Elle seule pourra nous en dire plus.

— Ce n'est même pas la peine d'espérer ! s'exclama Maud qui n'avait pas du tout envie de se frotter à sa grand-mère sur ce sujet.

Elle n'avait pas oublié les frictions suscitées par leur discussion concernant Benoît trois semaines plus tôt. Hortense avait accepté du bout des lèvres, après des heures de palabres et de négociations, qu'Amaury et Maud emmènent leur oncle consulter un spécialiste. Elle n'avait cédé que parce que Léopold était venu à leur rescousse, la priant de laisser ses cousins tenter quelque chose pour son père. Benoît, lui, s'était laissé faire. Il avait suivi Amaury et Maud sans broncher. Son entretien avec le praticien ne l'avait pas contrarié et il avait consenti à revenir pour une seconde consultation.

— Il faut qu'on sache ce qui s'est passé ! tempêta Amaury. Personne n'en parle jamais dans cette maison. On fait comme si ce drame n'avait pas existé. Ce n'est pas rien, tout de même. Benoît a perdu son frère et Hortense un fils. C'est dingue, tous ces non-dits !

— Je suppose que c'est pour ne pas souffrir.

— Mais Benoît souffre ! Le psy l'a dit. Et c'est cette souffrance qui le rend fou.

— Va répéter ça à mamie, hein !

Amaury haussa les épaules. Le médecin n'avait pas prononcé le mot folie mais il avait évoqué la douleur que pouvait ressentir Benoît, une douleur tellement intense que son esprit, pour se protéger, esquiver les coups, repoussait la raison et s'évadait vers des ailleurs incompréhensibles pour les autres. Le psy avait besoin d'explications claires et précises pour aider Benoît à trouver une voie qui lui permette de supporter ce qui était pour lui l'insupportable : le décès de son jumeau.

— Bon, si on ne peut pas cuisiner mamie, on peut essayer d'en toucher un mot à maman et à Jacques, insista Amaury en prenant sa sœur par le cou.

Elle pencha son visage vers lui et sourit.

— Tu sais m'amadouer, toi ! Filou ! Un câlin et tu crois que tu me tiens ?

— Je n'y arriverai pas sans toi, reconnut-il en l'embrassant sur la tempe. Partageons le boulot. Tu questionnes Jacques, et moi maman. On va bien réussir à apprendre quelque chose.

Maud soupira. Il n'y avait sûrement rien de plus à découvrir que ce qu'ils savaient déjà. Sylvain s'était noyé dans la Loire. Le drame s'était déroulé sous les yeux de Benoît qui était resté marqué à vie. Hortense avait surmonté l'épreuve, nul ne savait comment. Benoît avait remonté la pente quand il avait connu celle qui allait devenir sa femme. Hélas, elle s'était suicidée quelques années après leur mariage après avoir perdu un enfant encore à naître. Est-ce que ça ne suffisait pas au psy pour comprendre ce qui tourmentait son patient ?

— Avrillé sait déjà tout ça, martela Amaury. Ce qu'il veut, c'est revenir sur les circonstances exactes de la mort du jumeau de Benoît. Ce qui s'est exactement passé ce jour-là et ce qui est survenu juste après. Pour lui, l'essentiel du traumatisme est là. Il faut qu'on…

Maud leva la main pour arrêter son frère.

— OK, capitula-t-elle, je tente de prendre Jacques entre quat'z'yeux et j'essaie de lui soutirer quelques infos. Mais d'abord, j'aimerais voir Julia. Je lui ai promis de lui consacrer un peu de temps.

— Bien sûr ! Viens, elle est avec Victor dans la vieille serre.

— Dans la vieille serre ?

— Oui, tu vas être surprise.

Le bruit des pas sur le gravier alerta Julia qui se précipita à la rencontre de sa mère. Elle la prit par la main et l'entraîna. Si, de l'extérieur, le bâtiment avait toujours la même allure délabrée, l'intérieur n'avait plus rien de commun avec ce qu'il était quelques semaines plus tôt. Il avait été vidé et nettoyé. Les vitres cassées avaient été remplacées par des panneaux de bois qui apportaient un peu d'ombre et rendaient l'endroit moins cuisant quand il y avait du soleil. Le sol de vieux pavés avait également subi une remise à neuf. On l'avait balayé, lavé, en prenant soin de gratter la couche de mousse qui le recouvrait par endroits. Même les joints étaient propres. Au fond de la serre, des tréteaux supportaient d'épais plateaux de bois qui faisaient office de table. Sur l'un étaient rangées des marmites, sur l'autre des bocaux vides, le troisième servait de plan de travail. Il y avait également une cuisinière à bois, un évier flambant neuf, et de l'autre côté une vieille armoire dont les portes avaient été démontées. Les étagères servaient à entreposer les premiers pots de confiture, tous soigneusement étiquetés. Dans l'angle, près de la porte d'entrée, des caisses de fruits attendaient.

— Alors ?

Julia rayonnait. Elle semblait tellement heureuse que Maud ravala la première question qui lui était venue à l'esprit. Combien tout cela avait-il coûté ?

— C'est formidable !

— Et ne t'inquiète pas pour les jouets. Ils sont dans la remise. On n'a rien jeté. Je sais qu'Amaury et toi, vous y tenez.

Maud hocha la tête. La serre était devenue un bel atelier. Jamais elle n'aurait pensé que l'endroit puisse être aussi agréable. Elle marcha vers l'armoire et détailla les pots. Confitures de cerises et de fraises agrémentées d'une touche de citron ou de vanille... Elle se retourna. Dans les cagettes par terre, d'énormes bigarreaux étaient prêts à être dénoyautés et cuits.

— Le domaine te permet d'avoir de beaux fruits, remarqua-t-elle après avoir goûté une cerise.

— Oui, et je peux remercier Victor. Sans lui, rien n'aurait été possible. Tout cet aménagement, je le lui dois !

Devant l'air intrigué de sa mère Julia apporta les explications attendues. Victor était venu chaque jour une heure ou deux pour lui donner un coup de main. Et le dimanche toute la journée ! Il avait commencé par remettre la serre en état tandis qu'elle s'occupait de tout nettoyer, puis il avait récupéré une cuisinière, acheté un évier qu'il avait lui-même installé. Il avait également négocié auprès d'un fournisseur deux énormes marmites conçues pour la fabrication des confitures. Le tout n'avait pas représenté un gros investissement.

— Grâce à Victor, j'ai ma cuisine ! Enfin, mon laboratoire, comme on dit dans le jargon !

Maud sourit, soulagée. Elle remercierait Victor de veiller sur Julia et de lui avoir prêté main-forte.

— C'est génial car je peux bosser en dehors de la maison, maintenant, reprit Julia. Je n'encombre plus le domaine de Claudine. La pauvre, je crois qu'elle en avait marre de mes casseroles ! Elle avait toujours peur que des cerises atterrissent dans sa ratatouille...

Imaginant la situation, Maud éclata de rire.

C'était mieux pour tout le monde que Julia dispose de son propre espace.

— Et ce fauteuil, là ? demanda Maud. C'est pour ta pause syndicale ?

— Ah, ça m'arrive ! Mais c'est surtout pour grand-mamie qui vient volontiers s'y asseoir une heure ou deux dans la journée pour me regarder faire. On bavarde, tandis que je suis aux fourneaux. Elle a de bonnes idées que je note dans un cahier. Il lui arrive de les écrire elle-même. Tiens, regarde !

Amaury, qui était resté un peu en retrait pour laisser la mère et la fille à leurs retrouvailles, s'approcha. Il se plaça derrière Maud tandis qu'elle tournait les pages.

— Abricots au romarin, lut-elle à haute voix. Abricots aux amandes, abricots façon pain d'épices. Ah, c'est particulier, mais ça doit être bon.

Elle se tut et continua à déchiffrer les kilos de fruits et de sucre nécessaires à l'élaboration des confitures, les parfums, s'amusant à identifier l'écriture large et ronde de Julia et celle beaucoup plus fine d'Hortense, aux lettres si bien dessinées.

— Et qui a écrit là ? demanda-t-elle en montrant une page sur laquelle figurait une dernière recette.

Julia se pencha vers sa mère.

— Victor ! Il me suggère de tester cette confiture au rhum et aux épices. Il m'encourage à être originale. Il dit que si je veux me faire une place dans le haut de gamme, non seulement je dois réaliser de bons produits mais aussi proposer des choses inédites. Alors, de temps en temps je fais des essais. J'ai mis quelques pots de côté pour toi, tu me diras ce que tu en penses. Ici, tout le monde a aimé, même Claudine.

Maud rendit le cahier à sa fille. Julia était heureuse, épanouie. C'était bon de la voir ainsi. Elle songea encore à Victor. Sa vie était entièrement consacrée au domaine ; trente ans qu'il y travaillait, ne comptant pas ses heures. Il abordait la cinquantaine sans rien avoir construit pour lui-même. Il n'avait jamais eu d'enfant, jamais de femme non plus. C'était généreux de sa part de consacrer du temps à Julia alors qu'il en avait si peu. Elle devait l'accaparer, et sûrement ne se sentait-il pas capable de refuser. Un doute frappa Maud en plein cœur. Victor représentait-il pour Julia l'image du père qu'elle n'avait jamais eu ? Compensait-elle un manque avec lui ? Amaury fixa sa sœur, attrapa son regard et lui sourit. Comme d'habitude, il avait deviné ses pensées.

10

Hortense était aux anges. On avait servi le café sur la terrasse et elle dégustait le sien en fumant une cigarette, les chiens couchés à ses pieds, fidèles et bienveillants. Amaury entraîna sa mère vers les vergers pour une promenade. Maud devina qu'il allait en profiter pour la questionner au sujet de Benoît.

Le déjeuner s'était merveilleusement bien déroulé. Benoît n'avait guère participé à la conversation mais il ne s'était pas fait remarquer en s'adonnant à ses calculs. Avait-il compté les bouchées qu'il avait avalées silencieusement et noté le résultat dans un coin de sa tête ? Léopold s'était détendu, soulagé depuis que son père consultait un psychiatre. Marianne était comme d'habitude un peu effacée, mais souriante bien qu'accaparée par les enfants. Elle n'avait guère d'autorité avec Léon qui, après une courte sieste, était branché sur deux cent vingt volts. Julia le rattrapa de justesse par le bras alors que, debout sur une chaise, il allait basculer.

— Vas-tu te calmer un peu ? le gronda-t-elle gentiment. Au lieu de faire des bêtises, viens avec moi jusqu'au potager. Je vais cueillir une salade pour ce soir.

— Je pourrai arroser le jardin ?

— Oui, bien sûr.

— Avec le petit arrosoir rouge ?

— Va pour le rouge !

Elle lui tendit la main et le petit l'agrippa, tout heureux qu'on s'occupe de lui. En le voyant sautiller d'un pied sur l'autre, Marianne poussa un léger soupir ; elle savourerait son café tranquillement. Elle jeta un coup d'œil sur Augustin. Il dormait dans son landau, protégé du soleil par une ombrelle. Allongé sur un transat, Léopold somnolait. Maud reposa sa tasse vide et regarda fixement son parrain pour attirer son attention.

— Je vais faire quelques pas.

— Je t'accompagne, fit Jacques. Vous venez, les chiens ?

Seul Carlo, l'énorme mâtin de Naples, se redressa et leur emboîta le pas. Oxford remua à peine une oreille, et comme Hortense ne faisait pas mine de bouger de son fauteuil, elle se rendormit. Maud et Jacques descendirent jusqu'au bord de l'Indre, sans parler. Toute une vie fourmillait autour d'eux. Des insectes bruissaient entre les hautes herbes, les oiseaux chantaient cachés dans les feuillages, l'eau semblait murmurer un refrain, parfois interrompu par quelques clapotis indiquant la présence de poissons et de grenouilles. Maud renifla. L'odeur de la rivière, mêlée à celle de la terre, avait un parfum qui l'avait toujours attirée, surtout les jours de grande chaleur, quand les senteurs étaient exacerbées.

— Alors ? l'interrogea Jacques, surpris de son silence prolongé. Un souci ? C'est Julia ?

— Pas du tout ! Julia est heureuse. Elle paraît avoir trouvé sa voie. Sa petite affaire ne fait que démarrer mais j'espère qu'une fois lancée elle lui permettra de vivre correctement. C'est de Benoît que je souhaiterais discuter.

— Benoît ? Que veux-tu que je te dise ? Je suis content qu'Hortense ait accepté qu'on tente quelque chose pour lui. Je ne sais pas à quoi ça mènera, mais au moins, Amaury et toi vous aurez essayé. De toute façon, consulter un psychiatre ne peut pas faire de mal…

À vrai dire, Jacques n'attendait pas grand-chose de cette thérapie. Pour lui, c'était trop tard. Hortense aurait dû faire soigner Benoît bien plus tôt. Comment réparer un cerveau qu'on avait laissé dysfonctionner pendant des années ? Au mieux, les soins proposés par le thérapeute ralentiraient le processus de déliquescence. Jacques redoutait le moment où l'état de son frère nécessiterait de le placer dans un établissement spécialisé.

— J'y pense souvent, ajouta-t-il. J'ai peur que

Benoît fasse quelque chose de dangereux un jour et qu'on soit obligé de...

— De l'enfermer ?

— Jamais ta grand-mère ne le supporterait.

Maud approuva d'un hochement de tête. Hortense n'admettrait pas que son fils soit interné ; elle en mourrait.

— J'ai besoin d'explications, lâcha-t-elle. Pour aider Benoît comme il faut, je dois apporter certaines informations au psychiatre. Tu veux bien me raconter le drame ? Comment Sylvain s'est noyé ?

Jacques haussa les épaules. Il s'assit sur une vieille barque retournée sur la berge. L'embarcation au bois vermoulu n'était plus qu'une carcasse mais on pouvait encore y poser les fesses, et c'était sans doute la raison pour laquelle on la conservait là. Une sorte de banc au bord de la rivière, entre les hautes herbes et les saules dont les branches effleuraient la surface de l'eau. Le mâtin vint s'asseoir aux pieds de Jacques qui lui caressa la tête tout en réfléchissant.

— Je n'étais pas là quand c'est arrivé, commença-t-il. C'était l'été, j'étais en colo dans les Landes. Mes dernières vraies vacances. Hortense me l'avait dit, à partir de quinze ans il me faudrait travailler dans les vergers. Ton père, de cinq ans mon aîné, n'y avait pas échappé. Tous ses étés, il les passait à la cueillette. Moi, j'avais encore le temps d'en profiter un peu.

Il sourit en se rappelant cette dernière année d'insouciance. C'était le mois d'août. Il avait fait très chaud partout en France. Un été de sécheresse et de canicule. Le débit de la Loire était très réduit. Les bancs de sable affleuraient. À différents endroits, on traversait le fleuve à gué. Passé le 15 août, de gros orages, assez violents, avaient touché toute la région. Il y avait même eu des mini-tornades dans plusieurs départements. Châteauroux, dans l'Indre, avait été particulièrement touché. Jacques était loin de tout cela. Dans les Landes, le temps était resté clément et il était accaparé par ses activités et ses nombreux copains.

— Un soir au dîner, on est venu me chercher. On m'a pris à part pour me dire qu'il était arrivé un accident à mon petit frère.

— Et ?

— Le moniteur n'a rien ajouté d'autre. Ma mère ne souhaitait pas que mon séjour soit interrompu et j'ai pensé que ça n'était pas très grave. Je suis rentré à la date prévue, dix jours plus tard. Sylvain n'était plus là. Et Benoît… Benoît ne disait plus un mot. Parfois, la nuit, il hurlait à cause de cauchemars qui le terrorisaient. Il était plongé dans un autre monde. Aujourd'hui, les médecins évoqueraient un état de stress post-traumatique et auraient essayé de le soigner. Il y a cinquante ans, on disait « choqué », et ça s'arrêtait là. Ta grand-mère était abattue mais elle marchait la tête haute et continuait à bosser comme si de rien n'était. Ton père la suivait sans piper mot. Et personne ne parlait de Sylvain. Je ne crois même pas qu'on m'ait dit qu'il était mort. Je l'ai compris tout seul.

— C'est étrange, cette attitude de la part de mamie Hortense. Elle qui a toujours été ouverte à toutes les discussions…

— Pas à ce sujet.

— Que s'est-il passé ? Tu n'as pas cherché à savoir ? À questionner mamie Hortense ? Ou mon père ?

— Si, bien sûr, mais j'ai vite compris que ni ma mère ni Louis ne me répondraient. Pour survivre et dépasser ce drame, ils avaient besoin de ne plus en entendre parler. Je n'ai pas insisté. Hortense vivait un calvaire. Elle devait se reprocher de ne pas avoir envoyé les deux petits en colonie. Tout ça ne serait pas arrivé s'ils étaient partis pour les vacances. Elle souffrait, culpabilisait, ressassait sa responsabilité tout en faisant tourner l'exploitation fruitière pour nourrir la famille.

Ce n'était pas difficile pour Maud d'entrevoir ce que sa grand-mère avait vécu. La pauvre avait dû serrer les dents pour ne pas crier sa souffrance. Perdre un enfant, que pouvait-il arriver de pire à une mère ? Hortense n'avait pas failli, elle avait porté le domaine et les siens à bout de bras. Et sans doute avait-elle souvent pleuré son fils toute seule, le soir dans son lit.

— Comme il était impossible de prononcer le prénom de Sylvain à la maison, j'ai récupéré quelques infos à droite, à gauche. Marcel Chambourg, le contremaître du domaine à l'époque, m'a expliqué deux ou trois choses. J'en ai aussi parlé avec des camarades de classe quand l'école a repris en septembre. Mais, franchement, je ne vois pas ce qui pourrait éclairer le psy dans son analyse.

— Dis-moi le peu que tu sais.

— Benoît et Sylvain jouaient souvent avec les gamins des propriétés voisines. Ils passaient leurs journées à vélo, allaient et venaient d'une maison à l'autre. Ils n'empruntaient que les sentiers, les petits chemins, jamais la départementale qui leur était interdite. Aussi, les parents n'étaient pas inquiets de leurs vagabondages quotidiens. Parfois, ils construisaient des cabanes dans le petit bois et y apportaient leur goûter. Ils ne faisaient rien de mal, ils s'amusaient comme tous les gosses de la campagne à cette époque.

Maud sourit. Ses parents l'avaient élevée ainsi. Et Amaury avant elle. L'été, ils passaient leurs journées dehors. Jamais ils ne restaient à l'intérieur de la maison, sauf les jours de très mauvais temps. Et encore... Même sous la pluie, il leur arrivait de sortir. Ils allaient au bord de l'Indre ou jusqu'à l'étang. Amaury pêchait des têtards et les rapportait dans un seau puis les transvasait dans une vieille bassine en ferraille dans la serre. Maud adorait les observer, guetter le moment où ils devenaient grenouilles... Quand la métamorphose était achevée, elle retournait à la mare avec Amaury pour libérer les jeunes rainettes.

— Si ma mère avait pu, les jumeaux seraient allés en colo ou en centre aéré, c'est certain, reprit Jacques. Mais elle n'en avait pas les moyens. Cette année-là, j'étais le seul à avoir eu droit à de vraies vacances.

— Je suis sûre qu'ils étaient heureux ainsi. Libres d'aller et venir. C'est une belle façon de grandir. J'ai aimé la liberté que nous avons eue, Amaury et moi. J'ai aimé ces étés à courir la campagne, à imaginer des jeux. Et plus tard nos discussions d'ados, nos amourettes…

— La liberté… Teintée d'inconscience, elle peut coûter la vie. C'est ce qui s'est passé pour Sylvain.

Ce jour-là, sans rien dire aux parents, les gamins avaient enfourché les vélos pour aller bien au-delà du périmètre qui leur était tacitement autorisé. Ils avaient emporté un pique-nique. Après le déjeuner, les enfants n'avaient pu résister à la tentation d'une baignade. Et ç'avait été le drame.

— Il n'y avait rien à faire. Un énorme tourbillon s'était formé, et Benoît les a littéralement vus être engloutis par les flots.

— Quelle horreur ! s'écria Maud.

Elle n'avait jamais pensé que les choses s'étaient déroulées ainsi. Lorsqu'elle était petite, quand ses parents évoquaient Sylvain, ils parlaient de « l'accident ». Elle avait toujours su que le jumeau de Benoît s'était noyé, mais pas dans de telles circonstances. Elle avait cru qu'il était seul ce jour-là, qu'il était tombé à l'eau et, ne sachant pas bien nager…

— Et comme si ça ne suffisait pas, poursuivit Jacques d'une voix tremblante, il est arrivé une catastrophe encore plus terrible l'année suivante, pas loin d'Angers, à Juigné-sur-Loire. Dix-neuf enfants disparus. Mon Dieu !

Sa tête parut s'écrouler entre ses mains et Maud se demanda s'il cachait des larmes ou s'il s'adressait silencieusement au ciel. Avait-il encore la foi, lui qui avait quitté l'Église ? Priait-il ? Jacques avait abandonné les ordres pour retourner à la vie laïque sans aucune explication. C'était un autre mystère dans la famille, un autre sujet dont on ne parlait pas.

— Les enfants de Juigné, je connais cette histoire, murmura-t-elle. Une tragédie.

— Dix-neuf jeunes âmes emportées par la Loire après l'effondrement d'un banc de sable.

— Ils venaient d'un centre aéré, n'est-ce pas ? Le groupe était parti en excursion.

— Une marche en plein cagnard. Et puis il y avait le fleuve, frais, paisible, qui leur tendait les bras. Les moniteurs ont cédé aux supplications des gosses qui réclamaient une baignade.

Dans la région, jamais on n'avait oublié ce qui s'était passé ce 18 juillet 1969. Un pêcheur avait réussi à sauver quatre enfants mais un cinquième avait disparu sous ses yeux. Si les moniteurs avaient tiré quelques bambins de l'eau, dix-neuf avaient perdu la vie ce jour-là, non loin des Ponts-de-Cé.

Depuis, la signalisation a été renforcée. Aux abords de la Loire, de nombreux panneaux mettent en garde les curieux. Chaque année, la mairie de Tours rappelle que les baignades sont interdites. Risque de noyade pour les enfants, présence de bactéries, de débris, mouvements du fleuve sauvage... On répète sans arrêt les dangers encourus pour décourager les éventuels contrevenants. Pourtant, chaque été, surtout en période de fortes chaleurs, des Tourangeaux paressent sur les berges du fleuve et ne résistent pas à la tentation de s'y rafraîchir. Des accidents arrivent à des promeneurs imprudents qui croient pouvoir traverser à pied quand les eaux sont basses. Mais même à sec, ou avec de l'eau jusqu'aux genoux, la menace est toujours là. Les fonds du fleuve changent vite, les trous d'eau sont invisibles, les sables mous provoquent des zones d'effondrement et de glissement...

— Dans les années 1960, on était moins au fait des risques, soupira Jacques. Et puis les enfants du pays se croient toujours à l'abri du danger, n'est-ce pas ? Ils pensent connaître le fleuve par cœur...

— Les garçons, ils étaient où exactement ?

— À hauteur de la route d'Amboise, en face de l'île de la Grange. Sur un cul de grève. Le sable s'est affaissé et les enfants ont été emportés par le courant.

Aux pieds de Jacques, le mâtin de Naples continuait de se laisser caresser. Jacques poursuivit machinalement son geste, mais son regard se perdit dans l'eau assombrie par le feuillage des arbres.

Maud le laissa tranquille quelques minutes avant de reprendre la conversation.

— Alors, Benoît a vu son jumeau mourir…

— Oui. Sylvain a disparu sous ses yeux. Benoît a réussi à s'accrocher à un tronc qui dérivait. On l'a retrouvé quelques kilomètres plus loin.

— Qui a donné l'alerte ?

— Un type qui promenait son chien.

— C'est tout ?

— Deux gosses morts, un rescapé resté un peu… débile ! C'est pas assez ? fit Jacques, une pointe de contrariété dans la voix.

— Pardon. Je voulais juste savoir si tu pouvais m'en dire plus afin que je renseigne le psychiatre.

— Et moi, je suis désolé d'avoir utilisé le mot débile, ça m'a échappé. Torturé à vie aurait été plus juste. Je crois que c'est suffisant pour expliquer au psy le traumatisme de Benoît, non ?

Maud appuya sa tête contre celle de son parrain. Évidemment que c'était suffisant. Mais pour le psy, ça ne le serait sans doute pas. Des dizaines de questions lui vinrent à l'esprit. Qui avait retrouvé Benoît ? Comment avait-il été pris en charge ensuite ? Comment Hortense avait-elle réagi lorsqu'elle avait appris le drame ? Et Louis, son fils aîné ? Elle ouvrit la bouche pour demander des précisions mais se ravisa aussitôt. Elle avait assez cuisiné son parrain. Comme lui, elle s'absorba dans la contemplation de l'Indre et de ses eaux si paisibles. Presque comme celles de la

Loire, majestueuses et calmes... Elle réprima un frisson et s'ébroua pour chasser les images noires qui défilaient devant ses yeux.

— Qu'est-ce qu'on est bien, ici ! murmura-t-elle.

Jacques sourit et l'embrassa sur le front.

11

Maxence s'approcha de Maud, passa derrière elle et l'enlaça. Il nicha son visage dans son cou, respira son parfum.

— Tu ne crois pas qu'il est temps d'éteindre cet ordinateur ? demanda-t-il en glissant une main sous son tee-shirt de coton blanc.

Elle se trémoussa mais continua à pianoter. Un peu agacé, il recula. Cela faisait une heure qu'il était chez Maud et elle n'avait pas lâché son PC.

— Tu n'as pas envie d'un verre de blanc ? demanda-t-il.

— Je suis à toi dans deux minutes.

Il soupira assez fort pour qu'elle l'entende. Elle contint une grimace. Il était arrivé en avance et elle n'avait pas achevé ce qu'elle avait prévu de faire après son déjeuner avec Amaury…

À midi, elle avait retrouvé son frère dans une sympathique guinguette de Tours. Un rendez-vous convenu pour échanger sur ce que chacun avait appris concernant la mort de Sylvain et le traumatisme de Benoît. Maud avait répété à Amaury sa conversation avec son parrain, Amaury celle qu'il avait eue avec leur mère.

Lorsque Sylvain était mort et que Benoît était tombé dans un gouffre de souffrance silencieuse, Isabelle ne connaissait pas la famille Châtillon. Louis et elle commençaient tout juste à se fréquenter. Aussi, elle n'avait pas grand-chose à raconter sur ce qui s'était passé à l'époque. Ils s'étaient mariés un an après le drame et jamais Louis n'évoquait son petit frère défunt. D'ailleurs, dans la famille Châtillon, personne ne parlait du terrible événement, comme si on l'avait enterré en même temps que Sylvain. C'était du moins l'impression qu'avait eue Isabelle lorsqu'elle s'était installée au domaine.

« On est dans une voie sans issue, avait conclu Maud après avoir écouté son frère. On ne saura rien de plus.

— Je crois aussi. Je vais tout de même passer chez le psy pour lui raconter tout ça. Peut-être y trouvera-t-il du grain à moudre. De ton côté, si tu as le temps, fouille un peu sur Internet et vois si tu déniches quelque chose. Une coupure de presse, n'importe quoi qui nous fournirait un élément nouveau. »

Maud avait promis à son frère de s'en occuper le soir même. Après le déjeuner, elle avait regagné directement son agence.

Elle entendit le bruit d'une bouteille qu'on

débouche et pinça les lèvres. Maxence s'impatientait. Elle aurait volontiers continué ses recherches. Elle avait essayé de trouver des articles sur le drame qui avait coûté la vie à Sylvain et à son petit camarade. Puis elle s'était lancée sur la piste de Marcel Chambourg, le contremaître du domaine à l'époque. Hélas, l'homme était décédé. Elle avait alors parcouru de vieux papiers relatant la catastrophe de Juigné-sur-Loire en 1969 dont lui avait parlé son parrain, espérant qu'on y mentionnerait la noyade des deux garçons l'année précédente. Mais là non plus, elle n'avait rien trouvé. Rien...

— À la tienne ! s'exclama Maxence en lui tendant un verre.

— À la tienne ! répondit Maud.

À contrecœur, elle rabattit l'écran de son ordinateur. Elle but une gorgée de vin blanc et demeura songeuse, accaparée par les questions qui défilaient dans sa tête. Une, surtout. Pourquoi les journaux de l'époque, en particulier la presse locale et régionale, n'avaient-ils pas parlé de Sylvain et de son camarade ? L'affaire avait forcément dû faire du bruit à Tours... Maxence s'approcha et l'enlaça. Sous la douceur de ses caresses et ses baisers, elle sentit qu'elle lâchait prise. Son corps avide de tendresse prenait le pas sur son esprit, ses interrogations s'évanouirent. Il n'y avait plus que le sexe dressé et dur de Maxence contre son ventre. Elle ne put s'empêcher de se sentir flattée de provoquer le désir d'un homme aussi jeune. Maxence la renversa sur le canapé et lui fit l'amour. Il la retint dans ses bras après le plaisir, jouant avec ses cheveux, sa peau, la respirant encore.

— On s'habille, déclara-t-il quand il se redressa enfin. Je t'emmène dîner en ville. Et il n'y a pas de non qui tienne ! Ras-le-bol de se cacher. Il faudra bien que mes parents apprennent un jour notre relation, et ta famille aussi !

— Tu ne veux pas rester ici ?

— Non, je veux qu'on sorte.

— D'accord, mais pour tes parents, on garde encore le secret.

Il opina de la tête et l'embrassa avant de se lever pour enfiler son pantalon. Il comprenait son hésitation. Même si les mœurs avaient évolué, les couples affichant une différence d'âge notable étaient toujours critiqués. Plus ou moins à mots couverts, d'ailleurs, et les commentaires étaient acerbes quand la femme était plus âgée que l'homme.

— Tu sais, murmura-t-il, il faudra bien qu'on accepte d'entendre des choses désagréables sur nous. On n'y échappera pas, mais on apprendra à s'en moquer.

— Tu crois ?

— J'en suis sûr. Moi, je t'aime, et le reste m'importe peu.

Maud baissa les yeux, boutonna son chemisier et fit mine de chercher une chaussure sous le canapé. Ne venait-il pas de dire qu'il l'aimait ? Elle aussi, elle l'aimait, mais avec une nuance. Elle l'aimait *bien.*

Aimer tout court, aimer d'amour, ça, elle se l'était interdit dès le départ, convaincue que Maxence ne voulait que prendre du bon temps avec elle...

— Tu ne réponds rien ? demanda-t-il en l'obligeant à relever la tête.

— Je suis troublée. C'est normal, non ?

Que dire de plus ? Comment lui expliquer que leur relation était une jolie parenthèse mais qu'elle n'avait jamais cru qu'elle pourrait durer ? Il suffisait d'ajouter quelques années au compteur pour comprendre que ça ne tiendrait pas la route. Bientôt, elle serait ralentie, moins énergique. Elle aurait besoin de se poser plus souvent. Maxence, lui, serait encore dans toute la force de la quarantaine...

— On y va ? fit-elle en se hâtant de se chausser avant d'attraper son sac à main.

Elle n'avait rien trouvé de mieux pour abréger cette conversation qui, de toute façon, ne les mènerait nulle part. Il fallait profiter du moment présent.

Maxence avait choisi un endroit branché dans le centre-ville, un bar à tapas où Maud n'était encore jamais allée. La soirée était belle et chaude ; ils s'installèrent en terrasse. La clientèle était jeune, des trentenaires en grande majorité. Maud se sentit piégée lorsque deux couples, des amis de Maxence, les rejoignirent et rapprochèrent des tables. Le premier avait deux enfants en bas âge, laissés à la surveillance d'une baby-sitter, le second n'en avait pas mais en parlait comme si le projet était mûr. L'arrivée des boissons et d'un grand plateau de tapas fit distraction et Maud fut soulagée de pouvoir retirer sa main que Maxence gardait dans la sienne. Elle aurait voulu ne jamais avoir accepté cette sortie. Les amis de Maxence étaient des gens bien élevés, se comportant avec elle comme si elle avait toujours appartenu à leur petit groupe, mais elle sentait parfois le poids des regards. Les deux jeunes femmes n'avaient pas dû manquer de remarquer ses rides au coin des yeux et autour de ses lèvres, ses vêtements qui ne correspondaient en rien à leurs tenues. L'espace de quelques secondes, elle fut jalouse de leur jeunesse. Leur teint était frais, leur peau lisse, leur corps ferme, sans doute. Elle n'était pas vieille, ni laide, mais elle avait quarante-cinq ans et ses dix-huit ans de différence avec Maxence lui parurent soudain énormes.

— Qu'est-ce que tu en penses ? demanda-t-il en se penchant vers elle.

Elle sourit, incapable de répondre. Elle n'avait rien écouté des derniers échanges.

— On partirait le vendredi soir et on rentrerait le lundi soir. Sympa, non ?

— Heu, je ne sais pas. Avec l'agence...

— Tu as le temps d'y réfléchir, mais pas trop quand même ! Je trouve l'idée excellente. On pourrait louer un scooter pour parcourir la ville et le vignoble sans être ennuyés par la circulation.

Elle ignorait toujours où il voulait en venir. Elle avait cru comprendre que son petit groupe d'amis avait prévu un séjour à Bordeaux et dans les vignobles alentour. Le camping était déjà réservé, non loin de Castelnau-de-Médoc. Elle pinça les lèvres, tiraillée entre l'envie de rire et celle de pleurer. Dormir sous la tente sur un matelas pneumatique, c'était bon quand elle avait vingt ans. Aujourd'hui, elle allait à l'hôtel et vérifiait dès son arrivée le confort de la literie afin de ne pas se réveiller avec le dos brisé... Rouler en scooter, elle en était terrifiée à l'avance. Elle avait bataillé pendant des mois contre Julia qui avait voulu un de ces engins lorsqu'elle avait eu son bac.

Elle écoutait d'une oreille distraite la conversation, s'imaginant une bassine entre les mains pour aller laver la vaisselle du petit déjeuner, allumant le camping-gaz pour cuire des coquillettes, ou encore vérifiant qu'aucun insecte ne s'était introduit dans son duvet avant de se coucher... Quand elle les entendit évoquer la piscine et la boîte de nuit du camping, elle eut envie de prendre ses jambes à son cou. Jamais elle n'oserait se mettre en maillot de bain devant les amis de Maxence. Dans l'intimité et dans les bras de son jeune amant, elle n'avait pas peur d'être nue, elle savait qu'il la désirait. Mais jamais elle ne se présenterait en deux-pièces devant ses potes. Quant à la boîte de nuit, c'était du domaine du cauchemar ! Tout cela n'était qu'une mascarade. Elle se raidit. Elle voulait rentrer chez elle, échapper à cette soirée dans laquelle elle se sentait comme un chien dans un jeu de quilles. Elle chercha en vain un prétexte pour se sauver.

Elle ne voulait pas blesser Maxence, ni le mettre mal à l'aise devant ses copains.

Il finit par percevoir son impatience et, délicat, bâilla plusieurs fois, expliquant qu'il avait eu une semaine chargée et qu'il avait envie de rejoindre son lit. Il saisit Maud par la taille avant de l'entraîner sans manifester aucun reproche. Elle aurait pourtant voulu qu'il soit contrarié…

De retour chez elle, il se montra plus amoureux que jamais. Comme un peu plus tôt dans la soirée, sous ses caresses et ses baisers, elle oublia ses angoisses. Son corps tout entier vibrait, son cœur battait à tout rompre, son esprit s'envolait et elle avait des étoiles plein les yeux…

12

— Maud ! C'est chouette de te revoir après tout ce temps ! s'écria Marius.

Il ouvrit les bras et les referma sur Maud sans qu'elle ait pu prononcer un mot. Elle se retrouva serrée comme dans un étau, le nez collé contre la poitrine de Marius, presque sans avoir compris ce qui lui arrivait. Elle était à peine entrée chez Amaury qu'il avait bondi sur elle. Enfin, il relâcha son étreinte et elle put respirer.

— Moi aussi, je suis très heureuse de te revoir ! articula-t-elle avant qu'il l'enlace de nouveau pour lui plaquer deux grosses bises sur les joues.

— Holà ! Doucement, Marius ! intervint Amaury en riant. Tu vas broyer les os de ma frangine. Belle surprise, n'est-ce pas ? La venue de Marius était programmée depuis longtemps mais j'ai tenu ma langue.

Marius sourit et s'écarta de Maud. Ils se dévisagèrent. Marius Perrusson était un géant qui dépassait le mètre quatre-vingt-dix et auquel sa largeur d'épaules donnait une allure de rugbyman. Ses cheveux s'étaient clairsemés, mais comme ils étaient coupés court, sa calvitie se voyait à peine. Si quelques rides marquaient son visage, son regard bleu clair était toujours aussi pétillant et malicieux, son sourire franc. Comme avant.

— Je n'en reviens pas ! s'exclama-t-il. Tu n'as pas changé.

— T'exagères !

— Que veux-tu, p'tite sœur, intervint Amaury, l'âge n'a pas de prise sur toi. Je trouve même que tu rajeunis en ce moment. Tu as dégoté un élixir magique ?

Immédiatement, Maud pensa à Maxence et le feu lui monta aux joues. Elle donna le change en éclatant de rire. Oui, elle avait un secret de beauté ! Non, elle ne le partagerait pas avec les garçons.

— Hum, rassure-moi, plaisanta encore Amaury, tu ne te badigeonnes tout de même pas le visage avec les délicieuses confitures de Julia ?

Ils pouffèrent encore, puis Marius demanda des nouvelles de Julia et de toute la famille Châtillon. Il les connaissait depuis toujours. Amaury et lui avaient partagé les mêmes bancs à l'école, puis au collège et au lycée. Ils ne se seraient pas perdus de vue si Marius ne s'était pas envolé pour l'autre côté de l'Atlantique. Il avait bâti sa vie à Saint-Pierre-et-Miquelon. Officiellement, il avait quitté Tours pour voir du pays. Officieusement, il s'était engagé dans l'armée pour s'éloigner de Maud dont il était tombé amoureux. Lorsqu'il avait compris qu'elle ne voulait pas de lui, il avait préféré fuir plutôt que de continuer à la croiser sans rien pouvoir espérer d'elle en retour.

Amaury entraîna Maud et Marius vers le buffet et ils furent happés par un groupe. Un verre de vin blanc à la main, Maud salua les invités. À quelques têtes près, elle ne retrouvait que des visages connus, des amis de son frère dont certains étaient aussi ses amis. Des personnes avec lesquelles elle avait plaisir à passer une soirée. Amaury avait su s'entourer de gens bien. Très jeune, il avait noué des liens solides avec une petite bande et ils avaient quasiment vieilli ensemble. Maud, au contraire, n'avait jamais eu de vraies copines. Des camarades de classe, rien de plus. Amaury l'embarquait avec lui lorsqu'ils habitaient chez leurs parents et elle le suivait volontiers. Au fil des années, les fréquentations de son frère étaient devenues les siennes.

— Bonsoir, madame Châtillon, dit soudain un homme en se plantant devant elle.

Elle écarquilla les yeux en reconnaissant le commandant Samara. Elle tendit la main pour le saluer. Que faisait-il chez Amaury ? Il devina sa question.

— Le monde est petit. Hier, alors que j'étais passé voir votre frère à sa boutique d'antiquités à Montlouis, j'y ai rencontré mon vieux copain Marius Perrusson. Je ne l'avais pas vu depuis des lustres. Votre frère m'a gentiment convié ce soir afin qu'on puisse évoquer quelques souvenirs.

— C'est sympa, dit Maud. Amaury adore réunir les personnes qui s'apprécient, et qu'il apprécie, bien sûr !

Elle était sincère. Amaury avait le chic pour s'ouvrir aux autres, faciliter les retrouvailles, créer des ambiances conviviales.

— J'ai bien eu votre message et vous en remercie, reprit le commandant Samara. Je n'ai pas eu le temps de vous rappeler, mille excuses. Je ne suis pas pressé pour la maison, je veux en trouver une qui me plaise vraiment. Le coup de cœur, quoi !

Maud lui avait téléphoné la veille. À quatre reprises déjà, elle avait trouvé un bien qui aurait pu lui correspondre mais il avait jugé que c'était trop loin de Tours. Au moins, à chacun de leurs échanges elle affinait un peu ses désirs. Aujourd'hui, elle avait une meilleure idée de l'endroit susceptible de lui convenir.

— J'ai bien noté ce que vous voulez. Je guette. Il suffit d'un coup de chance. Me trouverez-vous trop curieuse, ou indiscrète, si je vous demande pourquoi vous étiez hier à la boutique de mon frère ? Vous chinez ?

— Non, hélas. J'ai apporté à votre frère, comme à tous les brocanteurs de la région, une liste d'objets volés et des photographies au cas où on les lui proposerait à la vente. Comme je vous l'ai expliqué quand nous nous sommes vus chez votre grand-mère, il y a de nombreux cambriolages dans le coin depuis deux-trois ans. Généralement les voleurs ciblent de belles maisons ou des châteaux appartenant à des particuliers... Ils raflent des petits objets, des vases, des bijoux, des toiles, mais aussi du mobilier, des tentures, des tapisseries. Récemment, dans un vide-greniers près de Loches, certaines choses sont réapparues. Les voleurs essayent de se débarrasser d'une partie de la marchandise dans le coin. Sans doute un besoin urgent de liquidités. Ce n'est pas malin. Mais tant mieux pour nous ! S'ils commettent encore des erreurs du même type ou si le réseau est mal organisé, nous devrions coincer plus facilement les coupables.

— Une enquête passionnante !

— Oui, mais il faut être patient et tenace. Parfois, on peut fouiner pendant des jours sans trouver le moindre indice. Je suis confiant, tôt ou tard, on aura un résultat. Le plus difficile est de faire entendre ça aux particuliers qui voudraient qu'on mette la main sur ce qui leur a été dérobé le plus vite possible... Mais puisqu'on parle de boulot, votre frère m'a dit que ce splendide appartement était votre trouvaille.

— Oui, mais il n'était pas exactement dans cet état.

Elle expliqua comment elle avait récupéré à la vente ce dernier étage d'un immeuble bâti en bord de Loire, non loin de la bibliothèque de Tours. Elle avait très vite vu le potentiel du lieu et encouragé son frère à l'acquérir. Des deux appartements avec balcon, il n'en restait plus qu'un. Un espace de cent trente mètres carrés, assorti d'une vaste terrasse sur laquelle plantes et salon de jardin en bois de teck incitaient à la détente.

— C'est magnifique ! s'extasia le commandant. Vous avez eu l'œil. Et du goût, parce que, si j'ai bien compris, c'est vous qui avez organisé les travaux et participé à la déco.

— Oui, ce n'était pas compliqué. Je connais pas mal de monde dans le bâtiment et la décoration. D'ailleurs, si jamais il y a des travaux à prévoir dans la maison que vous achèterez, je pourrai vous donner les noms d'artisans sérieux.

— Merci beaucoup ! Votre aide me sera précieuse. Comme vous le savez, j'ai peu de temps à consacrer aux loisirs, donc le bricolage, c'est exclu pour moi. De mon côté, si je peux faire quelque chose pour vous, n'hésitez pas. Et répétez bien à votre grand-mère de redoubler de prudence et de nous signaler toute personne suspecte qui viendrait rôder aux abords de la propriété.

— Merci. Bien que ce ne soit pas simple de lui faire entendre raison, je lui transmettrai vos conseils. Pour le moment…

Elle se tut brusquement, regrettant déjà ses mots. L'idée lui était venue en un éclair.

— Pour le moment ? reprit le commandant.

— Eh bien… Je ne voudrais pas abuser, mais…

— Dites-moi tout.

— Il se trouve que…

— Ah ! Élias, tu es là ! Et en compagnie de la plus belle femme du monde !

Marius avait surgi sur la terrasse, une coupe de champagne à la main. Maud ne dirait rien de plus. Elle s'apprêtait à demander un service au commandant Samara au sujet de l'accident qui avait coûté la vie à Sylvain mais l'irruption de Marius l'en avait empêchée. Ce n'était peut-être pas plus mal. Elle écouta Marius et le commandant se raconter de vieux souvenirs et comprit qu'ils s'étaient connus à l'armée, à Saint-Pierre-et-Miquelon. Le commandant Samara avait intégré la gendarmerie à son retour en métropole. Quant à Marius, il n'avait pas quitté la Grande Muette, lui non plus, et venait d'être affecté à Nantes.

— Je change de mission, expliqua-t-il. Je suis maintenant au CIRFA, le Centre d'information et de recrutement des forces armées. On s'occupe entre autres de l'organisation des Journées défense et citoyenneté.

— Affectation définitive ? s'enquit le commandant Samara.

Le regard de Marius dévia vers Maud et elle sut que rien n'avait changé. Il était toujours épris d'elle. Ou du moins très intéressé par ce qu'elle pensait de son retour.

— Oui, je crois. Ça dépend de pas mal de choses…

— Comme vous, commandant, qui avez décidé de rester à Tours, enchaîna Maud.

— Oui, après plus de deux décennies à valser tous les cinq ans, j'en ai fini avec les mutations. Faites-moi plaisir, appelez-moi Élias.

— Et moi Maud.

— On va boire un verre ? proposa Marius en tapant sur l'épaule d'Élias. Le champagne est délicieux.

— Vous devez avoir plein de choses à vous raconter, dit Maud. Je vous laisse bavarder, je rejoins les filles.

Ses yeux croisèrent ceux d'Élias Samara. Manifestement, il semblait désolé que leur conversation ait été interrompue.

13

— Trop de différence d'âge, ça ne peut pas marcher, assura Mélanie.

Maud acquiesça et avala une feuille de salade. Elle avait invité son employée à déjeuner à la terrasse d'une brasserie, non loin de l'agence. Quelques minutes plus tôt, elle avait orienté la conversation sur le sujet qui la préoccupait, mais de façon détournée, en évoquant les amours d'une de ses amies avec un homme de dix-huit ans son cadet. L'air de rien, elle avait demandé à Mélanie ce qu'elle en pensait. La réponse venait de tomber comme un couperet.

— Pourtant, il y a des couples qui durent malgré cette différence, riposta Maud.

Elle sourit pour atténuer son ton peu aimable. Elle était censée parler d'une copine, donc être capable de garder une distance.

— Oui, évidemment, reprit Mélanie. On ne peut pas généraliser, mais tout de même… Comment suivre quelqu'un qui a pratiquement vingt ans de moins que soi ? On n'a pas la même pêche à cinquante ans qu'à trente. Et puis, ce n'est pas le pire, à mon avis.

— Ah ? Et qu'est-ce qui peut être pire ? J'avoue ne pas m'être posé la question, mentit Maud.

Des interrogations, il lui en venait à chaque fois qu'elle songeait à Maxence. Leur histoire lui semblait de plus en plus improbable. Agréable, oui, mais impossible. Et l'approche du fameux week-end dans le Bordelais avec ses copains lui fichait une trouille indescriptible. Pourtant, quand elle était avec Maxence, elle oubliait ces tracasseries.

— À mon avis, le pire, c'est le décalage culturel. Toi, par exemple, tu aimes écouter Supertramp. Les jeunes ne connaissent même pas. Le groupe n'a pas sorti un album depuis vingt ans !

— Mais je n'écoute pas que Supertramp, j'écoute aussi Bashung, Coldplay…

— Et ta fille, c'est ce qu'elle aime ?

Maud se renfrogna. Non, ce n'était pas le genre de musique que Julia avait sur sa playlist. Et à bien y réfléchir, elle-même aurait été incapable de citer les titres des groupes ou des chanteurs appréciés par sa fille. Tout juste connaissait-elle certains airs, dont ceux de Julien Doré parce que chacune de ses nouveautés passait en boucle à la radio.

— Et puis, il y a les événements qui nous ont marquées, renchérit Mélanie, sans avoir conscience qu'elle retournait le couteau dans la plaie. Ce qu'on a vécu de près ou de loin. Le décalage des générations se voit aussi dans les souvenirs.

— Que veux-tu dire ?

— Nous, on n'oubliera jamais la chute du Mur de Berlin, pour ne citer que cet exemple. On était encore gamines, mais on a entendu parler de cet événement à la télé ou dans les journaux pendant des jours. Je me souviens que mon cœur s'est mis à battre très fort quand j'ai vu des gens s'armer avec tout ce qui leur tombait sous la main pour casser le béton qui les emprisonnait. J'étais loin des enjeux politiques et stratégiques, mais j'ai compris que des familles séparées depuis quarante ans allaient se retrouver ! Les jeunes de l'Est allaient goûter à tout ce qu'on adorait, nous qui avions la chance de vivre dans une vraie démocratie. La liberté d'abord.

Maud hocha la tête. Elle ne pouvait qu'approuver ce que disait Mélanie. Novembre 1989, elle n'avait pas oublié elle non plus. Elle se souvenait parfaitement de ces images d'adolescents, qui avaient grandi sous le joug du communisme, se ruant sur les jeans, les disques de David Bowie et le Coca-Cola... Elle avait suivi les faits au jour le jour. C'était mille fois mieux qu'un cours d'histoire. Elle avait eu cette sensation très forte de partager avec ces jeunes une immense soif de vivre que rien ne pouvait étancher. Et Maxence ? Quand tout cela était arrivé, il n'était même pas né ! Cette évidence la frappa de plein fouet. Dans leurs conversations, dorénavant, elle devrait s'interdire les références au passé sans avoir calculé au préalable le nombre d'années écoulées. Malgré la chaleur, elle frissonna.

— Tu as froid ? s'étonna Mélanie.

Froid ? Oui, peut-être. C'était pareil au réveil, quand elle ne sentait pas les bras de Maxence autour d'elle. Mais de quoi parlaient-ils lorsqu'ils étaient ensemble, à part de leur travail respectif ? Il fallait se rendre à l'évidence, ils se voyaient trop peu pour avoir de vraies discussions. Ensemble, ils étaient surtout occupés à faire l'amour…

— Non, je n'ai pas froid, répondit Maud en se forçant à sourire. Sans doute un coup de barre. C'est la digestion. Un café ?

Elle se décida à parler d'autre chose pour fuir l'angoisse qui montait. Elles achevèrent le déjeuner en discutant mode. Mélanie avait repéré une jolie robe dans une vitrine et proposa à Maud de l'accompagner jusqu'à la boutique. Maud en profita pour essayer un ensemble qu'elle remit sur le portant bien que Mélanie et la vendeuse aient estimé qu'il lui allait à ravir. Ce vêtement, jamais elle n'oserait le porter en présence de Maxence. Le style n'était pas assez jeune. D'ailleurs, depuis qu'elle le fréquentait, elle ne mettait plus que des jeans, la tenue qu'elle jugeait la moins ringarde. Une fois de plus, elle se tourmenta en songeant à leur relation, tandis que Mélanie réglait ses achats. Elles reprirent ensuite le chemin de l'agence. Maud y récupéra son ordinateur portable et quelques papiers. Elle avait rendez-vous avec un couple pour la mise en vente d'une propriété. La maison se situait à la Closerie, non loin de la Dame blanche. Si l'entretien ne durait pas trop longtemps, elle s'arrêterait au domaine au retour. Cette idée lui fit du bien. Voir les siens, en particulier Julia, était toujours un bonheur.

La rencontre avec les nouveaux clients se déroula sans problème et tout fut assez rapidement réglé. Maud reprit la route. Après avoir traversé Cormery, elle freina brusquement à la sortie du village, fit demi-tour et s'engagea dans la rue menant au cimetière, où étaient enterrés tous les Châtillon. Elle se rendait rarement sur la tombe de son père. Pas par indifférence, mais parce que ce n'était pas l'endroit où elle se sentait proche de lui. Il reposait dans le caveau de la famille. Un caveau comme on n'en faisait plus, surmonté d'une petite chapelle qui dominait toutes les autres sépultures. Elle avait été commandée par le père d'Hortense un siècle plus tôt. L'aïeul avait jugé que les Châtillon méritaient d'être remarqués jusque dans la mort. Cet endroit ne ressemblait pas à son père, qui n'avait nul besoin de se différencier des autres. C'était un homme simple qui appréciait les choses simples. Il aimait ses vergers et les bords de l'Indre. Il travaillait du matin au soir, ne se plaignait jamais. Son métier était à la fois sa passion et sa vie. Il s'était toujours contenté de peu. Un rayon de soleil ou une légère pluie pour rafraîchir la végétation le comblait. Il était capable de s'extasier devant une fleur, une plante, et le chant des oiseaux le rendait joyeux. Il n'était jamais aussi heureux qu'à l'apparition des premiers bourgeons. Chaque jour il les regardait pousser, changer de couleur jusqu'à l'éclosion. Quand venait le temps de la récolte, il cueillait ses fruits avec douceur et les déposait dans des cagettes avec une infinie précaution. Pas question de les abîmer. Si Maud voulait lui parler, elle le trouvait toujours entre les allées de cerisiers ou de pêchers. « Il n'a pas dû aimer se retrouver sous terre », marmonna-t-elle en descendant de voiture.

Le chemin de gravillons lui sembla triste à mourir. Non, son père n'avait pas dû aimer qu'on choisisse pour lui comme ultime demeure un endroit aussi terne. Lui qui adorait la lumière reposait dans un lieu où tout était sombre. Maud ne gardait que des souvenirs de lui dans ses vergers. Sa journée terminée, il rentrait à la maison, mangeait puis se couchait. Jamais il ne traînait au salon. Quand la soirée était douce, il retournait marcher le long de l'Indre, s'accoudait à rambarde du vieux pont de bois et contemplait le cours d'eau. Maud l'accompagnait parfois et tous deux restaient côte à côte sans rien dire. Lorsqu'il était mort, elle avait suggéré l'incinération afin de disperser les cendres dans l'Indre. Hortense avait rugi, Isabelle n'avait pas bronché, et Amaury, muré dans sa souffrance, n'avait pas émis d'opinion. Maud avait renoncé, mais elle avait toujours considéré qu'ici son père était écrasé par ce monument funéraire d'une autre époque. Au fil du temps, elle avait réussi à prendre du recul, se disant que son âme pouvait bien s'échapper de ce tombeau, fuir ce lieu sinistre pour aller se réfugier à l'ombre des arbres fruitiers. Aussi, quand elle ressentait le besoin de s'adresser à son père, elle se promenait dans les vergers ou sur les rives de l'Indre, imaginant que son esprit viendrait vagabonder jusque-là et qu'elle pourrait lui parler en toute quiétude.

Elle s'arrêta devant le monument dédié à la famille Châtillon. Deux corbeilles de fleurs fraîches étaient posées devant la petite porte de fer forgé qui fermait le caveau. Qui était venu ? Hortense, peut-être, avec Isabelle et Jacques. Le regard de Maud s'arrêta sur les plaques de marbre et les noms de ceux qui reposaient là. Un en particulier retint son attention : *Sylvain Châtillon 1956-1968.* Elle se demanda si cet enfant trop tôt disparu s'était vu mourir, s'il avait eu peur. Oui, il avait dû être terrifié. Il avait dû crier, se débattre et tenter de garder la tête hors de l'eau. L'horreur absolue. L'horreur aussi pour Benoît qui avait vu son frère et son camarade disparaître sans pouvoir leur venir en aide. L'horreur de la mort et le soulagement d'être sauf. Le soulagement et la culpabilité. Pourquoi lui et pas les autres ? Rien d'étonnant à ce que son pauvre cerveau ait lâché prise.

Maud resta encore un moment devant le tombeau puis retourna à sa voiture en se demandant ce qu'elle était venue chercher au cimetière. Des réponses à ses questions ? Elle s'ébroua, regarda sa montre puis démarra. Elle avait largement le temps de faire un crochet à la Dame blanche pour embrasser Julia et toute la famille.

14

— N'insiste pas, s'il te plaît. Je ne viendrai pas, murmura Maud en baissant les yeux.

Maxence grimaça et reposa sa cuillère, l'appétit coupé. Le dessert était pourtant délicieux. Autour d'eux, le cadre lui parut soudain moins joli, sans doute un effet de son humeur morose. Maud l'avait invité à déjeuner au Clapotis, un restaurant de Saint-Avertin niché dans un environnement bucolique. À quelques pas de la terrasse, derrière les feuillages, on devinait le Cher. L'endroit était charmant, parfait pour passer un agréable moment. Maud l'avait choisi exprès pour annoncer à Maxence qu'elle ne le suivrait pas dans le Bordelais. La nouvelle serait plus facile à faire passer au restaurant. Maxence n'oserait pas l'assaillir de questions, du moins pas autant que s'ils avaient été seuls. Mais il ne s'avouait pas vaincu et elle avait dû se montrer plus ferme qu'elle ne l'aurait voulu pour mettre fin à ses prières.

— Tu n'aimes pas ? reprit-elle en montrant le soufflé chaud à la mandarine impériale délaissé par Maxence.

Elle espérait qu'il avait compris, qu'ils allaient changer de conversation. Maxence saisit sa main et l'embrassa. Il ne savait plus quoi dire. Maud n'avait pas donné d'explication, répétant d'un ton monocorde que sa décision était prise et qu'il ne la ferait pas changer d'avis. Il avait eu beau l'interroger pour connaître les raisons de son refus, elle n'avait rien lâché. Elle n'avait même pas cherché à inventer un quelconque prétexte. À deux jours du départ, elle le plantait et il ignorait pourquoi. Il finit par poser la question qui le rongeait.

— C'est une façon de me dire que c'est fini entre nous ?

Elle fit non de la tête. Elle n'avait pas envie de le quitter ; elle était bien avec lui. C'est tout le reste qui l'effrayait. Le regard des autres surtout. Rien n'y faisait, elle n'assumait pas leurs dix-huit années d'écart.

— Fais-toi plaisir, dit-elle en se forçant à sourire. Pars avec tes copains et profite de ces journées. On se retrouve dès que tu rentres.

— Ils t'ont déplu à ce point quand tu les as rencontrés ?

— Pas du tout. Mais je ne les connais pas assez.

— Et ce n'est pas en ne m'accompagnant pas que tu risques de faire plus ample connaissance avec eux ! grommela Maxence.

Elle soupira. Il avait raison. Mille fois raison. Son excuse ne tenait pas la route. Elle dégusta la dernière cuillère de sa mousse au chocolat, se triturant les méninges pour trouver les mots qui permettraient à Maxence de saisir le message qu'elle voulait faire passer. Mais rien ne lui venait à l'esprit. Au contraire, tout se brouillait. Depuis qu'ils étaient arrivés au restaurant, elle sentait qu'on les observait et imaginait sans mal les questions que leurs voisins de table pouvaient se poser. Déjeunait-elle avec son fils ou avec son jeune amant ? À plusieurs reprises, elle avait croisé le regard d'une femme manifestement intéressée par ce couple peu conventionnel. Elle pinça les lèvres, respira un bon coup et affronta le regard chargé de reproches de Maxence. Elle n'avait plus le choix.

— Je vais être honnête, dit-elle. C'est ce qu'on pense de moi qui me gêne. Ce qu'on peut dire de nous. Je sais que tu t'en moques, mais moi, ça me travaille.

Elle se tut, sourit au serveur qui venait vers eux et commanda deux cafés. Dès qu'il eut tourné le dos, Maxence réfuta ses arguments. Elle avait déjà évoqué cet aspect des choses et il lui avait répondu à ce sujet. Ils devaient officialiser leur relation et ne plus se cacher, surtout vis-à-vis de leurs familles. Une fois leurs proches au courant, tout serait plus facile. Et si certains en faisaient des gorges chaudes, ça n'avait aucune importance.

— Je ne vais pas y arriver, lâcha-t-elle. Je ne peux pas. Je ne veux pas passer pour une cougar !

Maxence faillit éclater de rire mais Maud semblait tellement chamboulée qu'il se retint par peur de la perdre.

— Écoute, chuchota-t-il, je ne te parle plus de ce week-end avec mes amis, promis, mais je ne peux pas te laisser dire n'importe quoi. Je vais jouer cartes sur table. Je suis dingue de toi, tu es la femme de ma vie. Je n'ignore pas ce qui te passe par la tête. Tu imagines que tu n'es pour moi qu'une passade et que je vais vite retourner voir les filles de mon âge, mais tu te trompes.

Il saisit de nouveau la main de Maud et poursuivit. Jamais il n'avait autant désiré une femme. Quand il était venu la trouver chez elle la toute première fois, il avait agi sur un coup de cœur. Mais à la minute même où il l'avait serrée contre lui, il avait su qu'il y avait bien plus. Parce qu'elle avait assumé le désir qu'elle avait fait naître en lui, parce qu'elle ne lui avait rien promis. La promesse était dans les baisers et les caresses qu'elle lui avait donnés ce soir-là et chaque soir où ils s'étaient revus depuis.

— Regarde-toi, dit-il tout bas. Est-ce que tu sais combien tu es jolie, naturelle, épanouie ? Si les autres sont aussi attentifs au couple que nous formons, c'est parce qu'on suscite l'envie. S'ils cancanent dans notre dos, c'est parce qu'ils sont jaloux. On peut dépasser ça ensemble. Il te suffit d'avoir confiance en toi. Et en moi. Que puis-je faire pour t'en convaincre ? Te demander en mariage ? Si j'étais sûr que tu le souhaites, je me mettrais à genoux devant toi sur-le-champ pour prononcer les mots magiques. J'y pense, tu sais, mais j'ai peur de te brusquer. Moi, je suis prêt.

Les yeux de Maud s'embuèrent. Ce discours, elle aurait voulu ne jamais l'avoir entendu. Mais il était trop tard. Maxence aurait fait n'importe quoi pour la garder.

— Tu dis des bêtises, parvint-elle à articuler en esquissant un sourire.

— Non. Tu ne parles que de mon âge alors que moi je ne vois pas le tien. Je ne vois que tout ce que je désire faire avec toi, les projets qu'on peut bâtir ensemble. Et toi, tu paniques, tu te mures…

— Je suis réaliste. Un jour, on te dira que je pourrais être ta mère et ça te semblera évident. As-tu pensé que je ne pourrai jamais te donner un enfant ?

— Je n'en veux pas.

— Maintenant, peut-être, mais dans quelques années tu en éprouveras sûrement le désir.

— Ce que je veux, c'est toi. Toi comme tu es. Tu as ta vie professionnelle, tu es indépendante, ta fille est majeure et vaccinée, qu'est-ce qui te retient ? Tu es libre d'agir comme tu le souhaites. Tu ne peux pas sans cesse t'empêcher d'être heureuse à cause des autres et te retrancher derrière des... des conventions sociales ! Toi qui répugnes à juger les autres, tu ne t'épargnes pas, et...

Il se tut, le serveur apportait les cafés.

— Un jour, les années qui nous séparent pèseront lourd dans la balance et tu changeras d'avis, lança Maud qui voulait en finir avec cette discussion stérile.

— Est-ce que c'est certain ? Non ! Alors, laisse-nous une chance !

Maxence avait élevé la voix et les regards se tournèrent vers eux. Il regretta son accès d'humeur mais n'eut pas le temps de s'excuser ; Maud était déjà debout. Il lui emboîta le pas, ne dit rien tandis qu'elle réglait l'addition. Il l'attrapa doucement par le bras dès qu'ils furent sortis du restaurant.

— Attends, je suis désolé. Je ne voulais pas m'emporter... Tu me pousses à bout. Tu ne m'écoutes pas, tu agis comme si tu connaissais déjà notre avenir. Puisque tu estimais qu'on n'en aurait aucun, pourquoi m'as-tu laissé faire ? Pourquoi m'as-tu laissé tomber amoureux ?

Elle soupira et le regarda fixement. Il était si beau, si plein d'espoir... Jamais elle n'avait pensé que leur aventure prendrait de telles proportions. Elle ne s'était inquiétée de rien, certaine qu'il retournerait vite vers des femmes de son âge.

— Tu as vraiment tout faux, dit-il en serrant les dents. À t'entendre, j'ai l'impression qu'on ne trouve notre plaisir que dans le sexe. Que fais-tu du reste, des bons moments qu'on passe ensemble ?

— Allons, Maxence, soyons honnêtes. L'essentiel du temps, on le passe au lit.

— Parce que tu ne m'accordes rien d'autre. Je te propose d'aller au cinéma, tu refuses. De faire un tour en ville ou visiter une expo, tu refuses. T'emmener boire un verre en terrasse ou dîner au resto, c'est non également. J'ai évoqué la possibilité qu'on parte une semaine ou deux cet été, tu m'as répondu que tu ne savais pas si tu fermerais ton agence. Je n'ai pas insisté, me disant que je ne pouvais pas t'en demander trop à la fois. J'ai été très surpris quand tu m'as invité ici ce midi. Pour tout te dire, j'espérais que tu t'étais enfin décidée à nous offrir une vie normale mais c'était pour m'annoncer que tu ne viendrais pas dans le Bordelais. Plus facile pour faire passer la pilule, hein ? Tu bloques sur tout. Pourquoi ? Tu ne veux pas nous laisser une chance ? Voir au moins si ça marche ?

— Et quand je me serai attachée à toi, tes yeux se poseront sur une femme de ton âge et tu regretteras ton choix. Tu me quitteras et je...

— Tu as déjà écrit toute l'histoire, c'est ça ? cria Maxence incapable de contenir sa colère. Sans même te préoccuper de ce que je ressens pour toi ?

Il était non seulement furieux, mais aussi déçu, vexé et terriblement perdu. Elle le devina à son regard brillant et lui trouva un air encore plus juvénile. Il attendait tellement de la vie. Il attendait tellement d'elle. Beaucoup trop, pensa-t-elle.

— Penses-tu réellement que tu te préoccuperas

de moi quand tu auras rencontré une femme qui te convient ? Qui t'offre la vie que tu désires, qui te donne des enfants ?

— On n'arrivera à rien. Laissons tomber cette discussion. Viens avec moi dans le Bordelais, s'il te plaît. Accepte au moins ça.

— Non, c'est au-delà de mes forces.

Elle ne voulait pas le faire souffrir, mais elle ne voulait pas avoir mal non plus. Pourquoi s'était-elle embarquée dans cette relation ? Elle avait été idiote. C'était à elle, qui avait l'expérience de la vie, que revenait la responsabilité de ce qui arrivait maintenant.

— Écoute, murmura-t-elle, pars avec tes amis et profite de l'été pour faire le point. Tes sentiments pour moi, ce que tu souhaites pour l'avenir, comment tu imagines ta vie, et…

— C'est une façon de me forcer à faire un break ? Tu crois vraiment que dans quelques semaines je t'aurai oubliée ?

— Oui, c'est ça.

— C'est dégueulasse de me jeter comme ça.

— Non ! Je ne te jette pas. J'essaie simplement d'être honnête avec toi. Te quitter, c'est ce que je dois faire.

Bouleversé, il vacilla. Elle ferma les yeux juste un instant, consciente de sa cruauté. Mais elle ne devait lui laisser aucun espoir. Jamais elle n'oserait s'afficher avec lui. Elle ne lui donnerait jamais ce qu'il attendait. Le voir en secret pour quelques heures d'amour par semaine était encore pire que ce qu'elle lui infligeait à ce moment précis.

Elle sortit les clés de son sac, se mordit la lèvre pour ne pas pleurer et monta dans sa voiture. Jamais elle n'avait pensé en arriver là. Lorsqu'elle démarra, elle entrevit Maxence dans le rétroviseur. Il n'avait pas bougé. Elle sentit les larmes dévaler sur ses joues et lui brûler la peau. Elle renifla, reporta le regard sur la route pour trouver le cran de ne pas faire demi-tour.

15

Le dernier vendredi de juillet était toujours très attendu par le clan Châtillon. Un grand marché nocturne se tenait à Montlouis-sur-Loire, à deux pas de la brocante d'Amaury. Cette journée lui tenait à cœur et il avait fermé sa boutique de Tours dès midi, après avoir rapatrié son employé à Montlouis pour disposer d'un vendeur de plus. Il le savait, les visiteurs seraient nombreux. Il avait incité Maud à prendre son après-midi pour le rejoindre. À 13 heures, elle avait donc verrouillé la porte de l'agence après avoir donné congé à Mélanie. Chez elle, elle avait avalé un sandwich avant de troquer son pantalon de lin et sa chemise contre un jean et un tee-shirt. Puis elle avait préparé un petit sac pour le week-end qu'elle passerait à la Dame blanche avant de partir retrouver Amaury. Il l'attendait à la terrasse d'un bistrot de Montlouis, non loin de l'église. Ils prirent un café avant de descendre vers la Loire.

La rue Courtemanche était barrée, interdite à la circulation de l'église au quai Baillet, où le trafic était ralenti. Sur la départementale 751, des feux provisoires obligeaient les véhicules à ralentir et ne permettaient qu'un passage alterné. Tout avait été pensé pour que les piétons puissent évoluer sans danger. Des artisans, des producteurs locaux ainsi que quelques camelots étaient en train de s'installer dans la rue Courtemanche et sur la place du même nom, à proximité de l'office de tourisme et sur les rives de la Loire. Tous les marchands ambulants n'étaient pas arrivés. Des panneaux de bois indiquaient les emplacements réservés et deux employés municipaux veillaient au grain. Des buvettes proposaient des frites-saucisses, des sandwichs, du bon vin. Les badauds n'étaient pas trop nombreux en ce début d'après-midi. Certains avaient investi les tables et les bancs à l'abri des tonnelles. D'autres se promenaient nonchalamment, chapeaux vissés sur le crâne. Il faisait déjà chaud. Oubliés les nuages de la veille et les averses qui avaient plongé la région dans une atmosphère grise et triste. Le retour du soleil apportait une note de gaieté propice à la fête.

Maud regardait à droite à gauche, cherchant à repérer sa fille.

— Et Julia ? dit-elle soudain. Je ne la vois pas.

— Ne t'inquiète pas. Son stand est en bas de la rue, à l'angle de la place. Elle va bénéficier du flux des visiteurs qui viendront faire un tour à la Cave des vignerons. On lui a installé de grands tréteaux et des parasols. À l'heure qu'il est, j'imagine qu'elle dispose ses pots sur la jolie nappe rouge que lui a cousue maman. Elle a hérité d'un très bon emplacement, pas loin de son tonton préféré ! Sa mère peut être rassurée.

— Arrête de te moquer ! fit Maud en donnant une tape sur l'épaule de son frère. C'est normal que ça me tracasse. Je voudrais tant que cette soirée soit une réussite pour elle !

— Et moi donc !

Depuis le début de l'été, depuis qu'Amaury avait évoqué ce marché nocturne et la possibilité pour elle d'y vendre ses confitures, Julia avait mis les bouchées doubles. Elle avait passé des heures devant ses chaudrons à concocter des recettes toutes plus originales les unes que les autres pour constituer un stock que Maud avait fini par juger énorme.

— J'espère qu'elle va bien vendre, murmura-t-elle.

— Je te dis que ça va aller. Tiens, on arrive. Tu vois les parasols orange ?

Maud accéléra le pas puis ralentit brusquement en s'approchant du stand. Julia n'était pas seule. Manifestement, Victor était venu lui prêter main-forte. Elle avait les yeux levés vers le contremaître et son regard appuyé mit Maud mal à l'aise. C'était comme si…

— Ah, maman, c'est chouette que tu sois là ! s'exclama Julia. Tu as vu cette belle présentation de mon travail ? Victor a eu l'idée de placer quelques corbeilles de fruits entre les pots. Et il a prévu des petites cuillères en bambou pour que je puisse faire goûter mes produits. C'est génial, non ?

— Absolument ! approuva Maud, gagnée par l'enthousiasme de sa fille et oubliant son moment de gêne. Merci, Victor, d'être venu aider Julia.

— C'est normal, répondit-il avant de s'éloigner pour rejoindre la camionnette sous le regard de Maud qui ne put s'empêcher de frémir.

Cachant son embarras, elle fit le tour de l'étal, détailla les étiquettes.

— Confiture d'abricots à l'eau de rose ou abricots amandes à la rose, confiture de pêches aux pétales de rose… J'ignorais l'existence de ces recettes !

— Je voulais t'en faire la surprise. Ainsi qu'à mamie et grand-mamie lorsqu'elles viendront tout à l'heure. J'aime particulièrement celle-ci.

Elle tendit un pot à Maud.

— Demi-abricots et fleur d'oranger, hum… Ce doit être délicieux.

— Tu goûtes ?

— Avec plaisir.

Julia desserra le couvercle et plongea une petite cuillère dans la marmelade. Maud ouvrit la bouche, ferma les yeux.

— Alors ?

— Alors, tu m'en réserves deux ou trois pots ! C'est…

— Et moi ? fit Amaury. On m'oublie ?

Julia fit goûter son oncle.

— C'est une tuerie !

— Je ne l'aurais pas dit comme ça, mais oui, renchérit Maud, c'est une tuerie. Tu as réussi à conserver la forme des abricots, Julia, bravo !

— C'est Claudine qui m'a donné le truc. Avant la fin de la cuisson, on remplit les pots aux trois quarts avec les fruits et on remet le jus à cuire jusqu'à ce qu'il soit bien épais. Ainsi, il se fige dès qu'on le verse sur les fruits encore intacts.

— Claudine est adorable de te livrer ses petits secrets. Je vois que tu es bien entourée, avec Victor qui est venu te donner un coup de main.

Les joues de la jeune femme rosirent de plaisir. Durant quelques instants, elle eut l'air épanoui d'un enfant à qui la vie sourit. Maud soupira. Pour la seconde fois, elle songea que Julia voyait en Victor le père qu'elle n'avait pas.

— On reviendra, dit Amaury en entraînant sa sœur. Laissons Julia tranquille. Tu ne voudrais tout de même pas lui faire rater une vente !

— Pour le moment, il n'y a pas grand monde.

— C'est pas faux. En même temps, le marché nocturne ne commence vraiment qu'à 17 heures.

Maud s'arrêta devant une exposante qui faisait une démonstration de dentelle au fuseau, puis devant un étal de bougies à la cire d'abeille. Sur la place, un joli carrousel destiné à distraire les enfants voisinait avec un marchand de glaces. De l'autre côté, non loin de la Loire, on avait monté une estrade. À la nuit tombante, un groupe de musiciens se produirait pour animer la soirée.

— Ah, tu as envahi le trottoir, dis donc ! s'exclama Maud en s'approchant de la brocante d'Amaury.

Devant la vitrine de la boutique, trois grandes tables étaient couvertes de vaisselle, de bibelots et de livres.

— Tu vends des bouquins, maintenant ?

— Non, c'est mon pote bouquiniste à Angers qui est venu s'installer là pour la journée.

— Louis Deschamps ? Eh bien, voilà qui ravira maman et mamie ! Elles vont lui acheter son stock.

— Viens, il doit être à l'intérieur.

Dans la boutique, Maud salua Louis et son épouse Leïla. Elle les avait rencontrés à plusieurs reprises chez Amaury. Un couple charmant, très uni. Ils avaient une petite fille de cinq ans, et chacun de leur côté avait de grands enfants de l'âge de Julia. Une famille recomposée qui semblait bien fonctionner. Maud bavarda un moment avec Leïla sur le trottoir tout en admirant les multiples bibelots exposés par son frère. Elle remarqua une jolie carafe et un ravissant coffret à bijoux au style un peu désuet. Elle l'observa de plus près, la boîte était vraiment belle. Elle la saisit, la retourna et lut au dos, gravés dans le bois, quelques mots qui la firent sourire : *À ma douce Marie.*

— C'est touchant, n'est-ce pas ? dit Leïla qui s'était approchée.

— Très. Je pense que ça pourrait plaire à ma fille.

Elle se retourna, chercha Amaury des yeux pour lui en demander le prix. Son frère était à l'autre bout du trottoir, en pleine discussion avec des gendarmes. Le groupe se sépara et il ne demeura plus qu'un homme avec Amaury. Maud reconnut Élias Samara. Il lui fit un signe, échangea encore quelques mots avec Amaury avant de venir vers elle.

— Heureux de vous revoir, Maud ! s'exclama-t-il en lui tendant la main.

— Également. Vous travaillez, j'imagine ?

— Oui, toujours la même affaire. Plusieurs brocanteurs exposent, alors on vient faire notre tour d'inspection.

— Sur les traces du butin ?

— Oui, on ne lâche rien. Vous voyez ce type, là-bas, qui installe sa marchandise près de la berge ? Regardez-le discrètement.

Maud opina du chef en jetant un œil.

— On le surveille depuis trois semaines. Il n'a pas de boutique. Il entrepose du mobilier et des babioles dans son garage, mais aussi chez certains de ses amis. Il vend sa camelote dans les vide-greniers du coin. À chaque fois qu'il expose, il se passe un drôle de manège, toujours le même. Un second type le rejoint avec une fourgonnette pleine à craquer. La marchandise qu'elle contient n'est jamais déballée. Parfois, ils font monter un client dans le camion. Probablement pour conclure la vente avant de livrer en fin de journée. Ils ne sont pas nets ni l'un ni l'autre et ils vivent largement au-dessus de leurs moyens. Regardez-moi ce bel utilitaire. Il est tout neuf, et d'après nos recherches, il a été réglé comptant.

— Ah, de sérieux soupçons, alors ?

— Oui, on collecte des preuves l'air de rien.

— Mais vos hommes sont en uniformes, ça va les alerter !

— Non, il y a toujours des gendarmes sur les marchés, surtout en période estivale. Pour le moment, mes gars remontent la rue Courtemanche. Simple diversion. Quant à moi, je vais aller voir de plus près notre bonhomme.

— C'est pour ça que vous êtes en civil ?

— Exactement. Vous m'accompagnez ? Ça semblera encore plus naturel.

Maud emboîta le pas à Samara. Ils traversèrent la route et s'arrêtèrent devant des camelots. Un producteur vendait des charcuteries sèches, un autre offrait une dégustation de vin…

— C'est vraiment très joli, dit Élias en montrant la Loire. Un lieu agréable à vivre. Ça ne serait pas pour me déplaire.

Maud le regarda, dubitative, et il sourit.

— Oui, je sais, je suis compliqué. Je vous fais chercher une maison à Tours et je suis en train de vous dire que je me plairais bien à la campagne !

Elle ne releva pas mais n'en pensait pas moins. Quinze jours plus tôt, elle lui avait proposé trois maisons. Il en avait tout de suite écarté une, avait visité les deux autres sans montrer aucun signe d'emballement. Pas même pour la seconde qui possédait pourtant un jardinet d'une centaine de mètres carrés, parfait pour quelqu'un désireux d'habiter en ville et de disposer d'un coin de verdure ne nécessitant pas un grand entretien. Du coup, elle ne savait plus quoi lui présenter.

— Je crois que vous n'êtes pas prêt à acheter, ce qui explique pourquoi vous ne parvenez pas à vous décider. C'est fréquent, rassurez-vous. L'acquisition d'une maison, ça se mûrit. Toutefois, si vous désirez visiter quelques biens à Montlouis ou ses environs, je peux vous envoyer chez un de mes amis qui tient une agence immobilière ici.

— Je crains fort que votre ami n'ait pas votre patience. Voilà des semaines que je vous fais prospecter pour rien.

— Pas pour rien, soyez tranquille.

— Tant mieux.

Il fit mine de flâner encore, s'arrêta devant le stand d'un maroquinier pour admirer les ceinturons de cuir sans perdre une miette de ce qui se tramait du côté du brocanteur. Enfin, il grimpa sur un talus et contempla la Loire derrière son rideau d'arbres.

— Au fait, s'écria-t-il en se tournant vers Maud, de quoi vouliez-vous me parler l'autre jour chez votre frère avant que Marius vienne interrompre notre conversation ?

Maud se balança d'un pied sur l'autre. C'est vrai,

elle avait failli lui demander s'il ne pouvait pas trouver quelques informations sur les circonstances de la mort de Sylvain. À bien y réfléchir, elle jugeait sa démarche ridicule. Elle n'allait pas l'ennuyer avec ses histoires de famille.

— Je ne me souviens plus, dit-elle. Ça ne devait pas être très important.

À son tour, elle fixa la Loire tout en songeant à ce pauvre gamin.

— Il est beau, ce fleuve, murmura-t-elle. Il semble si paisible.

— Il n'en demeure pas moins dangereux.

— Oui, les fameux culs de grève.

— Chaque année, avec les touristes, on a des soucis, dit le gendarme. C'est difficile de leur faire comprendre que ce qu'ils prennent pour un îlot n'en est pas un.

— Vous savez comment se forment les culs de grève ?

— Par des dépôts de sable lors des décrues. Les courants passent de chaque côté de cette grève, creusent le banc de sable en aval, produisant des tourbillons. Il est risqué de marcher sur la pointe de ces îlots. Quand le sable s'effondre, il ne reste que le creux formé par les tourbillons. Celui qui tombe à cet endroit est entraîné dans une fosse qui peut être profonde de deux, trois ou quatre mètres. Il est alors remué par l'eau et le sable, comme dans une machine à laver, et quand il remonte à la surface, c'est parfois trop tard. Les noyades sont fréquentes.

Maud fronça les sourcils puis fit la moue.

— Pardon, reprit le commandant Samara, je vous raconte des choses qui ne sont guère amusantes.

— Vous avez répondu à ma question et c'était très intéressant.

— Mais pas drôle. Allons plutôt voir notre brocanteur pour admirer sa marchandise. Vous voulez bien ?

— À vos ordres, commandant ! Avec vous, j'ai l'impression de participer à une enquête et j'en suis très fière, sourit-elle.

— Alors, allons enquêter, lieutenant !

16

Maud repoussa les volets et s'accouda au rebord de la fenêtre. C'était un bonheur de se réveiller au domaine et de respirer l'air de la campagne en contemplant les vergers qui s'étendaient à perte de vue. Un paysage sur lequel elle ne s'attardait guère lorsqu'elle était toute jeune, auquel elle trouvait désormais un charme bucolique. À Tours, la vie était moins paisible.

Elle étira les bras vers le ciel et observa les arbres verdoyants, puis se pencha pour voir s'il y avait du monde sur la terrasse. Hortense était assise dans son fauteuil, sans doute depuis un moment, une tasse de café dans une main, une cigarette dans l'autre. Isabelle était sûrement levée elle aussi, peut-être était-elle dans son bureau, devant l'écran de son ordinateur à travailler sur la comptabilité. Ici, le samedi était un jour comme les autres, surtout pendant la haute saison où on cueillait quotidiennement des kilos et des kilos d'abricots et de pêches.

Des camionnettes chargées de fruits quittaient l'exploitation chaque soir. Il fallait éditer les factures, faire rentrer l'argent au plus vite dans les caisses du domaine afin de pouvoir régler les salaires des saisonniers embauchés pour la récolte. Les week-ends et les jours de fête, Isabelle travaillait tous les matins pour ne pas prendre de retard dans ses dossiers. Elle n'avait pas de répit mais jamais on ne l'entendait se plaindre.

Maud quitta la fenêtre et fila à la salle de bains. Elle en sortit une vingtaine de minutes plus tard les cheveux encore humides et enfila ses vêtements. Sur le palier, elle s'arrêta devant la porte de la chambre d'Amaury, colla une oreille contre le bois. Pas un bruit ; son frère devait dormir. Il avait fait une sacrée nouba la veille, après le marché nocturne. Toute la famille était restée à Montlouis et avait dîné de barquettes frites-saucisses. On s'était assis autour des grandes tables de bois installées au bord du fleuve. Le repas avait été plaisant. On avait bavardé, beaucoup ri. Seul Benoît avait manifesté quelques signes d'énervement. Manger à proximité de l'eau le troublait et on pouvait comprendre pourquoi. Hortense, qui d'ordinaire ne disait jamais rien lorsqu'il s'agitait, lui avait ordonné un peu sèchement de s'asseoir et de se tenir tranquille. Il avait obéi comme un petit garçon soucieux de ne pas contrarier sa mère et était venu se placer à côté d'elle tout penaud. Elle s'était penchée sur lui et lui avait murmuré quelques mots. Maud avait cru deviner qu'Hortense regrettait de s'être emportée. Elle était là, Benoît n'avait rien à craindre.

Après cet incident, le temps avait filé très vite. Peu après 23 heures, Hortense avait émis le désir de rentrer se coucher. Elle était partie avec Benoît, Isabelle et Jacques. Amaury et Maud s'étaient retrouvés en compagnie de Louis, le bouquiniste, et de son épouse Leïla, de Julia et de Marius Perrusson venu de Nantes pour le week-end. Les deux employés d'Amaury s'étaient joints à eux avec leurs conjointes. Ils avaient commandé une bouteille de vin, puis une autre, et la soirée s'était prolongée fort tard. Amaury, un peu ivre, avait laissé sa voiture à Montlouis et était rentré à la Dame blanche avec Julia et Maud. Quand Maud s'était enfin mise au lit, son vieux radio-réveil indiquait plus de 3 heures du matin.

Elle s'apprêtait à descendre quand elle remarqua dans le couloir que la porte de la chambre de Julia était entrouverte. Était-elle réveillée ? Elle s'était couchée très tard, elle aussi, après cette journée de folie. Son stand avait eu beaucoup de succès. Elle n'avait pas cessé de proposer ses produits, de les faire goûter, et la clientèle avait été séduite. Quand les derniers touristes avaient quitté le marché, Julia n'avait presque plus rien à vendre. Elle était épuisée mais heureuse.

Maud entra discrètement dans la chambre. Personne. Elle allait ressortir quand un objet sur la commode l'interpella. Le coffret à bijoux qui avait attiré son regard à la brocante. Elle saisit la boîte, la retourna. Le couvercle était légèrement abîmé dans un angle, un minuscule morceau de marqueterie avait sauté. Détail qui n'avait pas échappé à Maud lorsqu'elle avait contemplé le coffret sur l'étal d'Amaury. Quand, dans la soirée, elle était revenue à la brocante afin d'en demander le prix à son frère, il n'était plus là. Ce dernier avait-il pu lire dans ses pensées et l'offrir à sa nièce ? À moins que Leïla lui ait dit que sa sœur s'intéressait à cette boîte. Maud la remit en place et dégringola l'escalier.

Au premier étage, elle retrouva Jacques qui essayait tant bien que mal de convaincre Benoît de venir prendre l'air sur la terrasse. Maud vint en aide à son parrain et, ensemble, ils parvinrent à le décider. Maud alla à la cuisine pour préparer un plateau. Elle servit du café dans des tasses, coupa quelques tartines de pain, les beurra et emporta le tout dehors. Elle y retrouva Hortense, toujours dans son fauteuil, Jacques, et Benoît qui manifestait déjà l'envie de remonter dans sa chambre.

— J'irais volontiers marcher un peu dans le verger, dit Hortense quand Maud eut terminé son petit déjeuner. Tu m'accompagnes ?

Maud ne se fit pas prier. Le temps était radieux et une promenade était la bienvenue. La vieille dame attrapa sa canne. Elle ne l'utilisait pas systématiquement, mais elle ne l'oubliait plus pour aller déambuler dans les allées terreuses. Elle avait fait une vilaine chute quelques mois plus tôt en mettant un pied dans un trou auquel elle n'avait pas prêté attention. Plus de peur que de mal, mais depuis, la canne lui assurait une stabilité qu'elle ne refusait pas. Jacques proposa à Benoît de faire également une balade avec lui, et à sa grande surprise, ce dernier accepta. Ils prirent le même chemin que Maud et Hortense, mais au moment où les deux femmes traversaient le petit pont pour enjamber l'Indre, Benoît préféra continuer à longer la rive. Jacques ne le contraria pas et le suivit.

— Tu as vu ces poires ? demanda Hortense à Maud.

— Elles sont déjà belles !

— La passe-crassane est une variété d'hiver. En principe, on récolte les premières à la mi-octobre. Mais s'il continue à faire chaud, elles seront à point à la mi-septembre.

— Encore un effet du réchauffement climatique.

— Ah, ça, on ne peut pas le nier. Depuis une bonne dizaine d'années, on voit bien que le temps change. Ce verger, je l'ai planté après la guerre, en 1950. Je ne pensais pas à l'époque qu'il serait encore là aujourd'hui. Surtout, je n'aurais jamais cru que des arbres aussi vieux pourraient donner autant de fruits.

— C'est une variété qu'on ne reproduit plus, la passe-crassane, n'est-ce pas ?

— Oui ! Je vois que tu n'as pas oublié ce que ton père t'a enseigné.

Hortense laissa sa mémoire galoper dans le passé.

Louis, toujours un peu solitaire, aimait venir marcher dans ces allées pour contempler les arbres. Hortense s'était toujours reconnue dans ce fils aîné qui s'était coupé en quatre pour agrandir le domaine et maintenir l'activité malgré les crises. Il s'y était épuisé et son cœur n'avait pas tenu. Hortense essuya le coin de ses yeux. Un geste discret qui n'échappa pas à Maud. Elle eut la délicatesse de ne pas demander à sa grand-mère la raison de son trouble. Son père lui manquait à elle aussi, mais elle pouvait songer à lui sans pleurer désormais.

— La passe-crassane est effectivement interdite à la reproduction, reprit Hortense en forçant sa voix à ne pas chevroter. Trop sensible aux bactéries, notamment *Erwinia amylovora*, transmise par les oiseaux ou les insectes, le vent, la pluie, ou encore par la main de l'homme via des outils infectés ou des greffons malades. On appelle cette maladie le « feu bactérien ». Ici, on a vu des fleurs noircir en un jour, des branches mourir en une semaine, des arbres crever en une saison. Cette maladie est si contagieuse qu'on a bien cru qu'on perdrait tout le verger. Ton père a sauvé une partie de ces poiriers en arrachant quelques plants, en coupant toutes les parties atteintes de ceux qu'il pensait pouvoir sauver. Je me souviens que j'étais un peu sceptique, mais je l'ai laissé faire. Et heureusement ! Aujourd'hui, grâce à son obstination, nous avons encore de la passe-crassane. Dans la région, nous ne sommes guère plus qu'une dizaine d'arboriculteurs à produire cette variété.

Elles continuèrent à marcher entre les arbres, goûtant le silence et la douceur de l'air. L'après-midi serait sans doute chaud, Hortense n'irait pas se promener si le soleil cognait trop fort. Quand la température grimpait trop, elle se réfugiait sur la terrasse, à l'ombre, parfois même à l'intérieur de la maison. En été, le salon restait frais si on prenait la précaution de fermer les volets.

— Il faudra que je parle de la passe-crassane à Julia, dit soudain Hortense en s'arrêtant devant un poirier. Elle se cuisine bien. Elle est juteuse, un peu acidulée, légèrement granuleuse. Avec une pointe de cannelle, elle peut donner une excellente confiture. Je suis sûre que notre Julia nous préparera quelque chose de délicieux.

Maud approuva. Quelques mois plus tôt, elle avait douté de la réussite de l'entreprise dans laquelle sa fille se lançait. Le travail de la jeune femme avait balayé ses incertitudes.

— Elle t'épate, hein, ta Julia ? murmura Hortense.

Maud éclata de rire. On ne pouvait rien cacher à mamie Hortense.

— Tu as raison. Elle m'épate ! Hier encore, au marché nocturne, passé la première heure, tandis que je me demandais si elle était bien à sa place, je n'ai pu que me réjouir de la voir si heureuse. Faire goûter ses confitures, en parler, les vendre, elle avait l'air dans son élément. Tout comme elle l'est à chaque fois que je la vois devant ses marmites, un tablier autour de la taille. J'avoue que je n'en espérais pas autant. Je sais que tout n'est pas gagné. Elle doit se faire une place dans le réseau des épiceries fines pour que ça lui rapporte vraiment de quoi vivre, mais elle est sur le bon chemin.

— C'est sûr. Pour le moment, tu n'as pas à t'inquiéter. Tant qu'elle sera sous mon toit, elle aura toujours de quoi vivre.

— Oui, mais…

— Il n'y a pas de « mais », trancha Hortense. Je sais que tu as proposé à ta mère de verser une pension alimentaire pour Julia. Il n'en est pas question. Si tu as de l'argent, donne-le à Julia. Elle en a grand besoin pour faire prospérer son affaire. Elle doit songer à faire un peu de publicité autour de ses produits pour les vendre ailleurs qu'à Tours.

— Ici aussi, vous avez besoin d'argent pour vivre.

— On a ce qu'il faut. Et j'espère que ta mère ne te dira pas le contraire ! Une pension alimentaire… Non, mais !

— Maman ne m'a rien demandé. C'est moi qui…

— Je sais, la coupa Hortense. Isabelle m'a fait part de votre conversation. C'est parfois rude, mais on s'en sort. Je ne veux pas que mon arrière-petite-fille paye pour vivre chez moi. Il me semblait que ta mère ne le souhaitait pas non plus. Elle a changé d'avis ?

— Pas du tout. C'est moi qui tiens à être certaine que…

Hortense posa sa main sur le bras de Maud et le serra, la faisant taire instantanément. Maud comprit qu'il était inutile d'insister. Elle embrassa sa grand-mère qui relâcha son étreinte. Les doigts d'Hortense glissèrent sur ses joues, entourèrent son visage. Durant quelques secondes leurs regards se croisèrent, exprimant des choses qu'elles n'avaient nul besoin de se dire de vive voix. Combien elles s'aimaient, combien elles espéraient que le temps durerait encore, qu'il ne les séparerait pas. Pas tout de suite…

— Tu ressembles tant à ton père, murmura enfin Hortense.

Ses paupières papillonnèrent et elle se remit en marche, ne voulant pas céder à un nouvel accès de nostalgie.

— Pourquoi tu ne parles jamais de Sylvain ? demanda Maud à brûle-pourpoint.

Hortense eut un léger mouvement de surprise, mais elle continua à avancer. Allait-elle faire comme si elle n'avait pas entendu la question ? Elle baissa la tête, comme pour contrôler ses pas.

— Parce qu'il n'y a rien à dire, répondit-elle enfin. C'est inutile de remuer le passé, on ne peut rien y changer. Parler de Sylvain ravive les souffrances. Je préfère me concentrer sur ceux qui restent. Ton frère et toi, ta fille, ton cousin Léopold et ses enfants… J'aime vous voir rire. C'est mieux que de pleurer sur mon sort. On fait demi-tour ? Il ne doit pas être loin de midi car mon estomac commence à crier famine. Et puis mes jambes fatiguent…

17

« Quoi qu'on en dise, la différence d'âge finit toujours par se remarquer. Comment voulez-vous qu'une femme de cinquante ans puisse en paraître trente ? C'est cruel, mais c'est comme ça. Pas la peine de se mentir. On peut se faire plaisir et coucher avec un homme plus jeune que soi, mais il serait fou et surtout prétentieux de penser qu'on peut le garder.

« Aujourd'hui, on a tout de même des moyens de rester jeune plus longtemps.

« Rester jeune ? Vous me faites rire. Tout juste peut-on espérer paraître un peu moins que son âge ! Et celles qui y croient trop fort se torturent pour atteindre un objectif inaccessible.

« Se torturent ? Expliquez-vous !

« Frotter la peau des cuisses et des fesses au gant de crin pour l'adoucir, passer sous la douche glacée chaque matin pour raffermir les chairs, dormir avec un masque bien gras pour effacer quelques rides, faire un footing au réveil et des abdos chaque soir, vous n'appelez pas ça de la torture ? Je... »

Maud s'essuya les mains et d'un geste rageur coupa la radio. Elle en avait assez entendu. Cette émission lui renvoyait en pleine face son histoire avec Maxence. Une parenthèse qu'elle aurait voulu oublier. Après plusieurs semaines de silence, son amant était revenu à la charge. D'abord, il lui avait laissé de longs messages sur son téléphone. Comme elle ne le rappelait pas, il était venu sonner chez elle mais elle n'avait pas ouvert. En désespoir de cause, il s'était pointé à l'agence, la mettant dans une situation très embarrassante. Ils avaient eu une explication sur le trottoir. De l'autre côté de la vitrine, Mélanie ne les avait pas quittés des yeux mais n'avait posé aucune question quand Maud était rentrée, très contrariée.

Maxence était toujours épris ; il la priait de revenir sur sa décision et de leur donner une seconde chance. Il ne lui demanderait plus de sortir avec ses amis, il n'exigerait plus rien, d'ailleurs. Tout ce qu'il voulait, c'était être avec elle et l'aimer... Elle l'avait repoussé fermement mais sans se montrer cassante. Le lendemain, il avait recommencé son numéro. Le surlendemain aussi. Maud s'était demandé comment elle s'en sortirait quand Mélanie serait en congé. Ce serait moins facile de le chasser lorsqu'elle serait seule... Elle avait donc décidé de fermer l'agence. La première quinzaine d'août était de toute façon plutôt calme à Tours. Seuls les touristes venus découvrir les châteaux du Val de Loire arpentaient les rues. Malgré tout, Maud n'était pas vraiment en vacances. Elle avait encore quelques dossiers à boucler. Elle s'occupait de la paperasse chez elle et donnait rendez-vous à ses clients en ville. Elle avait prévu de s'installer huit jours au domaine. Elle se reposerait, passerait du temps avec Julia. Elle sourit en s'imaginant devant d'énormes marmites à surveiller la cuisson des fruits.

Apaisée, elle revint devant le plan de travail et saisit deux tomates. Elle les coupa en fines rondelles, les disposa au creux d'une assiette et ajouta un filet d'huile d'olive, quelques cubes de mozzarella, une tranche de jambon de montagne. Elle emporta son déjeuner sur la table de jardin, à côté de son ordinateur portable. Pour la énième fois depuis le matin, elle jeta un coup d'œil aux photos d'une maison dont on venait de lui confier la vente. Des clichés pris lorsqu'elle avait visité les lieux en compagnie du propriétaire. C'était parfait. Vraiment parfait. Une demeure dans laquelle il devait faire bon vivre. Elle hésita encore dix secondes, puis s'empara de son téléphone. S'attendant à tomber sur la boîte vocale du commandant Samara elle fut surprise de l'entendre décrocher.

— Bonjour, Élias, dit-elle après un bref silence. Maud Châtillon à l'appareil. Je me permets de vous déranger car je viens d'enregistrer un bien qui pourrait vous plaire. Du moins, je le crois.

— Ah ! C'est à Tours ou à l'extérieur ? Pas trop loin de la caserne de gendarmerie, j'espère ? Pas trop près non plus ? C'est grand ? Et le jardin, pas trop vaste ? Il y a beaucoup de travaux à prévoir ?

Maud se garda de répondre à cette salve de questions. Avant tout, elle voulait qu'il voie cette maison.

— Il faut la visiter, Élias ! Êtes-vous disponible ces jours-ci ?

Il ne répondit pas tout de suite, tergiversant une fois de plus.

— Quand pouvez-vous la visiter ? insista-t-elle. Dites-moi.

— En fin de journée, ça vous irait ?

Elle expira doucement. Elle avait un rendez-vous chez le coiffeur, mais elle pouvait le reporter. Elle raccrocha après avoir demandé à Élias de la retrouver à 18 heures devant l'agence. Elle n'avait rien voulu révéler de plus. S'il s'interrogeait trop, jamais il ne franchirait le pas.

Contente d'elle, elle mangea avec gourmandise et fit couler un café, s'accorda encore une vingtaine de minutes de pause avant de songer à se préparer. Un couple de clients l'attendait pour signer une promesse de vente, un étudiant et ses parents pour visiter un appartement. Le studio était rue Saint-François, en face du Jardin botanique, Maud était certaine que le jeune homme serait séduit. Elle devait également passer à la poste déposer des courriers.

L'après-midi fila très vite et elle n'arriva à l'agence qu'avec quelques minutes d'avance sur le rendez-vous. Elle récupéra les clés dans le coffre et ressortit au moment où Élias Samara se garait juste devant la porte.

— Montez ! dit-il en abaissant la vitre. Je vous emmène. Vous n'avez qu'à m'indiquer le chemin. À moins qu'on y aille à pied si c'est près d'ici.

— Ce n'est pas trop loin, sourit-elle, ravie de le voir aussi impatient. Mais il vaut mieux y aller en voiture. Il faut gagner la rive droite, puis prendre la direction de Rochecorbon.

— Ah, ce n'est pas dans Tours, alors ?

— À sept kilomètres.

Il hocha la tête. Lorsqu'ils eurent traversé la Loire, il l'assomma de nouvelles questions.

— Détendez-vous, lui conseilla-t-elle. Le propriétaire n'est pas là, vous pourrez visiter la maison en toute quiétude et prendre le temps nécessaire à la réflexion.

— Pourquoi la vend-il ?

— Il est à la retraite et part s'installer en bord de mer, non loin de Saint-Jean-de-Monts.

— Ah, bien. Combien de chambres y a-t-il ?

— Trois. Vous pouvez ralentir, nous arrivons à Saint-Georges. Voilà, nous y sommes presque. Vous voyez le portail en fer forgé sur votre gauche ? C'est là.

D'un coup d'œil dans le rétroviseur, le commandant Samara vérifia que la voie était libre avant de tourner et s'arrêta devant le haut portail. Maud actionna une télécommande. Les deux battants s'écartèrent, dévoilant une petite allée qui montait légèrement jusqu'à la maison. Le commandant manœuvra pour garer sa voiture. Il semblait tendu.

— Ce n'est pas exactement ce que vous recherchez, expliqua Maud. C'est plus grand, mais je ne pouvais pas laisser passer ce bien sans vous le proposer. Ce n'est qu'une visite, n'est-ce pas ? Elle ne vous engage à rien. Je n'ai aucune intention de vous forcer la main.

Il lui répondit d'un sourire et elle fut ravie de l'avoir mis à l'aise. Elle ouvrit la porte de la maison avant de s'effacer pour le laisser entrer le premier. Le vestibule était éclairé par la lumière traversant une baie vitrée qui donnait sur un petit jardin en pente, à l'arrière. À gauche se trouvaient la salle à manger, puis la cuisine, récemment refaite et tout équipée, avec une buanderie adjacente. Dissimulé sous l'escalier, un placard permettait de ranger manteaux et chaussures. À droite s'ouvrait le séjour. La pièce était vaste. On pouvait aisément y installer deux grands canapés, des fauteuils, une bibliothèque, et même un bureau. Comme dans l'entrée, la lumière traversante illuminait les murs et le plafond. Le parquet était impeccable. Nul doute qu'il avait été entretenu avec soin. Les peintures étaient récentes.

— Qu'en dites-vous ? demanda Maud.

— C'est une belle maison.

— Mais ?

Il eut l'air embarrassé et grimaça, conscient qu'il risquait de la décevoir.

— On peut voir l'étage ?

Cette fois, elle le devança, avant de s'arrêter sur le palier du premier. L'escalier montait encore jusqu'à un grenier utilisable. Elle l'invita à découvrir les deux premières chambres qui disposaient chacune d'une salle d'eau. Elle le fit ensuite entrer dans la troisième, beaucoup plus grande.

— Suite parentale, annonça-t-elle, avec salle de bains privative, équipée d'une belle douche en plus de la baignoire.

Il écarquilla les yeux puis fit la moue.

— Je vis seul, vous savez. Que ferais-je de tout ça ?

C'était bien la première fois qu'il évoquait clairement sa vie privée, même si Maud avait pensé que, accaparé par son métier, il n'avait pas dû fonder de famille.

— Dites-moi au moins que cette maison est jolie !

— Elle l'est.

Il s'approcha de la fenêtre. De l'autre côté de la route, la Loire, majestueuse et paisible, se coupait en deux bras entre lesquels se dessinait une île arborée. Il baissa les yeux et admira le jardin. Exposé plein sud, il regorgeait d'arbres et de fleurs. Ce n'était pas deux ou trois cents mètres carrés, mais plutôt un bon millier. Jamais il ne pourrait entretenir un tel terrain...

— On peut faire le tour ? demanda-t-il.

Elle redescendit et il lui emboîta le pas. Dans le vestibule, elle ouvrit la baie qui donnait sur l'arrière. C'était la partie la plus ombragée de la cour. Un endroit sans doute agréable quand il faisait très chaud. Ils contournèrent la maison et Élias put de nouveau contempler le jardin.

— Vous avez raison, dit-il, cette propriété méritait le coup d'œil. Quel est son prix ?

— Je pensais que vous ne me poseriez même pas la question.

Il eut l'air étonné lorsque Maud lui annonça le chiffre. Il s'attendait à un prix beaucoup plus élevé.

— C'est aussi pour cette raison que je tenais à vous amener ici. Il m'a semblé que ça en valait la peine. L'autre jour, à Montlouis, vous étiez prêt à acheter à la campagne ! Vous l'aurez noté, il n'y a pas de travaux à prévoir dans l'immédiat. C'est un plus. Tout ce qui manque à cette demeure, c'est un système d'alarme. Le propriétaire n'a pas jugé bon d'en installer un car il ne partait jamais en vacances.

Elle l'abandonna quelques minutes, le temps d'aller refermer portes et fenêtres. Quand elle revint, il était déjà dans sa voiture.

— Je suis désolé, murmura-t-il. J'ai le sentiment de vous faire perdre votre temps.

— Non, pas d'inquiétude. Je crois que vous n'êtes pas prêt à vous lancer dans l'acquisition d'une maison. C'est souvent le projet d'une vie, et ce n'est peut-être pas le vôtre.

— Je ne veux pourtant plus vivre en caserne. De ça, je suis sûr ! dit-il en démarrant.

Le trajet de retour s'effectua dans le silence.

— Ne vous tracassez pas, dit enfin Maud en ouvrant la portière, une fois arrivés à l'agence. J'ai été très heureuse de vous faire découvrir ce bien. Il est possible que cette visite vous permette d'y voir un peu plus clair. Louer un bel appartement dans un quartier sympa de Tours peut vous suffire. Ce n'est pas une obligation d'acheter... Prenez le temps de réfléchir et appelez-moi.

Il se sentit soulagé. Elle ne semblait pas contrariée, mais il était furieux contre lui-même. À tergiverser ainsi, il lui faisait perdre du temps. Il la regarda disparaître à l'intérieur de l'agence et se traita mentalement d'imbécile.

18

Maud racla ses semelles terreuses sur une grille prévue à cet effet et se déchaussa avant d'entrer en sautillant sur la pointe des pieds dans la buanderie. Elle ôta sa parka avant de s'ébrouer.

— Temps de chien, marmonna-t-elle en récupérant ses bottes pour les déposer dans le vieil évier de grès.

Elle les passa sous l'eau, puis les frotta à la brosse avant de les ranger dans un coin de l'étroite pièce. Elle sourit en constatant que les bottes de son parrain séchaient également. Sans doute avait-il tenté lui aussi une sortie… Elle se rendit dans le salon ; la pièce était déserte. Du bruit lui parvint de la cuisine et elle ne fut pas surprise d'y trouver Claudine qui épluchait des légumes et Hortense, assise au bout de la table, en train de commenter le journal. Jacques était debout contre la cuisinière, une tasse de café fumante entre les mains.

— Tu en veux un ? demanda-t-il à Maud.

— Oh, oui, merci !

Elle s'empara du mug brûlant et huma les arômes du café pendant quelques instants.

— Tu avais raison, mamie, il a encore plu, dit-elle.

— Je t'avais prévenue… Tu sais, ce ciel, ça fait des décennies que je le scrute. Maintenant, ça y est, l'orage est passé. Tu es sortie une heure trop tôt ! Le soleil sera bientôt là et il va cogner. La terre sera heureuse.

— J'ai croisé Victor, dit Jacques. Il revenait de Chambray. Il est tombé de la grêle là-bas, ce matin.

— Dieu merci, pas chez nous, murmura Hortense.

Claudine lâcha son économe et se signa d'un geste rapide. Hortense ferma les yeux. Des souvenirs terribles lui revenaient en mémoire, dont un orage destructeur qui avait frappé la région durant l'été 1976, après des semaines de sécheresse. Ce jour-là, en fin d'après-midi, la grêle s'était abattue sur plusieurs communes au sud-est de Tours. Le domaine de la Dame blanche n'avait pas été épargné. Hortense n'oublierait jamais les énormes grêlons qui s'étaient abattus sur le verger. Une demi-heure de terreur à regarder le carnage, abritée derrière les carreaux de la maison, impuissante. Quand l'orage s'était calmé, elle était sortie avec Louis. La maison avait subi quelques dégâts. La toiture était endommagée par endroits et les gouttières n'avaient pas résisté. L'Indre n'était plus qu'un torrent de boue charriant morceaux de bois et divers débris inidentifiables. Elle était sortie de son lit et avait recouvert les berges, déposant de la terre et des résidus un peu partout, obligeant à lever haut le pied. Le vrai drame, Hortense et Louis l'avaient découvert dans les vergers. Des jours et des jours de travail perdus. Les branches étaient arrachées, les fruits hachés par la grêle. Les derniers abricots et toutes les pêches étaient fichus. Les pommes et les poires, encore loin de la maturité, jonchaient le sol. Des années de travail gâchées aussi. Certains arbres avaient été coupés en deux par la foudre, les troncs éventrés gisaient sur un parterre de grêlons. Cette année-là, même si elle n'en avait rien dit, Hortense avait eu peur de ne pas parvenir à redresser le domaine…

— Julia est à ses confitures ? demanda-t-elle à Maud pour chasser ces vilains souvenirs.

— Oui ! Je lui ai proposé mon aide, mais elle a décliné. Elle fait quelques essais et préfère être seule devant sa marmite.

— Un bon cuisinier n'aime pas être dérangé quand il met une recette au point, intervint Claudine.

— Je ne l'aurais pas dérangée, maugréa Maud. Mais j'aurais pu lui donner un coup de main.

— Laisse-la tranquille, dit Jacques. Elle se débrouille bien, non ?

— Oui, convint Maud. Mais j'espérais profiter de ma fille un peu plus.

— Tu la vois à tous les repas et tu passes toutes les soirées avec elle. C'est déjà pas mal.

— Les soirées ? Non, même pas. Elle se couche très tôt. Mais peu importe, l'essentiel est qu'elle soit heureuse.

— Elle est toujours dans ses fraises ? demanda encore Hortense.

— Oui, elle a acheté cinquante kilos de mara des bois à un producteur du pays d'Ancenis et cinquante kilos de mariguette, une variété obtenue par le croisement de la gariguette et de la mara. Ce matin, elle tente une confiture parfumée à la menthe.

Jacques haussa les sourcils et fit une moue dubitative. Sa grimace n'échappa pas à Hortense.

— Ce n'est pas parce que ça te déplaît que ce n'est pas bon ! asséna-t-elle. On ne te forcera pas à en manger.

— Toi, tu avalerais n'importe quoi pourvu que ça provienne des casseroles de ton arrière-petite-fille ! se moqua-t-il. Qu'est-ce que t'es gaga, ma pauvre maman !

Hortense éclata de rire. Son fils avait raison. Tout ce que Julia décidait et faisait lui convenait. Julia le lui rendait bien, d'ailleurs. Dès qu'elle avait un moment, elle retrouvait son arrière-grand-mère pour bavarder, se promener, ou simplement déguster un café ou un thé sur la terrasse en sa compagnie. Maud était parfois désappointée, un peu jalouse aussi, que sa fille lui consacre si peu de temps alors qu'elle se rendait disponible pour Hortense.

— Gaga, oui, c'est vrai que je le suis, reconnut Hortense. Cette petite me porte. Depuis qu'elle est à la maison, il souffle un vent de jeunesse qui ne nous fait pas de mal. Au moins, on n'a pas l'impression d'être à l'hospice !

Tous se retournèrent vers elle, à la fois étonnés et dépités par ses propos.

— Mais enfin, mamie, dit Maud, tu es chez toi, ici. Rien à voir avec la maison de retraite !

— C'est vrai, mais avant l'arrivée de Julia, on ne vivait qu'entre gens âgés. Ton parrain, ta mère, ton oncle Benoît et moi… Julia nous apporte une bouffée d'air frais et de la gaieté.

Jacques approuva. Il allait ajouter quelque chose quand la sonnerie du téléphone de Maud retentit. Elle sortit de la cuisine pour prendre l'appel. C'était le commandant Samara. Après l'avoir saluée, il sembla hésiter un instant, laissant le silence s'installer. Maud insista, se doutant qu'il ne l'appelait pas sans raison. Il finit par lui avouer qu'il avait beaucoup pensé à la maison de Saint-Georges. Malgré le jardin trop grand, la demeure lui plaisait. Il ne devait peut-être pas laisser passer cette belle opportunité. Le jour de la visite, il n'avait pas songé à poser les questions essentielles. Quels étaient les frais d'agence, le montant des factures de chauffage, le budget électricité, les impôts locaux et fonciers…

— Nous prendrons rendez-vous à votre retour à Tours, si vous le voulez bien, conclut-il.

— Non, ça m'ennuie d'attendre. J'ai mis en vente la maison sitôt après votre refus. S'il y a une offre... Il faut qu'on se voie aujourd'hui. Cet après-midi à l'agence ?

— Je ne voudrais pas écourter votre séjour en famille !

— Alors, venez au domaine. J'ai mon ordinateur avec le dossier complet, de quoi répondre à vos interrogations. Nous pourrons également regarder les photos que j'ai prises ; ça vous permettra de revoir certains détails auxquels vous n'avez peut-être pas prêté attention.

— Je peux venir demain. C'est possible pour vous ?

— Oui ! Le plus vite sera le mieux.

— Quelle heure vous convient ?

— Quand vous voulez, je ne bouge pas.

Il proposa de passer vers 17 heures, si rien, à la gendarmerie, ne venait perturber son emploi du temps. Il était corvéable le week-end compris. Maud sourit en rangeant son téléphone dans sa poche. Le commandant avait donc été séduit par la propriété de Saint-Georges. Rien n'était acté, mais elle était sûre que cette maison était parfaite pour lui. S'il ne pouvait entretenir le jardin, il trouverait sans mal quelqu'un pour tondre la pelouse et tailler les haies.

Elle s'approcha de la fenêtre du vestibule.

Hortense avait raison, le soleil revenait. Dans la cour, le gravier encore mouillé brillait. La porte de la serre s'ouvrit et Maud vit Victor sortir du bâtiment. Il avait dû demander à Julia si elle avait tout ce qu'il lui fallait. Il était aux petits soins pour elle. Sur le seuil, il se retourna sans lâcher la porte, quand Julia surgit. Elle se jeta à son cou et l'attira à elle. Maud put les voir échanger un long baiser. Le cœur battant, elle recula, sans toutefois s'éloigner de la fenêtre. Victor repoussa doucement Julia qui s'accrochait à lui, avant de céder pour l'enlacer de nouveau. Ils s'embrassèrent encore, un baiser passionné qui ne laissait aucun doute sur leurs sentiments. Enfin, Victor s'éloigna. Maud resta interdite, les bras ballants, ne pouvant détacher son regard de la serre.

— Un souci ? demanda une voix derrière elle.

Elle sursauta. Son parrain était là. Avait-il assisté à la scène lui aussi ?

— Tu es toute pâle, ça ne va pas ?

— Heu… non, ça va.

— Une mauvaise nouvelle ?

Elle le regarda sans le voir, n'ayant plus en tête que Julia et Victor, et ce baiser…

— Non, non, ça va, je t'assure. Juste un imprévu. Tu m'excuses ? Je dois vérifier un truc. C'est pour un client.

Elle grimpa la volée de marches, laissant son parrain perplexe, et s'enferma dans sa chambre. Son cœur battait à tout rompre, comme s'il allait exploser. Elle s'assit sur le bord du lit, se força à respirer calmement. Mais rien n'y faisait, la machine continuait à s'emballer. Il lui était impossible d'effacer ce qui s'imposait à son esprit : Julia, sa fille de vingt-deux ans, était la maîtresse d'un homme qui avait largement le double de son âge !

19

Incapable de terminer son assiette, Maud reposa son couteau et sa fourchette. Oppressée, elle ne parvenait pas à se débarrasser du poids qui l'étouffait. La veille, elle avait à peine mangé, que ce soit au déjeuner ou au dîner. Elle était montée se coucher très tôt, prétextant un coup de fatigue. Personne n'y avait prêté attention, sauf son parrain.

Elle sentait son regard inquisiteur et se doutait qu'il ne tarderait plus à la questionner, avec tout le tact qui le caractérisait. Il restait prêtre dans l'âme, même s'il avait quitté l'Église. Il savait sonder les cœurs, deviner ce qu'on ne voulait pas avouer. Ce midi encore, il l'avait observée durant le repas. Elle avait fait de gros efforts pour paraître normale, discuter avec tous, y compris avec sa fille. Pourtant, à chaque fois qu'elle regardait Julia, elle ne voyait plus en elle qu'une jeune femme se jetant au cou de son amant. Depuis combien de temps cette histoire durait-elle ? Julia pensait-elle pouvoir la garder secrète *ad vitam aeternam* ?

— Je vais préparer du café, dit Isabelle. Qui en veut ?

Maud se leva d'un bond, soulagée de quitter la table.

— Reste assise, je m'en occupe.

Elle s'empressa de débarrasser les assiettes et fila dans la cuisine. Elle déposa la pile de vaisselle à côté de l'évier et s'appuya sur le rebord.

— Qu'est-ce qui ne va pas, maman ?

Maud ne se retourna pas, refusant de croiser les yeux de Julia. Pas maintenant. Elle ne tiendrait pas. Elle risquait de lâcher un flot de paroles qu'elle regretterait ensuite. Julia s'approcha pour prendre sa mère dans ses bras.

— Tu sais, murmura-t-elle à son oreille, je ne suis plus un bébé. Si tu as des problèmes, tu peux m'en parler. Tu as des soucis avec l'agence ? Tu es malade ? Je vois bien que tu n'es pas dans ton assiette depuis hier. Dis-moi ce qui ne va pas.

Je ne suis plus un bébé... La phrase résonna dans la tête de Maud pendant quelques instants.

— Il n'y a rien, articula-t-elle enfin. Je suis seulement fatiguée.

Julia hocha la tête avec une moue. L'explication ne lui convenait pas mais elle comprit que ce n'était pas le moment d'insister. Ni le lieu pour parler car n'importe qui pouvait entrer. Maud la repoussa doucement pour remplir d'eau le réservoir de la cafetière.

— Veux-tu préparer le plateau ? demanda-t-elle comme si de rien n'était.

Julia s'exécuta tout en continuant à lorgner discrètement sa mère. Non, décidément, quelque chose clochait. Maud avait la mine fermée, bien trop pour que ça ne soit qu'un gros coup de fatigue. Le café servi, Hortense emporta sa tasse sur la terrasse, s'installa à sa place habituelle, dans son grand fauteuil. Isabelle avala le sien vite fait. Elle devait retrouver Victor pour faire le point sur les commandes. Lorsqu'elle prononça le prénom du contremaître, Maud ne put s'empêcher de se tourner vers sa fille mais rien dans son expression ne laissait transparaître quoi que ce soit. La jeune femme buvait son café tranquillement tout en bavardant avec Jacques. Puis elle débarrassa la table et emporta la vaisselle dans la cuisine, avant de regagner l'ancienne serre.

— C'est cet après-midi que tu reçois ton client pour une maison ? demanda Jacques à Maud.

— Oui, vers 17 heures, répondit-elle.

Ils n'étaient plus que tous les deux et elle eut peur que son parrain en profite pour la questionner. Elle s'empressa de quitter la pièce, prétextant le besoin de récupérer son ordinateur et ses dossiers. Dans sa chambre, elle ferma la porte à clé, elle ne voulait être dérangée par personne. Elle s'accouda à la fenêtre et laissa ses yeux se promener le long de l'Indre, puis vers le verger. Le paysage ne lui procura pas l'apaisement espéré. Elle ne pourrait pas rester indéfiniment ainsi, torturée par la liaison de sa fille avec un homme plus vieux qu'elle. Liaison qui lui rappelait son histoire avec Maxence qu'elle avait jugée sans avenir. Il en serait de même pour Julia et Victor. La différence d'âge les rattraperait et les abîmerait l'un et l'autre. Elle devait parler à sa fille, lui faire comprendre qu'elle faisait un mauvais choix. Elle serait encore jeune et pleine de vie quand Victor serait trop usé pour la suivre. Et s'il lui faisait des enfants, il n'aurait pas l'énergie d'assumer leur éducation, même s'il le désirait. Viendrait forcément un moment où Julia regarderait ailleurs, où elle se tournerait vers des gens de son âge. Elle souffrirait d'être prisonnière de son amour pour un homme plus vieux qu'elle. Lui aurait mal de la voir jeter des coups d'œil envieux sur des couples mieux assortis, mal de n'être plus aussi beau, aussi svelte, aussi frais, aussi bien bâti que ces types dans la force de l'âge. Un combat inégal perdu d'avance. Tout ce qu'elle avait pressenti pour Maxence arriverait à Julia. On a beau ne pas vouloir calculer, il est impossible de tricher avec le temps. Impossible de…

Trois coups secs furent frappés à la porte de la chambre.

— Maud, ouvre ! C'est important !

Maud reconnut la voix de son parrain. Paniquée, elle faillit le renvoyer, prétendre qu'elle avait un appel urgent à passer, mais il continuait de tambouriner à la porte.

— Ouvre, Maud ! J'ai besoin de toi. Benoît a disparu.

Elle fit tourner la clé pour laisser Jacques entrer. Il fronça les sourcils.

— Tu pleures ? Qu'est-ce qui t'arrive ? demanda-t-il.

Elle effleura sa joue, surprise d'y sentir des larmes. Le chagrin l'avait submergée sans qu'elle s'en rende compte.

— Rien. Benoît a disparu ?

— Oui, j'en ai peur. Je n'ai encore rien dit à Hortense, mais je pense qu'il est parti.

— Mais parti où ? Et pourquoi ?

— Viens. On discutera plus tard.

Elle suivit son parrain et fit une halte au premier, devant la chambre de Benoît.

— Il n'est pas là ! râla Jacques. J'ai déjà vérifié.

Ils sortirent par la cour afin de ne pas être vus par Hortense qui se reposait sur la terrasse. Quand ils passèrent devant la serre, Maud se demanda si Julia était seule mais elle réprima son envie d'aller jeter un coup d'œil. Il était inutile d'ajouter à sa torture une scène qu'elle n'avait pas envie de voir se renouveler. Ils contournèrent la maison pour s'engager sur le sentier qui bordait l'Indre.

— Maintenant, explique-moi ce qui te fait croire que Benoît s'est sauvé ! dit Maud en attrapant son parrain par le bras.

Jacques ralentit le pas.

— Benoît a quitté la table pendant que tu étais dans la cuisine avec Julia. J'ai pensé qu'il allait aux toilettes. Ne le voyant pas revenir, je me suis dit qu'il était monté dans sa chambre, mais il n'y était pas.

— Rien d'inquiétant dans tout ça, marmonna Maud, agacée.

— Si, murmura Jacques en baissant les yeux.

Il hésita un moment, le regard détourné, avant d'expliquer à Maud les raisons de son inquiétude.

— Ce matin, il était très excité. Il m'a dit que c'était le grand jour, qu'il allait retrouver son frère et qu'ils ne se quitteraient plus jamais. D'abord, je n'ai pas répondu. Ces crises sont récurrentes et dans ces cas-là, il vaut mieux ne pas relever. Il a continué à me parler de leur rendez-vous au bord de l'eau et j'ai tenté de le raisonner. Je lui ai rappelé que Sylvain était mort, qu'il ne reviendrait jamais. Il s'est fâché, m'a dit que je ne comprenais rien, et il est parti. Quand nous sommes passés à table, il semblait plus calme. J'ai cru que l'orage était passé.

— Il est peut-être sorti faire un tour. Il aime bien s'isoler.

— Non, je suis sûr que non. J'ai fouillé tous les coins du parc qu'il affectionne, en vain.

Jacques accéléra le pas et Maud s'efforça de suivre la cadence.

— On va où, comme ça ? maugréa-t-elle après un bon moment.

— J'en sais rien. Benoît aime se balader sur les rives de l'Indre, il est peut-être parti par là-bas. Il y a davantage d'arbres, plus d'ombre… Si Benoît s'est mis en tête que Sylvain allait le rejoindre au bord de la rivière, il a pu chercher un endroit paisible pour l'attendre.

Maud acquiesça, bien que peu convaincue. Elle consulta sa montre. Ils marchaient depuis près d'une heure. À combien de kilomètres de la maison pouvaient-ils être ? Quatre ? Trois peut-être…

— Tu ne crois pas qu'on devrait rebrousser chemin ? demanda-t-elle. Benoît est peut-être rentré. Si ce n'est pas le cas, on avertira Hortense et on demandera à Julia de nous aider à le chercher. Maman pourra aussi donner un coup de main.

Jacques stoppa net et s'essuya le front. Il transpirait. La chaleur, le stress aussi.

— Appelle Julia, s'il te plaît, préviens-la de ce qui se passe. Mais qu'elle n'affole personne pour le moment. Demande-lui d'aller vérifier dans la chambre de Benoît et de faire le tour de la maison. Qu'elle te rappelle pour nous tenir au courant. De mon côté, je vais demander à Victor de parcourir l'autre rive, côté vergers. On ne sait jamais.

Maud s'exécuta, bien que contrariée que son parrain mentionne Victor. Elle aurait voulu oublier son existence, en tout cas ne pas le mêler aux affaires de la famille, ne pas lui donner l'occasion de les approcher davantage. Elle en était venue à lui trouver de multiples défauts tout en étant consciente que son jugement était arbitraire et injuste.

— On avertit Amaury ? demanda-t-elle ensuite. Il pourrait se joindre à nous.

— Attendons. Je voudrais éviter de semer la panique.

Ils se remirent en marche. Il y avait encore d'énormes flaques par endroits, stigmates de l'orage de la veille. Maud regretta d'avoir mis ses baskets. Elles étaient couvertes de boue. Même le bas de son jean était trempé.

— Écoute, parrain, on devrait revenir sur nos pas maintenant. On ne s'en sortira pas tout seuls.

Jacques se rendit à l'évidence. Ils parcoururent le chemin en sens inverse, silencieux et angoissés. Julia et Victor les avaient rappelés. Les nouvelles n'étaient pas bonnes. Julia avait fait le tour de la maison de la cave au grenier, elle avait fouillé les bâtiments où on entreposait les outils, le tracteur, les récoltes, Benoît n'était nulle part. De son côté, Victor avait enfourché une bicyclette, suivi le sentier longeant les vergers. Par acquit de conscience, il avait emprunté le chemin qui permettait de rejoindre la départementale, sans résultat. Lorsque Maud et son parrain parvinrent dans la cour du domaine, une voiture de la gendarmerie se garait. Un homme en uniforme en descendit.

— Qui a prévenu les gendarmes ? gronda Jacques. J'avais demandé qu'on n'ébruite rien !

— Attends, calme-toi, dit Maud en forçant son

parrain à ralentir le pas. Le commandant Samara est venu ici en client. Il est intéressé pour l'achat d'une maison. Je lui parle de Benoît ou pas ?

— Non ! Tu ne lui dis rien du tout !

— Je pense que tu as tort, mais je vais t'obéir. Plus le temps passe, plus c'est dangereux. Si tu changes d'avis…

— Occupe-toi de ce type et de ta vente et tiens-le à l'écart de la famille !

Maud s'arrêta net, chamboulée par le ton employé. Jamais son parrain ne lui avait parlé aussi durement.

— Pardon, murmura-t-il en s'approchant d'elle pour l'embrasser sur le front. Pardon. Je ne voulais pas être cassant. Va rejoindre ton client. Je t'envoie un message s'il y a du nouveau.

Il s'éloigna à grandes enjambées. Pendant quelques secondes, Maud le suivit des yeux, très inquiète.

— Eh bien ! Vous avez mal choisi vos chaussures de randonnée ! s'écria le commandant Samara en venant vers elle.

— Oui, reconnut-elle en se forçant à sourire, avant de grimacer en contemplant ses pieds. Si vous me le permettez, je file me changer.

Elle le fit entrer dans la maison et le pria de s'installer dans la bibliothèque. Personne n'y viendrait à cette heure-ci. Il faisait bien trop beau pour s'enfermer.

20

— Quelqu'un peut-il me dire ce qui se trame dans cette maison ? hurla Hortense en entrant dans la bibliothèque.

Maud se redressa, blême. Élias Samara sursauta comme un diable hors de sa boîte. Il se mit debout, presque au garde-à-vous. Il était impeccable dans son uniforme. Si la situation avait été différente, Maud aurait peut-être éclaté de rire.

— Les gendarmes sont ici et personne n'a songé à m'avertir ? cria encore Hortense. Qu'est-il arrivé ?

Alerté par le ton de sa maîtresse, Carlo déboula dans la pièce et stoppa net aux pieds d'Hortense, fixant d'un œil mauvais Élias Samara. Maud s'approcha du molosse pour le rassurer d'une caresse. Il n'était pas méchant, mais elle préférait se méfier. Entre un inconnu et sa maîtresse en colère, Carlo pouvait avoir une réaction inattendue.

— Mamie, détends-toi. C'est le commandant Samara. Tu te souviens de lui ? Il est venu il y a quelque temps au domaine pour nous mettre en garde contre d'éventuels rôdeurs. Aujourd'hui, il n'est pas ici pour son travail. Il souhaite acquérir une maison et nous avons besoin d'être tranquilles pour en discuter. C'est pourquoi nous nous sommes installés ici.

À sa mine contrariée, Maud devina que sa grand-mère ne se contenterait pas de cette explication. Hortense s'approcha et jeta un œil sur la grande table. Maud y avait étalé des photos, son ordinateur était allumé. Hortense admira les clichés un court instant.

— Jolie maison de maître, dit-elle en tendant la main au commandant pour le saluer. Pardonnez mon intrusion et ma vivacité.

Il la remercia de le recevoir chez elle. Elle acquiesça du menton puis se retourna vers Maud.

— Que se passe-t-il, ici ? Il n'y a plus personne.

— Mais si ! Je suis là, moi !

— Jacques, non. Ni Benoît. Même Claudine est partie, assez précipitamment d'ailleurs. On aurait dit une voleuse pressée de filer. Julia n'est pas dans sa serre et Victor ne répond pas au téléphone. Je répète ma question : que se passe-t-il, ici ?

Elle s'appuya au dossier d'une chaise, décidée à attendre. Maud sut qu'elle ne pourrait se taire davantage, sous peine d'attiser le courroux de sa grand-mère. Elle hésita cependant, se demandant si elle devait l'inviter à sortir afin de lui parler en privé. Elle consulta son téléphone portable. Pas de message de Jacques. Ce qui signifiait qu'il n'avait aucune nouvelle de Benoît. Il faudrait de toute façon avertir les gendarmes. Maintenant ou plus tard...

— Alors ? fit Hortense.

Maud la fixa et prit une longue inspiration avant de lâcher ce qui la préoccupait. Comme Hortense vacillait, Maud l'aida à marcher jusqu'à un fauteuil.

— Ne t'inquiète pas, lui dit-elle doucement en l'embrassant sur le front. On va retrouver Benoît.

Elle se retourna et dut faire face à Élias Samara qui la dévisageait d'un air soucieux.

— Je ne peux pas faire comme si je n'avais pas entendu. Pourquoi vous ne m'avez rien dit ? Qui est Benoît ? Depuis quand a-t-il disparu ? C'est un enfant de quel âge ?

— Ce n'est pas un enfant, c'est mon oncle. Nous ne l'avons pas revu depuis ce midi.

Le gendarme fit la moue. Il n'y avait là rien d'inquiétant. Un homme était parti se promener et il faisait durer la balade. Il avait pu croiser un ami, bavarder. Ils étaient peut-être allés prendre un verre. Ou deux...

— Vous savez, on ne considère pas qu'un adulte a disparu parce qu'il n'est pas rentré à son domicile en fin de journée, conclut-il. À moins que quelqu'un l'ait vu monter sous la contrainte dans un véhicule, par exemple. Et encore...

— Benoît n'est pas un adulte comme les autres, murmura Maud. Il est... malade, malade dans sa tête. Il ne s'éloigne jamais d'ici, et si c'est le cas, jamais longtemps.

Élias Samara fit quelques pas tout en réfléchissant, puis revint se planter devant Hortense.

— Madame Châtillon, m'autorisez-vous à intervenir ? Plus vite nous agirons, mieux ce sera. Votre fils est-il sous tutelle ?

— Oui, répondit Hortense.

Samara hocha la tête. Cette réponse changeait la donne. Dans le cas d'une disparition d'adulte sous tutelle, la gendarmerie pouvait prendre les choses en main plus rapidement. Maud massa doucement les épaules de sa grand-mère pour l'aider à se détendre. Elle avait mal pour elle. Hortense était crispée, recroquevillée sur elle comme si elle avait pris dix ans en quelques minutes. Maud croisa le regard du gendarme. Il paraissait très inquiet. Il avança de quelques pas et s'arrêta devant les rayons de livres qui montaient jusqu'au plafond. Il délaissa très vite les volumes de *La Pléiade* et saisit son téléphone.

— Lieutenant Veuil, merci de me rejoindre au plus vite au domaine de la Dame blanche, chez madame Châtillon. Prenez quatre hommes et contactez la brigade cynophile.

Son coup de fil passé, il revint vers Maud et Hortense.

— Vous connaissez le lieutenant Veuil. Il m'accompagnait le jour où je suis venu vous prévenir que des rôdeurs traînaient dans le coin. Il sera là sous peu avec des chiens dressés pour ce type de recherche. Soyez confiante, madame Châtillon. Acceptez-vous de répondre à quelques questions ?

Avec beaucoup de tact, il commença l'interrogatoire. Entre deux réponses d'Hortense, parfois complétées par une précision de Maud, le commandant apporta des explications à la procédure engagée. Dans le cadre de la disparition d'un majeur sous tutelle, un délai de carence n'était pas demandé avant de lancer l'enquête, précisa-t-il. Cependant, il avertit Hortense et Maud des inévitables désagréments. Les gendarmes allaient s'immiscer dans les affaires de chacun. Toute la famille serait entendue, les proches aussi. Voisins, amis, jusqu'au personnel du domaine. Si les résultats tardaient, il faudrait élargir le champ des recherches. Interroger les copains de Benoît, par exemple.

— Il n'a pas de copains, répondit Hortense. Il est toujours avec nous. Il s'isole parfois dans sa chambre ou dans le parc, mais jamais bien loin, et jamais longtemps.

— A-t-il un téléphone portable ?

— Oui, mais il ne s'en sert pas.

— Il faut tout de même que je récupère son téléphone s'il ne l'a pas emporté avec lui. A-t-il été menacé ? Ou vous-même ?

Hortense répondit par la négative. Le commandant revint sur les circonstances qui avaient précédé la disparition mais elle n'avait pas grand-chose à dire de plus que ce qu'elle lui avait déjà rapporté. Maud se mordit la langue. Elle ne pouvait pas cacher au commandant ce que Jacques lui avait confié. Elle devait lui parler de Sylvain. Mais comment faire devant Hortense ? Elle était déjà si bouleversée. L'arrivée de Julia la sauva. La jeune femme n'avait cessé de parcourir le domaine et la maison depuis l'appel de sa mère.

— Tu veux bien rester avec grand-mamie ? lui demanda sa mère. J'accompagne le commandant dans la chambre de Benoît. Il faut qu'on trouve son téléphone portable.

Sans attendre de réponse, elle invita Élias Samara à la suivre. Au premier étage, elle lui confessa ce que Jacques lui avait appris à propos de Benoît qui s'était mis en tête de rejoindre son frère mort depuis des années.

— Depuis quelques mois, Amaury et moi nous emmenons mon oncle chez un thérapeute. Il aurait fallu le faire bien avant, mais…

Élias fixa Maud puis attrapa doucement son poignet.

— L'essentiel, c'est maintenant, murmura-t-il. Pourquoi ne m'avez-vous pas appelé ? Pourquoi ne pas m'avoir mis au courant dès mon arrivée ? Vous ne me faites pas confiance ?

— Non, pas du tout. C'est juste que…

Les larmes lui montèrent aux yeux. Entre la contrariété due à la liaison de sa fille avec Victor et la disparition de Benoît, elle avait les nerfs à vif.

Mais il n'était pas question de raconter sa vie au commandant.

— Bon, ne vous tracassez pas, reprit-il. Je fouille cette chambre, je vois si je peux dénicher quelque chose qui nous mette sur la piste de votre oncle. Vous restez là, mais surtout vous ne touchez à rien. Pendant que je cherche, pouvez-vous m'expliquer dans quelles circonstances est mort le jumeau de votre oncle ?

Maud s'assit sur le coin du lit. Tandis que Samara furetait, elle raconta le peu qu'elle savait.

— Le sujet est tabou, conclut-elle. Ma grand-mère n'en parle pas. Et personne n'ose la questionner à ce sujet.

Les investigations ne donnèrent rien. Du moins aucun indice qui aurait pu expliquer l'absence de Benoît. Il ne manquait rien dans les tiroirs de sa commode, ni dans son armoire. Samara dénicha le téléphone portable dans un tiroir du bureau et le glissa dans sa poche. Par acquit de conscience, il le confierait à un spécialiste pour le déverrouiller et analyser les messages et les appels. S'il y en avait…

— On ne va pas perdre davantage de temps, dit-il en sortant de la chambre. Dès que mes hommes sont là, on lance les recherches. On a encore trois, quatre heures de jour devant nous, il faut en profiter. Vous pouvez me lister les lieux où votre oncle aime se promener ? Vous avez un plan de la propriété ? Il faudrait que vous m'indiquiez les sentiers, les petits chemins et les endroits qui pourraient servir de cachette. Si votre oncle pense retrouver son frère, il peut agir comme lorsqu'il était gosse. Vous voyez ce que je veux dire ? Une cabane dans un arbre, un réduit qui ne sert plus à personne mais qui peut constituer un refuge… Les gamins trouvent toujours des planques, surtout sur un domaine aussi grand que celui-ci. Il ne faut rien négliger. Par ailleurs, même si c'est douloureux, je vais devoir encore interroger votre grand-mère. Je dois savoir exactement ce qui s'est passé le jour de la mort de Sylvain.

Quand ils redescendirent, Jacques était rentré. Il avait la mine défaite, de la boue jusqu'aux genoux. Il lança un regard noir à Maud qui leva les bras et les laissa retomber : elle n'avait pas eu le choix. L'arrivée des hommes de Samara empêcha toute discussion. Ils s'installèrent dans le séjour, déballèrent cartes d'état-major et ordinateurs. Maud et Jacques s'employèrent à les renseigner. Ils leur fournirent une photo récente de Benoît, une description des vêtements qu'il portait et quelques précisions sur les parcours qu'il effectuait habituellement dans la propriété.

— Et à l'extérieur ? demanda le lieutenant Veuil.

— Il ne sort jamais seul, répondit Jacques.

— Où aime-t-il aller lorsqu'il est accompagné ?

— Parfois, nous allons à l'abbaye de Cormery. Il apprécie l'endroit.

Le commandant entraîna Hortense dans le salon. Mais la vieille dame était fatiguée et il renonça à l'interroger. Il revint vers Maud, lui réclama les coordonnées du psychiatre qui suivait Benoît et appela immédiatement le praticien. Hélas, ce dernier ne put rien lui apprendre de plus.

— On se partage en trois groupes, annonça Samara à son équipe après une brève discussion avec Veuil. Le premier groupe ici, dans la propriété. Fouille des bâtiments, du jardin, des vergers, sans oublier les berges de l'Indre puisque la personne disparue a prétendu y avoir un rendez-vous. Le deuxième à Cormery, pour l'abbaye et les bords de l'Indre, le troisième à Lussault, avec moi. Veuil, vous contactez tout de suite la brigade fluviale. Qu'elle nous rejoigne sur la route d'Amboise, en face de l'île de la Grange. Maud, puis-je vous demander de monter dans la chambre de Benoît et d'en rapporter son oreiller et deux ou trois vêtements ?

Maud s'exécuta. En une poignée de secondes, les gendarmes avaient replié les cartes et rangé les ordinateurs. Ils étaient prêts à se mettre en chasse. À cet instant précis, Amaury, alerté par Julia, arriva.

— Il faut qu'on appelle Léo, dit-il à Maud qui redescendait les bras chargés de vêtements.

— Qui est Léo ? intervint Samara.

— Léopold, le fils de Benoît.

— Oui, avertissez-le de la disparition de son père. Il pourra peut-être nous aider. Puis-je vous demander d'accompagner le groupe qui part sur Cormery ?

— Bien sûr, répondit Amaury.

— Victor, le contremaître, accompagnera le groupe chargé des recherches au sein du domaine. Et Maud, si vous le voulez bien, vous venez avec moi à Lussault.

21

Jamais Maud n'avait prêté autant d'attention aux plantes qui habillent les bords de Loire. L'hiver, quand les berges sont inondées, elles vivent ou survivent sous l'eau. En été, le niveau du fleuve étant au plus bas, elles ont les pieds « au sec » et forment un tapis de gazon naturel parsemé d'herbes hautes dont certaines portent de jolies fleurs. Mais ce n'était pas pour cette étonnante végétation qu'elle marchait les yeux rivés au sol. Elle ne faisait que suivre les instructions des gendarmes. Toute trace indiquant le passage d'un homme devait être signalée. En cette saison estivale, la tâche était compliquée car les touristes étaient nombreux à se balader le long du fleuve. Plusieurs fois, en la voyant s'arrêter pour scruter le sol, le lieutenant Veuil l'avait rejointe pour examiner ce qui retenait son attention. Le jour déclinant, il lui avait donné une lampe torche pour faciliter ses recherches.

Elle releva le nez, la lumière avait beaucoup diminué. Ne demeurait qu'une légère clarté reflétée par la Loire.

— On n'y voit plus grand-chose, remarqua le commandant Samara.

Maud se retourna. Il était à quelques pas derrière elle. Elle savait déjà quelle phrase allait suivre. Il allait annoncer que les recherches seraient bientôt interrompues et qu'elles ne reprendraient qu'à l'aube. Courage, se dit-elle. Courage… C'est qu'il en faudrait pour passer la nuit. Elle imagina le désarroi d'Hortense quand elle apprendrait qu'on n'avait pas retrouvé son fils, et la détresse de Benoît, perdu on ne savait où. Elle aurait besoin de cran pour soutenir sa grand-mère et ne pas lui transmettre ses angoisses.

Le téléphone du commandant sonna, mettant fin à ses sombres cogitations. Elle tendit l'oreille mais ne perçut pas ce que son interlocuteur lui disait. Aux réponses d'Élias Samara, elle comprit cependant que le groupe chargé d'explorer le domaine était rentré bredouille. Il en était de même pour celui qui s'était rendu à Cormery.

— Les chiens ont suivi une piste le long de l'Indre, expliqua-t-il à Maud quand il eut raccroché, mais ça n'a rien donné. Ils sont revenus vers la maison. Sans doute votre oncle emprunte-t-il souvent ce chemin.

— Oui, c'est sa promenade habituelle.

— Demain, on revient avec les chiens et on explorera l'autre rive. On sera plus nombreux.

J'enverrai également des hommes sur l'île de la Grange au cas où.

Il se tut, ne désirant pas l'effrayer davantage. Il envisageait en effet de sonder le fleuve. L'espoir de retrouver Benoît vivant s'amenuisait d'heure en heure et il redoutait de repêcher le cadavre d'un noyé.

— Votre fille a eu la gentillesse de préparer des sandwichs pour les hommes, dit-il pour changer de conversation. Ceux qui sont revenus au domaine ont apprécié. Vous la remercierez de ma part.

— Merci de m'avoir emmenée avec vous, dit-elle. Au moins, j'ai eu l'impression de servir à quelque chose.

— Dans le cas d'une personne mentalement instable, il est préférable d'avoir quelqu'un de la famille avec nous pour faciliter la communication quand on la retrouve. Mais demain, je ne vous ennuie plus, promis !

— Pourquoi ? J'aimerais participer aux recherches.

Sans répondre, le commandant l'invita à rebrousser chemin. Ils remontèrent le sentier qui conduisait jusqu'à la route nationale.

— Vous ne voulez pas que je sois là parce qu'il n'y a plus d'espoir ? s'enquit Maud en montant dans la voiture. Vous pensez que c'est un cadavre qu'on va retrouver, n'est-ce pas ?

Il soupira avant de tourner la clé.

— Tout n'est pas perdu, mais c'est hélas une possibilité, admit-il. Je préfère que vous ne soyez pas là. Je vous promets que je vous tiendrai au courant heure par heure.

Ils roulèrent en silence jusqu'au domaine de la Dame blanche. Quand il s'arrêta dans la cour, Maud lui proposa poliment de venir partager une collation. Il déclina, la remerciant de sa gentillesse.

— Je sais que ça va être difficile, mais il faut dormir, recommanda-t-il.

— Je vais essayer. Merci encore.

La famille était réunie au salon. Julia se précipita vers elle pour l'embrasser. Léopold, Amaury, Jacques et Isabelle l'assaillirent de questions. Elle leva les bras en signe d'impuissance et se dirigea vers Hortense. Assise dans un fauteuil, sa grand-mère était livide, le visage fermé. Maud lui donna deux gros baisers, lui prit les mains entre les siennes puis lui murmura quelques paroles de réconfort à l'oreille. Rien n'était perdu, le commandant le lui avait dit. On retrouverait Benoît.

— Il faut que tu manges, et ensuite, au lit ! ordonna Hortense. Tu es épuisée.

— Et toi, tu ne vas pas te coucher ?

— Non, je reste près du téléphone.

— Alors, je reste aussi, mamie.

Hortense fit la moue mais ne protesta pas. Maud avait l'air décidée et il ne serait pas facile de la faire changer d'avis.

— Léopold, tu ne crois pas que tu devrais rentrer chez toi ? dit encore Hortense en élevant la voix.

Ta femme doit t'attendre. Ce soir, on ne peut rien faire de plus.

— Je l'ai appelée. Elle sait pourquoi je suis ici. Amaury et moi, on va retourner dans le parc, on ne sait jamais.

— Vous n'y verrez rien ! râla Isabelle. Vous devriez aller vous reposer pour être en forme demain matin.

— Laisse-les faire, intervint Jacques. Ils sont jeunes, et de toute façon, ils ne vont pas dormir. Moi, je monte me coucher.

Il se dirigea vers l'escalier puis fit demi-tour pour revenir vers Maud. Il l'embrassa sur le front, l'attrapa par les épaules. Leurs regards se rencontrèrent, s'accrochèrent.

— Je suis désolé pour mes sautes d'humeur aujourd'hui. Je te demande de me pardonner. Tu avais raison, il fallait avertir les gendarmes.

Il l'embrassa encore avant de s'éloigner. Maud sentit les larmes lui monter aux yeux. C'était trop d'émotions en peu de temps et son cœur n'allait pas tarder à déborder. Julia, qui s'était éclipsée quelques minutes, revint avec un plateau.

— Il faut manger, maman.

Sans attendre de réponse, elle tendit une assiette à sa mère et lui servit du vin.

— Un sancerre rouge pour accompagner le sandwich au saucisson sec, annonça-t-elle. Et c'est un bon cru !

Maud émit un grognement. Était-ce le moment

de déguster une bouteille aussi coûteuse ? Il n'y avait rien à fêter. Julia devança sa question.

— C'est Amaury qui l'a ouverte tout à l'heure. Il a dit qu'il nous fallait un peu d'apaisement et de réconfort.

Maud leva les yeux au ciel et croqua dans le sandwich. Elle était affamée.

— Veux-tu un fruit ? Un yaourt ? lui demanda Isabelle.

Maud regarda sa mère qui paraissait épuisée.

— Non merci, maman. Tu devrais monter.

Isabelle acquiesça et se dirigea vers la porte du salon. En passant près d'Hortense, d'un geste tendre, elle lui caressa la joue. Elle n'était pas toujours d'accord avec sa belle-mère, mais elle l'aimait. Après des années sous son toit, elle avait appris à la connaître. Hortense avait toujours tout dirigé avec une poigne de fer et il fallait souvent canaliser ses idées en maintenant fermement les cordons de la bourse, mais elle était affectueuse et bonne. Ce soir, elle s'efforçait de rester digne et ne laissait rien transparaître de son angoisse, mais elle souffrait terriblement de la disparition de son fils.

— J'y vais aussi, dit Julia. Vous passez la nuit ici, toutes les deux ?

— Oui, répondit Maud. Mamie ne s'éloigne pas du téléphone et je ne m'éloigne pas de mamie.

Julia approuva. Elle ouvrit la porte d'un haut placard et en sortit deux couvertures polaires.

— Ce n'est pas qu'il fasse froid, mais ce sera plus confortable.

Maud saisit les plaids puis embrassa Julia en lui souhaitant une bonne nuit. Elle ne put s'empêcher de songer à Victor, se demandant si sa fille se rendrait effectivement dans sa chambre ou si elle n'allait pas rejoindre son amant chez lui. Ses yeux tombèrent sur le verre de vin sur le guéridon. Elle en huma le parfum, se souvint des premières dégustations partagées avec son père. « Du rubis dans le verre », aimait-il dire. Elle en but une gorgée. Il était excellent, fin et léger. Quelques notes d'épices, de violette, et des nuances boisées égayèrent sa langue et son palais. Amaury avait raison, ce sancerre était un vrai réconfort. Il adoucissait les rigueurs qui avaient marqué la journée.

Elle se tourna vers Hortense. Ses paupières étaient closes mais elle ne dormait pas. Que faire pour l'aider ? La laisser tranquille, et surtout ne pas lui mentir. Il était inutile de lui répéter que tout irait bien, que les gendarmes lui ramèneraient son fils. La vieille dame avait compris que plus les heures passaient, plus les chances de revoir Benoît vivant se raréfiaient. Sa main reposait non loin du téléphone, prête à décrocher. Elle était suspendue à ce lien, soumise à l'attente d'un appel qu'elle espérait et redoutait en même temps. Maud se resservit un verre de vin et en offrit un à Hortense.

— T'es mignonne. Tu veux m'enivrer ?

— J'aimerais bien. Si tu pouvais t'évader ne

serait-ce que quelques heures... Mais je sais que tu ne fermeras pas l'œil.

Elle se tut et huma de nouveau le sancerre. Elle crut entendre son père lui vanter les senteurs de la terre, ses narines frémissant au-dessus du verre. « Comme un fruit, chaque vin porte la marque de son terroir. Et dans le mot terroir, il y a la terre. Et sous la terre, la roche. Là, une touche de minéralité. Tu la reconnais ? »

— Papa me manque, murmura-t-elle, avant de regretter aussitôt ses mots. Pardon, je ne sais pas pourquoi j'ai dit ça. Je suis un peu... perdue en ce moment.

— Il me manque aussi. Pourquoi es-tu perdue ? Il n'y a pas que la disparition de Benoît, n'est-ce pas ?

— Des petits soucis. Rien de grave. C'est sans doute moi qui complique tout. Le plus important, c'est Benoît.

— C'est vrai, je te trouve bien étrange depuis hier. Il y a une raison ?

Maud réfléchit un instant. Parler de Julia et de Victor la soulagerait. Et il était sûrement préférable de mettre Hortense au courant avant qu'elle ne s'aperçoive elle-même que son arrière-petite-fille fréquentait le contremaître.

— C'est Julia, lâcha-t-elle enfin. Elle est... elle a une relation avec Victor.

— Et c'est ça qui te bouleverse ?

Avec une mimique amusée, Hortense tendit la

main vers son paquet de cigarettes. Maud ouvrit la bouche, la referma. Sa grand-mère savait déjà tout ! Et sans doute depuis longtemps. Julia ne devait rien lui cacher.

— Ne fais pas cette tête, dit Hortense en faisant claquer son briquet. J'avais deviné bien avant que la petite ne m'en parle. C'était tellement évident. À chaque fois que j'allais à la serre, soit je tombais sur Victor, soit Julia me parlait de lui. Il a suffi que je me trouve deux ou trois fois en leur compagnie pour tout comprendre. Il y a des regards qui ne trompent pas. Mais j'ai fait comme si j'ignorais tout et j'ai attendu qu'elle vienne me parler.

Maud pinça les lèvres. Sa fille préférait se confier à son arrière-grand-mère plutôt qu'à sa mère ! Qu'avait-elle fait pour mériter ça ? Elle prenait garde à ne pas envahir la vie privée de Julia, elle l'aidait autant qu'elle le pouvait, elle la soutenait, même quand elle n'était pas absolument convaincue de ses choix…

— Ne prends pas la mouche, reprit Hortense. Si Julia est restée discrète, c'est qu'elle ne savait pas comment aborder ce sujet avec toi.

— Mais enfin, je ne suis pas un monstre !

— Je te connais, tu vas tenter de lui prouver qu'elle commet une erreur en aimant un homme qui a l'âge d'être son père et que son amour ne se situe pas dans la norme. Je me trompe ?

La vieille dame avait retrouvé cet air combatif qui la quittait si rarement. Elle tira une bouffée et contempla la fumée qui s'échappait par la fenêtre entrouverte.

— Je sais très bien que tu essaieras de raisonner Julia. Tu essayeras de lui faire admettre qu'elle doit se tourner vers des hommes de son âge et qu'elle s'égare en croyant aimer Victor.

— Parce que toi, tu trouves ça normal ? rétorqua Maud, agacée par le calme de sa grand-mère. Ma fille de vingt-deux ans couche avec un type de cinquante balais. Je pouvais rêver mieux pour elle, non ? Et puis, j'en ai marre qu'elle me considère comme la cinquième roue du carrosse !

Elle ne put retenir ses larmes qu'elle essuya d'un geste rageur. Était-ce le dépit ? La tristesse ? Le trop-plein d'une journée éprouvante ?

— Comment quelqu'un d'aussi jeune, d'aussi ouvert que toi peut-il penser que l'amour est obéissant ? fit Hortense d'une voix douce. Qu'on peut le discipliner, le soumettre à des règles. Et d'ailleurs, à quelles règles ?

— Celles du bon sens ! hurla Maud en éclatant en sanglots.

Elle se leva d'un bond et courut se réfugier auprès de la fenêtre entrebâillée. L'air était doux, pourtant elle ne put s'empêcher de frissonner. Elle songea à Benoît. S'était-il perdu ? Avait-il fait une mauvaise chute ? Ou pire ? Elle s'en voulut de son égoïsme, de s'emporter contre sa fille et ses fréquentations. Hortense, elle, savait se montrer digne et n'attendait qu'une chose : le retour de son enfant.

— Je suis désolée, dit-elle en revenant vers sa grand-mère.

— Ne le sois pas. Viens t'asseoir et écoute-moi.

Maud obéit.

— Ta fille est amoureuse, reprit Hortense en écrasant sa cigarette. Laisse-la vivre son histoire. Même si ça ne te convient pas. Notre petite Julia a grandi, elle mène sa barque, maintenant. Elle a abandonné un métier qui ne lui convenait pas et a choisi un homme qui a les mêmes passions qu'elle. Sans doute Victor a-t-il su partager son expérience avec elle sans lui donner de leçons comme tu as parfois tendance à le faire ! Et tu n'es pas la seule. Amaury veille sur sa nièce comme si c'était la prunelle de ses yeux. C'est très bien, mais il se permet des remarques qui n'ont pas lieu d'être. Quant à Isabelle, elle se comporte comme une mère poule et se mêle de ce qui ne la regarde pas. Tous les deux se trompent. Veiller sur ceux qu'on aime, ce n'est pas les diriger mais les accompagner. Victor est un type bien. Il est intelligent et encore bel homme. T'ai-je déjà dit que le père de Jacques était bien plus jeune que moi ?

— Mamie, c'est de Julia qu'il s'agit. Pas de toi.

Hortense balaya l'air d'un revers de main. Consentante ou pas, Maud allait l'écouter.

— Le père de Jacques était bien plus jeune que moi et celui de ton père bien plus âgé. C'est pourtant avec ces hommes que j'ai voulu avoir des enfants. Et vois-tu, je n'ai jamais été aussi heureuse au lit qu'avec ces deux-là. Oh, ne fais pas l'offusquée ! Tu as bien des amants, toi. Du moins, je l'espère. Un peu d'érotisme n'a jamais tué personne. Au contraire, ça fortifie, ça permet de supporter les vicissitudes de la vie. Le sexe, ça fait tourner le monde et ce n'est pas demain la veille que ça changera. Julia devient femme dans les bras d'un homme. Un vrai, pas un minet qui ne connaît rien au sexe. Laisse-la profiter.

— On verra, murmura Maud, tout en pensant à Maxence qui n'était pas un amant maladroit malgré sa jeunesse. Et quand il lui fera un gosse ?

— Eh bien, ils élèveront le bébé !

— Évidemment, tout est simple avec toi.

— Mais oui, parce que tout l'est. Julia prend la pilule. Si elle tombe enceinte, c'est qu'elle l'aura souhaité. Si elle le désire, je n'y vois pas d'inconvénient.

— Et si Victor ne veut pas de cet enfant ?

— Tu me fatigues. L'essentiel est que tu aimes ta fille et que ta fille t'aime. Ne gâche pas ça. Je te pensais plus…

Hortense préféra se taire. Maud n'était pas stupide, mais quand il s'agissait de Julia, elle s'entêtait.

— Je vais me reposer un peu, dit-elle en remontant le plaid sur ses jambes.

Maud déglutit. Sa grand-mère était contrariée et mettait fin à la conversation. C'était mieux que de laisser le ton monter et se fâcher.

— Tu peux dormir, mamie, dit Maud tout doucement. Ne t'inquiète pas, je veille.

Elle se leva, fit quelques pas dans le salon, laissa son regard s'attarder sur des objets qui étaient là depuis toujours, comme cette corbeille à fruits en porcelaine de Limoges peinte d'une multitude de minuscules fleurs, posée sur le guéridon d'acajou à côté de l'antique tabatière de l'aïeul Châtillon, le fondateur du domaine. Sur une table en chiffonnière de style Louis XVI étaient disposés un chandelier et un vase en verre poli rose. Des bibelots à côté desquels on passait sans leur prêter une attention particulière mais qui étaient depuis toujours dans la maison. Ils faisaient partie de son âme... Maud revint vers la fenêtre. À part le bruit de quelques oiseaux nocturnes, tout était calme. Pourvu que Benoît soit encore vivant, pourvu qu'il ait trouvé un refuge pour la nuit... Et Julia, où était-elle ? Dans sa chambre à l'étage ? Dans les bras de Victor ? Peu importait, Hortense avait raison. L'essentiel était qu'elle soit bien vivante.

22

Maud frappa à la porte puis attendit que Julia l'invite à entrer.

— T'es déjà prête ? s'étonna-t-elle en découvrant sa fille habillée, les cheveux attachés. Tu ne dors pas beaucoup, on dirait.

— C'est vrai. Depuis que je suis à fond dans les confitures, je me lève tôt et avec grand plaisir ! Chaque matin, j'ai hâte de rejoindre la serre pour y retrouver mes marmites et mes fruits.

Maud regarda Julia secouer son oreiller et tirer le drap. Elle avait renoncé à la couette, les nuits étant trop chaudes pour supporter une épaisseur. Maud jeta un œil dans la pièce. Sa fille n'avait pas touché à la décoration pourtant désuète. Elle se moquait du papier peint aux couleurs délavées, du mobilier d'une autre époque. Elle passait bien peu de temps dans cette chambre, n'y montait que pour dormir et la quittait le matin presque au saut du lit. Maud s'arrêta devant la commode et attrapa la boîte à bijoux repérée quelques jours plus tôt.

— Il est mignon, ce coffret, dit-elle. Je ne le connaissais pas. Tu l'as trouvé où ?

Julia s'empourpra et mit quelques secondes avant de répondre. Cette courte hésitation suffit à Maud pour comprendre qu'elle avait visé juste.

— Une amie me l'a offert, marmonna Julia. J'ai fini, on descend ?

— Une amie ? répéta Maud en observant sa fille. Et elle l'a trouvée où, cette boîte ? Je l'aime beaucoup.

Julia fit comme si elle n'avait pas entendu. Elle ouvrit la bonnetière, y fouilla, en sortit un foulard bleu à petits pois blancs dans lequel elle serra ses cheveux.

— Sais-tu si Benoît a bien dormi ? demanda-t-elle.

Maud haussa les épaules sans quitter sa fille des yeux. Elle n'était pas là pour parler de Benoît.

Benoît était réapparu la veille, le teint gris, l'air hagard, les cheveux collés par la sueur et la crasse, les vêtements sales et puants. Son retour avait été un immense soulagement, surtout pour Hortense. Durant son absence, la vieille dame s'était efforcée de conserver son calme, mais elle n'avait guère dormi et s'était à peine nourrie. Le retour de son fils l'avait libérée de ses angoisses et un air de gaieté avait soufflé sur la maison. Mais l'euphorie avait été de courte durée. Benoît avait été incapable de raconter ce qui lui était arrivé. On ignorait où il était allé, où il avait dormi, s'il avait mangé et bu, et surtout s'il avait rencontré quelqu'un. Il avait refusé de parler, même à Hortense. Elle l'avait pourtant entraîné dans le bureau, à l'écart des gendarmes, pour le mettre en confiance. Il n'avait rien lâché. Après le dîner, il était monté dans sa chambre et l'inquiétude avait de nouveau gagné la famille. Allait-il profiter de la nuit pour se sauver encore ? Devait-on lui interdire toute sortie ? Le surveiller en permanence ? Et comment faire pour garder un œil sur lui ? On pouvait sortir de la maison par la terrasse ou par l'entrée principale côté perron, mais également par la cuisine. Le domaine était tellement vaste qu'il était impossible de contrôler toutes ses allées et venues… Maud s'était permis de téléphoner au commandant Samara afin de lui demander conseil. Il ne voyait aucune solution au problème, sauf d'interner Benoît dans un établissement spécialisé où il serait cloîtré mais en sécurité… Hortense ne le voudrait jamais.

— Tu n'as pas vu Benoît ce matin ? insista Julia.

— Non, marmonna Maud. J'ai d'autres préoccupations. Souhaitons qu'il se soit fait assez peur pour que ça calme ses envies d'escapades.

— Je te trouve bien sévère avec lui.

— Moi, sévère ?

— Un peu.

Julia sourit et passa devant sa mère qui la rattrapa sur le seuil.

— Julia, murmura Maud en accrochant le bras de sa fille. Qui t'a donné ce coffret à bijoux ?

La jeune femme détourna les yeux, se mordit les lèvres.

— C'est si important que ça ?

— Oui.

— Je ne veux pas te mentir, maman, alors ne me force pas à te dire qui me l'a offert.

— C'est un cadeau de Victor, n'est-ce pas ?

Julia s'abandonna contre le chambranle de la porte, soudain faible. Maud se précipita et l'attira jusqu'au lit, la contraignant à s'asseoir.

— Si tu sais la réponse, pourquoi me poser la question ? grogna la jeune femme.

— Parce que j'aurais préféré apprendre de ta bouche qu'il y avait quelque chose entre vous plutôt que de le découvrir par moi-même. Et aussi parce que je suis peinée que tu aies mis ton arrière-grand-mère dans la confidence et pas moi.

— Je ne savais pas comment tu le prendrais. Et à voir ta réaction, j'avais raison de m'interroger.

— Non, ce n'est pas ça. C'est…

— Si, c'est ça. Écoute, maman, je veux que tu saches une chose. Victor n'y est pour rien. Je lui ai forcé la main.

— Forcé la main… Tu n'exagères pas un peu ?

— Il y avait quelque chose d'évident entre nous. Victor l'a sans doute compris avant moi et il a tenté de s'effacer. Mais plus il cherchait à me fuir, plus il me manquait et plus je cherchais à le rencontrer.

Tout était prétexte à aller le voir : un conseil, une idée, un coup de main. J'ai fait le premier pas et...

Maud leva la main pour arrêter sa fille. Elle ne voulait pas en savoir plus. Surtout pas. Elle prit sur elle pour ne pas lui hurler à la figure ce qui la troublait. Imaginer que cet homme qui aurait pu être son père pose ses mains sur elle lui était insoutenable.

— Tu ne veux même pas m'écouter ! lui reprocha Julia.

— Être une femme moderne et libre est loin d'être simple quand il s'agit de son propre enfant, rétorqua Maud.

— Notre différence d'âge te contrarie.

— Je m'y ferai. Si tu es heureuse...

— Ce que tu ne crois pas.

Maud fit quelques pas vers la fenêtre. Le soleil et l'air frais auraient dû la réjouir. La journée serait belle, lumineuse, propice à une balade au bord de l'Indre, à un moment de farniente dans une chaise longue avec un bon bouquin. Mais elle ne pensait à rien d'autre qu'à sa fille amourachée d'un homme trop vieux et au malheur qu'elle pressentait pour elle. Elle s'ébroua. Elle devait s'en tenir à cette promesse faite à elle-même. Aucune remarque, aucun reproche sur cette liaison, même si savoir sa fille dans les bras d'un homme qui aurait soixante-cinq ans quand elle n'en aurait que quarante était presque impossible à accepter. À moins que Julia se détourne vite de Victor et revienne à des amours plus... printanières ! Cette dernière idée redonna un peu d'espoir à Maud.

— Descendons prendre le petit déjeuner, proposa-t-elle en s'efforçant de sourire.

— Je suis sûre de moi, tu sais. Cette année, j'ai renversé le cours de ma vie. Je n'ai pas envie d'argent, de grosse voiture, de vêtements chics et chers, ni de parader dans des dîners, d'écouter des gens se faire mousser. Je n'ai pas envie non plus d'avoir une immense maison et d'y organiser des repas d'affaires.

— Tous les avocats n'ont pas une vie aussi mondaine, l'interrompit Maud.

— Peut-être, mais globalement, c'est ça. Des gens qui ne discutent qu'entre eux et ne fréquentent que des gens comme eux. Qui sont sur le qui-vive dès qu'ils sont en public, toujours dans le paraître, à surveiller leurs propos et ceux des autres.

— Tu brosses là un tableau bien noir. Et sûrement pas réaliste.

— J'ai pris le temps de tout analyser. Avocat, c'est un beau métier, mais le milieu ne me convient pas. Je sais bien qu'il y a des exceptions. Certains sortent du lot, mais moi, je veux être dans le vrai, à la campagne, à travailler la terre, les arbres, à être avec mes fruits et mes marmites. Je vais devoir bosser beaucoup pour sans doute gagner bien peu. Je l'accepte. Quant à Victor... Il est exactement ce que j'attends d'un homme. Et je pense que je suis ce qu'il attend d'une femme. Nous avons les mêmes idées, les mêmes désirs. Par ailleurs, sache que je ne vais pas me cacher encore longtemps. Victor a peur de votre réaction à tous, mais je ne veux plus dissimuler mon amour pour lui. Je me moque du qu'en-dira-t-on. Que les autres soient d'accord ou pas, ça ne compte pas. Et s'ils pensent que l'écart d'âge entre Victor et moi est un problème ou que c'est indécent, je m'en fiche. J'ai l'assentiment de grand-mamie, et si j'ai le tien, il ne manquera rien à mon bonheur.

Julia se tut et fixa sa mère qui, bouleversée, cherchait ses mots.

— Je te le répète, murmura-t-elle enfin après avoir pris une longue inspiration, si tu es heureuse, ça me va.

— Tu ne m'as pas dit ça tout à l'heure. Tu m'as dit que tu t'y ferais. Ce n'est pas exactement la même chose.

Maud pinça les lèvres. Sa fille était courageuse. Bien plus qu'elle ne l'avait été avec Maxence. Elle l'avait plaqué par refus de s'afficher avec lui. Julia, elle, assumait ses sentiments. Elle était loin, la petite fille qui aimait parcourir les allées du parc à vélo… Elle était loin, la Julia qui demandait à sa maman son avis sur tout. Elle avait grandi. Elle était devenue femme. Une femme libre de ses choix. Comme elle-même l'avait été. Après tout, n'avait-elle pas choisi d'avoir un enfant sans s'encombrer d'un mari ? Elle esquissa un sourire et ouvrit les bras.

Julia vint se blottir contre sa mère. Elles restèrent un long moment enlacées.

— On va le prendre, ce petit déj ? dit Maud.

Julia attrapa sa main. Comme deux gamines, elles dégringolèrent l'escalier en riant.

23

Dans la cour gravillonnée, Maud gara sa voiture non loin de la serre. Aussitôt, Julia en sortit pour l'accueillir. Elles s'embrassèrent, peut-être plus intensément qu'elles ne l'avaient jamais fait.

— Je suis contente de te voir, maman ! Tu m'as manqué. Deux semaines sans toi, c'est une éternité. J'étais habituée à te voir tous les jours.

— Tu m'as manqué, toi aussi. Mais toutes les bonnes choses ont une fin, les vacances aussi. Je devais rouvrir l'agence… sous peine de perdre des clients.

Jamais elle n'avait fermé la boutique trois semaines d'affilée. Cette fois, elle avait attendu le retour de Mélanie pour reprendre le chemin de l'agence. Elle avait bien finalisé quelques dossiers depuis le domaine de la Dame blanche, mais il ne lui était pas possible de continuer ainsi. Pendant quelque temps, elle s'était préservée de Maxence.

Elle ne l'avait pas revu depuis son retour à Tours et elle espérait que cela allait durer.

— Tu me donnes un coup de main ? reprit-elle en faisant le tour de sa voiture pour ouvrir le coffre.

Comme à chaque visite, elle apportait des livres destinés à Hortense et à Isabelle. Elle avait également quelques terrines achetées à un producteur de Montlouis et dont son parrain raffolait, ainsi qu'un gros sac de coupons de tissus dénichés sur le marché de Tours pour sa mère qui en ferait bon usage. Lorsqu'elle avait un peu de temps libre, Isabelle aimait coudre, rien de compliqué, juste de quoi se sortir la comptabilité du domaine de la tête. Maud laissa sa fille vider le coffre et attrapa un paquet sur la banquette arrière.

— Tiens, c'est pour toi !

— Pour moi ? s'exclama Julia, les joues roses de plaisir.

Elle déballa le papier doré et découvrit un flacon de son eau de toilette préférée. Un parfum léger qu'elle aimait porter mais qu'elle n'avait pas acheté depuis des mois, ayant fait le choix de limiter ses dépenses à l'essentiel, c'est-à-dire à des achats destinés à sa petite entreprise. Pour la seconde fois, elle se jeta au cou de sa mère.

— Que d'embrassades ! s'écria Isabelle en approchant. Et moi ?

Maud ouvrit les bras pour enlacer sa mère. Ce n'était pas si souvent que celle-ci réclamait une marque d'affection. Elle n'était pas démonstrative.

Enfant, Maud n'avait guère été câlinée par sa mère en présence des autres. Le soir, en revanche, Isabelle aimait venir la border dans son lit. Elle s'allongeait à côté d'elle, caressait ses cheveux, lui murmurait quelques mots tendres à l'oreille et déposait de doux baisers sur son front avant d'éteindre la lumière.

— Amaury est déjà là, dit-elle. Il prépare le barbecue.

— Je crois bien qu'il a commencé à l'aube ! plaisanta Julia.

Maud éclata de rire. Ce barbecue, elle en entendait parler depuis des jours. Elle ne comptait plus le nombre d'appels et de SMS envoyés par son frère qui lui demandait son avis sur telle ou telle chose. Il avait eu envie de réunir famille et amis pour un déjeuner dans le jardin du domaine avant que l'été ne s'achève. Hortense avait approuvé l'idée avec enthousiasme. Elle aimait être entourée, ce serait un moment formidable. Amaury avait prévenu qu'il se chargerait de tout, l'achat des viandes, la commande de salades chez le traiteur et le plateau de fromages chez un producteur local. Il apporterait également le vin. Claudine s'était occupée du dessert. Elle avait préparé de magnifiques tartes aux fruits.

— Allons le retrouver, proposa Maud. Il a sûrement besoin d'un coup de main.

— Il faut dresser les tables, suggéra Isabelle. Et cueillir des fleurs pour composer des bouquets.

Le temps fila très vite. Elles terminaient de placer les assiettes sur la desserte quand les premiers invités arrivèrent. Léopold, son petit dernier dans les bras, s'empressa d'aller retrouver son cousin Amaury tandis que Marianne, son épouse, tentait de contenir un Léon tout excité qui courait partout. Hortense, appuyée sur sa canne et toujours suivie de ses chiens, prenait plaisir à faire des allers et retours pour accueillir les arrivants. Elle fut très heureuse de revoir Marius, le fidèle copain d'Amaury. Elle avait bien connu les Perrusson. À l'époque où elle gérait encore le domaine, il lui arrivait de faire elle-même des livraisons, de faire un saut à la supérette ou au marché pour quelques courses. Elle avait une vie sociale bien remplie et connaissait toutes les familles du coin. En vieillissant, elle avait cessé de sortir. Désormais, elle quittait rarement le domaine…

— Les filles, on manque de verres ! dit Isabelle à l'intention de Maud et Julia. Il en faudrait une douzaine, et aussi des carafes d'eau.

Elles s'exécutèrent. L'arrivée de Victor, les bras chargés d'un énorme panier rempli de baguettes, stoppa Maud dans son élan. Elle ne savait comment lui dire bonjour. Pendant des années il avait été pour elle le contremaître du domaine, maintenant qu'il était l'homme que sa fille aimait elle ne savait plus comment se comporter. Jacques vint au secours du contremaître pour aller lui ouvrir la porte de la cuisine. Julia s'empressa de les suivre, annonçant qu'elle allait couper le pain et le répartir dans des corbeilles. Jacques ressortit aussitôt trouver Maud.

— Respire, murmura-t-il. Je sais que la situation est difficile, mais Julia est heureuse. Et puis, tu vois, dans cette maison, tout le monde a bien pris la nouvelle. Même ta mère.

Maud en convint. Après leur conversation, sa fille avait mis la famille au courant. Plus question de cacher sa relation avec Victor. Et elle l'avait clamé haut et fort. C'était à prendre ou à laisser, soit on l'acceptait, soit… Seul Amaury avait tiqué, mais devant l'air décidé de sa nièce, il n'avait émis aucune objection. Hortense avait enfoncé le clou en précisant que sous son toit, chacun vivait comme il l'entendait, que les femmes avaient raison d'exprimer leur liberté et qu'elle était ravie que Victor fasse partie de la famille. Il n'était pas un simple employé, il se dévouait pour la Dame blanche comme un Châtillon.

— Je sais, parrain, articula enfin Maud. Mais malgré mon désir de ne vouloir que le bonheur de Julia, j'ai tout de même…

— C'est quoi, ces messes basses ? demanda Amaury qui les avait rejoints.

— Pas des messes basses, lui répondit Jacques. Juste un échange avec ma filleule chérie.

— Vous venez ? Il y a du monde qui arrive.

— On vient.

Jacques passa son bras autour des épaules de sa nièce et l'entraîna dans le jardin. Maud reconnut quelques couples de personnes âgées, des amis de la famille, des copains d'Amaury et des employés du domaine. Hortense avait tenu à les inviter avec leurs épouses et leurs enfants. Une joyeuse ribambelle courait en criant entre les arbustes et les massifs de fleurs. Jacques abandonna Maud et partit à la recherche de Benoît. Depuis sa fugue, la famille ne le perdait pas de vue. Dans cette cohue, la tâche n'était pas aisée... Maud repéra le commandant Samara. Amaury l'avait convié, sachant qu'il apprécierait de revoir Marius. Il vint aussitôt à sa rencontre.

— Je ne regrette vraiment pas mon acquisition, dit-il après avoir échangé les politesses d'usage. Plus les jours passent, plus j'ai hâte d'emménager dans ma maison.

— J'en suis ravie, dit Maud sincère.

Quelques jours après le retour de Benoît, Élias Samara l'avait recontactée. Presque décidé, il lui avait demandé s'il pouvait visiter à nouveau la maison de Saint-Georges. Cette fois, il avait été ébloui, et surtout définitivement conquis. La semaine suivante, les papiers étaient signés. Les formalités bancaires avaient été rapides, le commandant ayant un apport important grâce à l'héritage laissé par sa mère.

— J'ai posé une semaine de congé à la fin du mois, ajouta Élias. Pour le déménagement, et surtout pour me donner le temps de prendre mes marques. Pour ne rien vous cacher, les cartons seront vite faits. Mon appartement à la caserne est presque vide, je n'ai jamais possédé que l'essentiel. Mes fréquentes mutations ne m'ont jamais donné envie de m'installer vraiment.

— Je suis rassurée par votre enthousiasme. Vous étiez si… hésitant.

— Je sais. Et j'en suis désolé. Merci d'avoir été aussi patiente. Puis-je me permettre de vous demander comment va votre oncle ? Pas de nouveau problème ?

— Benoît va bien. Enfin, bien n'est pas le mot juste. Disons que ça va et qu'il n'y a pas eu d'autres problèmes à déplorer.

— Tant mieux. J'aurais préféré pour votre famille qu'il soit pris en charge dans un institut spécialisé, mais j'ai bien compris que, pour votre grand-mère, il n'en était pas question.

— Hélas, non. Nous avons déjà eu toutes les peines du monde, Amaury et moi, à emmener Benoît chez un psychiatre. Mais je n'ai pas l'impression que ces consultations apportent quoi que ce soit. Au contraire. On dirait qu'elles ont aggravé son état en réveillant des souvenirs douloureux. Ce qui expliquerait la fugue. D'après le médecin, c'est assez classique dans le processus de soins.

— Ces thérapies sont parfois très longues avant de se révéler efficaces. J'espère de tout cœur qu'il y aura du mieux pour votre oncle. Son jumeau s'est noyé sous ses yeux, il y a de quoi être traumatisé à vie.

— Oui, mais…

Durant quelques secondes, Maud hésita à poursuivre, se balançant d'un pied sur l'autre. Ce n'était vraiment pas le jour de confier ses interrogations au gendarme. Pourtant, il lui avait fourni l'occasion en aiguillant la conversation sur le sujet. Elle jeta un coup d'œil alentour. Hortense était loin, assise à l'ombre des grands arbres en compagnie de quelques invités. Julia et Isabelle passaient de l'un à l'autre, proposant un verre de vin pour l'apéritif.

— Mais quoi, Maud ? insista Élias.

— Je ne sais pas, je me fais peut-être des idées. Ma grand-mère refuse d'évoquer le passé. Ce jour-là, il n'y a pas eu qu'une seule victime. Un autre enfant a perdu la vie, pourtant, je n'ai rien trouvé à ce sujet dans la presse. C'est bizarre, non ?

— Bizarre, en effet, murmura Élias. Je peux…

— Ah, Élias ! À chaque fois que je te rencontre, tu es en charmante compagnie ! Et avec la femme de ma vie !

Gêné, Élias recula d'un pas tandis que Maud roulait des yeux et grognait :

— Il ne faudrait pas prendre tes désirs pour des réalités, Marius.

Elle était mécontente d'avoir été interrompue et fâchée qu'il se comporte comme s'il était en territoire conquis.

— Allons, dit-il en passant un bras autour de son épaule, tu sais bien que je n'attends que toi. Ça a toujours été ainsi et ça ne changera pas.

Elle se dégagea de son étreinte, l'œil noir. S'il n'y avait pas eu autant de monde autour d'eux, elle aurait provoqué une franche explication et remis les pendules à l'heure…

— Elle est encore plus belle lorsqu'elle est en colère, constata Marius. Tu ne trouves pas, Élias ?

Le gendarme se garda de répondre, embarrassé par la familiarité de son ami à l'égard de Maud. Il ne le connaissait pas aussi indélicat. Peut-être y avait-il quelque chose entre lui et Maud Châtillon.

— Élias, nous poursuivrons notre discussion plus tard si vous le voulez bien, dit Maud. Je vais rejoindre Amaury, il a sûrement besoin d'aide.

Elle lui sourit et tourna les talons sans un regard pour Marius. C'était tout ce qu'il méritait.

24

Maud passa la main sur son front pour repousser une mèche de cheveux. La journée avait été magnifique et la fête organisée par Amaury réussie. Le jardin se vidait peu à peu. Quelques invités étaient encore présents, retenus par Hortense. Il restait des salades et des grillades. La journée se prolongerait par un dîner en comité réduit. Le petit Léon, épuisé d'avoir couru toute la journée, s'était endormi sur un transat et Marianne allait et venait avec Augustin dans les bras. Il ne cessait de ronchonner, agacé par les premières poussées dentaires. Maud offrit de s'occuper un peu du petit.

— Ce n'est pas de refus, soupira Marianne en lui tendant le bébé. Il a eu son biberon mais ses gencives sont en feu. Il a tellement mal qu'il n'arrive pas à trouver le sommeil. Et plus il s'énerve, plus je stresse. Je crois qu'il le sent. Je suis épuisée. Je n'ai plus de bras, et presque plus de jambes non plus…

— Ah, c'est un mauvais jour. Les dents, ça

les perturbe, ces petits. Et mon coquin de cousin ne t'a guère aidée aujourd'hui. Le plaisir de revoir quelques copains et il oublie qu'il est père de famille !

— Oui, mais ça lui fait du bien. Regarde comme il a l'air heureux.

Elles se tournèrent toutes les deux vers un petit groupe assis sur les marches de la terrasse. Léopold, Jacques, Amaury, Marius, Élias et Victor étaient en grande conversation. De temps à autre, un éclat de rire fusait. Léopold avait l'air heureux, oui... Maud déglutit, songeant à toutes les fois où son cousin était ravagé de chagrin à cause des dérapages de son père. Aujourd'hui, Benoît s'était tenu tranquille. Il avait déjeuné aux côtés d'Hortense et d'Isabelle. Quand il avait manifesté l'envie de monter dans sa chambre, Hortense ne l'avait pas retenu, jugeant plus prudent de le laisser retrouver le calme de son antre. À tour de rôle, Jacques, Isabelle et Maud étaient allés le voir, surtout pour vérifier s'il était bien là où on le pensait.

— Va les rejoindre, dit Maud à Marianne. Détends-toi et ne t'inquiète pas pour Augustin, il va se calmer.

— Je ne suis pas inquiète, je sais qu'il est entre de bonnes mains avec toi.

Maud regarda Marianne s'éloigner et cala Augustin contre sa poitrine.

— Allez, mon joli, on va faire quelques pas un

peu plus loin. On sera plus au calme, et peut-être que tu vas t'endormir.

Elle quitta le jardin pour emprunter le petit chemin qui longeait l'Indre. Il y faisait plus frais que sur la terrasse. Le jour déclinait, à part de légers bruissements de feuilles et quelques clapotis, tout était silencieux. Maud respira profondément. Augustin grognait toujours mais ne pleurait plus. Quand elle comprit qu'il s'était enfin endormi, elle fit demi-tour. Léopold l'aperçut et vint à sa rencontre. Ensemble, ils allèrent coucher le petit dans son lit de toile installé dans le salon. Ils ressortirent sur la pointe des pieds.

— Merci, ma cousine, murmura Léopold en embrassant Maud sur la joue. C'est gentil d'avoir soulagé Marianne. On sert l'apéritif. Veux-tu un verre de vin blanc bien frais ?

— Ce n'est pas de refus !

Sur la terrasse, on avait rapproché plusieurs tables pour n'en faire qu'une et on avait allumé les guirlandes de lampions multicolores. L'endroit avait pris des airs de guinguette. Ne manquait plus qu'un orchestre pour que l'ambiance y soit vraiment. Julia fit signe à Maud. Elle lui avait gardé une place à côté d'elle. Depuis le matin, elles n'avaient guère eu le temps de se parler. Si Amaury avait organisé la fête, il avait tout de même pu compter sur sa sœur, sa nièce et sa mère pour assurer l'intendance et le service.

— Tu sais que ça t'irait bien d'être grand-mère,

murmura Julia à l'oreille de sa mère. Je t'ai observée avec Augustin, tu étais à fond !

Maud se mordit les lèvres avant de se forcer à sourire. Elle voyait très bien où Julia voulait en venir. Elle réfléchit quelques secondes avant de répondre :

— Quand le moment sera venu, je serai très heureuse.

Rose de plaisir, Julia embrassa sa mère. Elle prenait ses mots comme une bénédiction. Maud avala une gorgée de vin blanc avec l'impression d'avoir franchi un énorme fossé. Julia se retourna vers Victor et saisit sa main sous la table. Le geste n'échappa pas à Maud. Elle se sentit tout à coup fatiguée, presque pressée de voir la soirée se terminer et de rentrer à Tours pour s'enfermer dans son cocon.

— Tu as remarqué comment le commandant Samara te regarde ? lui dit soudain Julia. À mon avis, tu ne le laisses pas indifférent.

Maud haussa les épaules puis jeta un coup d'œil vers le commandant. Il bavardait avec Amaury et Marius, qui parlait haut et fort. Se sentant observé, Samara se tourna vers Maud. Elle ne baissa pas la tête assez rapidement pour éviter de croiser son regard et fut émue par son sourire.

— Nan, ne me dis pas que tu n'as pas remarqué ! renchérit Julia. Marius aussi te regarde. Mais pas avec les mêmes yeux.

— Marius ferait bien de boire un peu moins, fit

Maud. Je le trouve un peu excité. Et puis, ce n'est pas prudent avant de prendre le volant. Amaury devrait intervenir.

— Marius dort ici cette nuit. Amaury a tout prévu. Il se doutait que son vieux pote ne se contrôlerait pas.

— Bon, au moins, c'est rassurant.

— Le commandant est un homme sérieux, lui. Il boit du jus d'orange !

— Et toi, tu me sembles un peu… concierge ! pouffa Maud.

— Non, observatrice, c'est tout. Et quand je te dis que ces deux-là te matent, je ne me trompe pas.

Maud fit la moue, cependant, elle ne put s'empêcher de repenser à la réflexion désagréable de Marius alors qu'elle discutait avec Élias Samara. L'arrivée d'un saladier sur la table la fit revenir à la réalité. Elle se servit et fit passer le plat. Le repas terminé, Isabelle proposa un café. Julia et Victor se levèrent pour commencer à débarrasser.

Vint le moment où il fallut ranger. Et ce n'était pas une mince affaire. Amaury insista pour qu'Hortense, Jacques et Isabelle montent se reposer. Il était tard, la nuit était tombée depuis longtemps et ils n'avaient pas ménagé leurs efforts. Les plus jeunes se chargeraient de tout remettre en ordre.

En cuisine, Victor et Julia se mirent à la vaisselle pour laver les plats et les saladiers. Dans le jardin, Amaury et Marius plièrent les fauteuils, rassemblèrent les parasols et ramassèrent quelques serviettes en papier échouées par terre. Le commandant Samara proposa son aide à Léopold qui démontait les tables. Maud cala sous ses bras des chaises pliantes. Elle fit ainsi plusieurs allers et retours jusqu'à la remise où était entreposé le matériel agricole. Elle en était à son dernier voyage quand elle se sentit violemment attrapée par la taille. Marius s'était posté devant la grange, attendant qu'elle en ressorte. Quand il colla sa bouche sur ses lèvres, elle le repoussa brutalement.

— Lâche-moi ! Tu as trop bu et tu ne sais plus ce que tu fais.

— Si, je sais très bien ce que je fais. Des années que j'attends ce moment.

— Bah, tu peux continuer à l'attendre, ce moment ! fanfaronna-t-elle en tentant de se délivrer de son étreinte.

— Tu as toujours été à moi, rien qu'à moi, dit Marius en resserrant l'étau autour de sa taille.

Maud se demanda comment elle allait se tirer de là. Peut-être en s'expliquant calmement. Dans la pénombre, elle devinait son regard brillant et dont l'expression ne présageait rien de bon.

— Écoute, Marius, tu es l'ami de mon frère et le mien. Ne gâche pas tout. Il n'y a rien entre nous, et il n'y aura jamais rien.

— Faux ! Aujourd'hui encore, je t'ai observée. Tu bavardes avec Élias et tu me jettes des coups d'œil en coin pour me provoquer. Tu as gagné, je n'en peux plus.

— Je ne t'ai pas provoqué ! Tu te fais des idées.

— Menteuse ! Tu as passé la journée à m'allumer.

— Non, tu te trompes.

— Menteuse ! répéta-t-il en la saisissant par les cheveux. T'es comme ta grand-mère. Hortense ment comme elle respire et arrange la vérité à sa sauce.

Il crispa un peu plus les doigts autour des mèches emprisonnées, la faisant gémir de douleur. Avec force, il la maintint contre lui, voulut encore lui arracher un baiser. Elle le mordit, il jura puis éclata de rire.

— J'aime autant que tu ne sois pas trop facile, dit-il d'une voix rauque avant de la faire basculer à terre.

Sous son dos, elle perçut la dureté du sol. Quelques gravillons lui entrèrent dans la peau mais elle n'eut pas le loisir de se préoccuper plus longtemps de cet inconfort. Marius la chevauchait, maintenant ses poignets et ses jambes. Il avait arraché les boutons de sa chemise de lin et frottait son visage sur sa poitrine et son cou, l'haleine empuantie par l'alcool. Maud rassembla toute son énergie pour crier. Il plaqua alors une main sur sa bouche et de l'autre essaya de lui ôter sa ceinture de jean. Les doigts de Marius bloquaient sa respiration, elle songea qu'elle allait mourir étouffée. En une seconde, la peur s'empara d'elle. Elle se sentit faiblir, elle allait se laisser faire pour en finir au plus vite. Dans un éclair de lucidité, elle puisa dans ses dernières ressources et parvint à libérer sa bouche. Alors, elle hurla. Un long cri de bête aux abois qui lui déchira la gorge et les poumons. Furieux, Marius lui asséna une gifle d'une violence inouïe sur la tempe et l'oreille. Elle crut voir une pluie d'étoiles et retomba mollement à terre.

— Laisse-la ! vociféra Léopold qui était accouru en entendant le hurlement de Maud. T'es fou ? Laisse-la !

Marius se redressa, abandonna sa proie et fonça sur Léopold. Il l'envoya bouler contre un arbre puis se rua de nouveau sur Maud, toujours sonnée. Elle ne parvenait pas à se relever. À cet instant, le commandant Samara apparut. D'abord, il resta interdit. Dans l'obscurité, il ne devinait que des silhouettes.

— À l'aide !

Il reconnut la voix de Léopold, s'approcha, comprit aussitôt. Il bondit sur Marius et l'éloigna de Maud. Écumant, il se déchaîna, lui distribuant coups de poing et coups de pied bien placés pour ne cesser que quand Marius s'effondra.

— Qu'est-ce qui s'est passé ? cria Amaury, qui était accouru à son tour.

Il ouvrit la porte de la remise pour allumer la lumière extérieure, puis se précipita sur Maud pour l'aider à se remettre sur pied. Elle tremblait comme une feuille et sanglotait. Un bras autour des épaules de sa sœur, il écouta, effaré, les explications de Léopold, avant de confier Maud à son cousin et de retourner vers Élias, demeuré non loin de Marius. Les deux hommes se dévisageaient, l'œil mauvais.

— Merci, Élias, dit Amaury. Je suis désolé. Je ne sais pas ce qui s'est passé dans la tête de Marius, mais...

Il était révolté par le comportement de son ami. Marius, qui reprenait ses esprits, gardait les yeux baissés. Il n'osait même pas regarder son vieux copain.

— Pas question que tu restes ici une minute de plus, grogna Amaury. Casse-toi. Et que je ne te revoie pas. Va roupiller dans ta voiture, tu es soûl, et à l'aube, tu te barres. Plus jamais tu ne remettras les pieds ici, tu m'entends ? Jamais !

Marius s'éloigna en titubant, et contourna la remise pour regagner la cour où était garée sa voiture sous l'œil vigilant d'Amaury. Un instant, il pensa à le rattraper pour s'assurer qu'il obéirait et ne reprendrait pas le volant avant d'avoir totalement dessoûlé, puis il se ravisa, trop écœuré pour lui montrer encore de l'humanité. Il revint vers Maud, toujours dans les bras de Léopold, qui pleurait doucement. Il serra les poings.

— Rentrons à la maison, dit-il en invitant Élias à les suivre.

À la lumière du salon, le visage de Maud apparut tuméfié. Elle avait une légère blessure au coin des lèvres, rien de grave. Plus impressionnante était la marque rouge qui allait de sa mâchoire à sa tempe.

Léopold attrapa un plaid pour couvrir ses épaules nues et se rendit à la cuisine préparer un café.

— Maman et Hortense dorment ? demanda-t-elle.

— Je crois, répondit Amaury.

— Victor et Julia ?

— Ils ne sont plus là.

— Marianne est à l'étage avec les enfants ?

Amaury acquiesça d'un mouvement du menton. À l'aide d'une serviette-éponge humide, il nettoya doucement les ecchymoses qui bleuissaient la joue de sa petite sœur et la terre collée à son front.

— Alors, on ne leur dira rien de tout ça, murmura-t-elle. Ni à Jacques. Et Léopold ne racontera rien à Marianne.

Resté en retrait, Élias Samara voulut réagir. Elle ne pouvait pas se taire. Elle devait déposer plainte. Mais il retint ses mots, ce n'était pas le moment de la bousculer. Léopold revint avec un plateau chargé de tasses fumantes. Maud saisit la sienne, la porta à ses lèvres et grimaça. Son regard croisa celui d'Élias. Durant un bref instant, ils restèrent accrochés l'un à l'autre. Elle fut soulagée lorsque son café fini il prit congé. Amaury le raccompagna jusqu'à sa voiture.

— C'était une agression, dit Élias en arrivant dans la cour, Maud doit déposer plainte. Et moi, je ne peux pas me taire. Je dois témoigner. J'aurais dû arrêter Marius. L'affaire est d'autant plus grave que Marius est un militaire. Il doit être suspendu.

— Mais tu ne diras rien, n'est-ce pas ? le pria Amaury en posant une main sur l'épaule du commandant.

Il avait tutoyé Élias Samara pour la première fois, comme si ce terrible événement les avait soudain rapprochés.

— Je ne sais pas. Je suis partagé entre mon devoir et…

— Marius est mon ami, le tien aussi.

— C'est à Maud que je pense. À ce qu'elle vient de subir.

— Je ne l'oublie pas, loin de là. J'ai mal pour elle. Tu es arrivé à temps.

— Elle ne peut pas garder ça pour elle, surmonter toute seule un tel traumatisme. Une victime a besoin que justice soit faite. Il faut emmener Maud chez un médecin qui constatera les blessures.

Élias songeait également à toutes les autres victimes de tels actes. Leur silence mettait l'agresseur à l'abri. Plus de vingt mille viols se commettent chaque année en France, sans compter les autres agressions sexuelles… Et il était bien placé pour savoir que les chiffres étaient en réalité supérieurs. Bon nombre de femmes taisent ce qui leur est arrivé, par peur, par honte… Pour des dizaines de raisons qu'il comprenait, sans pourtant les admettre.

— Il faut que la loi soit respectée par tous, et encore plus par ceux censés donner l'exemple, reprit Élias.

— Pense à Maud, insista Amaury. Tu l'as entendue comme moi. Elle ne veut pas qu'on en parle.

— Pour protéger sa mère, sa grand-mère et sa fille ? Mais elle, qui va la protéger ? L'aider à dépasser ce traumatisme ?

— Nous.

Élias releva un sourcil interrogateur mais renonça à prolonger la discussion et tendit la main pour serrer longuement celle d'Amaury. Ce dernier demeura dans la cour jusqu'à ce que les feux de la voiture de Samara aient disparu au bout de l'allée. Il fit un petit détour avant de regagner la maison afin de s'assurer que Marius avait obéi à ses ordres. Garée sous les grands arbres, sa Peugeot était toujours là. Dès l'aube, il vérifierait que Marius avait bien évacué les lieux. Pour toujours.

25

Maud reposa son téléphone et demeura songeuse. C'était la troisième fois en huit jours, depuis le barbecue et l'incident avec Marius, qu'Élias Samara l'appelait. Elle frissonna et repoussa la fenêtre restée entrouverte. Les températures avaient baissé. Les soirées étaient fraîches et les jours moins longs, signes de l'arrivée de l'automne.

Élias voulait simplement prendre de ses nouvelles. Comment allait-elle ? Dormait-elle bien ? Avait-elle encore mal à la tête ? Elle l'avait rassuré. Non pas qu'elle ait oublié ce qui s'était passé, mais elle n'en était pas restée traumatisée. Elle avait repris une existence normale, recevait des clients, prospectait de nouveaux biens et faisait visiter des propriétés. Aujourd'hui, Élias avait osé lui demander si elle comptait déposer plainte et demander que justice soit faite. À défaut d'avoir fait constater ses blessures sitôt après l'agression, elle avait des témoins qui déposeraient en sa faveur. Elle avait répondu très calmement qu'elle n'y tenait pas. Elle ne voulait pas que sa famille soit au courant ; quant à Marius, justice était faite puisqu'il avait perdu ses amis. Élias n'avait pas insisté. Avant de raccrocher, il lui avait redit combien il était heureux d'avoir acheté la maison de Saint-Georges. Le déménagement approchait et cette perspective l'excitait. Lorsqu'il serait installé, il l'inviterait à déjeuner.

Elle eut un nouveau frisson et grimpa à l'étage pour chercher un pull. Elle n'avait pas été tout à fait honnête avec le commandant. En fait, elle allait *presque* bien. À dire vrai, à part pour aller au travail et en revenir, elle n'était pas sortie depuis huit jours. Elle avait même passé le week-end seule chez elle. À Julia, qui lui avait demandé si elle viendrait déjeuner au domaine le dimanche, elle avait répondu être débordée… À dire vrai, elle n'était bien que chez elle. Ou quand elle était occupée à l'agence avec Mélanie à ses côtés. Dès que son employée s'en allait, elle partait également. Pas par peur de Marius, mais parce que Maxence était revenu l'ennuyer. Deux fois, il s'était arrangé pour la croiser alors qu'elle rentrait chez elle, prétextant un saut chez ses parents. Un autre soir, elle l'avait découvert faisant le pied de grue sur le trottoir, à deux pas de l'agence. Elle avait senti la colère monter. Et il avait suffi qu'il lui dise combien il l'aimait et qu'il ne pouvait pas vivre sans elle pour qu'elle s'enflamme : elle ne lui avait pas répondu posément, elle avait aboyé. En pleine rue. Les quelques passants qui longeaient le boulevard avaient ralenti à leur hauteur, se demandant qui était cette furie. Le point culminant de sa rage avait été atteint quand Maxence avait tendu la main vers elle. Pour l'apaiser, selon toute vraisemblance. Il avait à peine touché son bras, mais sa réaction avait été épidermique. Elle s'était jetée sur lui, avait agrippé le col de sa veste en jean et l'avait secoué en vociférant avant de le repousser violemment. Il avait fini par partir. Reviendrait-il ? Elle l'ignorait. Mais s'il osait se montrer encore…

Une terreur sourde l'envahit soudain. Une image venait de s'imposer à son esprit. Elle attrapait Maxence, passait les mains autour de son cou et serrait jusqu'à ce qu'il étouffe… Effrayée par ses pensées, elle s'écroula sur son lit et se mit à pleurer. Lorsqu'elle se redressa, elle fut prise d'un étourdissement. Elle marcha jusqu'à la salle de bains en s'appuyant contre les murs pour ne pas tomber. Elle fit couler l'eau et rafraîchit son visage avant de s'observer dans le miroir. Que se serait-il passé ce soir-là, à la Dame blanche si Léopold n'était pas intervenu ? Si Élias Samara n'était pas venu à la rescousse ? C'est sûr, Marius serait allé au bout de ses intentions et l'aurait violée… Elle sentait encore son haleine empestant l'alcool, sa barbe naissante lui irritant la gorge, ses mains sur ses seins. Prise de nausée, elle se courba au-dessus du lavabo. Quand ses haut-le-cœur cessèrent, elle se déshabilla puis se glissa sous la douche. Elle resta sous le jet d'eau tiède un long moment et n'en sortit que lorsqu'elle eut l'impression qu'elle était capable de réfléchir posément.

Emmitouflée dans son peignoir, elle descendit à la cuisine et se força à avaler un morceau de fromage pris entre deux tranches de pain. Puis elle s'installa sur le canapé, les pieds sous ses cuisses. Il était temps de faire le point, de dissocier ce qu'elle avait vécu avec Marius de ce qu'elle vivait avec Maxence. Pour Marius, même si elle voulait à tout prix croire que l'affaire était réglée, ce n'était pas si simple que ça. Entre ses désirs et ce que lui renvoyait son inconscient, il y avait un hiatus. Le commandant Samara avait raison, elle n'allait pas si bien qu'elle le prétendait. Le reconnaître la soulagea et lui permit d'expliquer la rage qu'elle avait éprouvée quand Maxence avait tendu la main vers elle. Elle avait eu peur qu'il la touche. Peur. Le mot était posé. Elle poursuivit son introspection un moment et en conclut qu'elle ne s'en sortirait pas seule. Mais à qui parler de tout cela ? Elle n'avait que son frère en tête. Résolue, elle décrocha son téléphone. Vingt minutes plus tard, Amaury était chez elle.

Il n'eut pas à scruter longtemps le visage de sa sœur pour comprendre qu'elle avait pleuré et qu'elle n'était pas bien. Elle apporta deux tasses et une cafetière. Il fit comme s'il ne remarquait pas le tremblement de ses mains quand elle servit le café.

— Viens t'asseoir près de moi, dit-il en prenant place sur le canapé. Et raconte-moi.

Elle obéit, heureuse de se blottir contre lui. Un instant, elle demeura sans parler ni bouger, soulagée de l'apaisement que lui procurait la présence de son frère. Quand ils étaient petits et qu'elle avait un gros chagrin, souvent elle se réfugiait auprès de lui. Il la consolait avec des paroles douces puis, pour l'égayer, la chatouillait. Elle râlait pour la forme avant d'éclater de rire.

— Alors, si tu me disais tout, murmura Amaury. Si tu me parlais de tes craintes auxquelles, je suppose, Marius n'est pas étranger.

Il avait prononcé le prénom de son ancien ami afin de libérer la parole de sa sœur, de la mettre à l'aise. Lentement, à voix basse, Maud se lança. Elle n'évoqua pas Marius mais Maxence Luçay et la relation qu'elle avait eue avec le jeune homme. Elle s'en voulait de s'être laissée aller et se sentait très mal à l'aise vis-à-vis des parents de Maxence, ses voisins. Elle parla aussi de la dispute qui l'avait opposée à son ancien amant en pleine rue.

— Si tu t'es emportée, c'est parce que tu es à bout de nerfs.

— C'est ça, et je suis bien obligée de reconnaître que ce qui s'est passé avec Marius a décuplé ma colère vis-à-vis de Maxence. Quand il a voulu me toucher... J'aurais pu le tuer !

— Allons ! Tu n'es pas méchante pour deux sous.

— Oui, mais là, je me suis sentie en danger et...

— Et ?

— J'étais face à Maxence mais c'était Marius que je voyais. C'était comme si je revivais la scène. Le poids du corps de Marius sur moi, ses doigts enserrant mes poignets comme des étaux, sa bouche cherchant la mienne, son souffle chaud et son haleine empestée par l'alcool...

Amaury se pencha sur Maud et plongea ses yeux dans les siens. Dans son regard il lut de la détresse, de la peur, et il s'en voulut. N'avait-il pas sous-estimé le drame qu'elle avait vécu ? Élias Samara n'avait-il pas raison de répéter que sa sœur ne pourrait pas s'en sortir seule et qu'elle avait besoin d'aide ?

— Je suis désolé, chuchota-t-il en l'embrassant sur le front. Désolé de n'avoir pas mesuré à quel point tu avais été traumatisée.

— Ne le sois pas. Moi-même, je pensais aller bien. J'avais rangé tout ça dans une boîte au fond de ma mémoire. Et je la croyais fermée, cette boîte. Mais il semble qu'elle peut s'ouvrir toute seule à la faveur de n'importe quel incident.

— Ce n'est pas n'importe quel incident, le harcèlement de Maxence. Il faut régler ça très vite. On va le secouer un peu.

— Non ! Pas de bêtise, surtout. D'autant plus que c'est moi la fautive.

— Toi ? C'est tout de même lui qui est venu te chercher, pas toi.

— Oui, mais à mon âge, je n'aurais pas dû…

— Tu n'aurais pas dû quoi ? la coupa Amaury en fronçant les sourcils. Tu veux te faire toi-même un procès ? Ce mec frappe à ta porte, il a envie de toi et toi de lui. Certes, il est plus jeune que toi, mais il me semble que vous étiez tous les deux consentants. Je ne vois pas où est le problème. Du moins, tu n'es coupable de rien. Maintenant, il doit te ficher la paix.

— Je vais déménager, je crois.

— Déménager ? Quitter cette maison que tu aimes et que tu as aménagée à ton goût ?

— Ce sera plus facile si je ne croise plus ses parents.

— Tu viens de me dire qu'il te relance à l'agence, alors à quoi bon partir d'ici ?

Maud ne répondit rien. Amaury avait raison, partir ne résoudrait pas tout, mais elle ne resterait pas ici. Il lui fallait aussi aller voir les Luçay et tout leur raconter. Amaury fit la moue. Certes, il valait mieux avertir les parents pour éviter un quelconque esclandre, mais de là à vendre la maison dans laquelle elle était si bien… Elle était perturbée par l'agression de Marius et malmenée par les persécutions de Maxence. Si elle n'avait même plus son petit nid à elle pour refuge, elle ne s'en sortirait jamais.

— Il faut qu'on réfléchisse, reprit Amaury, qu'on reprenne tout de zéro pour savoir dans quel ordre prendre les choses. Tu dois d'abord te débarrasser du problème Maxence. Si tu ne veux pas rester ici, viens t'installer chez moi. Ensuite, il faut que tu t'occupes de toi, que tu voies un médecin et que tu lui racontes l'agression de Marius. Élias m'avait prévenu, j'ai été négligent…

— Élias ?

— Il pense que tu devrais porter plainte pour obtenir justice. Il dit que ça aide à la reconstruction.

Maud hocha la tête. Elle se redressa et fit quelques pas dans le salon. Dans le petit jardin, la guirlande de lampions éclairait les chaises longues, la table de fer forgé et les arbustes. Le séné était en fleur. Des fleurs jaunes écloses en août, qui se renouvelleraient jusqu'en novembre ou décembre. Une des dernières touches de soleil alors que l'automne arrivait. Elle contempla les trois énormes pots en grès émaillé dans lesquels elle avait planté des bulbes et du lin vivace, puis la campanule qui grimpait le long du mur de vieille pierre. Elle soupira. Elle était maintenant moins attachée à cet endroit qu'elle avait pourtant beaucoup aimé. Comme si elle avait déjà tourné la page.

— Je ne déposerai pas plainte, dit-elle en retournant s'asseoir à côté d'Amaury. En revanche, je veux bien consulter.

— Un psychologue ?

— Non, les psychologues ne sont pas médecins. Je pense prendre rendez-vous avec le docteur Avrillé.

— Mon client ? Le psychiatre de Benoît ?

— Oui, il m'inspire confiance, ce type.

— Dans ce cas, je l'appelle demain. Je peux le joindre chez lui, ça permettra peut-être de moins traîner.

— D'accord.

Elle s'accorda quelques minutes de silence pour démêler les idées qui s'enchevêtraient encore dans son esprit. Tout était loin d'être clair, mais elle se trouvait beaucoup plus sereine que quelques heures plus tôt.

— J'irai voir les Luçay avant la fin de la semaine, reprit-elle. Je vais tout balancer. Tant pis s'ils le prennent mal, il faut que je me libère. Ensuite, je n'aurai plus qu'à vendre la maison.

Amaury la dévisagea sans répondre. S'opposer une fois de plus aurait été inutile.

— Je reprendrais bien un café, dit-il en se levant.

Il emporta la cafetière dans la cuisine et Maud l'observa tandis qu'il remplissait le réservoir d'eau, plaçait un filtre et y versait trois cuillères de café moulu.

— Tu m'hébergeras si je ne peux plus rester ici ? demanda-t-elle.

— Évidemment ! D'ailleurs je te l'ai proposé.

— Et cette nuit, tu veux bien dormir là ?

Il sourit, attendri de retrouver dans les traits de sa sœur sa bouille d'enfant à laquelle il ne savait pas résister. Il sortit son portable de sa poche pour composer un SMS. La jolie Caroline abandonnée presque deux heures plus tôt ferait une croix sur la soirée en amoureux qu'elle avait préparée pour lui.

— Quelqu'un t'attend ? s'inquiéta Maud.

— Oui… Enfin, non ! Plus maintenant.

Maud fit la grimace. Elle était sincèrement navrée. Lorsqu'elle l'avait appelé, elle l'avait cru seul.

— Ce n'est vraiment pas grave, dit Amaury. Si elle tient à moi, on se reverra.

— Et toi, est-ce que tu tiens à elle ?

Il haussa les épaules. Il n'avait jamais eu de longues histoires d'amour et avait fini par penser qu'il n'était pas fait pour ça. Il avait toujours été honnête avec les femmes. Il leur annonçait la couleur dès le début : il ne cherchait pas à se caser.

— Comment s'appelle-t-elle ? s'enquit Maud, curieuse.

— Caroline.

— Jolie ?

— Très ! Et d'une finesse d'esprit que j'adore !

— Ne reste pas ici, va la rejoindre. Je suis calmée, ça m'a fait du bien de te voir.

— Pas question que je te laisse seule. Demain matin, on embarque ce qu'il te faut pour que tu t'installes chez moi. Tu parles à tes voisins, ensuite, on vide la maison et c'est fini, tu vends !

— Appelle Caroline, s'il te plaît. Explique-lui au moins pourquoi tu ne la rejoins pas. Je monte préparer ton lit.

Elle grimpa à l'étage et sourit en l'entendant parler doucement. Il avait écouté son conseil…

26

— Entrez ! Je suis très heureux de vous voir tous les deux !

Élias Samara s'écarta pour laisser passer Amaury et Maud, ravi de les accueillir dans sa jolie maison de Saint-Georges. Un pied à peine posé dans le vestibule, Amaury s'enthousiasma. Cette bâtisse en vieille pierre ne pouvait que lui plaire.

— Tu me fais visiter ? demanda-t-il à Élias après avoir accroché sa veste au portemanteau. Pardonne ma curiosité, mais j'ai très envie de tout découvrir.

— Avec plaisir ! Vous nous accompagnez, Maud ?

— Je connais déjà la maison, mais pourquoi pas ?

— Vous allez encore vous vouvoyer longtemps, tous les deux ? s'étonna Amaury. C'est un peu ringard, non ?

Élias approuva dans un grand éclat de rire. Ils grimpèrent à l'étage. Maud resta un peu en retrait tandis qu'Amaury s'extasiait en découvrant les parquets cirés en point de Hongrie, la faïence ancienne dans la salle de bains. Il revint dans la chambre d'Élias et jeta un œil par la fenêtre pour admirer le parc qu'il n'avait qu'entrevu en arrivant.

— Peut-être qu'un jour je quitterai mon appartement de Tours, murmura-t-il en contemplant les arbres et, un peu plus loin, la Loire. La nature, c'est changeant. Les feuillages d'automne ont mille couleurs.

— Tu t'ennuierais, intervint Maud. Tu as toujours aimé sortir, ne serait-ce que pour boire un verre avec tes copains. Si tu t'éloignes du centre-ville, tu seras obligé de prendre la voiture à chaque fois que tu voudras bouger.

— C'est vrai, reconnut-il. Il ne faut pas que je me décide sur un coup de tête.

— Maud est de bon conseil, remarqua Élias. Je me félicite de l'avoir écoutée. Pourtant, Dieu sait que j'ai hésité. Mais la promesse de vente signée, je n'ai plus eu aucun doute. Et attendre d'emménager m'a semblé long. Merci encore, Maud !

Elle rosit de plaisir. Malgré cette légère couleur qui lui était montée aux joues, le commandant la trouva pâle. Ses yeux étaient marqués de cernes. La fatigue ? Les angoisses ? Elle était loin d'aller bien. Un mois après l'agression, elle n'avait pas récupéré. Élias en était peiné mais pas surpris. Il savait par Amaury qu'elle avait quitté sa maison pour s'installer chez lui et qu'elle avait commencé une thérapie. Mais elle refusait toujours de porter plainte. Quand il l'avait appelée pour l'inviter à déjeuner, il avait perçu son hésitation et pour la mettre à l'aise lui avait précisé qu'il avait également convié Amaury. Elle avait accepté, preuve qu'elle ne renonçait pas à toute vie sociale, preuve également qu'elle n'était pas prête à sortir seule. La présence de son frère la rassurait.

— C'est vraiment très chouette ! s'exclama Amaury en descendant l'escalier.

Il s'arrêta un instant, toucha du bout des doigts le bois des marches, s'emballa pour le chêne dont le vernis avait été poncé puis légèrement patiné. Un travail de professionnel. Il fut également enchanté par la vaste cuisine, et plus encore par le séjour traversant. La pièce était grande et lumineuse. La hauteur sous plafond apportait un volume supplémentaire.

— C'est un peu vide, s'excusa Élias. Je n'ai pas encore pris le temps d'aller choisir quelques meubles.

Il n'y avait effectivement qu'un petit canapé de cuir brun et deux fauteuils club assortis autour d'une table basse, une table de salle à manger ronde en merisier et quatre chaises.

— Si tu cherches du mobilier ancien, je peux faire quelque chose pour toi ! lui rappela Amaury.

— Justement, j'aimerais une belle bibliothèque. Je la mettrais contre ce mur. Tu en dis quoi ?

Amaury approuva. Il imaginait très bien un meuble long et haut. Très haut même. Avec une antique échelle de bois comme on en voit dans les vieilles bibliothèques.

Ils continuèrent à parler décoration pendant l'apéritif et ne changèrent de sujet qu'en passant à table. Pour l'occasion Élias avait cuisiné. Une terrine de campagne, un poulet aux oignons et aux pommes de terre, et pour finir une délicieuse tarte aux poires. Maud le félicita pour le repas. Amaury reconnut qu'à part faire des coquillettes et des œufs au plat, il n'avait rien d'un cordon-bleu.

— Il y a un bon traiteur à deux pas de chez moi, conclut-il, j'y ai pris mes habitudes.

— Une raison de plus de rester à Tours ! dit Maud.

— Ou alors, tu peux aussi prévoir un grand congélateur et faire des conserves ! renchérit Élias.

— En parlant de conserves, dit Amaury, tu devrais passer au domaine. C'est la pleine saison des pommes et des poires. On te donnera deux ou trois cagettes de fruits.

— Je veux bien, à condition de les payer.

Amaury haussa les épaules.

— Si tu aimes les confitures, ajouta Maud, il faudra goûter celles de Julia.

— Je n'y manquerai pas ! On en avait parlé au marché nocturne de Montlouis mais je n'ai pas encore eu le temps de tester ses produits. Son affaire tourne bien ?

— Mieux que je n'aurais osé l'espérer. Il faut dire qu'elle y met du cœur. Et de l'huile de coude !

Je crois qu'elle a un vrai don pour préparer des recettes originales.

— Par exemple ?

— En ce moment, avec les premières poires, elle réalise de succulents mélanges. J'ai testé la poire aux épices cette semaine. Un délice.

— Plus conventionnelle mais tout aussi délicieuse, la poire-vanille, renchérit Amaury.

Il poursuivit en évoquant d'autres compositions à base de kiwi, de figue, de coing et d'orange...

— Julia semble avoir de vrais supporters dans la famille, sourit Élias devant l'enthousiasme d'Amaury.

— J'adore ma nièce, reconnut ce dernier, mais je ne la flatte pas pour rien. D'ailleurs, quand une recette me déplaît, je le lui dis. C'est assez rare, mais ça arrive.

— C'était une vocation, la cuisine ?

— Pas du tout, répondit Maud avant d'expliquer le brusque revirement de sa fille qui avait préféré abandonner son droit pour mener une vie champêtre.

— Les jeunes nous surprennent souvent, conclut Élias.

Maud acquiesça en silence. En matière de surprise, le comble avait été Victor. Malgré toute sa bonne volonté, Maud avait du mal à se comporter naturellement lorsqu'elle allait voir sa fille et qu'il était présent. Victor s'en était rendu compte et trouvait toujours un prétexte pour s'éloigner afin de ne pas heurter davantage la mère de sa jeune maîtresse. Maud se trouvait idiote. Avant, elle avait de longues discussions avec le contremaître. Ils parlaient du domaine, parfois de Louis, le père de Maud avec lequel Victor avait fait ses débuts à la Dame blanche. Maintenant, elle n'était plus capable de lui débiter dix mots sans bégayer.

— Une promenade jusqu'à la Loire, ça vous tente ? demanda Élias après le café.

— Oui ! s'exclama Amaury. Mais d'abord, j'aimerais faire le tour du jardin.

— C'est parti !

La gaieté d'Amaury fit oublier à Maud le couple que formaient Julia et Victor. Amaury gambadait comme un gamin, posait mille questions à Élias qui peinait à répondre car ses connaissances en matière de botanique étaient limitées.

— Avant votre prochaine visite, dit-il à Maud, je vais investir dans une encyclopédie afin de me mettre à niveau et de pouvoir répondre à toutes les questions d'Amaury sur les plantes et les arbres qui poussent ici !

Il éclata de rire, imité par Amaury et Maud à qui cette journée faisait un bien fou. Certes, l'agression de Marius ne s'effacerait jamais, mais elle n'empêcherait pas les bons moments. Elle fit quelques pas, laissant Amaury et Élias en retrait, puis elle s'arrêta pour jeter un œil sur les rosiers. Elle surprit le regard d'Élias posé sur elle et frémit. La terreur pouvait-elle revenir si vite ? Si sourdement, si sournoisement et sans raison véritable ? Elle se retourna, sortit de la propriété et traversa la route.

Élias se mordit les lèvres. Il était amoureux de Maud. C'était un sentiment nouveau pour lui. Quelque chose d'inconnu qui le réveillait parfois en pleine nuit et le laissait rêveur. Quelque chose qu'il n'avait pas cerné au départ et qui s'était immiscé en lui tout doucement. Dès leurs premières rencontres ? C'était bien possible. La révélation, il l'avait eue le soir de l'agression. Choqué, il avait bondi sur Marius avec rage et l'avait frappé de façon démesurée. Bien plus qu'il ne l'aurait fait avec n'importe quel autre homme. Ce jour-là, il aurait pu tuer. Quand il l'avait lâché, son cœur battait à tout rompre et ce n'était pas uniquement à cause de la bagarre mais à cause de Maud, de son visage tuméfié, décomposé par l'effroi et le chagrin. Il aurait voulu la serrer dans ses bras pour la rassurer. Lui promettre que ça ne lui arriverait plus jamais, qu'il serait toujours là pour la protéger parce qu'il tenait à elle, parce qu'il était amoureux d'elle. Ce sentiment débordait de son cœur ; il ne cherchait pas à s'en défendre ou à éviter Maud. Mais le chemin serait long avant de pouvoir la conquérir car c'était une femme meurtrie. Il était prêt à patienter tout en n'ignorant pas qu'elle pourrait aussi ne jamais partager ses sentiments. Tant pis. Il tenterait sa chance.

Amaury le rattrapa et tous deux rejoignirent Maud de l'autre côté de la route.

— Ce serait formidable d'organiser une bamboche ici l'été prochain ! s'exclama Amaury. Les berges de la Loire sont bien larges et ombragées. Un cadre idéal !

— Une bamboche ? répéta Élias, les yeux ronds.

— Une fiesta, sourit Maud. Avec mon frère, tout est prétexte à ripailler !

— T'exagères ! fit mine de gronder Amaury. On dirait que je ne fais que manger et boire.

— Pas que, mais ça occupe tout de même une grande partie de ta vie.

— Je ne suis pas certain qu'on ait le droit d'organiser une fête ici, nota Élias, les sourcils froncés.

— Ah, voilà que la maréchaussée me rappelle à l'ordre !

— Déformation professionnelle, sourit Élias. Si tu veux, on peut organiser une fête dans le jardin. Au moins, nous y serions tranquilles et nous n'ennuierions personne.

— Tope là, mon pote !

Élias tapa dans la paume tendue et Maud éclata de rire. C'était bon de la sentir détendue.

27

— Il me semble que vous êtes plus sereine, non ? remarqua le docteur Avrillé. Je vous écoute depuis une dizaine de minutes et votre ton est plus paisible que la dernière fois. Vos mots sont moins rugueux, et surtout, vous êtes moins dure avec vous-même.

Maud approuva d'un hochement de tête. Elle embrassa le cabinet d'un regard. Elle ne s'allongeait jamais sur le divan de velours pourpre. Dès la première consultation, elle avait adopté un des deux grands fauteuils de cuir noir. Le médecin s'asseyait dans l'autre, pas tout à fait en face d'elle.

Elle se sentait plus calme. Pas complètement apaisée mais moins irascible. Un peu comme un galet poli par la mer. Les séances portaient leurs fruits. Depuis quatre semaines elle voyait le praticien chaque lundi, lâchant bribe après bribe les détails de l'agression, ses terreurs, sa colère, son envie de solitude. Elle avait avoué sa relation avec Maxence et la façon dont elle l'avait rabroué en public, prête à le frapper. Son installation chez Amaury portait également ses fruits. Avec son frère, l'existence ressemblait à un tourbillon. Il ne tenait pas en place ! Dès le petit déjeuner, il annonçait ses projets pour la journée : aller chercher tel meuble, livrer tel autre, téléphoner à monsieur Untel qui se débarrassait du mobilier de sa belle-mère décédée, puis à madame Unetelle qui avait quelques bibelots à céder. Entre deux tartines de pain beurré noyées sous une épaisse couche de confiture – celles de sa nièce uniquement ! – il évoquait le week-end. Il avait envie de faire ci, ça, et puis ça aussi. Caroline, que Maud avait enfin eu le privilège de rencontrer, était du même avis qu'elle : Amaury ne s'arrêtait jamais !

— Vous souriez, reprit le psychiatre pour rompre le silence.

— Je pensais à mon frère. Il m'aide beaucoup. Grâce à lui, j'ai dépassé certains obstacles. Mais tout est loin d'être gagné, n'est-ce pas ?

— Je suis d'accord avec vous. Votre frère vous apporte de l'aide mais vous ne devez pas oublier que ces progrès sont aussi les vôtres. Vous avez accepté de vous ouvrir, de vous confier. Regardez en arrière. Après votre agression, dans un premier temps vous avez pensé que tout irait bien, et vous avez enfermé cette idée dans votre esprit. Une rigidité mentale qui aurait pu vous entraîner sur une très mauvaise pente... Heureusement, vous avez été capable d'analyser ce qui se profilait et cette thérapie vous a permis de cerner certaines fragilités. Et je suis également d'accord avec vous sur le second point : rien n'est gagné. Rien ne l'est jamais vraiment, d'ailleurs. Retrouver votre équilibre prendra du temps. Nous allons faire le nécessaire pour poursuivre sur la bonne voie. Vous ne m'avez pas parlé de votre maison aujourd'hui.

— Elle ne me manque plus. Je suis prête à la vendre, je sais que je ne l'habiterai plus.

En cinq semaines, elle n'était revenue qu'à deux reprises rue Buffon. La première fois, avec Amaury, elle avait rempli deux énormes sacs de voyage de vêtements un peu chauds car l'automne, avec sa fraîcheur, était bien installé. La seconde fois, tandis qu'Amaury emballait les livres dans des cartons, elle était allée toquer chez les Luçay. Elle était restée sur le seuil et avait débité ce qu'elle s'était promis de dire. Sa relation avec leur fils, le choix de la rupture, sa décision de quitter le quartier. Ils étaient restés bouche bée, incapables de répondre quoi que ce soit. Un instant, elle avait pensé qu'ils ne l'avaient pas crue. En réalité, les aveux de Maud les avaient sciés. Jamais ils n'auraient pu imaginer cette histoire entre elle et leur fils qui, par ailleurs, ne leur avait rien dit. « J'ai commis une erreur, avait-elle conclu. Je le regrette beaucoup. J'en suis sincèrement désolée. Désormais, je veux seulement que Maxence accepte les choses telles qu'elles sont et qu'il me laisse tranquille. Merci de lui transmettre le message. » Elle avait salué les Luçay d'un signe de tête avant d'aller rejoindre Amaury le cœur battant, le chemisier collé à la peau par la transpiration tant l'exercice lui avait coûté. Cependant, elle avait été soulagée d'un énorme poids. Elle croisait les doigts, espérant que Maxence ne reviendrait pas la voir et que jamais le hasard ne les remettrait en présence l'un de l'autre.

— Amaury m'a offert de rester chez lui pour l'instant, reprit-elle après avoir observé la jolie lithographie qui ornait le dessus de la cheminée. Selon lui, je dois prendre mon temps.

— Votre frère est prévenant. Il vous propose de rester chez lui, c'est bien. Sauf si ce n'est pas ce que vous souhaitez.

— Je ne sais pas. J'ai peur de l'ennuyer, peur de m'habituer aussi. Je crois qu'il serait bon que je me mette en quête d'un nouveau chez-moi.

— Je le pense aussi. Ce qui n'empêche pas de suivre la suggestion de votre frère : prendre votre temps.

Le médecin se leva et gagna son bureau. La séance s'achevait. Maud aurait pu rester là plus longtemps tant ces conversations lui étaient une délivrance. Il pianota sur le clavier de son ordinateur tandis qu'elle sortait son chéquier pour régler la consultation.

— Le traitement semble vous convenir, dit-il en lui tendant une ordonnance. On avisera dans quelques semaines. On se revoit lundi prochain, même heure ?

Elle acquiesça et rangea l'ordonnance dans son sac. Elle n'était pas assommée par une multitude de médicaments et l'antidépresseur qu'elle prenait chaque matin au petit déjeuner était faiblement dosé. Le docteur Avrillé la raccompagna à la porte et la laissa partir sur une chaleureuse poignée de main. Comme à chaque fois, elle sortit avec l'esprit fourmillant. Il lui faudrait quelques heures pour tout remettre en place. Ce n'était pas une désagréable confusion d'idées, plutôt l'envie d'aller de l'avant. Oui, elle progressait.

Une fois à l'agence, elle s'empressa de consulter la liste des derniers biens entrés au catalogue. Elle écarta d'office les maisons, les grands appartements, et se concentra sur les T2 à vendre ou à louer. Un duplex situé dans un bel immeuble en pierre blanche de deux étages, rue Gambetta, à l'angle de la rue Nationale, attira son attention. Il était en vente depuis quinze jours. Lors de la visite avec les propriétaires, elle avait été séduite par le joli séjour, avec sa mini-cuisine américaine. Les hautes fenêtres en faisaient une pièce lumineuse. Sous les combles se trouvaient une grande chambre et une salle de bains, ainsi qu'une pièce de taille réduite où elle pourrait installer un bureau. Il y avait même assez de place pour y mettre le lit de Julia si jamais elle manifestait l'envie de revenir chez sa mère... Ce qui n'était guère probable, le domaine de la Dame blanche étant devenu sa demeure. Maud détailla les photos. C'était ce dont elle avait besoin. Certes, elle n'aurait plus de jardin et pas autant d'espace que rue Buffon, mais si elle se sentait trop à l'étroit, elle aurait la possibilité de passer le week-end au domaine. Et puis rien ne l'empêcherait de déménager de nouveau ! Elle relut l'annonce, examina le diagnostic de performance énergétique. Le bilan était très bon. Le bâtiment avait subi de récents travaux, une isolation neuve avec des matériaux adaptés et efficaces, avec pour résultat des déperditions thermiques quasi nulles. Par ailleurs, le toit était doté de panneaux solaires destinés à la production d'eau chaude. Julia serait sûrement enchantée par ce logement « écolo » ! Maud fit un rapide calcul. Si elle vendait correctement sa maison, elle pourrait financer l'achat de cet appartement sans emprunter. L'idée l'enchanta.

Dès que Mélanie se prépara à partir, elle fit de même. Elle ne parvenait toujours pas à rester seule à l'agence. Pour une fois, elle ne galopa pas directement jusque chez Amaury. Elle emprunta la rue Nationale et s'arrêta à l'angle de la rue Gambetta, devant le duplex. La rue était vivante, donc un peu bruyante dans la journée. Il y avait de nombreuses boutiques, une ligne de tramway mais pas de bruits de circulation dans cette artère piétonne. Le soir et le dimanche, les commerces étant fermés, le quartier était plus calme. Autre point rassurant, les velux des chambres, sous le toit, donnaient dans une cour intérieure, plus paisible.

Maud fit encore quelques pas, observant l'enseigne de vêtements et l'espace de coworking situés au rez-de-chaussée du petit immeuble. Le quartier n'était pas désagréable mais il manquait de végétation. Elle fit la moue, puis se dérida. Après tout, l'appartement n'en perdait pas son cachet. Elle poursuivit son chemin, fit un arrêt chez un caviste pour y acheter une bonne bouteille de vin, puis à la boulangerie, et enfin chez le traiteur. Amaury aurait un dîner comme il les aimait. Elle fit une dernière halte à la Boîte à livres, parcourut le rayon des nouveautés et en ressortit avec quatre romans.

— Déjà là ! s'exclama-t-elle, surprise de découvrir qu'Amaury était rentré avant elle.

— Mouais... maugréa-t-il.

Elle se hâta d'ôter sa veste et de déposer les courses dans la cuisine, puis rejoignit son frère dans le salon.

— Qu'est-ce qui ne va pas ? demanda-t-elle en le découvrant avachi dans le canapé.

— Cet après-midi, en revenant de Loches, je me suis arrêté au domaine. Mamie était montée dans sa chambre et dormait, ce qui m'a inquiété car ce n'est pas dans ses habitudes de se coucher après le déjeuner. Quand elle fait la sieste, c'est un petit quart d'heure dans son fauteuil. J'ai questionné maman. Je voulais savoir si mamie était souffrante et si le médecin était venu. Maman semblait embarrassée alors j'ai insisté.

— Mamie est malade ? C'est grave ?

— Non, ne t'inquiète pas. En revanche, Benoît a refait des siennes. Il a de nouveau disparu hier soir.

— Pourquoi personne ne nous a appelés ?

— Mamie n'a pas voulu. Maman, Jacques, Victor et Julia ont cherché Benoît pendant des heures dans le parc. C'est le chien qui a mis Julia sur sa piste. Il aboyait comme un dingue et elle l'a suivi. Elle a retrouvé Benoît au bord de l'Indre, il était trempé, couvert de boue. Soit il est tombé à l'eau accidentellement, soit…

— Soit quoi ?

— Il a dit à Julia qu'il voulait retrouver Sylvain.

— Et ?

— C'est tout. C'est peut-être moi qui déraille, mais je me dis qu'il a pu désirer se suicider pour rejoindre son jumeau…

— Et quoi d'autre ?

— Rien. Après, il est resté muet comme une tombe. Ils se sont tous couchés très tard, ce qui explique pourquoi mamie était fatiguée aujourd'hui.

Maud se laissa tomber sur une chaise. Elle était à la fois soulagée qu'Hortense ne soit pas malade et consternée par l'attitude de Benoît ; contrariée aussi d'avoir été tenue à l'écart. Elle se promit qu'elle en toucherait deux mots à sa fille.

— Pas la peine de reprocher quoi que ce soit à Julia, dit Amaury qui avait lu dans ses pensées. Elle n'a fait qu'obéir aux ordres de mamie.

— Mamie m'insupporte quand elle agit ainsi. Elle n'a pas toujours raison. Pourquoi faut-il que nous soyons tous au garde-à-vous devant elle, le doigt sur la couture du pantalon ?

Amaury dévisagea sa sœur. Elle était furieuse, presque toutes griffes dehors. Il tendit la main vers elle pour l'inviter à s'asseoir près de lui. Puis, un bras autour de ses épaules, il murmura :

— Allons, p'tite sœur, t'emporte pas. Tout s'est bien fini.

— Oui, mais mamie... Mamie...

Un gros sanglot étouffa Maud. Amaury se redressa, affolé. Que se passait-il ? Pourquoi se mettait-elle dans un tel état ? Il l'embrassa, la serra contre lui, attendant qu'elle se calme. Les hoquets s'espacèrent et Maud reprit son souffle. Il alla lui chercher un verre d'eau. Elle but lentement en fixant son frère. Elle n'avait que trop différé de parler de ce qui lui pesait sur le cœur.

— Il faut que je te dise un truc, lâcha-t-elle. Le jour où Marius a voulu... Ce jour-là, tandis que je tentais de le repousser, il m'a balancé quelques mots qui, depuis, me tourmentent.

— Il t'a dit quoi, ce salopard ?

Maud prit une grande inspiration.

— « T'es comme ta grand-mère Hortense. Elle ment comme elle respire et arrange la vérité à sa sauce. » Qu'est-ce que ça signifie, Amaury ? Tu le sais, toi ? Je suis sûre que mamie nous cache quelque chose.

— Que voudrais-tu qu'elle nous cache ?

— Je ne sais pas. La vérité sur ce qui s'est exactement passé le jour où Sylvain est mort, peut-être.

Amaury laissa tomber sa tête contre le dossier du canapé et son regard se perdit dans le vague.

— Marius a dit n'importe quoi, marmonna-t-il au bout d'un moment. C'est un idiot. Oublie ça. Il a complètement déconné ce jour-là.

— Tu en es sûr ? fit Maud, d'une voix tremblante. Regarde-moi ! Non, tu n'en es pas sûr. Tu voudrais avoir raison, te persuader et me persuader que grand-mère ne nous dissimule rien, mais tu n'y crois pas toi-même.

Amaury ouvrit la bouche pour la refermer aussitôt, ne trouvant rien pour détromper Maud. Embarrassé, il se leva brusquement et se servit un verre d'alcool. Après l'agression, il s'était promis de ne jamais revoir Marius. Les paroles de sa sœur venaient de changer la donne...

28

Pour la dixième fois, Élias Samara consulta sa montre. Il était arrivé trop tôt et ne savait que faire pour calmer son stress. Il vérifia son portable. Maud ne l'avait pas appelé ni ne lui avait envoyé de texto, elle n'avait donc pas changé d'avis. Elle viendrait, comme promis. Il avait réservé une table pour deux au Léonard de Vinci, un restaurant du vieux Tours dont il appréciait le calme et la cuisine. Il se demandait encore comment il avait eu le courage de la convier à déjeuner. Afin de ne pas la mettre dans une situation délicate, il ne l'avait pas invitée chez lui et avait écarté d'office l'idée du dîner. D'autant plus que, cette fois-ci, il n'avait pas prié Amaury de se joindre à eux.

Lorsqu'il la vit pousser la porte de l'établissement, il se redressa comme un diable dans sa boîte tout en essayant de freiner son entrain. Il évita de courir à sa rencontre, attendit qu'elle prenne place en face de lui avant de se rasseoir. Après avoir commandé un verre de vin blanc ils échangèrent quelques banalités sur le temps et la saison.

— Je n'aime pas cette période de la Toussaint, dit Élias. C'est triste et gris. J'ai toujours une petite baisse de moral à cette époque.

— Pourtant, tu as l'air en forme !

— C'est le plaisir de te retrouver.

Il rougit, mais pour la première fois, il avait réussi à exprimer franchement ses sentiments.

— Nous avons enfin coincé le gang qui sévissait dans la région, annonça-t-il pour lancer la conversation.

— Les types qui braquaient les propriétés privées ? Ceux que j'avais vus à Montlouis ? Le visage de Maud s'était éclairé. Elle paraissait à l'aise en sa compagnie et il en fut ravi. Mais il s'était promis de laisser du temps au temps.

— Oui, ceux-là mêmes et leurs complices ! répondit-il. Une petite bande bien organisée, qui a écumé une bonne trentaine de maisons et châteaux en deux ans. Les deux hommes de Montlouis n'étaient qu'un maillon de la chaîne. Nous les avons laissés courir un peu, histoire de remonter la filière. Un des types du réseau était spécialisé dans le repérage des lieux. Et tiens-toi bien, il possédait une voiture blanche. Ça te rappelle quelque chose ?

— La voiture remarquée aux abords de la Dame blanche par monsieur Nahon, le voisin de ma grand-mère !

— Exactement !

— On l'a peut-être échappé belle... En attendant, les propriétaires volés vont être contents de récupérer leurs biens.

— Hélas, ce n'est pas si simple. On ne reverra jamais une partie du butin. Certains objets ont été vendus il y a longtemps. Concernant ceux dérobés récemment, ce sera plus facile mais ça prendra du temps. Nous devons d'abord établir l'inventaire des marchandises saisies dans les différentes planques et le comparer avec les listes des biens volés que nous ont communiquées les propriétaires. Et puis il faudra s'occuper des assurances.

— Beaucoup de paperasse, j'imagine.

— Exactement. Sans parler des échanges entre gendarmeries, des vérifications à faire... Une bonne dose d'administratif ! Mais l'essentiel est d'avoir mis le groupe hors d'état de nuire. On va pouvoir se concentrer sur d'autres dossiers.

— Des enquêtes intéressantes ? demanda Maud, curieuse.

— Une, surtout. Un dossier assez ancien qu'on avait laissé de côté faute d'indices et de pistes sérieuses. Une toile signée Picasso dérobée chez une dame à Tours.

— Un Picasso ! Tu me racontes ?

— Cette affaire reste confidentielle, mais je peux te résumer ce qui a été relaté dans les journaux de l'époque. Le 5 septembre 2008, cinq hommes armés et masqués ont fait irruption chez une dame habitant un hôtel particulier à deux pas d'ici. Ils l'ont menacée, puis attachée et bâillonnée avant de faire main basse sur des bijoux de famille et trois toiles, dont ce Picasso. Le vol des bijoux était conséquent car il y avait une parure de diamants d'une valeur inestimable, une pièce unique. Mais l'assureur était surtout pressé qu'on retrouve le Picasso, sous peine de devoir débourser des millions. Il a d'ailleurs mis deux enquêteurs privés sur l'affaire. À l'époque, la gendarmerie a été sommée par le préfet de se concentrer sur la peinture. Malheureusement, malgré une enquête soignée, impossible de mettre la main dessus. Quant aux bijoux, on avait peu d'espoir. Souvent, les parures sont démontées et les pierres revendues séparément.

Élias s'interrompit, laissant le serveur déposer devant eux des assiettes garnies d'un risotto au parmesan accompagné de gambas sautées.

— Contre toute attente, reprit-il, le collier est réapparu il y a quelques mois, ce qui nous a permis d'avoir un début de piste. Maintenant, ce que je vais te dire doit rester entre nous car on n'a rien dévoilé à la presse. Mais je peux te faire confiance, n'est-ce pas ?

Maud approuva d'un vif hochement de tête.

— Il faudrait qu'on mange, sinon ça va refroidir ! lança-t-il.

— D'accord, mais tu me racontes entre deux coups de fourchette !

Retenant un éclat de rire, Élias prit le temps de

savourer une bouchée de risotto. Il se sentait bien. Une jolie complicité s'installait entre eux.

— En fait, les trafiquants que nous suivions à Montlouis et dans les environs ont un lien avec cette affaire. Ces petites frappes étaient en contact avec un des braqueurs à qui ils avaient l'habitude de rendre quelques « menus » services. Lors des interrogatoires, l'un d'eux a lâché son nom. Il lui avait refourgué un meuble volé. Perquisition chez le braqueur, et là, on tombe sur sa femme qui s'apprêtait à sortir, emmitouflée dans un manteau de vison avec une parure de diamants autour du cou. Ce qui était pour le moins incongru. Porter ce genre de bijou pour aller faire ses courses ! J'ai immédiatement reconnu le collier. Son idiot de mari avait commis l'erreur de l'offrir à sa douce plutôt que d'écouler les pierres.

— Un coup de chance !

— Oui, mais quel crétin ! Comment un pro du braquage a-t-il pu commettre une telle imprudence ? Aujourd'hui, on a trois personnes en garde à vue. Deux sont bien connues de la justice ; elles ont à leur actif plusieurs vols à main armée. Reste à identifier les autres receleurs et les commanditaires. En ce qui concerne la toile, nous pensons qu'un type a commandité les braqueurs et qu'il a ensuite vendu le Picasso à un client. Nous travaillons en collaboration avec l'Office central de lutte contre le trafic des biens culturels, l'OCBC. Nous sommes aussi en relation avec des agents du FBI aux États-

Unis… Ces peintures trouvent souvent acquéreur de l'autre côté de l'Atlantique.

— Encore une affaire prenante ! Je n'imaginais pas la gendarmerie suivre de telles affaires.

— Tous les services ne sont pas aussi intéressants. J'ai eu l'occasion d'effectuer des tâches plus ingrates. Mais depuis que je suis à Tours, à la cellule des vols des œuvres d'art et du mobilier ancien, mon travail est passionnant. J'ai lorgné ce poste durant un bon moment avant de l'obtenir.

Maud se remit à manger et un silence s'installa. Élias l'observait. Il ne savait comment introduire le sujet qui pourrait lui servir de prétexte pour la revoir. Il termina son assiette, but une gorgée de vin.

— Tu sais, le jour où… Le jour de la fête organisée par Amaury…

En voyant Maud se raidir, il s'arrêta net puis reprit en pesant ses mots :

— Tu me parlais de la mort tragique de ton oncle quand nous avons été interrompus. Tu t'étonnais de n'avoir rien trouvé dans la presse.

Maud posa ses couverts et le dévisagea. Élias avait eu la délicatesse de ne pas mentionner Marius. Ce soir-là, ce dernier s'était en effet invité dans leur conversation, imposant sa présence, ce qui avait mis fin à leur échange.

— Oui, je me souviens, fit-elle.

Ses traits s'étaient figés. Elle demeura muette. Sans doute submergée par un flot d'émotions et de souffrances, pensa Élias. Cette bonne journée s'était terminée par l'agression de Marius et elle bloquait sur ce qu'elle avait vécu...

Cet instant, il ne l'avait pas oublié non plus, mais pour d'autres raisons. Ce jour-là, Marius avait été insistant avec Maud, allant jusqu'à dire qu'elle était la femme de sa vie et qu'il n'attendait qu'elle. Bien que Maud l'ait envoyé au diable, Élias se demandait s'ils avaient eu une histoire. Cette question restée sans réponse le hantait. Avaient-ils été amants dans une autre vie ? Oserait-il jamais le lui demander ? Mais qu'elle ait eu ou non une liaison dans le passé avec Marius n'excusait en rien l'attitude de ce dernier ce soir-là.

— Je suis désolé, dit Élias. Je voulais te faire passer un bon moment et je te parle de choses désagréables...

— Non, ne t'inquiète pas. Il faut que je sois capable de dépasser ça. Je ne pourrai pas effacer ces événements facilement. En attendant, je dois apprendre à composer avec.

Elle se servit un verre d'eau, but doucement quelques gorgées puis s'efforça de contrôler sa respiration afin de calmer son cœur qui s'était emballé.

— Tu pourrais m'aider à trouver des informations sur la mort du jumeau de Benoît ? demanda-t-elle enfin.

— Oui, bien sûr. Je peux fouiller un peu, si tu veux. Je te tiendrai au courant si j'ai du nouveau.

Elle approuva et sourit, soulagée de ce coup de

main inespéré. Elle hésitait encore à lui rapporter les paroles de Marius au sujet d'Hortense mais préféra se taire. Elle aviserait si nécessaire. Elle comptait avoir une nouvelle explication avec Jacques. Son parrain en savait peut-être plus qu'il ne le disait. Il pouvait cacher quelque chose, conforté par le secret de la confession.

— Fromage ? Dessert ? proposa Élias pour la ramener sur terre.

— Non, merci, je n'ai plus faim.

— Alors, un café gourmand ?

Elle se laissa tenter. Élias aurait fait n'importe quoi pour la retenir un peu plus longtemps. Mais il fallut bientôt songer à partir. Une fois sortis du restaurant, ils traversèrent ensemble la place Plumereau. Leurs chemins se séparaient là.

— Je t'appelle dès que je tombe sur quelque chose d'intéressant, dit-il.

— Merci.

— Mais tu peux me téléphoner si tu as envie de bavarder.

Elle acquiesça et lui tendit sa joue. Il lui donna deux bises avant de poser une main sur son épaule.

— N'hésite pas à me contacter, répéta-t-il, quelle qu'en soit la raison. Je serai toujours là pour toi.

Elle recula, lui fit un petit signe de la main. Il la regarda s'éloigner, le cœur chaviré… Il aurait tout donné pour rester quelques heures de plus avec elle.

29

— Café, thé ou tisane ? demanda Julia.

— Café pour moi, s'il te plaît, répondit aussitôt Amaury.

— Pareil, dit Jacques en levant la main.

— Moi, je veux bien un carcadet[1], ma chérie, enchaîna Isabelle.

Les autres déclinèrent et Julia s'éclipsa dans la cuisine. Hortense se pencha vers Maud.

— Tu as réfléchi à notre conversation de ce matin ? chuchota-t-elle à son oreille.

— Oui, mamie, mais je ne suis pas emballée… Et ce n'est pas le bon moment pour en reparler.

— Personne ne nous écoute, marmonna Hortense.

Maud fit la moue. Léopold et Amaury disputaient une partie d'échecs sous le regard attentif de Jacques qui avait annoncé qu'il affronterait le

1. Ou karkadé, thé aux fleurs d'hibiscus.

vainqueur. Isabelle et Marianne discutaient couture autour d'une multitude d'échantillons en toile de coton. Tout ce petit monde était certes occupé, mais dans la même pièce. Seul Benoît était monté s'enfermer dans sa chambre après le dîner.

— Ce n'est pas prudent d'aborder ce sujet maintenant, dit Maud en se retournant vers sa grand-mère. C'est sérieux, et surtout délicat.

Hortense s'était mis en tête de consulter son notaire dans le but de modifier son testament. Julia était la seule à vouloir maintenir une activité sur le domaine et elle était très liée à Victor. Le contremaître avait encore une bonne quinzaine d'années devant lui avant de songer à la retraite. Hortense projetait donc de privilégier son arrière-petite-fille sur l'héritage de la Dame blanche en lui léguant la maison ainsi qu'une partie des vergers, la parcelle la plus ancienne, la plus proche de la maison. Le reste des terres irait aux autres héritiers. Terres qu'ils seraient libres de conserver, de vendre s'ils désiraient de l'argent, ou encore de louer, à Julia peut-être. Ainsi, la jeune femme conserverait l'essentiel du domaine sans priver le reste de la famille de sa réserve héréditaire. Ce n'était encore qu'un vague projet, mais Maud avait compris que sa grand-mère avait déjà en tête une idée bien précise de ce qu'elle souhaitait. Et surtout de ce qu'elle ne voulait pas : la vente de la Dame blanche.

Elle avait soumis le fruit de ses réflexions à Maud le matin même, dès que celle-ci était arrivée au domaine. Maud n'avait pas du tout apprécié. D'abord, elle détestait envisager le décès d'Hortense. Et puis cette façon de concevoir la distribution de ses biens rendait officielle la relation de Julia et Victor. Elle n'était pas sûre non plus que cela soit légal. Enfin, le projet d'Hortense lésait tous les Châtillon. Sauf Julia, évidemment. Certes, Benoît se moquait des questions de succession, Jacques aussi, sans doute. Amaury peut-être. Quant à Maud, elle n'allait pas s'opposer à ce montage qui assurait l'avenir de sa fille. Mais qu'en serait-il de Léopold, le fils de Benoît, quand ce dernier viendrait à disparaître ?

— Qu'on soit bien d'accord, reprit Hortense, décidée à ne rien lâcher, je vais écouter les conseils du notaire mais je ne veux pas que le domaine soit vendu après ma mort, surtout si Julia y travaille et y vit. Le notaire trouvera les mots et les formes pour rédiger quelque chose de solide.

— Il ne s'agit pas de mots et de rédaction, mamie. Il s'agit de nous, de notre famille. Nous t'aimons, nous nous aimons, et ce que tu prévois risque de nous déchirer pour toujours. Par ailleurs, je ne vois pas pourquoi on vendrait le domaine.

— Parce qu'aucun d'entre vous ne le reprendra et qu'il faut bien qu'il y ait quelqu'un à la tête de l'exploitation fruitière.

Maud se figea. Que répondre ?

— Il y a des impératifs dans la vie, reprit Hortense, bien décidée à enfoncer le clou. Sauver ce que j'ai mis des années non pas à construire, car mes parents l'avaient fait avant moi, mais à faire fructifier en est un. Et j'entends que mes descendants acceptent mon choix. Si Julia et Victor veulent exploiter le domaine, il leur revient de droit. Tu ne vas tout de même pas me chercher des poux alors que je privilégie ta fille dans la succession.

— Il ne s'agit pas de ça, mamie, souffla Maud. Tes intentions sont louables, mais il y a la loi. Tu ne peux pas faire tout ce que tu veux en matière de succession. Et je te l'ai déjà dit ce matin, tu dois penser à nous tous. Tes enfants, tes petits-enfants, et accessoirement tes arrière-petits-enfants. Léon et Augustin existent, au même titre que Julia.

— Oui, mais je n'ai pas d'argent à léguer. Toute ma richesse est là, autour de nous. Si la maison est en indivision, un jour ou l'autre, il n'en restera rien. Des vies et tous les souvenirs qui y sont liés partiront en fumée. As-tu songé à Louis ? À son existence qu'il a vouée à notre terre ?

Maud se tut. Il lui était déplaisant qu'Hortense se serve de son père pour l'influencer. Comment aurait-elle pu oublier qu'il n'avait vécu que pour ses arbres ? Tout son bonheur. Avec sa famille, bien sûr, mais ses fruits passaient en premier.

— Je te demande de ne rien faire pour le moment, dit Maud après un long silence. Il faut qu'on en discute, que tu mettes Jacques au courant. C'est ton fils. Bien sûr, je pense aussi à Benoît, mais…

— Laissons Benoît en dehors de tout ça.

— Ne précipite rien, d'accord ? insista Maud.

Il n'était pas question de capituler et de laisser Hortense agir à sa guise. Pas question qu'elle dépouille les autres pour Julia. Elle fixa sa grand-mère, attendant de celle-ci un signe d'assentiment. Hortense demeurait de marbre, faisant semblant de s'intéresser à la partie d'échecs qui se déroulait un peu plus loin. Maud saisit la main de son aïeule pour la forcer à la regarder.

— Je t'en prie, mamie, attends avant de faire quoi que ce soit.

Hortense daigna se retourner.

— Je n'obligerai Julia à rien. Elle aura la liberté d'accepter ou de refuser. Peut-être que le domaine ne l'intéresse pas. Peut-être qu'elle ne construira pas sa vie avec Victor. Et s'il n'est plus là pour les arbres... Elle peut dire non à ma proposition. Dans ce cas, inutile que j'ennuie le notaire. À ma mort, vous vendrez tout si vous préférez l'argent. Après tout, peut-être que ça compte beaucoup pour vous. Ça te convient mieux, comme ça ?

Maud resta bouche bée. Hortense n'avait-elle donc rien compris à ce qu'elle lui avait expliqué ? Ou faisait-elle semblant ? Et pourquoi ? Les paroles de Marius l'assaillirent de nouveau. N'avait-il pas traité sa grand-mère de menteuse ? Certes, elle avait été franche avec elle, ne lui cachant rien de ses intentions. Pourtant, Maud avait l'impression qu'elle trahissait leur famille. Elle les avait toujours laissés agir à leur guise, mais au fond, elle n'avait attendu qu'une chose : que l'un de ses descendants manifeste un intérêt plus notable qu'un autre pour l'exploitation fruitière qu'elle avait portée à bout de bras durant toute sa vie. Maud se sentait trompée. Elle avait cru que rien n'était plus important que la famille pour sa grand-mère. Il n'en était rien. Au-dessus de tout, il y avait la maison et les hectares de vergers.

Désabusée, Maud quitta le fauteuil où elle était assise depuis le début de la soirée. Elle s'arrêta un instant près de sa mère, toujours occupée à causer chiffons avec Marianne, mais ne parvint pas à se joindre à leur conversation. Elle se rapprocha de la table d'échecs. Amaury avait battu Léopold et avait Jacques pour nouvel adversaire.

— La partie va être serrée, dit Julia en relevant le nez vers sa mère. Tu me raconteras. Il commence à se faire tard, je vais rejoindre Victor.

La jeune femme embrassa chacun et leur souhaita une bonne nuit. Hortense se leva dans la foulée, déclarant qu'elle aussi allait se coucher. Elle salua tout le monde d'un baiser du bout des doigts. En passant devant Maud, elle lui murmura à l'oreille :

— Tu vois, ta fille sait ce qu'elle veut, du moins ce qui est bon pour elle, alors, ne te tracasse pas pour rien.

Elle n'avait pas parlé assez bas et Amaury releva la tête pour fixer sa sœur, l'air à la fois étonné et contrarié. Pourquoi Maud aurait-elle des raisons de s'inquiéter ? Avait-elle un souci qu'elle ne lui aurait pas confié ? À lui, son frère ? Jacques profita de ces quelques secondes d'inattention pour déplacer sa tour.

— Alors, mon neveu, on se laisse déborder ? se moqua-t-il.

Beau joueur, Amaury sourit puis tenta de se concentrer de nouveau sur le jeu. Mais le cœur n'y était plus. Sans cesse, son regard essayait d'attraper celui de Maud. Il fit encore quelques efforts pour prolonger la partie, laisser penser à Jacques qu'il lui donnait du fil à retordre, puis il capitula.

— La revanche demain ! s'écria-t-il en s'inclinant devant son oncle. Ce soir, je suis crevé.

Il se rendit à la cuisine où il se servit un grand verre d'eau. Avant de monter à l'étage, il passa la tête dans l'encadrement de la porte du salon et parvint à croiser le regard de sa sœur. Comprenant le message elle s'éclipsa à son tour. Ils se retrouvèrent dans la chambre d'Amaury.

— Qu'est-ce qu'il t'arrive ? demanda-t-il sans détour.

— Rien, mentit Maud.

— Arrête ! J'ai entendu ce que mamie t'a dit. Et tu as une mine…

Maud s'assit sur le lit. À qui d'autre pourrait-elle confier ce qu'elle savait, sinon Amaury ? Sans plus tergiverser, elle lui expliqua le projet d'Hortense. Au fur et à mesure de son récit, la consternation se peignit sur les traits de ce dernier.

— C'est impossible, dit-il. La famille ne survivra

pas à ça. C'est un sujet auquel je refuse de penser parce que j'aimerais que mamie soit éternelle. Et les rares fois où je songe à son départ, je me dis que cette maison restera celle de tous les Châtillon…

— C'est exactement ce que j'ai essayé de faire comprendre à mamie. Ce matin d'abord, et puis ce soir, quand elle a remis ça !

Elle ôta ses chaussures et s'allongea sur le lit, calant sa tête sur l'oreiller. Elle se sentait épuisée. Cogiter pour trouver une solution qui arrêterait Hortense la fatiguait. La joue sur la taie en coton, elle sentit le parfum de son frère. De multiples questions traversaient encore son esprit mais un vague soulagement la gagnait. Avoir mis Amaury au courant l'avait déchargée d'un poids.

— Viens t'asseoir à côté de moi, lui dit-elle.

Il faisait les cent pas, allant de l'armoire à la commode, contournant le petit fauteuil crapaud à la tapisserie usée. Il s'arrêta devant la fenêtre et ouvrit les battants, laissant s'engouffrer une bouffée d'air presque froid et humide dans la pièce.

— Il va encore pleuvoir, murmura-t-il, maussade, en la refermant aussitôt. Le ciel est couvert, il n'y a pas une étoile.

Il se posa enfin au bout du lit et passa une main dans ses cheveux.

— On ne peut pas la laisser faire, lâcha-t-il au bout d'un moment. J'apprécie sa sollicitude à l'égard de Julia et sa volonté de préserver le domaine, mais je ne peux pas approuver. Je lui en toucherai un mot demain.

— Ah, non ! Elle sera furieuse après moi. Je suis censée garder tout ça pour moi.

— Et attendre qu'elle nous mette tous devant le fait accompli ? Qu'on découvre le pot aux roses le jour où elle fermera les yeux pour toujours, quand nous serons réunis dans le bureau du notaire ? Tu imagines ?

— Tu as raison. Alors, que fait-on ?

— On réfléchit. Hortense ne peut pas déshériter Jacques et Benoît, ni nous deux qui avons droit à la part de notre père décédé.

— Elle ne déshérite personne puisqu'elle n'oublie pas la réserve héréditaire, avança Maud.

— J'irai voir un notaire pour me renseigner davantage. Et je vais bien sûr informer Jacques des intentions de mamie. Si quelqu'un peut lui faire entendre raison, c'est lui.

— Tu parles ! Si tu crois qu'elle va l'écouter...

— Alors, Julia.

— Quoi, Julia ?

— On lui expliquera cette nouvelle lubie de mamie et on lui demandera d'intervenir.

Maud grimaça. Cela ne lui plaisait guère, mais elle devait reconnaître que l'idée n'était pas mauvaise. Peut-être qu'Hortense entendrait les propos de son arrière-petite-fille. À condition que Julia accepte de servir de porte-parole...

— Et si Julia s'enthousiasme de devenir la propriétaire de la maison ? Et si elle nous envoie balader ? C'est ma fille, je ne l'en crois pas capable, mais...

Amaury regarda sa sœur. Il aurait donné tout l'or du monde pour avaler un verre d'alcool fort et s'endormir, échapper à ce mauvais rêve. Il s'ébroua. Jamais sa nièce ne cautionnerait une décision aussi préjudiciable à la famille. S'il devait arriver malheur à Hortense, le domaine leur reviendrait à tous. Il ne pouvait en être autrement. Julia continuerait à y vivre et à y travailler. Jacques, Isabelle et Benoît également. Et les autres viendraient y passer un week-end de temps en temps. Rien ne changerait. Seule Hortense leur manquerait.

— N'oublie pas que Julia aime Victor, insista Maud. Et si par amour pour lui elle se range du côté de mamie ? Ou si Victor lui force la main ?

— Non ! Julia est amoureuse, mais elle n'est pas folle. Et Victor n'est pas un escroc. Il travaille au domaine depuis des années et il aime cette terre autant que nous. Ce n'est pas un voleur. Fais confiance à ta fille, nom d'un chien !

Maud se recroquevilla. Amaury se rapprocha d'elle et lui donna un baiser sur le front.

— Pardon. Je ne voulais pas m'emporter. Surtout pas après toi. Écoute, Julia est pleine de bon sens, elle ne fera rien qui mette la famille en péril. Même par amour.

— J'aimerais en être certaine. Toi et moi, on n'a

jamais été amoureux. Du moins pas à en perdre la tête. Mais peut-être que Julia ne fonctionne pas comme nous…

— On sera vite fixés. Je lui parlerai dès demain matin.

30

Amaury remonta la fermeture de sa parka. La pluie avait cessé mais les températures avaient baissé de cinq degrés en deux jours. Il fit encore un aller et retour sur le parking puis remonta dans sa voiture. Il était arrivé trop tôt. Il alluma la radio, écouta sans grande attention le bulletin d'information, jeta un coup d'œil dans le rétroviseur avant de tourner la tête. Il était inutile de se ronger les nerfs.

Face à lui, l'aire de détente de la Sablière était déserte, comme tous les hivers. Rien à voir avec l'ambiance des beaux jours. Quand le soleil revenait, le petit bar situé à Sainte-Luce, en bord de Loire, faisait le plein. On y paressait l'après-midi, allongé dans les chiliennes aux couleurs vives, ou en début de soirée pour boire une bière bien fraîche et grignoter une spécialité de la maison. La dernière fois qu'Amaury y était venu, il avait dégusté des rillettes de poisson et un camembert chaud nappé de miel, accompagné d'une salade. C'était avec

Marius. C'était l'été. C'était avant ce déplorable incident. Un instant, il regretta d'avoir demandé à Marius de le retrouver là. Il aurait pu choisir un autre endroit, dans le centre-ville de Nantes, par exemple. Un endroit où ils n'avaient jamais pris un verre ensemble, où ils n'avaient jamais discuté ni plaisanté comme deux bons vieux copains heureux de se revoir.

Il consulta l'heure sur le tableau de bord et éteignit la radio. Encore quelques minutes de patience. Il se laissa aller contre l'appuie-tête et ferma les yeux. Lui qui était toujours si pressé de vivre, de bouger, était las. Une lassitude qui le gagnait sournoisement le consumait à petit feu. Il avait eu tant de déceptions, de désillusions ces derniers temps, qu'il avait du mal à conserver son humeur pétillante. Les histoires de testament d'Hortense l'avaient blessé. Un second coup de couteau qui avait écorné sa confiance, juste à côté de la plaie ouverte par Marius quelques semaines plus tôt.

Qu'arrivait-il à Hortense ? Elle ne paraissait pas perdre la tête. Au contraire. Quand il lui avait demandé de s'expliquer sur les modifications qu'elle voulait apporter à son testament, elle avait répondu clairement. Il n'y avait aucune confusion dans son esprit. Julia hériterait de la maison et d'une partie des terres. Les autres recevraient leur part de la réserve héréditaire sous la forme de dizaines d'hectares de vergers. Julia méritait cet arrangement car elle était la seule parmi les Châtillon à s'intéresser au domaine, à y vivre, à en vivre. Quand Amaury avait voulu plaider la cause de Jacques et de Benoît, elle l'avait envoyé au diable. L'intérêt du domaine passait au-dessus de celui de tous. Amaury avait rétorqué qu'il n'était pas question d'intérêt mais des liens qui unissaient la famille, de ce que la décision d'Hortense risquait d'abîmer. Elle n'en avait que faire, elle était assez lucide pour décider seule de ses choix, et d'un âge plus que respectable pour que personne n'ose les remettre en question, avait répliqué Hortense. Elle n'avait pas cillé quand Julia s'était jointe à Amaury pour la prier de ne rien précipiter. C'était tout juste si elle l'avait écoutée. « Je t'interdis d'utiliser Julia et de lui dicter une conduite, avait dit plus tard Hortense à Amaury. Elle prétend être d'accord avec toi, mais au fond, elle pense le contraire. Elle sait qu'il est logique que la maison lui revienne. » Après cette première discussion orageuse, Amaury n'était pas revenu à la charge. Sans pour autant renoncer. Pour faire plier Hortense, il faudrait jouer sur la corde sensible. Restait à trouver laquelle. Pour le moment, il séchait.

Il ouvrit les yeux en entendant une voiture se garer à côté de la sienne. Sans surprise, il reconnut Marius au volant. Il était en uniforme. Qui voulait-il impressionner ? Amaury réprima un haussement d'épaules et sortit.

— Je suis heureux de te voir, dit Marius. Je me

demandais combien de temps tu allais me tenir à l'écart.

D'un geste, Amaury l'arrêta dans son élan. Il n'avait aucun désir de lui serrer la main, ni de lui montrer une quelconque marque d'amitié. Marius recula prudemment, sans se départir de son sourire.

— Tu m'en veux et je comprends, commença-t-il. Ce que j'ai fait est... inadmissible, inexcusable, intolérable. Je te prie de me pardonner et de demander à Maud de me pardonner. Je ne sais comment réparer ce...

— Stop ! ordonna Amaury sans élever la voix. Je ne suis pas venu pour entendre tes regrets. Tu viens de le dire, ce que tu as fait est inexcusable. On peut l'un et l'autre s'épargner de revenir sur ce moment douloureux, il n'y aura pas de grâce. Plus le temps passe, plus je pense que j'aurais dû pousser Maud à déposer plainte contre toi. Si Léopold et Élias n'étaient pas intervenus, tu aurais violé Maud !

Amaury n'avait pas réussi à se contenir et la dernière phrase avait jailli en même temps que l'immense colère qu'il avait gardée enfouie au plus profond de lui. Il serra les poings et se mordit les lèvres. Ne pas s'emporter davantage. Ne pas faire fuir Marius. Aller au bout de sa démarche.

— Non, je n'aurais jamais fait ça !

— Et qu'est-ce qui t'en aurait empêché ? Qu'est-ce qui t'aurait arrêté ? Ta lucidité, peut-être ? Tu l'as frappée, tu l'aurais violée. Toi et moi, on le sait très bien.

Les deux hommes se fixèrent longuement. Marius baissa les yeux le premier. Il ne trouvait rien à dire pour sa défense. Au fond de lui, il savait qu'Amaury avait raison. Plaider l'innocence était inutile.

— Ce jour-là, reprit Amaury plus calmement, tu as dit à Maud des choses sur notre grand-mère. J'aimerais que tu m'expliques de quoi il s'agit.

Marius ouvrit la bouche mais aucun mot n'en sortit. Il semblait chercher dans sa mémoire.

— Je ne sais pas, fit-il au bout d'un moment. Je ne me souviens pas.

Songeur, Amaury fit quelques pas, les yeux sur les hautes herbes qui envahissaient les berges du fleuve. Marius n'avait pas l'air de mentir. Il était tellement ivre ce soir-là, tellement enragé qu'il avait pu balancer n'importe quoi. Ou alors lancé quelque chose qu'il n'aurait jamais osé dire s'il avait été dans son état normal. Désinhibé par l'alcool, il avait parlé plus que de raison.

— Réfléchis, lui conseilla Amaury en s'efforçant de contrôler son impatience. Tu as bel et bien parlé d'Hortense à Maud. Des propos pas très… gentils. Irrespectueux même.

— Bon Dieu, j'avais bu ! Je dis n'importe quoi quand je suis bourré !

— Oui, mais ce jour-là, c'était au-delà de tout. Fais un effort !

Marius secoua la tête, pourtant, une lueur s'alluma dans son regard, qui n'échappa pas à Amaury.

— Ah, j'ai l'impression que tu as retrouvé la mémoire. Je me trompe ?

— Non ! Je t'assure que non.

— « T'es comme ta grand-mère. Hortense ment comme elle respire et arrange la vérité à sa sauce. » Ça t'évoque quelque chose ?

— Je n'ai pas pu dire ça !

— Si. Et tu le sais. Peut-être l'avais-tu oublié, mais maintenant, ça te revient. Alors, ça signifie quoi ?

— Rien, je t'assure. Je peux te le jurer, Amaury.

— Ne jure pas, c'est inutile. Explique-moi. C'est la dernière chose que tu puisses faire au nom de notre amitié que tu as saccagée.

Marius tituba, comme près de tomber. Il recula et s'adossa à la portière de sa voiture. Il baissa les yeux, se trouva ridicule dans son uniforme. Un uniforme auquel il n'avait pas été fichu de faire honneur, comme il avait souillé les liens qui l'unissaient à Amaury et à Maud.

— Je regrette d'avoir parlé d'Hortense. C'était idiot. Que des vieux ragots qu'il vaut mieux ignorer.

— Ragots ou pas, tu m'expliques.

— Je ne vois même pas ce que je pourrais t'expliquer ! C'est juste un truc que ma grand-mère disait sur la tienne.

— Pourquoi ? À quel sujet ?

— Je ne veux pas te raconter ça.

— Allez !

— Non, ça risquerait de te faire du mal.

— Parce que ça t'ennuierait ? ironisa Amaury. T'es plus à ça près, si ?

Marius contracta les mâchoires. Il n'avait plus rien à espérer d'Amaury. Que Maud ne veuille plus le revoir, il comprenait. Mais Amaury… Il s'était dit qu'il pourrait peut-être recoller les morceaux. Mais non. Amaury était là, planté devant lui. Il n'avait pas l'air mauvais mais d'autres sentiments se dessinaient sur son visage. Du dédain, du mépris, pire, du dégoût et de la pitié. Ce n'était plus la peine de le protéger.

— Dans ma famille, on disait qu'Hortense avait la cuisse légère, lâcha-t-il alors. Que c'était à cause d'elle si un de ses fils était mort. Évidemment, elle n'a jamais reconnu sa faute, mais tout le monde savait qu'elle mentait. D'après ma grand-mère, si elle avait un peu moins batifolé, Sylvain ne se serait pas noyé.

Amaury serra les poings et se détourna. Il ne savait pas s'il avait envie de pleurer, de hurler ou de massacrer Marius. Un instant, il regretta de l'avoir forcé à cracher le morceau. Cette révélation lui avait fait l'effet d'un coup de poignard en plein cœur. Même si la grand-mère de Marius disait n'importe quoi, Amaury ne pouvait s'empêcher d'éprouver une sensation très désagréable. Qu'Hortense ait pu être soupçonnée d'être responsable de la mort de son fils était une idée atroce.

Une main se posa sur son épaule et il se dégagea brusquement.

— Ne me touche pas ! Casse-toi !

— Je savais que je n'aurais pas dû…

— Dégage !

Marius hésita encore une seconde. Il avait les yeux injectés de sang et ses lèvres tremblaient. Il n'y avait aucune réconciliation à espérer. Le militaire monta en voiture et démarra aussitôt.

Lorsque la voiture se fut éloignée, Amaury éclata en sanglots. Des larmes jaillirent, lui brûlant les paupières et les joues. La nuit tombait lorsqu'il retrouva son calme. Il était temps de reprendre la route. Sur le siège passager, le voyant des appels de son téléphone clignotait. Caroline avait essayé de le joindre à trois reprises. Il écouta ses messages. Il n'avait pas le courage de la rappeler mais il avait envie d'elle. Être dans ses bras et oublier tout le reste.

31

Frigorifiée, Maud lâcha son sac à main et son manteau sur un fauteuil et se précipita à la salle de bains. Déshabillée en hâte, elle se glissa sous la douche brûlante. Lorsqu'elle en sortit, elle se frictionna vigoureusement et enfila son peignoir. Elle se sentait tout juste réchauffée. Dans le séjour, elle jeta un coup d'œil au thermostat pour vérifier le bon fonctionnement de la chaudière. Son regard tomba sur le monticule de cartons entassés dans un coin. Cette vision la décourageait. Elle repartit vers sa chambre, enfila un pyjama épais et une paire de chaussettes. Dans la kitchenette, elle ouvrit le réfrigérateur. Il était quasiment vide… Elle était partie pour le week-end sans avoir fait les courses. Désabusée, elle se fit trois œufs au plat, regrettant de ne pas avoir accepté l'invitation d'Amaury. Il lui avait proposé d'aller grignoter un morceau dans une brasserie non loin de la gare, un des rares établissements du centre-ville ouverts le dimanche soir, en dehors des enseignes de restauration rapide et des kebabs. Transie, elle avait décliné, pressée de rentrer chez elle...

Elle mangea ses œufs sans grand appétit, avala un yaourt puis fit la vaisselle et revint se poster devant la montagne de cartons. Elle en attrapa un, en sortit quelques bibelots et des livres qu'elle posa sur la table du salon. Elle ne savait pas où les ranger. Trop lasse pour réfléchir, elle se laissa tomber sur le canapé. « Voilà, dit-elle tout haut comme si quelqu'un avait été là pour l'écouter, de toute évidence, je me suis trompée. Je n'aurais pas dû me précipiter pour déménager. La vérité, c'est que cet appartement ne me convient pas. » L'aveu de son erreur lui fit monter les larmes aux yeux. Un sanglot noua sa gorge et elle se mit à pleurer, à la fois en colère et soulagée de déverser ce trop-plein d'émotions.

Apaisée, elle alla glisser une capsule de décaféiné dans la machine, puis emporta sa tasse et s'assit au salon. Elle contempla encore la pièce et secoua la tête. Pas la peine d'insister, elle ne se plairait jamais ici. Elle s'était emballée. Le logement était adorable, mais elle s'y sentait à l'étroit. Elle avait quitté une maison relativement vaste pour ce T2 dans lequel elle n'avait même pas pu placer tous ses meubles. La plus grande partie était entreposée dans l'annexe de la boutique d'antiquités d'Amaury. Elle ne parvenait pas à se recréer un cadre de vie, une ambiance dans laquelle elle aurait été heureuse de se retrouver chaque soir... À moins que la solitude lui soit devenue insupportable.

Elle but la dernière goutte de café et alla déposer sa tasse dans l'évier. Devait-elle s'obstiner et rester ici ? Jusqu'au printemps, peut-être. Avec le changement de saison et le retour du soleil, elle verrait les choses sous un autre angle. Elle se frotta les yeux, fatiguée. Se persuader que dans quelques mois tout serait différent lui coûtait, mais c'était raisonnable. Elle n'avait plus l'âge d'agir comme une enfant gâtée et capricieuse. Elle avait investi dans cet appart, il fallait l'aménager. Vivre dans les cartons n'était pas bon pour le moral.

Elle revint vers la table basse, s'empara des livres et les rangea sur une étagère située sous l'escalier qui montait à la mezzanine. Elle allait ouvrir un deuxième carton quand son téléphone sonna. Le prénom de sa fille s'afficha sur l'écran.

— Je voulais savoir comment tu allais, dit Julia sans détour. J'ai trouvé le week-end... heu... comment dire ? Bousculé ? Compliqué ?

Maud éclata de rire. C'était un euphémisme. Mais la situation s'arrangeait et le pire avait été évité, elle pouvait respirer et en sourire.

— Je vais bien, répondit-elle, décidant de ne pas parler de son coup de blues. Je suis heureuse qu'Hortense ait accepté de changer ses plans et que la famille soit préservée.

Julia approuva. Jamais elle n'aurait été à l'aise si son arrière-grand-mère lui avait légué la maison et quelques vergers en ne laissant que des terres aux autres héritiers. Amaury avait crevé l'abcès un mois auparavant, le lendemain de sa discussion avec Maud, et avait affronté la colère d'Hortense. Une journée terrible pendant laquelle Maud aurait aimé se glisser dans un trou de souris pour ne plus en bouger. Avec Julia, elle avait tenu bon et soutenu Amaury tandis qu'il s'entretenait avec Hortense. La vieille dame avait très mal pris le fait que ses petits-enfants lui dictent sa conduite. En fin d'après-midi, elle était allée s'enfermer dans sa chambre, refusant de parlementer davantage. Il avait fallu encore deux dimanches de négociations et enfin une visite chez le notaire pour que le ciel s'éclaircisse sur le domaine de la Dame blanche. L'homme de loi avait trouvé un compromis satisfaisant pour Hortense. Il n'était plus question de réserve héréditaire. La maison et les terres reviendraient de fait à Jacques et Benoît, les enfants d'Hortense encore en vie, et à Amaury et Maud, les héritiers de Louis. Julia pourrait continuer à exploiter le domaine dans le cadre de son activité professionnelle si elle le souhaitait, en tant que gérante de la société arboricole. La gestion des vergers et de la production fruitière resterait aux mains de Victor, puis d'un nouveau contremaître qu'il se chargerait de former avant de partir à la retraite. Par ailleurs, Julia aurait la jouissance de la maison mais chacun irait de ses deniers pour son entretien. L'habitation avait régulièrement besoin de réfections, or l'intervention d'ouvriers creusait toujours un gouffre dans les finances. À plusieurs, les travaux pourraient être assurés.

Amaury avait fait préciser un point cher à Hortense, concernant Benoît. Léopold s'était engagé à ne pas placer son père dans un institut spécialisé, à ce qu'il demeure au domaine tant que ce serait possible, et à employer si nécessaire quelqu'un pour s'occuper de lui. Aucun membre de la famille ne se retrouverait dans l'obligation de gérer Benoît.

— Nous allons pouvoir préparer Noël sereinement, soupira Julia. À ce propos, on prévoit une journée de shopping ensemble ?

— Tu vas réussir à te libérer ?

— Mais oui ! J'ai très envie de faire des achats avec toi ! On choisira ensemble des petits cadeaux pour chacun.

— Et toi, tu me diras ce que tu veux.

— Oui, promis ! Je vais y réfléchir.

Elles bavardèrent un moment avant de raccrocher. Maud posa un regard vide sur la pile de cartons. Décidément, elle n'avait aucune envie de les vider. Elle s'assit sur le canapé, songeant à Noël. Elle n'avait pas vu le temps passer ces derniers mois, comme si le calendrier de sa vie s'était figé un certain dimanche de fin d'été... Depuis cette date, elle n'avait pas redémarré. Elle n'était pas restée inactive, mais elle n'avait rien fait pour elle. Elle s'était contentée de mettre un pied devant l'autre. « À part ça, murmura-t-elle, à part ça... »

Elle contempla le séjour et, en quelques secondes,

sa décision fut prise. Elle ne resterait pas dans cet appartement. Elle ne ferait même pas l'effort d'attendre le printemps et se mettrait en quête d'un nouveau logement dès demain. Et si elle ne parvenait pas à tenir ici durant ses recherches, elle retournerait chez Amaury. Ou à la Dame blanche ! Tout, plutôt que rester dans cet endroit où elle ne se plaisait pas. Elle allait de ce pas prier Amaury de l'accueillir. Pour la forme, car elle savait que son frère lui répondrait affirmativement.

Au moment où elle attrapait son téléphone, celui-ci se mit à vibrer. Un SMS d'Élias. Il souhaitait lui parler et lui demandait à quel moment de la semaine elle serait disponible. N'osant pas imposer son choix, elle le laissa libre de décider. *Veux-tu qu'on déjeune ensemble samedi au Vinci ?* proposa-t-il. Elle accepta d'emblée. Élias était de bonne compagnie. Et il avait certainement quelque chose d'important à lui apprendre.

Élias soupira. Il n'était pas dupe. Maud avait accepté son invitation non pas parce qu'elle avait envie de le voir, mais parce qu'il avait des informations à lui donner au sujet de son oncle. Comment lui révéler ce qu'il éprouvait pour elle ? Il ne s'imaginait pas lui déclarer sa flamme de but en blanc. Il aurait déjà voulu la mettre sur la piste. Si elle pouvait simplement se rendre compte qu'il était épris d'elle, la tâche serait plus facile… Mais quels étaient ses sentiments pour cette femme qu'il connaissait à peine ? Était-il seulement attiré physiquement, ou réellement amoureux ? Ce n'était pas la même chose. Lorsqu'il était avec Maud, il ressentait des choses inédites, inconnues jusqu'alors et qu'il ne parvenait pas à décrire. Il avait la sensation de la connaître depuis toujours alors qu'il ignorait tout d'elle. Des femmes avaient traversé sa vie sans s'y arrêter. Il ne s'était pas attaché à elles, ne leur avait jamais rien promis. Il ne les avait pas fait souffrir non plus. Il avait été aimant, sans jamais vraiment aimer. Alors que Maud… Quand il y réfléchissait, il se demandait s'il n'avait pas été mordu dès la première fois où il l'avait aperçue dans la cour de la Dame blanche. À moins que ce soit la deuxième, lorsqu'il s'était rendu dans son agence immobilière. L'image de Maud s'était insinuée en lui sans qu'il y prenne garde. À chaque nouvelle rencontre, au marché nocturne, chez Amaury, ou quand elle lui avait fait visiter des maisons, elle était entrée un peu plus en lui. L'agression dont elle avait été victime n'avait fait que révéler ce qui se tramait dans son cœur. Maud y avait pris une place à part. Quelque chose de doux et de violent à la fois. Si seulement il trouvait le courage de lui tendre la main ! Si seulement elle pouvait poser sa paume sur la sienne… Alors, il enlacerait ses doigts pour ne plus les lâcher.

Il se redressa, consterné par cet accès de romantisme qui ne lui ressemblait pas. Ce n'était pas lui, ce type rêveur à la sensibilité exacerbée. Ou alors, il se connaissait bien mal. Il s'ébroua, attrapa la télécommande et alluma le téléviseur. Il s'arrêta sur le canal de National Geographic. La chaîne diffusait un documentaire sur les trésors perdus de la Vallée des Rois. Un divertissement parfait. « Si tant est que je puisse détourner mes pensées de celle qui les occupe presque à temps plein », murmura-t-il en s'allongeant sur le canapé.

32

Hortense déposa son collier de perles sur la coiffeuse. Son unique bijou. Un cadeau du père de Louis. Celui de ses amants qui lui avait laissé les plus beaux souvenirs. Celui qu'elle avait le plus aimé ? Peut-être. Pas assez cependant pour avoir envie de le garder auprès d'elle. Dès qu'elle avait su qu'elle était enceinte, elle avait cessé de le fréquenter. Sa mère en avait été horrifiée. Comment pouvait-on vouloir être fille-mère ? Toutes les jeunes filles honnêtes souhaitaient se marier ! Son père, bien que surpris, ne s'était pas affolé. Hortense savait ce qu'elle voulait. Il n'y avait pas de place pour un homme dans ses projets d'avenir. Elle reprendrait le domaine et le nom des Châtillon perdurerait.

Elle eut un regard ému pour le collier de perles et se détourna. Pas question de croiser son reflet dans le miroir de la coiffeuse. Elle avait cessé de contempler son image. Avec l'âge, elle ne faisait que des arrêts « obligatoires » devant la glace. Le matin, par exemple, pour placer ses cheveux. Ce n'étaient pas les rides ou la peau distendue qui la perturbaient, mais l'air rigide de son visage. Elle ne savait pas quand ces sillons s'étaient dessinés, mais il lui semblait qu'ils étaient assez récents. Elle songea à Amaury. Plusieurs fois, ces derniers temps, il lui avait répété qu'elle avait changé. Évidemment, son petit-fils ne parlait pas de la flétrissure de sa peau. Ils s'étaient affrontés pendant près d'un mois au sujet du testament, et à chaque fois qu'il en avait eu l'occasion, il n'avait pas manqué de lui faire remarquer qu'elle n'était plus la même. Il la trouvait dure, un trait de caractère qu'il ne lui connaissait pas. Était-ce pendant ces semaines de lutte intestine au sein du clan Châtillon que son visage était devenu ce masque austère qu'elle-même avait du mal à reconnaître ?

Elle ouvrit la fenêtre pour rabattre les volets. Un frisson la parcourut et elle se hâta de refermer puis de tirer les doubles rideaux. L'hiver commençait à peine que déjà il lui paraissait interminable. Elle en avait assez de ces journées trop courtes, de ce temps froid, souvent pluvieux ou humide. Certains matins, les vergers étaient noyés dans la brume et les rayons du soleil ne parvenaient à percer que vers midi. Il y avait ensuite quelques heures de lumière, mais dès 16 heures, l'obscurité faisait doucement son retour.

Trois coups furent frappés à la porte et Isabelle entra.

— Vous êtes montée sans prendre de tisane, dit-elle en déposant une grande tasse fumante sur le bonheur-du-jour.

— Merci, murmura Hortense. J'avais froid, j'étais pressée de me mettre au lit.

— Je vous apporte une bouillotte ?

Hortense observa sa belle-fille. Isabelle n'avait jamais fait preuve de beaucoup de sentiments à son égard, pourtant, elle continuait à lui témoigner sollicitude et bienveillance. Une attitude qu'Hortense avait longtemps tenue pour feinte, se disant qu'Isabelle se montrait attentive, presque affectueuse, pour être agréable à Louis, son époux. Mais Louis était mort et Isabelle n'avait pas changé. Elle prenait soin d'Hortense, s'intéressait à sa santé, son bien-être, tout en demeurant un peu effacée et distante. Elle n'avait jamais cherché à tutoyer sa belle-mère, qui par ailleurs ne le lui avait jamais proposé…

— Non, merci pour la bouillotte, répondit Hortense. Sous la couette, il fera bon. Et la tisane va me réchauffer.

Elle approcha une chaise du petit secrétaire et savoura une gorgée du breuvage brûlant.

— Hum… ça fait du bien. Isabelle, depuis combien de temps vivons-nous sous le même toit ?

Interloquée, celle-ci la dévisagea.

— Pas loin de cinquante ans, souffla-t-elle.

— Un demi-siècle et on se donne toujours du « vous » ?

— Même après un siècle entier, je ne pourrais pas vous tutoyer. Je tiens à cette marque de respect.

Hortense grimaça. Le respect ? Elle n'en avait que faire. Elle aurait préféré de l'amitié, de la complicité. Des liens qu'elle n'était pas parvenue à tisser avec sa belle-fille. Mais avait-elle vraiment essayé ? Isabelle était sans doute trop droite, trop parfaite, trop différente. Son caractère lisse avait freiné ses élans. Et il y avait eu un peu de jalousie. Celle d'une mère qui voit son fils amoureux. Quand Louis avait présenté Isabelle à la famille et annoncé leur mariage, le cœur d'Hortense s'était trouvé comme amputé d'un petit morceau. Il lui faudrait partager Louis, ce fils qui avait toujours eu une place à part dans ses sentiments maternels. Louis n'avait pas tardé à confier la comptabilité du domaine à son épouse. La jeune femme avait fait la démonstration de son bon sens et de son intégrité. Hortense lui avait souvent reproché sa rigidité, mais plus d'une fois cette conscience rigoureuse et inflexible avait sauvé l'exploitation fruitière de la faillite. Dans les années difficiles, Isabelle avait maintenu l'affaire familiale à flot. À la mort de Louis, rien n'avait changé. Elle avait travaillé plus encore, noyant son chagrin dans les chiffres. Vis-à-vis d'Hortense, elle était devenue plus prévenante. Un peu comme si elle avait pris la suite de Louis en s'occupant de sa mère.

— Merci, Isabelle, murmura Hortense en reposant la tasse vide sur le bonheur-du-jour.

Isabelle sourit, s'empara de la tasse et se dirigea vers la porte.

— Pas seulement pour la tisane, mais pour tout, reprit Hortense.

Isabelle s'arrêta et mit quelques secondes avant de se retourner. Que voulait dire sa belle-mère ? De quoi la remerciait-elle ? Elle revint sur ses pas et plongea son regard dans celui d'Hortense, attendant une explication.

— Il y a longtemps que j'aurais dû vous exprimer ma gratitude pour votre bienveillance, poursuivit la vieille dame, mais aussi pour tout ce que vous avez fait et faites encore pour la Dame blanche.

Isabelle hocha la tête sans un mot. Comme toujours, sa réserve l'emportait. Encore plus face à Hortense. Une femme impressionnante, sa belle-mère, à laquelle il était compliqué de s'opposer. Le seul terrain sur lequel Isabelle n'avait jamais cédé d'un pouce était celui des finances. Et il lui avait fallu du cran pour affronter l'air courroucé d'Hortense à chaque fois qu'elle refusait d'engager une dépense.

— Est-ce que vous me trouvez dure ? demanda Hortense.

— Dure ? Non. Vous êtes une femme qui sait ce qu'elle veut.

— Mais pour le testament, pour toutes ces histoires autour de la réserve héréditaire, vous m'avez trouvée dure ?

Pourquoi Hortense remettait-elle ce sujet sur le

tapis ? Tout n'était-il pas arrangé ? Le compromis proposé par le notaire semblait convenir à tous.

— Répondez, je vous prie. Est-ce que, comme Amaury, vous avez jugé ma décision dure et abusive ?

— Ce sont donc les reproches d'Amaury qui vous tracassent, et non ce que je pense.

— Détrompez-vous. Les remarques d'Amaury m'ont touchée, mais je souhaiterais connaître votre sentiment. Vous n'avez pris part à aucun débat ni n'avez donné votre opinion.

— De quel droit l'aurais-je fait ?

— Vous êtes toujours l'épouse de Louis ! Et vous êtes la mère d'Amaury et de Maud. Donc, tout ceci vous regarde.

— Amaury vous a dit ce que chacun pensait ici. Il était inutile d'ajouter quoi que ce soit.

Isabelle avait donné son existence à la Dame blanche. Elle n'imaginait pas vivre ailleurs. Tant qu'elle le pourrait, elle continuerait à gérer la comptabilité du domaine. Après… elle évitait d'y penser.

— Vous n'êtes pas dure, Hortense, reprit-elle, vous êtes passionnée. La maison, les vergers, c'est toute votre vie, ce pour quoi vous vous êtes battue. Je comprends que vous ne souhaitiez pas voir le domaine partir en lambeaux. Dès que Julia est venue s'y installer et qu'elle s'est lancée dans les confitures, j'ai compris ce qui vous trottait dans la tête. Voir Julia prendre votre suite. Quand elle a commencé à fréquenter Victor, vous avez songé que c'était sur la bonne voie. Julia dirigeant l'exploitation… pourquoi pas ? Puisque cette place n'intéresse ni Amaury, ni Maud, ni Léopold. Amaury avait raison, votre décision de lui léguer la maison et une partie des terres était arbitraire. Ce montage lésait une partie de la famille et aurait provoqué de graves tensions. Par ailleurs, Julia est jeune. Elle peut encore changer d'avis, abandonner les confitures. Quant à Victor…

— Comme toujours, vous êtes pleine de sagesse. Je crois que ça m'a toujours agacée ! Et désespérée !

— Je sais bien…

Isabelle fit quelques pas vers la cheminée qui n'avait pas servi depuis des décennies. Sur le marbre, quelques photos rappelaient des souvenirs heureux. Elle saisit un cadre. Louis en uniforme. Le cliché avait été pris à la caserne où il effectuait alors son service militaire. Il était si jeune, si beau. La nostalgie lui serra le cœur.

— Si Louis était encore là, murmura Hortense, il m'aurait comprise.

— Peut-être, mais comprendre ne veut pas dire approuver. Je crois que, comme Amaury, il aurait fait le choix d'un compromis qui convienne à toute la famille.

Hortense gronda, se leva et se rapprocha de sa belle-fille pour lui arracher le cadre des mains, mais la raison l'en empêcha. Elle pinça les lèvres, retenant les paroles désagréables qu'elle s'apprêtait à lui balancer. Isabelle devina sa colère.

— Louis était votre fils, reprit-elle sans se départir de son calme, mais il était aussi mon mari. Je le connaissais bien. Pas mieux que vous, mais autrement. Il ne vous aurait pas laissée faire parce qu'il vous aimait. Il ne vous aurait pas permis de mettre à sac cette jolie famille que vous avez fondée.

Hortense expira lentement, posa la main sur le bras d'Isabelle. Un signe d'apaisement dont elle n'était pas coutumière.

— Vous avez bien fait d'écouter Amaury, poursuivit Isabelle. La famille est en paix et nous pourrons passer de belles fêtes de Noël. Comme chaque année depuis toujours.

— Vous avez raison, convint Hortense dans un filet de voix.

Ensemble, elles contemplèrent le portrait de Louis. Puis Isabelle le reposa doucement sur la tablette de la cheminée et elles restèrent un moment silencieuses devant les photos. Des souvenirs de toutes les époques. Amaury en culotte courte faisant ses premiers pas, Léopold sur un tricycle rouge, Maud avec un cartable sur le dos.

— C'était son entrée au collège, murmura Isabelle, émue. Qu'est-ce que ça m'avait angoissée…

— Il manque une photo, ici ! s'écria soudain Hortense.

— Laquelle ?

Isabelle fronça les sourcils. Elle connaissait ces clichés par cœur pour les avoir contemplés à chaque fois qu'elle entrait dans la chambre d'Hortense. Avec les années, les cadres étaient devenus de plus en plus nombreux. Les derniers portraits étaient ceux des enfants de Léopold, Léon et Augustin.

— Tout est là, Hortense.

— Non, il manque une photo. Celle de Benoît et Sylvain.

Isabelle mit sa main devant sa bouche. Effectivement, le cadre argenté qui encerclait les visages des jumeaux avait disparu. Un cliché vieux de soixante ans, pris à l'école maternelle. Côte à côte, les deux enfants souriaient à l'objectif. C'était la seule photo où on pouvait admirer le visage poupin de Sylvain. Toutes les autres avaient été rangées.

— Claudine a peut-être cassé le cadre en faisant le ménage et elle l'a emporté pour le remplacer, avança Isabelle.

— Non, elle me l'aurait dit.

— Et si elle avait craint de vous contrarier ?

— Elle sait très bien que je ne me contrarierais pas pour si peu. En revanche, que la photo ne soit plus là, ça me chagrine beaucoup. Et ça m'inquiète aussi.

Isabelle ouvrit la bouche mais n'eut pas le temps de parler.

— Nous verrons ça demain, reprit Hortense,

le visage fermé. Je vais me coucher. Bonne nuit, Isabelle.

Isabelle n'osa pas insister. Hortense était bien plus chagrinée qu'elle le prétendait. Et même, elle semblait atterrée.

33

— Formidable ! s'exclama Julia en reculant de quelques pas.

Maud et Amaury échangèrent un clin d'œil complice. L'installation du sapin avait toujours le même effet sur Julia. Elle retombait en enfance, allait et venait en tous sens, s'extasiait, riait…

— Il était temps, dit Hortense. D'habitude, on le fait beaucoup plus tôt.

Amaury se retourna vers sa grand-mère, prêt à réagir. Il croisa le regard de sa sœur mais se ravisa. Hortense avait raison. Les années précédentes, le sapin était décoré au moins quinze jours avant Noël.

— Tu aurais pu le prendre un peu plus grand, plaisanta Jacques en s'adressant à Amaury.

Quand Amaury et Victor avaient déchargé l'arbre de la camionnette, Isabelle avait juré qu'il ne rentrerait jamais dans le salon. Il y avait pourtant trouvé sa place.

— Je vais chercher l'escabeau ! annonça Julia.

Qui monte au grenier et rapporte les cartons de déco ?

— On les a déjà sortis, intervint Maud. Ils sont sur le palier. Il n'y a plus qu'à les descendre. Je m'en occupe.

— Je viens avec toi, dit Amaury.

Au second étage, il arrêta sa sœur.

— Qu'est-ce que tu penses de cette histoire de photo disparue ? lui demanda-t-il.

Maud haussa les épaules. Claudine avait certifié qu'elle n'avait touché à rien et personne n'avait remis en cause sa bonne foi.

— À mon avis, reprit Amaury, c'est Benoît qui l'a piquée.

— C'est aussi ce que je pense. On pourrait aller faire un tour dans sa chambre pour vérifier.

— Pas maintenant, il y est. Et Julia nous attend.

— Peut-être que mamie n'aurait pas dû retirer tous les autres portraits de Sylvain. Je ne suis pas sûre que c'était une bonne idée pour Benoît. C'est comme si elle niait qu'il avait eu un jumeau.

— Il est possible qu'elle ait cru bien faire en agissant ainsi. Mais n'empêche, tout ça est vraiment étrange.

Maud approuva. Des choses bizarres, elle en découvrait de plus en plus. Amaury lui avait rapporté son entrevue avec Marius. En quoi Hortense pouvait-elle être responsable de la mort de Sylvain ? Quel était le sens des allégations de la famille de Marius ? Pourquoi dire qu'Hortense avait été volage ? Peut-être tout bêtement parce qu'elle n'avait jamais été mariée et qu'elle avait élevé seule ses enfants issus de trois lits différents. Il y avait matière à jaser… Dans les campagnes, « les vieilles », comme on les appelait, avaient la dent dure. La grand-mère de Marius avait lancé des accusations sans preuve, probablement poussée par la jalousie. Il n'était pas impossible qu'Hortense et sa liberté assumée aient fait des envieuses parmi les femmes mal mariées du village…

Encore plus curieuses étaient les découvertes d'Élias Samara. Le gendarme avait repris les recherches pour Maud, en commençant par les archives de la presse locale. Maud avait raison, aucun journal n'avait évoqué l'accident mortel. Rien dans les gros titres, ni dans la rubrique des faits divers. L'intérêt d'Élias pour cette vieille affaire de famille n'en avait pas été émoussé pour autant. Il était allé fouiner dans les dossiers de la gendarmerie de Tours. Selon lui, un drame de ce type avait forcément fait l'objet d'une enquête, même si celle-ci avait pu être rapidement close, comme c'est le cas pour un banal accident. Mais il n'avait rien déniché. Pas la moindre trace de la mort par noyade du jeune Sylvain Châtillon. À moins que l'enquête n'ait pas été menée par la gendarmerie de Tours ? Pris d'un doute, il s'était rendu à Cormery. Le décès du jeune Sylvain avait peut-être été suivi par la brigade territoriale de proximité. Hélas, il n'avait rien trouvé non plus dans les anciens dossiers, qui n'avaient pas tous été numérisés. Il y avait d'ailleurs assez peu d'archives. D'après le jeune adjudant qui l'avait aidé à trier les paperasses, une partie des documents avait été perdue lors du déménagement dans les nouveaux locaux, dont deux cartons de procès-verbaux. Élias s'était résolu à demander si des gendarmes ayant exercé dans les années 1960 vivaient encore dans les environs. On lui avait donné les coordonnées d'un maréchal des logis à la retraite installé à Montbazon. Il comptait se rendre chez l'octogénaire pour l'interroger. Peut-être aurait-il des souvenirs sur ce drame vieux de plus de cinq décennies… Maud attendait beaucoup de cette rencontre. Elle avait hâte qu'Élias l'appelle pour lui faire part de ce qu'il avait appris.

— On les descend, ces décos ? demanda Amaury.

Maud sursauta. Son frère avait déjà deux cartons dans les bras et il l'attendait sur la première marche de l'escalier. Elle s'empara des derniers cartons et le suivit, cogitant toujours. Pourvu que l'ancien gendarme se souvienne des faits, qu'il ait quelque chose d'intéressant à raconter. Plus le temps passait, plus Maud avait le sentiment que Sylvain n'était pas mort de noyade. Il y avait un mystère autour de cette mort. Un événement particulier qu'Hortense s'obstinait à garder secret. D'où son attitude fermée autour de la perte de son enfant. Sinon, pourquoi ce silence ? Pour masquer son chagrin ? Ce deuil était-il à ce point douloureux qu'Hortense avait préféré ne plus jamais en parler ?

— Merci, maman, fit Julia en débarrassant sa mère.

Maud sourit machinalement. Elle n'avait pas l'esprit aux fêtes de fin d'année. Elle regarda sa fille déballer avec précaution les délicates boules de verre enveloppées dans du papier de soie. Amaury avait récupéré une longue guirlande lumineuse. Il grimpa sur l'escabeau pour la fixer au plus haut de l'arbre, puis la fit descendre en faisant le tour du sapin. Julia lui tendit ensuite une étoile qu'il accrocha à la cime.

— Tu ne te joins pas à eux pour la décoration ? demanda Jacques en s'approchant de Maud.

— Ils n'ont pas besoin de moi, parrain. Regarde comme ils sont heureux tous les deux.

Jacques hocha la tête. Julia et Amaury étaient aux anges. Ils fouillaient fébrilement dans les cartons, déroulant les guirlandes colorées, se chipotant sur l'accrochage. Depuis son fauteuil, Hortense donnait son avis.

— Tu as raison. Laissons-les faire. D'autant que ça paraît compliqué de choisir la branche idéale pour placer le père Noël, la cloche et les petits lutins.

— Exactement, dit Maud en pouffant. Je ne vais donc pas m'en mêler. D'ailleurs, maman m'attend pour préparer les quiches.

— Je t'accompagne.

Il souleva prestement Oxford. La chienne avait entrepris de déchiqueter une guirlande. Il déposa le Cavalier King Charles sur les genoux de sa mère et rejoignit Isabelle et Maud à la cuisine. Isabelle avait fariné deux grands moules à tarte pour étaler la pâte. Maud battit des œufs. Jacques sortit une planche en bois et commença à découper la poitrine fumée en lardons.

Amaury et Julia terminèrent de décorer le sapin peu avant le dîner. Ils remontèrent au grenier ranger les cartons, tandis que Maud dressait le couvert. Le repas fut simple et gai. Julia s'éclipsa rapidement pour aller retrouver Victor. Benoît ne s'attarda pas non plus, pressé de s'enfermer dans sa chambre. Hortense, Jacques et Isabelle traînèrent encore une petite heure, bavardant près de la cheminée, puis ils allèrent se coucher à leur tour. Amaury et Maud se retrouvèrent en tête à tête, à la lueur du feu et de l'arbre de Noël qui scintillait.

— Douce ambiance, remarqua Amaury.

— Oui, ça fait du bien… Mamie était un peu tendue, tu ne trouves pas ?

Amaury acquiesça. Depuis qu'il était intervenu au sujet du testament, elle lui lançait régulièrement des piques, preuve qu'elle lui gardait de la rancœur.

— Ça se tassera, murmura-t-il. Il lui faut du temps pour digérer. C'est la première fois qu'on s'oppose à elle ! Elle est intelligente, elle comprendra qu'on a eu raison.

— À mon avis, elle a déjà compris.

— Sans doute…

Son regard se posa sur le sapin illuminé et il se

mit à rêver. Maud contemplait son frère, heureuse qu'il ait pris les choses en main. Son intervention avait sauvé la famille.

— As-tu mis ton appartement en vente ? demanda-t-il tout à trac.

— Pas encore. Ça me coûte d'y retourner. Il va bien falloir, pourtant.

Depuis un mois, Maud était de nouveau installée chez Amaury, tergiversant sur ce qu'elle allait faire.

— Tu perds du temps pour rien, gronda Amaury. Vends cet appart !

— Je ne peux pas squatter chez toi indéfiniment.

— Bien sûr que si. Je squatte bien de temps à autre chez Caroline.

— C'est bien ça qui m'embête. Tu n'as plus ton intimité. Il faut que tu retrouves ta liberté. Notamment pour préserver ta relation avec Caroline. Je l'empêche de venir chez toi. Je pourrais habiter ici en attendant de dénicher une maison ou un appart qui me plaise.

Amaury se redressa et alla fouiller dans le buffet Louis-Philippe. Il en sortit un bocal de cerises à l'eau-de-vie, deux larges tasses et des petites cuillères.

— Puisqu'on attaque les choses sérieuses, autant prendre quelques forces ! déclara-t-il en servant sa sœur.

— Quelles choses sérieuses ? demanda Maud après avoir dégusté une première cerise.

— D'abord, je te déconseille de venir habiter ici.

Tu es comme moi, ravie d'y passer le week-end de temps en temps. Quant à y vivre… Tu ne supporteras pas de perdre ton indépendance à laquelle tu tiens tant, ni de te plier aux règles en vigueur ici. Repas à heures fixes et tout le toutim. Et puisque tu me parles de Caroline…

Il se tut et croqua deux cerises d'un seul coup.

— Que se passe-t-il avec Caroline ? demanda Maud, une pointe d'inquiétude dans la voix.

Amaury déglutit puis engouffra deux nouvelles cerises.

— Rien de grave, répondit-il. Enfin, ça dépend sous quel angle on voit les choses. C'est grave d'être amoureux ?

— T'es amoureux ? bondit Maud. Toi ? C'est vrai ?

— Je crois bien.

Il contempla sa tasse vide, se resservit et remplit également celle de sa sœur. Le mélange de sucre et d'alcool lui procurait un étrange bien-être. Il se sentait enclin à se confier. Maud attendait, elle ne voulait pas le brusquer mais intérieurement, elle piaffait.

— Ça fait quoi, d'être amoureux ? reprit Amaury. Je ne l'ai jamais été, et cette fois, je sens que tout est différent. Toi, tu sais ?

— J'imagine, à défaut de savoir. Je suppose qu'on a le cœur qui bat la chamade à chaque rendez-vous, qu'on a hâte de retrouver celui ou celle qu'on aime, qu'on n'a pas envie de le quitter, qu'on fait des rêves un peu fous… Est-ce ton cas ?

— C'est pas aussi clair, mais depuis quelque temps, j'attends plus de Caroline… Qu'elle me parle, me dise un mot qui m'inciterait à faire ma déclaration. Tu comprends, j'ai peur de lui dire que je l'aime si elle ne partage pas mes sentiments.

— Tu peux lui montrer ce que tu ressens sans abattre toutes tes cartes. On n'est pas obligé de dire « Je t'aime » à l'autre. On peut le lui prouver.

— Oui, mais si je me trompe ?

— C'est-à-dire ? Si tu ne l'aimes pas ? Amaury, le fait que tu te poses pour la première fois cette question est la preuve que tu tiens à elle. Réfléchis, ça t'est déjà arrivé, ce genre d'interrogations ? Non, alors…

Amaury étira ses bras et posa sa tête sur le dossier, les yeux au plafond. Des images défilèrent dans son esprit. Il cherchait à quel moment il avait basculé, à quel moment Caroline avait pris de l'importance dans sa vie et comment c'était arrivé.

— Je ne me suis pas vu tomber amoureux, lâcha-t-il.

Maud rit et remplit leurs tasses. Les fruits alcoolisés l'aidaient à décompresser en l'enivrant légèrement. Son corps était parcouru d'une douce chaleur, ses muscles se détendaient.

— Je ne pense pas qu'on puisse savoir, dit-elle. Un jour, le piège est là, il se referme sur nous, et c'est déjà trop tard.

Amaury approuva. Il s'était fait attraper sans avoir rien vu venir. Ce n'était pas désagréable, bien au contraire, mais tout de même un peu effrayant.

— J'ai l'impression de ne plus rien maîtriser, dit-il au bout d'un moment.

— Ça te tracasse ? Il ne faut pas. Laisse-toi aller.

— Si elle ne m'aime pas, je vais prendre cher…

Maud ferma les yeux. L'amour à sens unique était douloureux. Il aurait été inutile de prétendre le contraire.

— Si ça te fait peur, tu n'es pas forcé d'avancer trop vite. Un pas après l'autre. Propose-lui de partager autre chose qu'un dîner et une nuit. Faites quelques projets. Un week-end. Une semaine de vacances… Tu observes comment elle réagit. Si elle est enthousiaste, attentive à ce que tu dis, à ce que tu fais, c'est qu'elle est attachée à toi. Surtout, il y a les regards que vous échangez. Ce que les mots ne disent pas, les yeux parviennent à le comprendre. On peut lire la confiance, la connivence dans un regard.

— Tu es drôlement au fait pour quelqu'un qui dit n'avoir jamais aimé et n'a jamais gardé un homme dans sa vie.

— Peut-être parce que je n'ai pas trouvé cette complicité dont je te parle.

Amaury dévisagea sa sœur. Il aurait aimé la voir heureuse. Comme avant. Depuis l'agression de Marius, elle n'avait plus la même légèreté, le même sourire. Il saisit le bocal de cerises et emplit les tasses.

— Tu vas nous soûler ! s'exclama Maud en riant.

— C'est pas grave, on dort ici. Je nous désinhibe ! Je libère notre parole.

— Ah, ça, c'est clair, ça décoince, ces petites douceurs. Mon frère est amoureux et il l'avoue ; c'est une première. Vive les cerises à l'eau-de-vie de Julie-Thérèse ! Et merci à Claudine de nous approvisionner chaque année !

— Il faudrait qu'on en fasse des gélules de ces cerises.

— Des gélules de cerises à l'eau-de-vie ?

— Oui, un bon médicament pour retrouver le moral ! Je vais en toucher un mot à Julia. Sûr que ça va l'intéresser. Une activité à développer en plus des confitures. On fera breveter notre trouvaille !

— T'es frappadingue, mais qu'est-ce que tu m'amuses ! dit Maud en éclatant de rire.

Elle essuya ses yeux mouillés de larmes. Amaury continuait à exposer son idée abracadabrante de remède à base de cerises à l'eau-de-vie. Elle ôta ses chaussures et allongea ses jambes sur le canapé. Il y avait longtemps qu'elle ne s'était pas sentie aussi bien.

34

Élias posa sa main sur celle de Maud. Le contact de sa peau l'électrisa et un frisson le parcourut de la tête aux pieds.

— Ça va, Maud ? s'enquit-il, masquant difficilement son trouble.

— Ça va, répondit-elle.

Pendant quelques instants, ses pensées avaient vagabondé et un enchevêtrement d'idées avait submergé son esprit. Elle aperçut les doigts posés sur les siens et les serra légèrement.

— Ça va bien, répéta-t-elle. Merci, Élias. J'étais juste un peu ailleurs.

Elle sourit puis retira doucement sa main. Elle n'a pas pris ce geste pour de la tendresse et a dû songer à de la compassion ou à une marque d'amitié, songea-t-il. Mais ce n'était pas ce qu'il désirait. Il ne voulait pas être son *ami*, il voulait plus. Bien plus...

Il repoussa son assiette. Pour une fois, il n'avait

pas terminé son plat, un délicieux suprême de volaille aux morilles et au vouvray concocté par le chef du Léonard de Vinci. Comme souvent, il avait proposé à Maud de le retrouver dans ce restaurant qu'ils appréciaient tous les deux. Cette fois, il avait osé jouer la carte du dîner. Elle avait accepté. Cependant, la soirée touchait à sa fin et bientôt, leurs chemins se sépareraient. Jamais il n'aurait le courage de lui proposer un dernier verre. Elle n'était pas prête pour ça. Ce soir, il devrait se contenter de cette caresse sur sa main. Après, il pourrait encore rêver qu'il laissait son index glisser le long de son poignet, en faire le tour en passant sous la soie du chemisier…

— Si j'ai bien compris, reprit-elle, on n'a aucune piste, aucune trace de la mort de Sylvain. Ça te semble crédible ?

— Non, franchement non. Il y a un truc qui cloche.

— On peut encore espérer apprendre quelque chose, tu crois ?

— Il faudra creuser davantage. Mais es-tu sûre que tu le souhaites vraiment ?

Il s'était rendu à Montbazon et avait rencontré Jean-Claude Lelouroux, le maréchal des logis à la retraite, dont la dernière affectation avait été la gendarmerie de Cormery. L'octogénaire était encore alerte et avait une excellente mémoire. L'entretien avait donc été facile et plaisant. Jean-Claude Lelouroux avait raccroché son uniforme de gendarme au milieu des années 1990, après quarante ans de bons et loyaux services. Il n'avait pas effectué toute sa carrière à Cormery. Il n'y était arrivé qu'à la fin de l'année 1968, quelques mois après le décès de Sylvain.

— Oui, je veux savoir ce qui s'est passé ce jour-là. Je veux savoir pourquoi la grand-mère de Marius parle de la mienne avec autant de haine, répondit Maud après réflexion. Même si cette affaire est ancienne, les accusations portées sont graves. Je veux comprendre dans quelle mesure Hortense pourrait être responsable de la mort de Sylvain.

Selon Élias, à en croire les dires de la famille Perrusson, Hortense Châtillon n'était pas innocente dans ce qui était arrivé à Sylvain. De son côté, si son entretien avec le maréchal des logis ne lui avait rien appris sur l'affaire, il avait tout de même soulevé un détail qui avait son importance. Le vieux gendarme avait été nommé sur le poste de Cormery avec une certaine précipitation. Son prédécesseur, Yvon Aubance, avait brusquement donné sa démission en septembre 1968, moins d'un mois après le décès de Sylvain. Pur hasard ? Ou coïncidence ? Élias avait du mal à y croire. D'après Lelouroux, il ne s'était rien passé de particulier dans la vie professionnelle ou privée d'Aubance. Néanmoins, il était parti du jour au lendemain, sans aucune explication. Une attitude qui ne correspondait pas à celle d'un sous-officier.

Le garçon interrompit les cogitations d'Élias en

déposant les desserts. Décidément, le service était bien trop rapide ce soir. La faute aux clients, trop peu nombreux. À la veille du 24 décembre, une fois les boutiques fermées, le centre-ville de Tours s'était vidé. Maud goûta une bouchée de tarte aux pommes et reposa sa cuillère, invitant Élias à poursuivre. Il se concentra de nouveau sur le point qui les intriguait.

— Dans un premier temps, je peux essayer de trouver la raison pour laquelle Aubance a quitté son poste si rapidement, proposa-t-il. C'est une piste plutôt mince, mais autant être fixés. Il est peut-être tombé malade. S'il est parti pour des raisons de santé, on pourra alors écarter l'idée qu'il porte une part de responsabilité dans cette affaire. Si ça n'est pas le cas, il faudra chercher la faute professionnelle. A-t-il bâclé son enquête ? Et si oui, pour quelle raison ? A-t-il commis une erreur ? Toutes les possibilités sont à examiner.

— Je ne vois pas comment tu vas faire sans dossier. Il n'y a rien sur quoi t'appuyer…

— Sauf si je retrouve Aubance et que j'arrive à lui parler.

Maud esquissa un sourire, mais presque aussitôt son visage se rembrunit. Finalement, ce qui était arrivé à ce maréchal des logis lui importait peu. Ce qu'elle souhaitait, c'était connaître le rôle de sa grand-mère. En quoi Hortense pouvait-elle être coupable de la mort de son propre fils ?

— Pas d'inquiétude, dit Élias. Je ne perds pas

Hortense de vue. Avec Aubance, j'ai tiré un fil. Je vais le démêler jusqu'au bout. Il est possible que cette voie ne mène à rien, dans ce cas, j'orienterai mes recherches ailleurs. En tout état de cause, je dois approfondir cette histoire de démission. Les conditions dans lesquelles elle s'est produite sont inconcevables dans la gendarmerie. Je ne peux pas m'empêcher de penser qu'il y a un rapport avec la mort de Sylvain. Tu comprends ?

— Oui, admit Maud. Mais les accusations portées contre Hortense qui font d'elle une femme facile, c'est tellement…

— Il y a des langues de vipère partout, la coupa Élias. Les gens racontent n'importe quoi. Si personne n'a rien su sur l'accident qui a coûté la vie à Sylvain, il était tentant de broder. Tu l'as dit toi-même, ta grand-mère devait susciter bien des jalousies. J'imagine sans mal les commentaires acerbes de certaines femmes mal mariées qui auraient aimé être à la place d'Hortense. Libre, sans aucune soumission à l'autorité d'un mari, sans aucune contrainte. Et je suis sûr que les hommes n'ont pas été plus tendres avec elle. D'autant plus qu'ils devaient lui faire la cour… et se faire jeter ! Je ne suis pas près d'oublier la colère de ta grand-mère le soir de la disparition de Benoît, et cette façon qu'elle a eue de te sommer de lui dire la vérité. Elle a beau ne plus être de la première jeunesse, elle n'en est pas moins impressionnante. Quelle prestance ! Je la vois bien gifler celui qui aurait osé un geste ou un mot déplacé alors qu'elle avait décidé de rester une mère célibataire, chef de famille et responsable d'un des plus grands domaines fruitiers de la région !

Maud éclata de rire. Ce portrait d'Hortense correspondait exactement à sa grand-mère. Elle était rassurée, touchée aussi qu'il ait si bien cerné le personnage. Il la contempla, presque émerveillé d'être à l'origine de sa bonne humeur. Il se demanda s'il aurait tout de même le cran de lui proposer un dernier verre lorsqu'ils quitteraient le restaurant. Il mourait d'envie de la prendre dans ses bras, de lui donner un baiser, de lui faire l'amour…

— Veux-tu un café ? demanda-t-il.

— Non, merci. Il est tard.

Il se maudit intérieurement. Un café ! C'était tout ce qu'il avait trouvé pour la retenir ! Ne restait plus maintenant qu'à régler l'addition et s'en aller.

— Si tu le permets, je te raccompagne, dit-il avec autorité une fois dehors. Je sais que tu habites à cinq minutes, mais il fait nuit et il n'y a plus grand monde dans les rues. Je reviendrai chercher ma voiture. Une petite promenade digestive me fera du bien.

— Oui, mais…

Maud déglutit puis reprit :

— Je… je ne vis plus dans mon appartement. Je suis retournée habiter chez Amaury.

À la lumière des réverbères, elle devina le froncement de sourcils d'Élias.

— Je pensais qu'Amaury te l'avait dit, reprit-elle.

Je ne me plais pas dans mon appart. Il faut que je trouve autre chose qui me corresponde.

Élias acquiesça sans un mot. Ils se remirent en marche en silence.

— Tu sais, je connais une bonne colocation disponible, lança-t-il quand ils arrivèrent devant chez Amaury.

— Une colocation ? Ah, non, ce n'est pas du tout ce que je souhaite. Avec Amaury, c'est facile. Même si je culpabilise de l'empêcher de recevoir sa… chérie.

— Je ne te propose pas n'importe quelle coloc ! Ma maison est grande, il y a de la place pour toi, si tu veux.

Maud dévisagea Élias, interdite. Plaisantait-il ? Elle n'aurait su le dire.

— C'est une vraie proposition. Si tu as besoin d'un toit, d'être en sécurité sans être seule, tu peux venir à la maison.

Il retint sa respiration, redoutant de la voir s'enfuir. Que venait-il de dire ? Était-il complètement dingue ? Oui, sans doute… Dingue d'elle.

— Tu n'as pas à avoir peur de moi, trouva-t-il la force d'ajouter.

Elle hocha la tête, sortit le badge pour ouvrir la porte d'accès de l'immeuble et pénétra dans le hall. Il la suivit des yeux jusqu'à ce qu'elle disparaisse de son champ de vision. Pas une fois elle ne s'était retournée.

35

Maud reposa son portable sur le buffet.

— Une mauvaise nouvelle ? demanda Amaury.

— Pas du tout.

— Pourtant, tu as l'air troublée.

— Non, je réfléchis.

La porte de la cuisine s'ouvrit et le visage de Julia apparut.

— Un coup de main ? proposa-t-elle.

— Les assiettes à dessert sont sur la table ? répondit Amaury. Les coupes à champagne ?

— Oui, chef !

— Parfait. Tiens, tu peux remplir la carafe d'eau et l'emporter.

Julia s'exécuta et ressortit aussitôt. Amaury attrapa le seau à glace, y versa de l'eau froide, des glaçons, et y plongea la bouteille de champagne. Il jeta un coup d'œil à sa montre ; le vin serait à température parfaite dans une vingtaine de minutes. Maud avait dressé la bûche sur un joli plat de porcelaine blanche et préparait quelques douceurs sucrées sur un plateau de bois. Elle disposa du nougat, des figues séchées, des mandarines confites, des pâtes de fruits, des macarons de Cormery, et enfin ajouta quelques feuilles de houx pour la décoration.

— Ah, il y en a pour tous les goûts ! s'amusa Amaury. Un mélange de desserts du Noël provençal et de spécialités de Touraine !

Chaque année à Noël, Maud s'occupait du dessert et veillait à faire plaisir à chacun. C'était un moment important du dîner, qui serait entrecoupé par l'ouverture des cadeaux à minuit. Une fois les paquets déballés, on reprendrait une part de bûche ou on grignoterait une sucrerie.

— C'était quoi, ce SMS ? murmura Amaury. Ou plutôt, c'était qui ?

— Rien d'important.

— Tu reçois un message le 24 décembre au soir et c'est sans importance ?

— Oui.

Rougissante, elle se détourna pour aller chercher une boîte de chocolats qu'elle avait laissée au frais sur le rebord de la fenêtre de la cuisine.

— Il ne faudra pas oublier de les proposer avec le café, dit-elle.

— Je n'oublierai pas. Pourquoi tu ne me réponds pas ? Ce n'est pas ton habitude de me cacher des choses.

— Je ne te cache rien.

— Le SMS, c'était Élias ?

Maud laissa échapper la boîte de chocolats dont le contenu se répandit sur la table.

— Merde ! lâcha-t-elle.

Amaury eut l'impression d'avoir en face de lui une petite fille sur le point d'éclater en sanglots après une bêtise. Il s'approcha et souffla à son oreille :

— Pardon, je ne voulais pas t'énerver. Élias m'a appelé et m'a raconté pour hier soir. Il a peur de t'avoir chamboulée avec sa proposition de colocation. Moi, j'ai trouvé ça touchant. Il semblait tout retourné ; ça m'a fait rire. Alors, c'était lui, le SMS ? Tu ne lui réponds pas ?

— Je n'ai rien à lui dire.

— Peut-être le rassurer, lui dire qu'il n'a rien fait de mal. C'est un type bien, je crois.

— Oui, sans doute. Tu prends la bûche ?

Sans attendre de réponse, elle lui tendit le plat et s'empara du plateau de bois. Elle fut soulagée de regagner la salle à manger et d'échapper au regard inquisiteur de son frère. Mais elle ne put s'empêcher de songer au message délicat et attentionné d'Élias qui lui présentait ses excuses et espérait qu'elle ne lui tiendrait pas rigueur de son offre qui l'avait peut-être heurtée.

L'excitation du petit Léon, qu'on n'était pas parvenu à mettre au lit, apporta une distraction. À l'approche de l'arrivée du père Noël, il ne tenait plus en place. Isabelle coupa la bûche dont elle servit une part à chacun. Amaury fit sauter le bouchon de la bouteille de champagne et remplit les coupes.

— À nous ! s'exclama Hortense en levant son verre. Joyeux Noël !

Ses mots furent repris en chœur. Victor consulta sa montre et avala une gorgée de champagne avant de disparaître. Il avait proposé d'enfiler le costume du père Noël pour faire une surprise à Léon. Maud le regarda sortir, suivi de Julia.

— Plus le temps passe, plus je trouve qu'ils sont bien assortis, murmura Jacques à sa filleule.

— Moi aussi, je dois le reconnaître. Et Julia semble tellement heureuse...

Jacques approuva. Julia était épanouie. Son affaire de confitures prenait un peu plus d'ampleur chaque jour. Ses produits étaient vendus dans plusieurs épiceries fines de Tours, et maintenant à Chartres, Nantes, Angers et Blois. On les trouvait également à Loches dans un magasin spécialisé en produits régionaux, et deux boutiques parisiennes les proposaient à la vente. Mieux, plusieurs hôtels de Touraine mettaient à l'honneur les confitures de la Dame blanche sur les tables du petit déjeuner. De temps à autre, des touristes s'arrêtaient au domaine pour y faire des achats. Julia était en passe de gagner son pari. Quant à sa relation avec Victor, c'était incontestablement une véritable histoire d'amour.

— Il faudrait peut-être qu'on...

Jacques ne termina pas sa phrase et se leva brusquement.

— Qu'est-ce qui t'arrive ? s'inquiéta Maud.

Il mit un doigt sur sa bouche et s'éloigna. Maud jeta un coup d'œil autour d'elle. Hortense bavardait avec Marianne et Léopold. Amaury essayait de canaliser l'énergie de Léon qui ne cessait de demander quand le père Noël allait venir. Benoît n'était plus là. Maud repoussa sa chaise et quitta la table pour suivre son parrain. Dans le hall d'entrée, elle le retrouva assis sur les marches de l'escalier à côté de Benoît. Ce dernier tenait une photo qu'elle reconnut immédiatement. C'était celle qui avait disparu de la chambre d'Hortense. Elle avait été sortie de son cadre et sans doute pliée en deux pour être glissée dans une poche. Elle s'approcha doucement.

— Tout va bien ?

— Tout va bien, s'empressa de répondre Jacques. Benoît me parlait de Sylvain.

— Et d'Alice, précisa Benoît en souriant.

— Et d'Alice, répéta Jacques. Si on allait rejoindre la famille au salon ? Il est bientôt minuit et Léon attend le père Noël. On ne va pas manquer ça !

— Moi, j'attends Sylvain et Alice ! Ils ne vont plus tarder.

Benoît avait parlé avec une voix de petit garçon et avait resserré ses pieds contre la marche, décidé à ne pas bouger. Il fixait béatement la porte d'entrée comme si elle allait bientôt s'ouvrir. Ses yeux pétillants émurent Maud jusqu'aux larmes.

Que pouvait-il se passer dans l'esprit de son oncle ? Quelles images voyait-il défiler ? Se croyait-il revenu des années en arrière ? Il mélangeait les époques de sa vie. Alice, son épouse, n'avait jamais connu Sylvain.

— Sylvain va rentrer, reprit Benoît. Alice aussi, pour me pardonner.

— Te pardonner quoi ? murmura Maud.

— Vous venez ? les interpella Julia.

Benoît sursauta et cacha la photo dans son dos.

— On arrive ! lança Jacques. Deux minutes.

Il se redressa, réussit à convaincre Benoît de remettre la photo dans sa poche et de le suivre. Dans le salon, Léon était figé au pied du sapin, tenant fermement la main de son père. Il fixait le vieil homme à la barbe blanche et au manteau rouge qui venait d'entrer après avoir toqué à la porte-fenêtre… La famille s'approcha, désireuse d'assister à l'échange entre le petit garçon et le père Noël. Hortense attrapa le Cavalier King Charles qui aboyait après l'homme en rouge pour le faire taire. Dans les bras de sa maîtresse, Oxford se calma aussitôt. Amaury et Julia prirent des photos. Marianne aida le vieil homme à se débarrasser de sa hotte et lui offrit un verre de lait. Puis, ce fut la distribution des cadeaux. Le père Noël s'éclipsa tandis que Léon ouvrait ses paquets.

Victor réapparut quelques minutes plus tard et sortit de sa poche un écrin destiné à Julia. En découvrant un magnifique solitaire accompagné d'un petit mot, elle sauta au cou de Victor en criant un oui sonore que tous entendirent. Amaury rejoignit Maud.

— Je crois que tu ne tarderas plus à marier ta fille.

— Je le crois aussi, soupira-t-elle avec un sourire.

— T'es pas contrariée ?

— Pas du tout.

Un instant, elle s'étonna elle-même de prendre aussi bien la nouvelle, de considérer que c'était dans l'ordre des choses. Cette demande en mariage coulait de source. Ils s'aimaient, ces deux-là.

Julia abandonna Victor et vint retrouver sa mère. Elle la saisit doucement par le bras pour l'entraîner à l'écart.

— Ça te paraît peut-être un peu prématuré, n'est-ce pas ?

— Non, je suis heureuse pour toi.

Julia fixa sa mère, déroutée qu'elle ne manifeste ni opposition ni protestation.

— Cette bague est magnifique, dit Maud en prenant la main de sa fille pour admirer le diamant. Victor te gâte.

— Pas de mise en garde ? insista la jeune femme. Pas même un conseil ?

— Rien de tout ça, assura Maud. Je te l'ai dit, je suis heureuse pour toi. Pour vous deux.

— Est-ce que tu vas bien, maman ? s'enquit Julia. Depuis quelques mois, j'ai l'impression que tu as des soucis et tu ne m'en parles pas.

— Je vais bien. Parfois quelques tracas de boulot, mais rien de grave. Viens, on rejoint ta grand-mère et ton arrière-grand-mère. Elles sont impatientes de te féliciter et de contempler ta bague.

Hortense était aux anges. Elle qui n'avait jamais voulu se marier se réjouissait pour son arrière-petite-fille. Elle avait oublié le coup de fatigue qui l'avait frappée peu avant minuit. Elle n'avait plus envie de se coucher, voulant déjà discuter des noces et de la fête ! Même Marianne, d'ordinaire réservée, s'enthousiasmait, parlant de robe, de soie et de dentelle, de voile et de chignon…

— Mesdames, si vous le permettez, je vous coupe la parole ! s'exclama Amaury en brandissant la bouteille de champagne. On trinque à cette heureuse nouvelle !

Il emplit les coupes et leva la sienne au bonheur des fiancés puis la reposa et attrapa la main de sa sœur.

— Viens, on va ouvrir nos cadeaux !

Maud éclata de rire. Durant quelques secondes, elle fut projetée dans le passé. Rien n'avait vraiment changé. Amaury s'agenouilla au pied du sapin, cherchant les paquets qui lui étaient destinés. Il s'extasia en découvrant un portefeuille, une écharpe en cachemire, un dictionnaire des antiquités et quelques petites pièces de brocante…

Peu après 1 heure du matin, Léopold parvint à aller coucher Léon et le salon retrouva un peu de calme. Hortense, Isabelle et Jacques montèrent se coucher. Victor et Julia papotèrent encore un peu puis s'éclipsèrent main dans la main. Il ne restait plus que Maud, Amaury, Marianne et Léopold. Ce dernier sortit un flacon de vieil armagnac et des verres.

— Oups ! fit Maud. Pas pour moi.

— Allez ! C'est Noël !

Pour faire plaisir à son cousin, elle céda. Il semblait détendu, heureux. Elle songea à Benoît, à la photo de son frère qu'il avait dérobée dans la chambre d'Hortense, à ses paroles un peu plus tôt. Il attendait Sylvain, mort depuis plus de cinquante ans, et son épouse, Alice, qui s'était suicidée alors que Léopold n'avait pas deux ans. Elle reviendrait, avait-il dit. Elle lui pardonnerait… Maud se mordit les lèvres. Qu'était devenu Benoît après l'ouverture des cadeaux ? Était-il monté se coucher avant Jacques ? Prise d'un doute, elle prétexta avoir besoin d'un gilet et grimpa à l'étage. Son cœur fit un bond dans sa poitrine. Benoît n'était pas dans son lit ! Elle redescendit en courant, s'arrêta net dans le hall d'entrée. Carlo, le mâtin de Naples, était assis devant la porte, stoïque. Elle caressa la tête de l'animal puis entrouvrit doucement la porte. Benoît était sur le perron. Elle prit une grande inspiration.

— Tu viens, Benoît ? Il fait trop froid pour rester dehors.

Il remua la tête sans répondre. Il n'était pas

décidé à l'écouter ; à moins d'alerter Léopold et Amaury, il ne rentrerait pas.

— Viens, dit-elle, Sylvain ne voudrait pas que tu attrapes froid. Alice non plus.

Benoît se retourna lentement et dévisagea sa nièce. Elle eut le sentiment qu'il ne la reconnaissait pas, ou plutôt qu'il ne la situait pas dans la famille. Savait-il qu'elle était la fille de son frère aîné ?

— Allez, Benoît, rentrons. Il est l'heure d'aller se coucher. Peut-être que demain...

— Sylvain et Alice vont revenir ?

Maud grimaça. Elle n'aimait pas du tout l'idée de mentir à Benoît en lui donnant de faux espoirs, mais elle avait encore plus peur que Léopold survienne et découvre son père attendant son frère et sa femme décédés.

— Viens, dit-elle en lui attrapant la main.

Elle sourit, et sans doute parvint-elle à inspirer confiance à son oncle car il ne résista pas. Marco les regarda entrer et fila se coucher dans son panier. Maud accompagna Benoît jusque dans sa chambre. Une question lui brûlait les lèvres.

— Qu'as-tu à te faire pardonner par Alice ? murmura-t-elle.

Les yeux de Benoît semblaient vides. Comme s'il n'avait aucun souvenir des mots prononcés quelques heures plus tôt.

— Tu ne veux pas me le dire ?

Il haussa les épaules avec une moue.

— À quoi bon ? Personne ne me croit. Mais

quand Sylvain reviendra, Alice comprendra qu'elle s'est trompée et que je ne suis pour rien dans cette histoire.

— C'est-à-dire ? Je ne comprends pas. Alice te croit responsable de quoi ?

— De la mort de Sylvain. Mais il est vivant, Sylvain.

Sans plus se préoccuper de Maud, Benoît ôta son gilet et se dirigea vers le cabinet de toilette. Maud se retira sur la pointe des pieds. Sur le palier, elle inspira lentement, plusieurs fois de suite. Il lui fallait reprendre ses esprits avant d'aller retrouver les autres au salon.

36

Amaury se resservit une tasse de café et ajouta un sucre.

— Quelle bonne idée tu as eue ! Il y a des lustres qu'on n'a pas pris ensemble un petit déjeuner au lit !

Heureux, il soupira d'aise. Après lui avoir envoyé un SMS pour lui demander s'il était réveillé, Maud était montée dans la chambre de son frère avec un plateau et s'était glissée à côté de lui dans son lit.

— Tu te souviens de ce jour où on a renversé les bols de chocolat sur ta couette ? reprit-il.

— Bien sûr ! Et je n'ai pas oublié la colère de maman. Elle nous interdisait d'apporter à boire et à manger dans les chambres.

— Elle est debout, maman ?

— Oui, elle est partie à Cormery chercher le pain. Jacques est aux fourneaux, il s'occupe de la dinde.

— Une dinde ? Après tout ce qu'on a mangé hier soir ?

— C'est Noël…

— Oui, tu as raison. Et mamie ?

— Elle bouquine au salon. Elle m'a dit que Léopold s'était levé à l'aube pour le biberon d'Augustin. Il a dû se recoucher.

Amaury dégusta son café sans plus parler puis demanda :

— As-tu envoyé un texto à Élias ? Ne reste pas sur un malentendu avec lui.

— Non, je ne lui ai rien envoyé. Et il n'y a pas de malentendu entre nous. C'est moi qui ai lancé le sujet en lui expliquant que je ne devais pas rester chez toi parce que tu as ta vie. J'ai bien saisi qu'il me proposait cette colocation comme une solution, ou plutôt une aide face à mes soucis de logement et à ma peur de demeurer seule. Mais avoue que c'est bizarre.

— Je ne trouve pas. Élias…

— Écoute, je ne suis pas venue avec le café pour discuter d'Élias. Je voulais que nous soyons tranquilles. C'est de Benoît que je veux te parler.

Elle raconta ce qui s'était passé la veille, d'abord dans l'escalier avec Jacques, puis quand elle avait retrouvé Benoît sur le perron à 2 heures du matin.

— Ça confirme ce que pense Julia, marmonna Amaury.

— C'est-à-dire ?

— Qu'il est de plus en plus dingue ! Hier

encore, elle me disait qu'il avait des comportements étranges. Parfois, je me demande à quoi ça sert qu'il aille voir ce psy.

— Il est bien, ce médecin, très à l'écoute. Et en ce qui me concerne, il me permet d'avancer.

— Tu n'es pas dans l'état de notre oncle ! Il aurait fallu le faire soigner lorsqu'il était gosse. Notre initiative est louable, mais c'est trop tard. Les dégâts sont irréparables après toutes ces années. Ne te prends pas le chou avec les inventions de Benoît. Il a l'esprit tellement amoché que ses rêves deviennent réalité. Il voudrait que Sylvain soit encore là. Pareil pour sa femme. Il souffre, mais il est dans son délire et on n'y peut rien.

Maud se redressa pour faire quelques pas dans la chambre. Certes, Benoît était malade, mais pourquoi s'adressait-il à son épouse alors qu'elle était décédée ? Pourquoi tenait-il à ce qu'elle sache qu'il n'était pas responsable de la mort de Sylvain ? Elle formula ses pensées à voix haute.

— C'est n'importe quoi ! s'exclama Amaury. La preuve, il mélange tout. Il prétend que Sylvain va rentrer avec Alice comme s'ils étaient partis tous les deux. Quand il a épousé Alice, il y avait déjà plus de quinze ans que Sylvain était mort ! Tout s'entremêle dans sa pauvre tête. Ne te rends pas malade avec ça, Maud. Ni avec les conneries que t'a balancées Marius. La grand-mère Perrusson était une vieille folle, une jalouse. Laisse tomber ces racontars. Oublie tout ça ! Benoît a perdu son jumeau dans un accident, un jeu de gamin qui a mal tourné. La faute à pas de chance. Et puis, pas de bol pour lui, il s'est marié avec une fille fragile qui s'est suicidée en lui laissant Léopold sur les bras. C'est beaucoup, pour un seul homme. À mon avis, ça suffit à expliquer son état. Et avec l'âge, ça ne peut pas s'arranger. Remuer ces trucs nous pollue la vie. J'y ai beaucoup songé, tu sais. On doit aller de l'avant.

Il repoussa la couette et sauta du lit pour venir enlacer sa sœur. Elle avait déjà tellement souffert elle aussi. L'agression de Marius l'avait marquée, écorchée. Elle était moins solide désormais. La preuve, elle ne parvenait pas à trouver un appartement qui lui convienne. La vérité, c'est qu'elle ne se sentait plus en sécurité.

— Il faut qu'on aille de l'avant, répéta-t-il en serrant Maud contre lui. Toi comme moi.

Elle lui donna un baiser sur la joue. Son frère n'avait pas tort, mais elle ne parvenait pas à oublier ce qu'elle appelait « le secret d'Hortense ». Sa grand-mère leur cachait quelque chose…

— Tu veux me faire plaisir ? demanda Amaury.

Elle s'écarta pour lui faire face et leva un sourcil inquisiteur.

— Envoie un mot à Élias.

Maud pinça les lèvres, contrariée. Amaury exagérait. Il ne pouvait pas décider ce qui était bien pour elle ou pas. D'un autre côté, Élias était sans doute quelqu'un de bien. Tous les hommes n'étaient pas comme Marius, prêts à prendre de force ce qu'une femme leur refusait. Élias était droit, il ne la laissait pas tomber et l'aidait dans ses recherches. Grâce à lui, elle découvrirait peut-être l'explication qui lui manquait à propos du décès de Sylvain.

Amaury lui tendit son téléphone. Elle l'avait déposé sur la table de chevet lorsqu'elle était arrivée avec le café. Elle réfléchit un instant puis rédigea un message, cédant aux injonctions de son frère. *Il n'y a pas de souci, Élias. J'ai bien compris que tu voulais m'aider. Je te souhaite un joyeux Noël.* Elle montra l'écran à Amaury et sans lui laisser le temps d'un commentaire, appuya sur la touche « envoi ».

— C'est un peu distant, grogna son frère, mais c'est mieux que rien.

D'un geste rageur, elle reprit le téléphone qu'elle avait reposé sur le lit et ajouta : *À bientôt, Élias. Bises !*

— Ça te convient, cette fois ?

Elle était fâchée pour de bon maintenant et ne cherchait plus à le cacher. Amaury la contempla, désolé. Elle avait tellement changé ! Il ne savait plus comment la rassurer. Si Élias ne savait pas comment l'approcher, il y avait à cela une bonne raison : elle était inapprochable ! Elle dressait des barrières autour d'elle et Élias ne savait comment les faire tomber. La proposition de colocation avait jailli, ajoutant un mur de plus. À chaque fois qu'Amaury et Élias se voyaient ou se téléphonaient, Élias demandait des nouvelles de Maud.

Au début, Amaury n'y avait pas prêté attention, mais depuis quelque temps, il avait le sentiment que c'était autre chose que de l'amitié. Et s'il s'en était rendu compte, c'est parce que lui-même était tombé amoureux de Caroline et qu'il envisageait de lui proposer plus qu'une simple relation.

— Allez, arrête de bouder, la pria Amaury. J'ai quelque chose d'important à te confier.

— Je ne boude pas, je n'aime pas qu'on me force la main.

— Ce n'est pas dans mes intentions. Mais je m'en voudrais que tu perdes Élias. T'es aveuglée par ta peur et tu ne vois pas l'attention qu'il te porte.

— C'est n'importe quoi !

— Certainement pas. Est-ce qu'Élias te rappelle à chaque fois que tu lui téléphones ? Est-ce qu'il répond à tes messages ?

Maud hocha la tête. Oui, Élias était toujours présent.

— Tu peux donc avoir confiance en lui.

— Que voulais-tu me confier tout à l'heure ?

— Je crois que je vais demander à Caroline de m'épouser.

Abasourdie, Maud s'assit sur le lit. Amaury allait demander à Caroline d'être sa femme… Elle n'en revenait pas. Elle avait bien noté que leur histoire durait, mais jamais elle n'avait imaginé qu'il était déjà aussi loin dans ses projets.

— Quand j'ai vu Victor offrir la bague à Julia,

hier soir, je me suis dit que je devais en prendre de la graine, reprit Amaury. Il a raison, Victor. Il aime Julia et il ne veut pas qu'elle lui échappe. Je tiens à Caroline, et il est temps de le lui prouver.

37

Maud ouvrit la fenêtre et sortit sur le balcon. Elle aimait ces petits matins brumeux qui laissent entrevoir les premiers rayons du soleil. La journée serait fraîche, mais belle. La Loire était paisible. Après les pluies diluviennes et la forte crue du début du mois de février, elle avait retrouvé un cours normal. Pendant plusieurs jours, le niveau du fleuve avait été surveillé de près. Ses eaux étaient devenues semblables à de la boue, charriant des branches et des troncs. Rien d'inquiétant pour les Tourangeaux ; le phénomène était habituel à cette période de l'année. Toutefois, la vigilance était restée de mise pour les autorités. Sur les quais, où l'eau affleurait, des garde-fous avaient été mis en place pour assurer la protection des curieux venus admirer le spectacle. Maud en avait profité depuis la fenêtre de son séjour. Elle avait suivi la montée des eaux qui avaient peu à peu recouvert les piliers du pont Wilson, interdit à la circulation des véhicules motorisés. Les promeneurs avaient été également nombreux à venir contempler le fleuve sortant de son lit. Les berges des îles Simon et Aucard avaient disparu, les platanes et les marronniers centenaires avaient les pieds dans l'eau.

Maud s'appuya à la balustrade. Deux étages plus bas, sur le square de la place Anatole-France, les arbres étaient toujours dénudés, un peu tristes. Mais dès le printemps, ils se couvriraient de feuilles. La pelouse serait aussi plus verte, et sans doute le parc serait-il plus vivant et les bancs souvent occupés...

Elle se recula et referma la fenêtre. L'appartement était petit mais il lui convenait. Elle s'y sentait bien. Mieux que dans le précédent. Peut-être parce que la vue était plus jolie, plus gaie. Elle n'avait jamais pu s'habituer au paysage minéral autour de la rue Nationale. Elle n'avait pas acheté ce nouveau deux-pièces où elle vivait à présent. Si elle changeait d'avis, il lui suffirait de rendre les clés à son propriétaire. C'était la solution trouvée pour reprendre pied dans sa vie et quitter l'appartement d'Amaury. Les confidences de son frère l'avaient poussée à agir. Il n'était plus question d'être un boulet à ses chevilles. Amaury était amoureux de Caroline, Maud devait lui laisser le champ libre. Il avait prévu d'emmener son amoureuse sur la côte dalmate au mois de mars. Un voyage au cours duquel il lui ferait sa demande. Le psychiatre, à qui Maud avait tout raconté, l'avait confortée dans sa décision. Elle devait ménager Amaury et essayer de vivre de nouveau seule, sans toutefois en faire une obligation absolue. Si elle n'y parvenait pas, elle avait une roue de secours : la maison familiale. « Un pas après l'autre, avait dit le praticien. Et il n'est jamais interdit de bifurquer, de reculer ou de faire demi-tour. » Elle se répétait ces phrases dès qu'elle sentait le doute ou l'angoisse la gagner. La thérapie fonctionnait, l'anxiété ne prenait pas le dessus.

Elle consulta sa montre. L'heure était venue de partir. Elle enfila ses bottes et son manteau, se coiffa d'un bonnet, noua une écharpe autour de son cou. Puis elle attrapa son sac à main et la besace dans laquelle elle rangeait sa tablette, et enfin boucla la porte de l'appartement. Renonçant à prendre le tramway, Maud s'engagea sur le pont Wilson. Son premier rendez-vous de la journée était à une vingtaine de minutes de marche, au domaine Saint-Grégoire-de-Tours. Des vélos la dépassèrent et elle songea qu'elle pourrait se mettre à la bicyclette. Ses déplacements dans Tours et l'agglomération proche étaient nombreux. Des pistes cyclables avaient été aménagées dans les communes de la métropole. Il existait même une application permettant d'accéder à la carte du réseau et de connaître les temps de trajet. Elle devrait la télécharger sur son smartphone. Autre avantage, les vélos étaient admis dans les trams si l'affluence le permettait.

Elle continua à réfléchir en marchant d'un bon pas, presque surprise de se sentir aussi pleine d'énergie. Les projets avaient du bon. C'était sans doute ce qui lui avait manqué ces derniers mois. Elle était demeurée attentiste, sans plus rien rêver.

Avenue de la Tranchée, elle ralentit la cadence, puis stoppa net pour laisser passer un véhicule d'urgence. Gêné par deux voitures mal stationnées, il dut faire une embardée et grimper sur le trottoir pour emprunter la contre-allée. Instinctivement, elle regarda plus haut dans la rue et aperçut un attroupement. Elle se remit en route, jetant un coup d'œil aux numéros des immeubles pour ne pas dépasser celui où elle se rendait. Arrivée à la hauteur des gens massés non loin du véhicule du SAMU, elle constata avec soulagement que l'accident ne devait pas être trop grave. Deux infirmiers s'affairaient autour d'une femme d'un certain âge, assise par terre mais qui n'avait pas perdu connaissance.

— Maud !

Elle se retourna. Durant quelques secondes, elle chercha celui qui l'avait appelée puis reconnut Élias. Il était en uniforme.

— Comment vas-tu ? demanda-t-il.

— Bien.

Elle ne l'avait pas revu depuis leurs SMS de Noël et n'avait pas osé le contacter pour lui demander s'il avait progressé dans la petite enquête qu'il menait pour elle. Lui-même n'avait pas davantage cherché à la joindre. Ils restaient tous les deux un peu embarrassés depuis cette soirée où Élias avait proposé à Maud une colocation.

— Qu'est-il arrivé ?

— Une dame a fait une mauvaise chute. Par mesure de sécurité, le médecin a demandé qu'on l'emmène à l'hôpital pour des examens, mais il est confiant. À part de beaux hématomes et des écorchures, elle s'en tire bien. Veuil et moi, on allait à Sainte-Radegonde quand on a entendu l'appel. Comme nous étions les plus proches, nous sommes intervenus.

— Tu allais à Sainte-Radegonde ? Pour le travail ?

— Oui. Il y a eu une effraction cette nuit dans l'église.

— On a volé quelque chose ?

— Il semble que des prie-Dieu aient disparu. Ce n'était pas du mobilier ancien, mais c'est toujours ennuyeux. Les cambrioleurs peuvent revenir et causer des dégâts. Ce serait dommage, la chapelle et les grottes contiguës sont un petit trésor de notre patrimoine et de notre histoire.

Maud approuva. Elle connaissait ce sanctuaire ; elle l'avait visité après sa restauration. L'église romane, adossée au coteau, avait été construite au Xe siècle mais les grottes étaient beaucoup plus anciennes. Les premiers chrétiens s'y étaient réfugiés vers l'an 250 après Jésus-Christ. Maud aimait ce quartier, dont la rue Saint-Gatien où elle avait eu par deux fois l'occasion de vendre un bien. Elle se souvenait en particulier d'une vieille demeure entourée de hauts murs de pierre, de la vigne vierge qui se disputait avec une splendide glycine…

— Et toi, qu'est-ce qui t'amène ici ? l'interrogea Élias, guère pressé de la quitter. Le travail ?

— Oui, je viens visiter une maison. C'est à deux pas.

— Il faudrait qu'on se parle.

Devant le léger mouvement de recul de Maud, Élias la rassura immédiatement.

— Ne t'inquiète pas. J'ai été carrément nul avec ma suggestion de colocation. Mais tu semblais désireuse de ne plus camper chez Amaury et j'ai cru que... Bref, peu importe. Ne restons pas sur ce malentendu, d'accord ?

Il sourit, mais si tristement qu'elle se sentit stupide. Il ne ressemblait pas à Marius. Il n'était pas aussi sûr de lui, et certainement pas du genre à lui sauter dessus à la première occasion. Amaury avait raison, tous les hommes n'étaient pas Marius, et Élias était un type bien.

— J'ai retrouvé Yvon Aubance, murmura-t-il sur le ton de la confidence. Et je l'ai rencontré ! Il n'était pas là pendant les fêtes et n'est revenu chez lui que fin janvier. Il faut que je te raconte cette entrevue. Ou plutôt les entrevues. Car j'y suis allé à deux reprises. La première fois, le monsieur m'a pris pour un idiot. Je n'ai pas insisté, je ne voulais pas le braquer. Je suis reparti bredouille. La seconde, j'ai été moins... patient ! Et plus ferme. J'ai obtenu quelques renseignements très intéressants.

Maud ouvrit de grands yeux.

— Veux-tu qu'on se retrouve chez Amaury ? demanda Élias. Quand il sera là, si tu préfères, ça ne me dérange pas.

Elle se trouva encore plus ridicule. Elle pouvait bien faire l'effort de donner un rendez-vous à Élias en dehors de la présence de son frère !

— Je n'habite plus chez Amaury, déclara-t-elle en se rengorgeant. Je loue un appartement place Anatole-France. Viens me voir, si tu veux.

Il hésita, étonné par ce revirement. Quelques minutes plus tôt, elle semblait toute chamboulée par leur rencontre, mal à l'aise, et maintenant elle l'invitait à venir chez elle… Elle avait le don de le désarçonner ! En même temps, elle était si mignonne avec ses joues rosies par l'air frais et son bonnet de laine sur la tête ! Mais pas question de fondre devant elle, même s'il était à deux doigts de se liquéfier. Il jeta un coup d'œil au lieutenant Veuil qu'il avait abandonné avec les secours.

— D'accord, dit-il. En fin de semaine, si tu es disponible. Je t'enverrai un SMS pour te confirmer ma venue. Si tu changes d'avis, pas de problème.

Une fois encore, elle se sentit grotesque. À force de faire sa mijaurée, il la considérait comme une gamine.

— Il n'y a pas de problème, affirma-t-elle un peu sèchement avant de se reprendre et d'ajouter d'un ton plus doux : Je crois que le lieutenant Veuil t'attend. Je te laisse à tes obligations et je file aux miennes. À très bientôt.

Elle lui fit un petit signe de la main, pressée de s'en aller. Elle s'était comportée comme une ado et n'en était pas très fière. Elle se promit de se reprendre en main. Élias ne méritait pas d'être traité ainsi.

38

Claudine sortit le gâteau du four et une agréable odeur de cannelle se répandit dans la cuisine.

— Hum… fit Maud en humant le parfum de l'épice. Qu'est-ce que ça sent bon !

— Tu verras, c'est délicieux. Tu peux le servir tiède ou froid. Avec une boule de glace à la vanille, c'est un régal.

Maud ferma les yeux un instant, comme pour mieux savourer à l'avance le crumble aux pommes préparé par Claudine.

— Gourmande ! s'amusa cette dernière.

— Il n'y a qu'ici que je mange des choses aussi bonnes.

— Merci ! Mais ce n'est vraiment pas bien compliqué à faire.

— Il faut du temps…

— Un peu, répondit Claudine en consultant sa montre. Allez, j'épluche les légumes pour le potage de ce soir et je me sauve.

Maud s'empara d'un économe, décidée à rester dans la cuisine. Quand elle y avait retrouvé Claudine, Jacques l'avait suivie. Heureusement, il s'était lassé de contempler le crumble qui dorait dans le four et était retourné dans la bibliothèque.

— Dis-moi, Claudine, ça fait combien de temps que tu travailles ici ?

— Une trentaine d'années, ma belle. Je n'avais pas vingt ans quand j'ai commencé chez vous. J'avais bossé auparavant dans un hôtel-château à Montbazon, où je ne me plaisais guère. Un établissement feutré, réservé à des gens aisés. J'y étais femme de chambre. Je n'étais pas mal payée, mais je n'avais aucune relation avec la clientèle. Il fallait être transparente, invisible. Refaire les lits, nettoyer les salles de bains et disparaître avant que les clients reviennent. C'était d'une tristesse… Alors, quand j'ai su que ta mère et ta grand-mère cherchaient quelqu'un, je me suis empressée de me présenter. Et je ne l'ai jamais regretté !

Claudine se plaisait au domaine. Ses tâches étaient variées et elle était en permanence au contact de la famille. Il y avait toujours quelqu'un pour venir bavarder avec elle lorsqu'elle préparait le repas, repassait le linge ou faisait le ménage. Elle était libre d'organiser sa journée comme elle le voulait ; elle pouvait décider du menu, prendre une heure pour aller faire des courses s'il lui manquait quelque chose, et au moins une fois dans la journée, Hortense l'invitait à prendre le café ou le thé avec elle. Une pause d'une vingtaine de minutes et des échanges qu'elle appréciait plus que tout. Cela allait du dernier bulletin météo à des sujets plus sérieux. La plupart du temps, en semaine, elle déjeunait avec Hortense et les siens.

— Chez vous, je n'ai pas le sentiment d'être une employée mais plutôt un membre de la famille, et c'est chouette. La preuve, tu viens t'installer avec moi autour de la table pour éplucher les carottes et on papote !

Maud se mordit les lèvres, elle s'en voulait de profiter de la situation, mais après avoir réfléchi pendant des jours, elle n'avait trouvé que Claudine pour lui fournir les éclaircissements espérés. Depuis les dernières révélations d'Élias, qui était passé chez elle le vendredi précédent, elle cogitait dans son coin, sans oser partager ses réflexions avec Amaury. À Noël, son frère l'avait à peine écoutée lorsqu'elle lui avait parlé de Benoît, la poussant à laisser tomber ce qu'il considérait comme de vieilles histoires. Maud ne lui en voulait pas. Après tout, il était amoureux, ses priorités avaient changé. Elle, en revanche, avait le cerveau qui moulinait…

Lors de sa seconde visite à Yvon Aubance, Élias était parvenu à lui tirer les vers du nez. L'homme entrait dans sa quatre-vingt-dixième année. Il avait le corps fatigué et la parole un peu lente, mais ses idées étaient claires. Élias était certain qu'on pouvait accorder foi à ses paroles. L'ancien maréchal des logis de Cormery avait confessé avoir démissionné en septembre 1968 en raison d'une affaire qui le touchait de trop près. Un drame qui avait endeuillé sa famille. Son frère Roger avait perdu un fils. Le jeune garçon s'était noyé dans la Loire durant l'été et le maréchal des logis s'en sentait responsable. En tant que gendarme, il était là pour assurer la sécurité de tous, or il n'avait pas su protéger un membre de sa propre famille... D'où sa démission. Cet aveu de culpabilité avait fait tiquer Élias. Il n'y croyait pas. Yvon Aubance n'était en rien responsable de cette noyade. Pourquoi donc avait-il quitté son poste sans mener son enquête jusqu'au bout ? Il avait clos le dossier de la mort de Sylvain et de celle de son neveu très vite, après avoir entériné la thèse de l'accident... Et comme par un acharnement du sort, le dossier avait été égaré lors du déménagement de la gendarmerie de Cormery dans ses nouveaux locaux. Yvon Aubance n'avait pas paru étonné quand Élias lui avait révélé ce détail. Comme s'il le savait déjà. Élias était donc revenu sur les faits, questionnant le vieil homme sur ce qui s'était exactement passé le jour de la noyade, sur les éventuels témoins. L'ancien maréchal des logis, qui avait pourtant dressé les procès-verbaux, ne se souvenait de rien. Comment cet homme, dont l'esprit était encore vif malgré son âge, pouvait-il avoir oublié un drame pareil ? Un drame qui, de surcroît, l'avait touché personnellement ?

Élias avait rapidement compris qu'il n'apprendrait rien de plus et il n'avait pas posé davantage de questions. Revenu à Tours, il avait lancé de nouvelles recherches sur les Aubance. Il s'était rendu à la mairie de Cormery, avait consulté l'état civil, le cadastre, et avait fait une découverte étrange. Roger Aubance, le frère du gendarme, et sa femme Jeannette avaient longtemps habité le domaine voisin de celui des Châtillon. Ils avaient vendu la propriété en 1969 en plusieurs lots et Hortense avait acheté le plus vaste pour agrandir les vergers de la Dame blanche. Étonnant, là aussi. Il y avait de quoi s'interroger et fouiller un peu plus le passé… Toutes ces révélations avaient réveillé la curiosité de Maud. Sa grand-mère ne lui étant d'aucune aide, elle avait pensé à Claudine. Peut-être lui en apprendrait-elle un peu plus.

— Une trentaine d'années que tu travailles ici… Donc, tu sais tout de nous ! Tu pourrais m'éclairer, alors.

— À quel sujet ?

— J'aimerais qu'on organise une fête surprise pour mamie et qu'on en profite pour réunir ses vieux amis. Tu en connais certainement plus que moi.

Claudine haussa les épaules. Hortense ne recevait plus guère. Sauf ses petits-enfants, bien entendu.

— Tu sais, la plupart sont décédés, et ceux qui restent sont venus à la petite fête qu'a organisée Amaury à la fin de l'été dernier.

Cette fête était un souvenir désagréable pour

Maud, qui s'efforça de l'écarter de son esprit. Pas question de se laisser déstabiliser.

— Je pensais plutôt à des personnes que mamie a fréquentées dans sa jeunesse et qu'elle aurait perdues de vue. Des voisins, peut-être.

— Là, je ne peux pas t'aider. Hortense avait déjà presque soixante ans quand je suis entrée à son service. Et toi, tu étais une ado ! Tu as donc oublié mon arrivée ici ? Comment je râlais quand tu planquais tes chaussures sous ton lit au lieu de les ranger dans le placard comme tout le monde ?

Comme Claudine éclatait de rire, Maud réprima une grimace. Comment avait-elle pu imaginer que Claudine lui parlerait des jeunes années d'Hortense, de ses connaissances d'alors, ou même de l'accident qui avait coûté la vie à Sylvain ? Elle se leva, emporta les carottes dans l'évier pour les rincer. Rien à faire, elle n'avait aucune piste et ne trouvait personne qui aurait pu lui parler d'Hortense, de sa jeunesse, des hommes de sa vie...

— Je pense à un truc, dit soudain Claudine. Tu pourrais aller voir ma tante Simone. Elle ne bouge plus de son fauteuil, mais elle a encore toute sa tête. C'est elle qui occupait cette place avant moi. C'est elle aussi qui m'a conseillé de me présenter à Hortense quand elle a quitté son service. Elle n'est pas partie de gaieté de cœur, mais elle ne pouvait plus marcher, la pauvre...

Maud sentit sa poitrine se gonfler d'espoir. Elle se pencha sur l'évier, contenant son excitation. Elle allait donc pouvoir rencontrer quelqu'un qui avait bien connu Hortense dans le passé. Et ce quelqu'un n'était pas n'importe qui, puisqu'il s'agissait de Simone... Simone qui lui préparait ses tartines lorsqu'elle était gamine. Comment avait-elle pu ne pas penser à elle ? C'est vrai qu'elle la pensait morte depuis tout ce temps, et puis elle ne se souvenait pas que Claudine était sa nièce. À cette époque, les affaires du domaine ne l'intéressaient guère. Elle préférait suivre Amaury et sa bande de copains.

— Ta tante accepterait-elle de me recevoir ? demanda-t-elle en masquant son enthousiasme.

— Bien sûr. Elle serait ravie d'avoir de la compagnie. Et plus encore celle de la petite-fille d'Hortense.

— Et moi, je serais heureuse de la revoir.

Elle ne mentait pas. Un défilé d'images traversa sa mémoire. Simone devant la cuisinière, surveillant un veau à la tourangelle qui mijotait dans la cocotte en fonte, les effluves du vin blanc sec parfumant la cuisine. Simone dans la cour étendant le linge, et Maud, panier à la main, lui tendant les épingles. Simone cirant le parquet et grondant Amaury qui rentrait du jardin avec ses chaussures crottées de terre...

— Mais tu sais, reprit Claudine, ne compte pas sur elle pour venir à la fête. Ses jambes ne la portent plus du tout.

Cette précision ramena Maud à son mensonge

et elle rougit violemment. Elle s'en voulait d'avoir pris des chemins détournés pour arriver à ses fins et se sentait honteuse d'avoir relégué au fond de sa mémoire l'adorable Simone, qui avait accompagné son enfance.

— Je coupe les carottes en rondelles ? demanda-t-elle.

— Va pour les rondelles !

39

Passé les premiers instants de culpabilité, Maud savourait le plaisir de retrouver Simone. Elle avait mis un mois avant de se décider à aller frapper à la porte de la maison de l'ancienne employée d'Hortense. Elle était arrivée avec un paquet de macarons de Cormery dans une main, un bouquet de fleurs dans l'autre. Mais Simone n'avait pas besoin de ces présents pour être heureuse. Revoir Maud lui suffisait. Avoir des nouvelles de chacun et regarder les photos qui défilaient sur l'écran de la tablette de Maud ravissait la vieille dame.

— Amaury ! Mon Dieu qu'il est beau ! s'extasiait la vieille femme. Il ressemble à ton père. Mais il a hérité les traits fins de ta mère.

— Il parle de se marier.

— Se marier ? Avec qui ? Claudine m'a caché ça !

— Elle s'appelle Caroline. C'est un secret que je partage avec toi mais personne n'est encore au courant.

Tout en servant le café, Maud expliqua qu'Amaury était parti en voyage avec Caroline et qu'il comptait en profiter pour lui faire sa demande. Si elle acceptait, à leur retour, il viendrait la présenter officiellement aux Châtillon.

— Ça alors ! s'écria Simone, je n'en reviens pas. Moi qui le croyais un indécrottable célibataire, papillonnant de jolie femme en jolie femme.

— Moi aussi.

— Merci de ta confiance. Et pas de souci, motus et bouche cousue. Mais promets-moi de me tenir au courant de la suite.

Maud buvait son café en se délectant de chaque gorgée. La maison de Simone n'était pas grande mais elle était très agréable. Une large porte-fenêtre orientée plein sud laissait entrer la lumière à flots. En ce mois de mars plutôt ensoleillé pour la saison, la vue sur le jardin aux arbustes bourgeonnants était douce. Quant à Simone, si elle était ridée comme une pomme flétrie, clouée dans un fauteuil roulant et dépendante d'une aide-soignante, d'une infirmière et d'une femme de ménage, elle avait conservé toute sa tête et avait encore une bonne vue et une bonne ouïe pour son âge. Ses mains fonctionnaient très bien, en témoignait le chandail qu'elle tricotait à l'arrivée de Maud. Très excitée de recevoir une visite, elle avait abandonné son ouvrage sur la table de la cuisine.

— Si tu veux choisir quelques clichés, je peux

les faire tirer sur papier, proposa Maud en voyant Simone poser ses doigts sur la tablette.

— Je veux bien, je pourrai ainsi vous contempler à loisir. Je n'ai que de vieilles photos de vous... et aucune de ta fille ! Quelle belle jeune femme ! Alors, elle travaille au domaine ?

— Oui, elle élabore des confitures qu'elle vend dans la région. Et même à Paris ! Sa petite affaire roule plutôt bien.

— Et elle a un amoureux.

— Oui ! Tu sais tout !

— Claudine passe souvent, presque un soir sur deux. Elle me donne des nouvelles de vous tous, mais c'est bien mieux de te voir en chair et en os.

— Je suis désolée, Simone, j'aurais dû venir plus tôt. Bien plus tôt...

Maud ne put empêcher les larmes de gonfler ses paupières puis de déborder.

— Ah, la vie ! s'exclama Simone. Le temps défile tellement vite qu'on ne le voit pas passer. Ne pleure pas, Maud. Dis donc, tu n'étais pas aussi sensible quand t'étais gamine ! Plutôt du genre à me faire des entourloupes, hein ? Comme piquer une part de gâteau quand j'avais le dos tourné, ou me faire tourner en bourrique jusqu'à ce que je vous fasse des crêpes ! Et ce coquin d'Amaury qui rapportait ses seaux pleins d'eau de la mare pour élever des têtards et les voir devenir grenouilles... Ah, vous en faisiez des bêtises ! Pas de méchantes, heureusement. Mais l'eau des têtards, mon Dieu, qu'est-ce que ça sentait mauvais ! Une fois, j'ai même retrouvé un pot rempli de ces bestioles dans sa chambre. J'ai tout vidé dans les toilettes et j'ai tiré la chasse !

Maud éclata de rire et essuya ses larmes d'un revers de main. Simone n'avait pas changé. Même immobilisée, elle restait dynamique et gaie. Elle avait dû souffrir de se retrouver seule, sans personne avec qui parler…

— Tu sais ce qui me ferait plaisir ? reprit la vieille dame. Que tu reviennes me voir avec ton frère. Et Hortense, si elle le veut bien !

— Tu sais, Hortense ne quitte plus beaucoup la maison. Et si c'était toi qui venais ? Je pourrais venir te chercher.

— Je ne sors plus.

— Justement, ce serait l'occasion. Je demanderais à Claudine de m'accompagner. Elle m'aiderait à t'installer dans la voiture, on plierait ton fauteuil et on le mettrait dans le coffre.

— Et au domaine, comment on ferait avec l'escalier du perron ?

— On te porterait. Réfléchis, ça te permettrait de faire connaissance avec Julia, et surtout de revoir tout le monde. Ma mère, Jacques, Benoît…

En prononçant le prénom de son oncle, Maud guetta une réaction sur le visage de Simone. Mais elle ne remarqua rien de particulier. Parvenue sur le terrain où elle avait souhaité se rendre, il ne fallait rien lâcher.

— Ce pauvre Benoît, reprit-elle. Tu as des souvenirs de lui ? Je veux dire, d'avant l'accident.

— C'était un gentil gosse. Un peu filou, mais pas un garnement. Il était comme tous les enfants, heureux de vivre, drôle, pas mauvais pour deux sous.

— Et Sylvain ?

— Pareil. Il n'était pas le dernier pour me jouer des tours, mais ce n'était jamais mal intentionné. Quel malheur, ce qui est arrivé à ces mômes ! Ils étaient si beaux tous les deux. Deux petits anges…

Maud baissa la tête, cherchant comment poser des questions sans avoir l'air de mener une enquête.

— Tu te souviens du jour de l'accident ?

— Évidemment, ça m'a marquée pour la vie. On n'oublie pas des choses pareilles. Je ne l'ai appris que le lendemain. J'étais déjà rentrée chez moi quand les gendarmes sont venus à la Dame blanche le soir où… Bon, parlons d'autre chose. C'est pas gai, tout ça.

— C'est vrai, mais comme j'essaie d'aider Benoît, je m'intéresse à ce qui lui est arrivé.

— L'aider comment ? D'après Claudine, il est dans un autre monde désormais.

— Oui, et pour éviter que son état ne se dégrade encore et qu'on soit obligé de le faire interner, Amaury et moi nous le conduisons une fois par mois chez un psychiatre. Pour que la thérapie avance, on rapporte au médecin ce qu'on sait du drame. Mais on évite d'en parler à Hortense. Inutile de raviver la plaie et de lui causer du chagrin.

Simone hocha la tête. Hortense s'en était tellement voulu. Si elle avait envoyé les jumeaux en colonie, ils n'auraient pas traîné au domaine et ne seraient pas sortis sans surveillance... Cent fois elle avait regretté de ne pas être allée à la banque demander un crédit pour financer les vacances des petits ! Mais non, cette année-là, seul Jacques avait eu le droit à un séjour en colo. Faire partir deux enfants de plus était un luxe qu'elle n'avait pu se permettre. Mais les laisser aller et venir à leur guise avait été une terrible erreur. Maud acquiesça, recoupant mentalement ce que lui disait Simone avec ce que son parrain lui avait raconté quelques mois plus tôt.

— Mamie ne pouvait pas enchaîner Benoît et Sylvain, murmura Maud. Ils jouaient avec les enfants du voisinage, n'est-ce pas ?

— Oui. Normalement, ils ne s'éloignaient pas de la maison. Enfin, façon de parler. Ils allaient à bicyclette d'un domaine à l'autre. Mais ce jour-là...

— Qui étaient les voisins ?

Simone leva un sourcil circonspect et dévisagea Maud. Cela ne dura que quelques secondes, mais Maud fut certaine que sa question avait dérangé la vieille dame.

— Les Aubance, lâcha-t-elle après un long silence. Voisin est un grand mot. Il y a plus de deux kilomètres entre les deux propriétés. Ils ne vivent plus par ici aujourd'hui.

— Tu sais pourquoi ils sont partis ?

— Non. Mais, dis-moi, Claudine m'a dit que Marius Perrusson était revenu habiter par ici. Il t'aimait bien, le beau Marius. Quel gaillard !

Maud déglutit. Elle n'avait pas la moindre envie de discuter de Marius.

— En réalité, il n'habite pas ici mais à Nantes, répondit-elle cependant, consciente que Simone venait de lui fournir un autre angle d'attaque.

— Ah… Mais Nantes n'est pas le bout du monde. Moins loin que ces terres où il s'était envolé, de l'autre côté de l'océan. Tu le revois ?

— C'est arrivé. Mais tu sais, c'est surtout le copain d'Amaury.

— Un copain d'Amaury qui était furieusement amoureux de toi. Je me souviens très bien des derniers temps où je travaillais chez Hortense. Il était souvent à la maison. Et c'était pour toi qu'il venait. Il n'y avait qu'à voir ses yeux quand il te regardait. Il te dévorait !

Maud s'efforça de sourire. Mieux valait laisser l'atmosphère se détendre et laisser Simone continuer sur sa lancée avant de pouvoir remettre sur le tapis le sujet qui la préoccupait.

— Tu aurais pu te marier avec lui, reprit Simone. Il t'aurait rendue heureuse.

— Mais je suis heureuse !

— Toute seule ? Sans homme dans ta vie ? Je suis certaine que Marius aurait accepté de reconnaître ta fille. Car elle n'a pas de père, la petite, n'est-ce pas ?

— Mais si, elle en a un ! Je n'ai pas fait de bébé toute seule, simplement il n'est pas dans nos existences. Je l'ai voulu ainsi. Comme Hortense l'a voulu pour ses enfants.

— Ah, Hortense…

— Tu me parlais de Marius. Tu te souviens de sa grand-mère ? Tu l'as connue ?

— La Perrusson ? Oui, bien sûr. Ce n'était pas une bonne personne. Elle cherchait toujours des histoires. Mais pourquoi tu t'intéresses à elle ?

Simone était de nouveau sur le qui-vive, et à part un mensonge, Maud n'avait rien à répondre.

— Parce que je pense à Marius, à sa famille. Sa grand-mère est décédée pendant qu'il était à Terre-Neuve. Il n'a même pas pu rentrer pour les obsèques.

— À mon avis, il n'y a pas eu grand monde pour la pleurer quand elle est morte, la Berthe Perrusson.

— Tu ne la portais pas dans ton cœur, on dirait !

— C'est vrai. Mais celle qui l'a subie le plus, c'est Agnès, la mère de Marius. Avoir une belle-mère pareille, ça devait être un calvaire.

Maud hocha la tête et approcha la boîte de macarons, invitant Simone à se servir. Parler à la maman de Marius lui permettrait peut-être d'avancer. À moins que Simone se décide à en dévoiler davantage.

— La grand-mère Perrusson a cherché des noises aux Châtillon ?

Simone fixa Maud d'un regard perçant et cette dernière devina qu'elle était allée trop loin. Simone attrapa sa main, la serra dans la sienne et murmura :

— Quoi que tu puisses entendre sur Hortense, surtout si ça vient de la vieille Perrusson, ou de quelqu'un qui répète ses propos, n'y prends pas garde. Elle répandait son venin partout. Personne n'y échappait. Mariée très jeune à un alcoolique qui ne savait que la battre et lui faire des enfants, elle a été marquée au fer rouge par la haine et la violence. Et bien que son fichu époux soit mort assez jeune, elle n'a pas su rebondir, comme on dit aujourd'hui. Elle est restée aigrie, méchante, cassant du sucre sur le dos de tous. Bref, elle était malheureuse et le bonheur des autres l'insupportait. Même celui de son fils. Elle a mené la vie dure à la pauvre Agnès. Alors tu penses bien que l'image de la femme épanouie que renvoyait ta grand-mère, c'était insupportable pour elle. N'écoute pas les langues de vipère, ma petite.

Maud caressa les doigts de Simone puis se pencha vers elle pour l'embrasser. Elles restèrent un moment toutes proches l'une de l'autre. En Simone, Maud retrouvait le parfum de l'enfance, celui de ses meilleures années… Il n'était pas question de rompre ce moment, de l'abîmer en plongeant de nouveau dans les eaux sombres du passé.

40

En arrivant en vue du Petit-Rouvre, Maud leva le pied. Elle rétrograda pour diminuer encore sa vitesse lorsqu'elle entra dans le hameau. Juste avant de passer devant la maison des Perrusson, elle appuya légèrement sur la pédale de frein. Malheureusement, avec le printemps, les arbustes s'étoffaient de fleurs et de feuilles et elle ne parvint pas à distinguer la cour dans son entier. Si un ou plusieurs véhicules y étaient garés, elle ne pourrait pas les voir. Elle poursuivit sa route jusqu'à la Gagnerie et choisit de s'arrêter dans un chemin creux.

Elle fit glisser la vitre de la portière pour respirer l'air frais de la campagne. Mille senteurs effleurèrent ses narines et elle ferma les yeux. Mais pas question de prolonger ce moment, de céder à la facilité et de renoncer. Elle était venue chez les Perrusson pour rencontrer Agnès, la mère de Marius. Elle voulait qu'Agnès lui parle de Berthe, qu'elle lui raconte ce que sa belle-mère colportait au sujet d'Hortense et ce qu'elle-même savait. Si Hortense avait une responsabilité dans la mort de Sylvain, Maud ne pouvait demeurer dans l'ignorance. Et si Hortense n'en avait aucune, alors elle pourrait respirer. Cette quête de la vérité lui était devenue vitale. Indispensable à son équilibre.

Plus le temps passait, plus elle peinait à considérer Hortense comme sa grand-mère. Elle la regardait comme une coupable, du moins une suspecte. Elle l'observait, comme si étudier la moindre de ses attitudes pouvait lui apporter un élément de réponse. Et elle était mal à l'aise. La situation ne pouvait plus durer. Pourtant, elle se refusait à attaquer Hortense de front car elle n'obtiendrait rien, à part susciter sa colère et risquer de se fâcher avec elle.

Elle se redressa, aspira encore une grande bouffée d'air frais et remit le contact. Après avoir effectué un demi-tour, elle suivit le même trajet dans l'autre sens, espérant mieux apercevoir le jardin. Le portail était grand ouvert et, à première vue, il n'y avait aucune voiture dans la cour. Peut-être le père de Marius était-il sorti faire quelques achats. Le journal, le pain, ces petites courses réservées aux messieurs en début de matinée, tandis que les épouses vaquent aux tâches domestiques. La closerie semblait calme, assez pour persuader Maud que la mère de Marius pouvait s'y trouver. C'était le moment propice pour avoir une discussion avec elle.

Elle ralentit et exécuta un demi-tour. Une cinquantaine de mètres avant la demeure des Perrusson, elle mit son clignotant. Au moment où elle allait tourner pour entrer dans la propriété, elle aperçut un véhicule qui arrivait en face. Le conducteur avait également actionné son clignotant, sans doute pour emprunter le même chemin qu'elle. Elle se mordit les lèvres. Le père de Marius revenait déjà, c'était fichu. D'un léger coup de volant, elle braqua pour reprendre la départementale et enclencha la seconde. En croisant l'autre voiture, par réflexe elle jeta un œil à l'intérieur de l'habitacle. Elle reconnut Marius et étouffa un cri. Tétanisée, elle mit quelques secondes avant de passer la troisième. Dans le rétroviseur, elle vit Marius s'engager dans la cour. Elle soupira. Il ne l'avait pas vue. Mais le soulagement fut de courte durée. Marius avait fait demi-tour et s'apprêtait à la suivre. Prise de panique, elle enfonça la pédale d'accélérateur, essayant de négocier au mieux les virages. Chaque coup d'œil dans le rétroviseur faisait monter son angoisse. Marius la talonnait.

Les mains crispées sur le volant, elle essayait de se concentrer sur sa conduite, mais en quelques secondes, l'angoisse la submergea. Elle avait la sensation de respirer l'haleine de Marius, de sentir ses mains sur sa poitrine. Cette image la fit pleurer. Les larmes brouillèrent sa vue mais elle accéléra encore, adoptant une conduite plus que dangereuse sur cette petite départementale. La voiture mordait les bas-côtés, faisant de larges embardées. Elle traversa la Gagnerie, longea Courçay, doubla un poids lourd sur la route étroite des Buis et eut une énorme frayeur en découvrant un véhicule qui arrivait en face. L'automobiliste freina et déporta sa Peugeot sur la droite pour la laisser passer. Elle souffla, poursuivit sa trajectoire, certaine qu'elle n'aurait pas deux fois la même chance. Un mouvement trop brusque du volant et elle finirait sa course à droite, dans l'Indre, ou à gauche, dans le profond fossé qui bordait l'orée du bois.

Dans le centre de Cormery, à l'approche des commerces et des écoles, elle fut obligée de ralentir. Marius, qui avait disparu pendant quelques minutes, était de nouveau dans son champ de vision. Elle grilla deux priorités et força deux piétons engagés sur le passage clouté à rebrousser chemin. Dans son anxiété, elle songea que si la police l'arrêtait, elle serait délivrée de Marius. Elle n'était plus qu'à cinq minutes du domaine de la Dame blanche où elle serait en sécurité. Mais rien n'arrêterait Marius, elle en était persuadée… Et puis comment expliquerait-elle à sa famille son état ? Elle s'était un peu maquillée ce matin, et ses yeux n'étaient plus qu'une ombre. Le mascara avait coulé, ses joues étaient striées de vilaines traînées noires.

En une seconde, sa décision fut prise. Elle ne pouvait pas aller au domaine. Il ne lui restait qu'à regagner Tours. Impossible d'appeler Amaury au secours. Il était sur la côte dalmate en compagnie de Caroline... Mélanie ? Pourquoi pas ? Elle était à l'agence, à cette heure. Maud pourrait lui demander de l'attendre sur le trottoir. Elles s'enfermeraient aussitôt dans le bureau. Et si un client arrivait ? De rage, Maud tapa sur le volant. Elle ne voyait aucune issue possible, à part s'arrêter et donner à Marius les explications qu'il ne manquerait pas d'exiger. Il était tout à fait possible de lui dire pourquoi elle était venue chez ses parents. Après tout, ça ne le concernait pas vraiment. Sauf qu'il faudrait tout de même l'affronter. Se retrouver seule en face de lui...

Peu après Cormery, elle s'engagea sur l'A85, puis l'A10. Marius était toujours pendu à ses basques, mais sur l'autoroute il était impuissant. Elle leva le pied. Elle devait se calmer et réfléchir. Rentrer chez elle était une solution, mais comment ferait-elle une fois sur la place Anatole-France ? Marius y serait en même temps qu'elle. Elle ne parviendrait jamais à regagner son appartement, et quand bien même elle réussirait, il saurait alors où la trouver. Cette perspective provoqua une nouvelle montée d'angoisse. Elle ne pourrait pas rouler indéfiniment, sans but...

Un sanglot l'étrangla, et pendant une seconde elle eut envie que tout s'arrête. Appuyer sur l'accélérateur, donner un brusque coup de volant pour foncer dans le décor en priant pour que tout aille vite et sans trop de douleur. Le joli visage de Julia s'imposa à elle et elle frissonna en imaginant sa fille face aux gendarmes venant lui annoncer le décès de sa mère. Marius ne méritait pas qu'elle meure pour lui ! Elle renifla, essuya ses joues d'un revers de manche. Elle serait bientôt à Tours.

L'image d'Élias lui traversa l'esprit et elle s'empara de son téléphone. Comme elle s'y attendait, il ne répondit pas et elle raccrocha sans laisser de message. Mais il la rappela presque aussitôt.

— Maud, calme-toi ! rugit-il en entendant son débit précipité. Je ne comprends pas un mot de ce que tu dis.

Elle souffla, cherchant à organiser ses idées, à maîtriser sa voix. Ravagée par la peur, l'esprit en déroute, elle bégaya de nouveau quelques paroles. Élias ne parvint à saisir qu'un prénom.

— Marius est avec toi ? Où es-tu ? Explique-moi, Maud, je t'en prie.

Elle bredouilla encore et Élias dut la faire répéter plusieurs fois pour essayer de démêler ce qu'elle disait.

— Je ne sais pas où aller ! hurla-t-elle soudain.

— À la gendarmerie ! Viens, je t'attends. Ne raccroche pas et calme-toi, reprit-il avec douceur, afin qu'elle ne panique pas davantage. Tu es dans ta voiture, il ne peut rien te faire. D'accord ?

— D'accord. Je quitte l'A10.

— Bien. Je suis sorti de mon bureau, je traverse la cour tout en te parlant. Ça va ?

— Ça va, souffla-t-elle.

Son pouls ralentissait, retrouvait un rythme régulier. Enfin, le tambour qui ravageait sa poitrine s'apaisait. Elle jeta un œil dans le rétroviseur. Marius était toujours derrière elle. Si elle devait s'arrêter à un feu rouge, allait-il descendre de son véhicule et tenter de l'interpeller ?

— Tu m'entends toujours, Maud ?

— Oui. Marius me suit toujours.

— Peu importe. Bientôt, tu seras en sécurité. Tu ne pourras pas te garer ni même t'arrêter avenue de Grammont. Avec le tram, c'est impossible. Je vais t'attendre rue Jules-Ferry. Tu connais ?

— Oui, je crois.

— Tu passes devant la maison d'arrêt et tu prends la première rue sur ta droite. C'est la rue Jules-Ferry. J'y suis déjà. Je suis posté devant le portail. Tu ne peux pas me manquer. On continue à se parler jusqu'à ce que tu sois arrivée. D'accord ?

— D'accord.

La voix d'Élias la rassurait. Devant la haute porte de la prison, où les familles des détenus venues en visite patientaient en file sur le trottoir, elle ralentit, puis mit son clignotant. En tournant à droite, elle eut de nouveau peur. Bientôt, elle parviendrait à la gendarmerie. Marius aurait-il le cran de la suivre jusque-là ? De s'opposer à Élias ? Elle n'eut pas le temps de s'interroger davantage. Devant elle, à quelques dizaines de mètres, Élias montait la garde sur le trottoir. Lorsqu'elle arriva à sa hauteur, elle freina brusquement. Elle entendit le grincement d'une boîte de vitesses malmenée et le rugissement d'un moteur. La voiture de Marius dépassa la sienne en la frôlant, lui arrachant son rétroviseur.

— Ça va ? s'inquiéta Élias en ouvrant sa portière.

Elle laissa retomber sa tête en arrière et se mit à pleurer. Elle sentit la main d'Élias qui attrapait la sienne et la serrait.

— Viens. Je vais demander qu'on rentre ta voiture dans la cour.

Elle semblait ne pas l'entendre. Il répéta ses mots plusieurs fois. Enfin, elle se redressa pour sortir du véhicule, aidée par Élias.

— On va dans mon bureau, dit-il doucement. Tu pourras tout me raconter. Ensuite, on réfléchira à comment te mettre en sécurité.

41

— Je croyais que le cauchemar était derrière moi, murmura Maud. Mais pas du tout. Et c'est ma faute.

Son regard s'égara dans la pièce avant de se poser sur les bibliothèques. Elle se souvint qu'Amaury lui avait dit avoir déniché deux superbes meubles pour Élias. Après un passage chez un ébéniste qui les avait rafraîchies, elles avaient trouvé leur place. Elles étaient magnifiques, très hautes, sûrement pas loin de trois mètres car elles flirtaient avec le plafond. Une antique échelle de bibliothèque en chêne complétait l'ensemble. Amaury avait tenu ses promesses. Les rayonnages n'étaient pas pleins, loin de là, mais Élias y avait déjà rangé quelques livres, notamment une collection de bouquins de poche et une autre de BD. Maud ne pouvait en distinguer les titres car les ouvrages étaient disposés sur les étagères supérieures. Plus près d'elle, elle repéra des livres consacrés à l'art. Élias était amateur de peinture, avec, semblait-il, une prédilection pour les XIXᵉ et XXᵉ siècles. Elle en repéra d'autres sur les meubles anciens. Elle avait remarqué, au cours de leurs discussions, qu'il était connaisseur. Par goût, elle n'en doutait pas, mais certainement aussi par obligation professionnelle.

— Non, ce n'est pas ta faute ! rétorqua Élias après un silence. Je ne peux pas te laisser dire ça, ni même te laisser le croire. Ce n'est pas toi qui l'as provoqué. Une femme victime d'un viol ou d'une tentative de viol n'est coupable de rien. C'est à son agresseur de payer.

Il se mordit les lèvres aussitôt, guettant la réaction de Maud. C'était la première fois qu'il abordait aussi clairement le sujet avec elle, sans détour. Il fallait mettre un terme à la culpabilité qui la rongeait. Et pour cela en finir avec les non-dits et les tabous. Sinon, elle ne redeviendrait jamais elle-même.

— Peut-être, répondit-elle tout bas.

Elle frissonna et se recroquevilla sur le canapé. Élias prit un plaid sur un fauteuil, dont il lui couvrit les jambes.

— Merci. Merci pour tout. Ce qui s'est passé aujourd'hui est tout de même ma faute. Qu'est-ce qui m'a pris d'aller chez ses parents ? C'est vrai, je voulais rencontrer sa mère, mais je ne pensais pas tomber sur lui, surtout en pleine semaine…

— Arrête, dit Élias sans élever la voix. Tu te fais du mal pour rien. Ce n'était certes pas une merveilleuse idée de te rendre chez les Perrusson.

Seule, qui plus est. Mais tu veux des réponses à quelque chose qui te tracasse et c'est compréhensible. Ce n'était pas de chance de croiser Marius ce matin. C'est vraiment un abruti doublé d'un danger public. Rien ne l'arrête, jusqu'à te poursuivre en voiture, au risque de provoquer un accident. S'il t'était arrivé quelque chose, jamais je...

Il se tut brusquement et serra les poings, maîtrisant la colère qui montait en lui. Son emportement avait failli lui faire lâcher des paroles qu'il s'interdisait de prononcer en présence de Maud. Jamais il ne s'en serait remis s'il lui était arrivé quelque chose, mais il préférait taire ses sentiments. Il s'essuya le front. Si Maud avait froid, lui avait chaud. Des gouttes de sueur perlaient à la racine de ses cheveux.

— Veux-tu du thé ? Un café ? proposa-t-il. Ou quelque chose à manger ? Il est bientôt midi.

— Je n'ai pas faim, je te remercie, mais je veux bien un café, s'il te plaît.

Élias était en proie à des sentiments aussi différents que contradictoires. Sa rage contre Marius était légitime. Nul n'avait le droit de mettre en danger la vie d'autrui, quelle que soit la raison. Mais il ne devait pas se laisser déborder par l'émotion. Maud l'avait appelé au secours comme on sollicite un ami sur lequel on sait pouvoir compter. Il devait la regarder sous cet angle et non pas comme la femme dont il était épris. Mais Dieu, que c'était dur ! Elle était perdue, elle avait froid et il avait envie de la prendre dans ses bras et de la rassurer...

Dans la cuisine, il observa le café couler jusqu'à la dernière goutte, cherchant toujours à canaliser son courroux contre Marius et la flamme qui le dévorait pour Maud. Il n'avait pas le droit de profiter de la confusion dans laquelle elle se trouvait. Quelque part, il était heureux qu'elle se soit tournée vers lui, et en même temps, il s'en voulait de se réjouir qu'elle soit là, si proche. Tout à l'heure, à la gendarmerie, après qu'elle lui avait raconté ses déboires, elle lui avait dit ne pas vouloir se rendre à l'agence, ni rentrer chez elle ou se réfugier à la Dame blanche. Il lui avait proposé la seule solution qui lui était venue à l'esprit : s'installer chez lui. Et elle avait accepté. C'était inespéré après toutes ces semaines où elle l'avait tenu à l'écart, justement parce qu'il avait commis l'erreur de lui parler d'une colocation. Aujourd'hui, elle lui accordait sa confiance. Il avait intérêt à lui prouver qu'il la méritait. Maud ne lui appartenait pas, elle ne ressentait peut-être rien pour lui, mais elle était là. Il regagna le séjour avec les deux tasses et les déposa sur la table basse.

— Merci, murmura-t-elle en avalant une gorgée brûlante. Je me sens mieux, tu sais.

— Que comptes-tu faire concernant Marius ? Déposer une plainte ?

Elle remua la tête et il n'insista pas. Cependant,

il n'était pas décidé à laisser Marius s'en tirer à si bon compte.

— Je vais aller le trouver, déclara-t-il. Il est temps qu'on ait une conversation tous les deux.

— Pas maintenant. C'est ma faute, c'est moi qui suis allée chez ses parents...

— Ah non ! Tu ne vas pas recommencer ! Oublie ça !

Il avait élevé le ton mais elle ne parut pas s'en formaliser.

— C'est compliqué de l'oublier, poursuivit-elle. Je ne sais pas comment je vais faire pour rencontrer sa mère maintenant.

— S'il n'y a que ça qui te tracasse, je t'accompagnerai. Mais en aucun cas tu n'y retournes seule. Tôt ou tard, il faudra bien trouver une solution pour empêcher Marius de te... persécuter.

— Je suppose que ce matin, il a juste voulu savoir pourquoi j'étais venue chez ses parents... Il ne lâchera pas tant qu'il n'aura pas de réponse.

— C'est bien pour ça que je veux le rencontrer. Je lui donnerai les explications que tu m'autoriseras à partager, si tu le veux bien, et je lui recommanderai de ne plus t'approcher. D'aucune manière que ce soit.

— Tu lui recommanderas comment ? En te battant avec lui s'il refuse de t'entendre ? Je ne veux pas...

— Parce que tu crois que je suis du genre bagarreur et que j'en viens aux poings facilement ?

Franchement, que tu puisses penser ça de moi, ça me…

Élias baissa les yeux sans terminer sa phrase, visiblement peiné. Maud en fut consternée. Elle s'était mal exprimée. Ce n'était pas Élias qui lui faisait peur, mais Marius et ce côté imprévisible qu'elle lui avait découvert. Cette violence qu'il portait en lui… Elle en avait fait les frais.

— Je ne veux pas que tu prennes de risques pour moi.

Élias se redressa, rassuré. Elle ne le prenait pas pour une tête brûlée qui cherchait la castagne à la moindre occasion, et en plus, elle tremblait pour lui.

— Si tu préfères, j'attends qu'Amaury soit de retour et on ira tous les deux. D'ici là, sois prudente. Tu es toujours d'accord pour rester ici quelques jours ? En attendant que tu t'organises ?

Maud le fixa, hésitante. Il devina son appréhension.

— La chambre d'amis n'est pas tout à fait aménagée comme je l'aurais voulu. Il n'y a qu'un lit et une commode. Mais il y a une salle de bains attenante. Mais je ne vais pas te décrire cette maison que tu connais si bien.

Il eut l'impression d'être parvenu à la détendre un peu. Elle semblait moins effarouchée et son regard noisette n'était plus troublé par l'incertitude.

— Tu réfléchis, ajouta-t-il. Si ça ne te va pas, je

peux t'accompagner chez ta grand-mère. Ou chez toi.

— Non, non. Je ne suis pas prête à rentrer chez moi, et je ne veux pas avoir à me justifier auprès de la famille.

— Bon, il ne te reste plus qu'à accepter mon hospitalité. Comme je te le disais la chambre d'amis n'est pas à mon goût, mais...

— Je crois que ça ira.

— Et pour l'agence, comment vas-tu faire ?

— Mélanie peut gérer la clientèle de passage durant quelques jours. De mon côté, j'ai mon ordinateur, je travaillerai ici. Aucun problème non plus pour me rendre à mes rendez-vous. Marius ne peut pas être à chaque coin de rue à me guetter ! Si ça se trouve, il est déjà de retour à Nantes.

— On n'en sait rien. Il peut avoir pris quelques jours de congé et décidé de rester dans les parages. J'aimerais que tu me tiennes au courant de tes déplacements. Au moins jusqu'au retour d'Amaury. Après... Je me doute bien que c'est plutôt son appui que tu solliciteras.

Maud esquissa un sourire. Le premier depuis des heures. Amaury reviendrait bientôt de Croatie avec Caroline, avec un mariage à organiser. Lorsqu'il apprendrait que Maud s'était fait surprendre par Marius en voulant aller frapper à la porte des Perrusson, il ne serait sûrement pas ravi.

— J'ai faim ! déclara Élias. Des pâtes au gruyère, ça te tente ?

— Juste une petite assiette pour t'accompagner.

Elle n'avait pas faim, mais pas non plus le cœur de refuser de partager son repas. Avant de se rendre dans la cuisine, il s'arrêta devant une pile de CD, en choisit un et le glissa dans le lecteur. Quelques notes de piano et la voix de Roger Hodgson s'élevèrent dans la pièce.

— Tu aimes, j'espère ?

— Tu ne pouvais pas mieux tomber, j'adore Supertramp !

Elle se leva et le suivit dans la cuisine.

— Un coup de main ? demanda-t-elle.

Il la fixa, surpris. Elle prit une grande inspiration.

— Élias, je suis désolée de m'être comportée comme une bécasse quand tu m'as parlé de colocation. C'était idiot de ma part, et surtout puéril.

— C'est oublié, dit-il. Ce qui compte aujourd'hui, c'est que tu te sentes bien ici.

42

Une légère brise se leva et Agnès Perrusson resserra les pans de son gilet sur sa poitrine. Un instant, elle se demanda si elle n'allait pas proposer à Maud et Élias Samara d'entrer dans le salon. Au moins, il y faisait chaud. Elle se ravisa, renonçant à les inviter à l'intérieur. Ils étaient aussi bien dehors, l'entretien ne s'éterniserait pas.

Elle ne cessait de jeter des regards effrayés vers le portail. Si son mari revenait plus tôt que prévu, comment lui expliquerait-elle la présence de ces deux visiteurs ? Pas question d'avouer que Maud Châtillon était venue pour discuter de Berthe. Cette dernière avait beau être enterrée depuis des années, son fils l'aimait toujours aveuglément. Mais pour Agnès, elle restait une belle-mère redoutable, même morte…

— Madame Perrusson, insista Maud, parlez-moi de Berthe, s'il vous plaît. Dites-moi ce qu'elle colportait sur ma grand-mère. Marius a laissé échapper quelques mots qui m'ont intriguée. J'aimerais en savoir plus.

— Pourquoi tu n'as pas questionné Marius, alors ?

— Il m'a juré qu'il n'en savait pas plus, mentit Maud. Il se souvenait seulement que Berthe répétait qu'Hortense avait la cuisse légère et que Sylvain, mon oncle, était mort par sa faute.

— C'est vieux, tout ça.

— Peut-être, mais j'ai besoin de savoir.

— Pourquoi n'interroges-tu pas Hortense ? Elle est tout de même la mieux placée pour répondre !

— Hortense ne parle pas de ça. Et vous imaginez bien pourquoi ! Ce que vous me révélerez permettra peut-être au médecin qui suit mon oncle Benoît de mieux le soigner. Sylvain était son jumeau. Benoît ne s'est jamais remis de son décès et son état s'est aggravé ces derniers temps. Nous espérons au moins atténuer la dégradation de son mental. Quoi que vous puissiez me dire, ça sera utile au thérapeute.

Légèrement en retrait, Élias observait Maud. En réalité, c'était d'abord pour elle-même qu'elle désirait en apprendre davantage. À force de l'écouter parler de ce secret de famille qui la rongeait, il avait compris que sa quête de la vérité était devenue vitale pour elle. Il savait aussi qu'elle avait perdu le soutien d'Amaury, ou du moins son oreille attentive. Amoureux, ce dernier avait désormais d'autres préoccupations et toutes ses pensées devaient être tendues vers Caroline. Élias pouvait le comprendre.

Maud vivait chez lui depuis dix jours et c'était presque une torture de l'avoir à ses côtés et de ne pas pouvoir la prendre dans ses bras, lui murmurer des mots tendres à l'oreille, l'embrasser... Le pire, c'était le soir. Elle montait souvent se coucher bien avant lui. Lorsqu'il passait devant la porte de sa chambre, il devait contrôler une furieuse envie d'aller se glisser contre elle sous la couette. Il courait alors dans sa propre chambre pour se précipiter sous une douche froide, apaisant le feu du désir. Ensuite, il parvenait à s'endormir à peu près paisiblement. Le matin, retrouver Maud au petit déjeuner était un plaisir et il se demandait comment il avait fait pour vivre toutes ces années sans elle. Et comment il ferait lorsqu'elle partirait... Elle avait évoqué son départ la veille au soir. Il était temps qu'elle retourne chez elle et qu'elle reprenne ses habitudes à l'agence, avait-elle annoncé. Amaury était rentré de Croatie, elle se sentirait moins isolée.

— Pourquoi viens-tu ici ? Pourquoi es-tu accompagnée par ce gendarme ? aboya subitement Agnès Perrusson. Qu'est-ce qui s'est passé avec Marius ? Pourquoi es-tu fâchée avec lui ? Pourquoi ton frère, son copain de toujours, ne veut-il plus le voir ?

Maud rougit et resta muette. Elle ne s'attendait pas à cette avalanche de questions. Ni à ce qu'Agnès soit capable d'autant de résistance et de virulence. Marius avait donc raconté à sa mère que les Châtillon n'étaient plus ses amis... Sans lui dire ce qu'il avait fait subir à Maud, évidemment. Mais elle n'était pas venue pour discuter de Marius et de cet horrible souvenir.

— Réponds-moi ! ordonna Agnès. Ensuite, je déciderai si je te parle de ma belle-mère.

Se balançant d'un pied sur l'autre, Maud réfléchissait. Elle avait compris qu'Agnès avait accepté de la recevoir pour lui demander des comptes. Mais que lui dire ? La vérité ? Elle risquerait de se fâcher pour de bon et de les jeter dehors. Elle ne croirait jamais que son fils ait pu avoir un comportement aussi ignoble envers une femme.

— Marius ne veut rien me dire, reprit Agnès, mais je sens bien qu'il y a quelque chose de pas clair entre vous.

— Rien que nous ne puissions vous expliquer, madame Perrusson, intervint Élias. En revanche, nous avons vraiment besoin de quelques éclaircissements concernant votre belle-mère.

Maud soupira doucement. Une fois de plus, Élias volait à son secours. Elle avait failli capituler et faire demi-tour. Agnès toisa le gendarme, hésita à l'envoyer au diable. Sans doute son uniforme et sa stature firent-ils leur effet car elle se calma.

— Berthe était acariâtre, haineuse, et féroce avec tout le monde, lâcha-t-elle. Elle disait des méchancetés gratuites, rarement fondées. Personne n'échappait à son venin. Son plaisir, c'était de faire le mal. Dans ses propos, il fallait toujours faire le tri. Pour sûr qu'il y en avait à prendre et à laisser ! Surtout à laisser, d'ailleurs.

— Faites un effort, madame Perrusson, dit Élias. Je suis sûr que vous vous souvenez de ce qu'elle rapportait sur Hortense Châtillon. D'autant que votre fils Marius fréquentait ses petits-enfants.

— D'après ma belle-mère, Hortense était une coureuse. Allégation facile puisque Hortense avait eu quatre enfants sans jamais se marier. Je vous passe les insultes et les noms d'oiseaux que Berthe lançait lorsqu'elle évoquait Hortense. Pour elle, la vie d'Hortense Châtillon était une source inépuisable de commérages. Enfin, vous voyez le tableau !

— Soyez plus précise, je vous prie. En particulier sur ce qui s'est dit quand Sylvain Châtillon s'est noyé.

— Ma belle-mère a prétendu qu'Hortense et son amant avaient payé pour leur péché et que c'était bien fait. Elle disait que si Hortense n'avait pas couché avec Aubance, les deux petits n'y seraient pas restés ! Voilà, vous êtes satisfait ?

Maud vacilla et s'appuya sur un muret de pierre qui séparait la terrasse du jardin. Hortense aurait eu une liaison avec le père du petit camarade de Sylvain, le propriétaire du domaine voisin ? Quasiment sous les yeux de son épouse et alors que les enfants des deux familles avaient pour habitude de jouer ensemble ? C'était terrible. Hortense avait toujours clamé haut et fort qu'elle avait eu plusieurs amants mais qu'elle n'avait jamais levé les yeux sur les hommes mariés, ni répondu aux avances de ces messieurs. Elle avait menti. Non seulement elle avait eu la cuisse légère, mais elle avait été malhonnête. La déception et le chagrin envahirent Maud. Elle se sentait trahie. Les larmes lui montèrent aux yeux et elle se détourna, faisant mine d'observer le jardin. Le lilas était magnifique ; de lourdes grappes de fleurs mauves faisaient ployer les branches de l'arbuste. Elle songea à son père qui adorait les lilas. Il avait dû souffrir d'avoir une mère aussi volage, une mère dont on parlait comme d'une… Maud serra les dents.

— Madame Châtillon aurait eu une relation avec Aubance, d'accord, reprit Élias, mais quel rapport avec l'accident qui a coûté la vie aux deux enfants ?

Maud pivota sur elle-même. Élias poursuivait l'interrogatoire et elle ne devait pas en perdre une miette.

— Je n'en sais rien, répondit Agnès. Je ne prêtais pas attention aux ragots de Berthe. Il y avait tellement de mensonges, d'inventions et de médisance dans ses propos. Moi-même, je n'échappais pas à son esprit mal tourné. Plus d'une fois, elle a dit à son fils des choses vilaines sur moi… Vous n'avez pas idée…

Agnès continua, soulagée de confier ce qu'elle avait enduré. La source ne tarissait pas. Berthe avait fait vivre l'enfer à Agnès. Et Maud se demandait comment sa belle-fille avait pu en supporter autant, comment elle n'avait pas craqué, pourquoi elle n'était pas partie. Agnès devina ses questions muettes.

— C'était comme ça, il y a cinquante ans, murmura-t-elle. On se mariait pour le meilleur et pour le pire. Pour moi, le pire a été Berthe. Depuis qu'elle est partie, j'ai le meilleur. Oh, bien sûr, je ne dirais pas ça devant mon époux, ni même devant Marius. J'essaie de ne plus y penser et de profiter de ce qui m'est offert maintenant. Le calme et la paix auprès de mon mari. C'est un homme bien malgré tout. Ce qui est arrivé n'est pas sa faute. Il a été dominé pendant des années par une mère possessive. C'était ainsi, avant, quand plusieurs générations cohabitaient sous le même toit. Tu ne répéteras rien de tout ça à Marius, n'est-ce pas, Maud ?

Maud promit le silence, songeant que ça ne serait pas compliqué puisqu'elle ne le reverrait plus. Sauf s'il se mettait en tête de la coincer au hasard d'une rencontre…

— Encore un point que j'aimerais éclaircir avant que nous ne vous laissions tranquille, dit-elle. Est-ce que vous savez où sont partis les Aubance après le décès de leur fils ? Roger Aubance aurait-il vendu le domaine car poussé par sa femme qui voulait l'éloigner d'Hortense ? Où sont-ils allés, ensuite ?

— Roger Aubance ? Mais ce n'était pas lui, l'amant d'Hortense ! C'était son frère, le gendarme !

Agnès se tourna vers Élias et fit un signe du menton comme pour désigner son uniforme.

— Vous êtes sûre, madame Perrusson ? intervint Élias en fronçant les sourcils.

— Ah, ça oui ! Sûre et certaine. J'ai assez entendu Berthe rabâcher qu'Hortense fricotait avec la maréchaussée de Cormery.

— Et qu'Aubance était son amant ? Yvon Aubance ? insista Élias.

— Yvon, c'est ça ! Je ne me souvenais plus de son prénom.

Élias hocha la tête et regarda Maud, comme pour lui demander si elle en avait fini ou si elle avait encore d'autres questions. Elle paraissait ailleurs. À quoi pensait-elle ?

— Maud ? fit doucement Élias pour la tirer de sa torpeur.

Elle sursauta.

— Il me semblait que tu voulais savoir où Roger Aubance et son épouse s'étaient installés lorsqu'ils ont vendu leur domaine, ajouta-t-il. C'est ça ?

Elle acquiesça.

— Du côté de Richelieu, dit Agnès. Où, exactement ? Je l'ignore. Mais je sais qu'à l'époque ils ont laissé tomber les fruitiers et ont repris une exploitation d'asperges. Avec Berthe, on était au courant de tout. En particulier les jours de marché à Cormery !

— Roger Aubance aurait acheté des terres à Chaveignes ? Aux alentours, peut-être ?

— Possible. C'est là que poussent les belles asperges blanches du Richelais. La pleine saison commence, d'ailleurs.

Élias approuva.

— Nous n'allons pas vous ennuyer plus longtemps, madame Perrusson, dit-il. Merci de nous avoir reçus, et merci pour ces précieuses informations.

À son tour, Maud remercia Agnès et la salua, puis elle suivit Élias et monta dans la voiture. Elle ne prononça pas un mot de tout le trajet, remettant dans l'ordre les quelques pièces d'un puzzle dont les contours restaient désespérément flous.

43

Claudine sortit deux gros pots de cerises à l'eau-de-vie d'un placard.

— Un pour chacun ! déclara-t-elle à Amaury et Maud. Cadeau de Julie-Thérèse !

— Oh, super ! s'exclama Amaury. Et merci à ta cousine. J'adore.

— Je le sais bien. Quand vous êtes là le week-end, leur niveau diminue !

— C'est vrai qu'Amaury et moi, on aime bien grignoter une cerise ou deux quand tout le monde est au lit, convint Maud.

— Une ou deux ? répliqua Amaury. Plutôt quatre ou cinq, voire plus ! Parfois, on a du mal à monter se coucher. L'escalier tangue sous nos pieds.

— Bon, c'est pas le tout de plaisanter, fit Claudine en retirant son tablier, je me sauve car je dois passer chez Simone avant de rentrer chez moi.

— Tu l'embrasses pour nous, dit Maud. Et

rappelle-lui ma proposition de venir passer un moment ici, avec nous tous.

— Je transmettrai le message. N'oubliez pas d'éplucher les pommes de terre, ajouta la cuisinière. Vous les rincez et les coupez en cubes. Pas trop petits, hein ? Puis vous les disposez dans la cocotte autour du poulet sans remuer et vous laissez mijoter jusqu'à 20 heures. Il ne vous restera plus qu'à passer à table.

— Bien, chef !

Claudine sourit à Maud et Amaury et leur donna un baiser sur le front. Puis elle enfila son gilet, attrapa son sac et sortit.

— Alors, corvée de patates ? fit Maud en regardant son frère.

— Corvée de patates, approuva-t-il en sortant deux économes d'un tiroir.

Ils se mirent au travail. Seul le glissement des lames sur la peau des pommes de terre troublait le calme de la pièce, avec de temps en temps les ronflements de Marco allongé sous la table. Le molosse était venu se coucher à leurs pieds, en quête de compagnie. Hortense, Isabelle et Jacques étaient enfermés dans la bibliothèque depuis plus d'une heure avec le notaire. Chaque année à cette période, ce dernier venait au domaine pour les aider à compléter la déclaration d'impôts. Sa présence sécurisait Isabelle qui craignait toujours de commettre une erreur. Elle tenait bien les comptes, mais elle aimait être rassurée avant d'inscrire les chiffres dans les cases destinées à l'administration fiscale. Pour éviter d'être dérangée par les jeux des chiens, Hortense avait pris Oxford avec elle, laissant Marco de l'autre côté de la porte.

— Puisque nous sommes tranquilles, dit Amaury en prenant son portable, regarde ça. Un coffret à couture pour maman, expliqua-t-il en montrant la photo. Une superbe boîte. J'ai pensé que ça pourrait être un beau cadeau de fête des mères. Si t'es d'accord, je le réserve.

— Ah, effectivement, c'est joli. Tu l'as trouvé où ?

— À Loches, chez un antiquaire à qui j'ai revendu une table que j'avais achetée dans un vide-greniers.

— Pourquoi tu ne l'as pas gardée pour ta boutique ?

— Parce que c'est une table particulière, époque Napoléon III, en marqueterie Boulle et de forme violonée, laiton et écaille de tortue véritable. Le type de Loches est un spécialiste de la marqueterie Boulle, je savais qu'il me la prendrait à un très bon prix.

— Et la boîte à couture ? demanda Maud en se penchant de nouveau sur le cliché.

— Acajou, écaille de tortue aux quatre coins du couvercle, beau vernis au tampon. Elle a été parfaitement restaurée.

— Et le prix ?

— Ah, la question qui fâche !

— À ce point ?

— Un peu. Si tu es d'accord, je négocie. Je pense que ce cadeau ferait plaisir à maman.

Maud approuva. Sa mère aimait la couture. Une détente qu'elle s'accordait presque chaque fin d'après-midi. Elle apprécierait sûrement cette magnifique boîte.

— C'est une bonne idée, reconnut Maud. Ça lui plaira, c'est certain. Julia n'est pas rentrée ? ajouta-t-elle en jetant un œil sur la pendule. Ça m'étonne.

— C'est plutôt bon signe, non ? Ça signifie que son démarchage fonctionne et que les acheteurs potentiels prennent de leur temps pour la recevoir.

— Elle se débrouille très bien, reconnut Maud. Il y a un an, je n'aurais pas parié sur une telle réussite. J'ai vu ses confitures l'autre jour aux halles de Tours. Elles étaient bien mises en valeur.

— Elle est heureuse, notre Julia ! J'avoue qu'au début j'étais perplexe, moi aussi. Et je t'en ai un peu voulu de ne pas être plus directive avec elle. Je ne comprenais pas que tu puisses autoriser ta fille à abandonner le droit pour des confitures. Finalement, tu as eu raison.

Maud hocha la tête. Cent fois elle avait eu envie de secouer Julia et de lui ordonner de reprendre le chemin des études, cent fois elle avait renoncé. Julia n'était plus une petite fille, elle ne pouvait pas lui dicter sa conduite.

— Avec Victor, c'est le grand amour, poursuivit Amaury. Ils sont bien assortis. Et toi, comment vas-tu ?

La question surprit Maud. Troublée, elle se leva pour remplir l'évier d'eau et y plonger les pommes de terre.

— Ça va, répondit-elle enfin.

— Ça va comment ? Tu es toujours chez Élias ?

Maud acquiesça. Elle n'avait pas caché à son frère la peur qui avait été la sienne le jour où Marius l'avait prise en chasse. Elle lui avait tout raconté. Y compris qu'elle avait trouvé refuge chez Élias.

— Tu comptes revenir chez toi ?

— Évidemment.

— Excuse-moi, mais ça ne semble pas si évident que ça. Je plains le pauvre Élias.

Maud se renfrogna. Elle n'avait pas l'impression d'être invivable ! Amaury avait-il eu tant de mal à la supporter lorsqu'elle habitait chez lui ?

— Je n'ai pas dit que tu étais insupportable, grogna Amaury. Je plains Élias de t'avoir sous son toit et d'être obligé de jouer les bons copains en plus du bon samaritain.

— Comment ça ?

— C'est pourtant clair ! Élias est amoureux de toi. On en a déjà parlé.

— N'importe quoi !

Amaury haussa les épaules et alla prendre dans le réfrigérateur un pot d'olives et une bouteille de vin blanc. Lorsqu'ils eurent trinqué il fixa Maud droit dans les yeux.

— Tu as été bouleversée par ce qui t'est arrivé

l'été dernier avec Marius et je ne nie pas que c'est difficile pour toi de t'y retrouver. Mais Élias…

Amaury n'en démordait pas, Élias était amoureux de Maud. Le gendarme aurait fait n'importe quoi pour avoir une place dans son cœur.

— Quand il parle de toi, ses yeux brillent, poursuivit Amaury. Tout ce que tu dis, tout ce que tu fais est génial. Je suis sûr qu'il pousse le bouchon jusqu'à cuisiner ce que tu aimes !

— Coupe les pommes de terre et arrête de te faire des films. Il n'y a pas de jeu de séduction chez Élias. Il m'a offert son soutien et je l'ai accepté.

— Mouais, un soutien infaillible et inconditionnel…

— C'est dans son caractère, je crois. Et aussi dans son esprit droit de gendarme. Il a des valeurs et il s'y tient.

— Mais de là à se sacrifier…

— Je ne lui demande aucun sacrifice !

— Non, bien sûr. Mais sans le vouloir, tu le tortures. Tu ne l'aimes pas, toi ?

— Euh… non, je ne crois pas. Enfin, si, je l'aime bien, évidemment.

— As-tu pris le temps d'observer la façon dont il te regarde ? Réfléchis. Si tu ressens quelque chose pour lui, donne-lui une preuve que tu tiens à lui. Fais-le pour lui, mais aussi pour toi. Il n'y a qu'en vivant et en aimant que tu parviendras à dépasser ce que Marius t'a fait subir. Fais confiance à Élias. Et fais-toi confiance.

Maud planta son couteau au cœur d'une pomme de terre, sourcils froncés.

— Amaury, tu es amoureux, très heureux avec Caroline et je m'en réjouis, mais ce n'est pas une raison pour chercher à me caser à tout prix !

— Ce n'est pas ce que je te souhaite. Je veux juste t'ouvrir les yeux. S'il n'y avait pas eu Marius, je suis persuadé que tu aurais déjà craqué pour Élias. Mais Marius a abîmé la femme que tu es. Ce que tu as vécu t'a rendue craintive, méfiante, distante même.

— T'es gonflé de me dire ça !

— Pas avec moi ! Pas avec nous, tes proches. Mais avec Élias, je trouve que tu devrais…

— Lui sauter au cou ? le coupa Maud, rouge de colère. Et dans la foulée, on baise ?

— Essaie de regarder Élias comme l'homme qu'il est et non plus comme un copain, reprit Amaury, désireux d'aller au bout de la discussion. Pire, comme un grand frère ! Élias n'est pas ton frère. Il t'aime. Et moi, je m'en veux !

— Tu t'en veux pour quoi ? Ce qui s'est passé avec Marius n'est pas ta faute.

— Il y a Marius, mais pas que ! Je m'en veux d'avoir été trop protecteur avec toi. Je ne suis pas sûr de t'avoir rendu service. Je t'ai toujours embarquée avec moi, et toi, tu t'es laissé faire. Quand on était ados, je préférais te savoir avec moi plutôt qu'avec des inconnus. On a grandi comme ça.

D'ailleurs, regarde nos amis, on a les mêmes ! On fréquente les mêmes personnes, les mêmes lieux…

Maud secoua la tête. Amaury avait raison, mais pour rien au monde elle ne l'aurait reconnu.

— En bref, tu essaies de me dire que je suis toujours collée à tes basques !

— Mais non ! Je crois plutôt que je t'ai empêchée de vivre, d'avoir tes propres amis. Je t'ai entraînée dans ma vie sans te laisser construire la tienne. Si tu veux tout savoir, aujourd'hui, je culpabilise. D'une certaine façon, je t'abandonne pour exister avec Caroline.

— Du coup, tu me jettes dans les bras d'Élias.

— Pas du tout. Ne mélange pas tout. Élias est fait pour toi et ça ne date pas d'aujourd'hui ! Il t'attend ! Une bonne fois pour toutes, tu ne peux pas indéfiniment te comporter avec lui comme tu le fais avec moi. Regarde-le comme l'homme qu'il est ! Quand tu auras bien imprimé ça, tu y verras peut-être plus clair.

44

— Alors, on l'ouvre, ce bocal de cerises ? demanda Élias.

— Allez ! répondit Maud. C'est vendredi soir !

— Et puis, tu pars demain…

Maud sentit une pointe d'émotion et de regret dans la voix d'Élias. Elle songea à ce qu'Amaury lui avait dit quelques jours plus tôt. Les mots de son frère la hantaient et elle ne parvenait à les oublier que lorsqu'elle travaillait. Absorbée par les dossiers des affaires en cours ou par ses rendez-vous divers, elle cogitait moins.

— Je suis heureux, très heureux que tu aies fait appel à moi quand tu t'es sentie en danger, dit Élias, penché sur le bocal. Tu m'as fait confiance en acceptant de venir habiter ici quelque temps.

— Merci de m'avoir accueillie, murmura Maud. Je me sens beaucoup mieux. J'ai repris du poil de la bête, comme on dit !

Élias s'appliquait à servir les cerises, les pêchant

délicatement avec une cuillère avant de les déposer dans les tasses.

— Goûtons ce péché mignon dont Amaury m'a vanté les délices ! déclara-t-il en tendant une tasse à Maud avant de glisser un fruit dans sa bouche. Hum… Il n'a pas menti, ton frère ! C'est pas trop fort en alcool, et quel goût ! C'est vraiment le parfum de la cerise qui ressort. Franchement, j'adore !

— Moi aussi. Mais attention, tout de même, c'est un peu traître. On se laisse avoir par la douceur du fruit, et au final, on s'enivre sans le sentir.

— Quatre chacun. C'est raisonnable ?

— Très. Surtout au regard de la consommation d'Amaury !

Ils éclatèrent de rire tous les deux.

— Tu sais préparer des cerises comme celles-ci ? demanda Élias.

— Non, hélas. Il paraît que le secret de Julie-Thérèse repose sur le soleil.

— Le soleil ?

— Ah, je ne saurais pas t'expliquer. Claudine elle-même ignore tout de la recette de sa cousine. À chaque fois qu'on lui en parle, elle nous répond que c'est le soleil ! Pour le reste, mystère et boule de gomme ! Tu dégustes un des derniers bocaux de l'an passé. Elle en refera cet été. Toi aussi, tu pourrais en préparer, tu as deux cerisiers et la cueillette est pour bientôt.

Elle se pencha pour contempler le jardin. La baie

était entrouverte et un filet d'air passait, apportant quelques senteurs fleuries.

— Le jardin est vraiment magnifique, remarqua-t-elle. Ton paysagiste a réalisé un super travail.

Cette vue lui manquerait. Certes, son appartement de la place Anatole-France était sans vis-à-vis, et depuis le balcon elle pouvait admirer la Loire et les quais. Mais ça restait la ville. À Saint-Georges, elle avait adoré ces matins où elle avait pris le petit déjeuner sur la terrasse en écoutant le chant des oiseaux. Un moment privilégié qu'elle avait souvent partagé avec Élias. Ils bavardaient quelques instants, entre deux tasses de café et deux tartines, avant que chacun ne parte au travail. Elle garderait de bons souvenirs de cette parenthèse. Elle y avait trouvé réconfort et sécurité. Elle avait surtout puisé de nouvelles ressources. Des ressources qu'il lui faudrait économiser une fois seule pour ne pas flancher de nouveau. Elle eut soudain envie de demander à son hôte si elle pouvait rester encore un peu. Le temps de... Le temps de quoi ? Elle s'ébroua.

— Un souci ? interrogea Élias. Pourquoi fronces-tu les sourcils ?

— Non, pas de souci. Je pensais à...

Elle se mordit les lèvres. Pas question de lui confier ce qui venait de lui traverser l'esprit.

— À quoi ?

— À Aubance. Il faut que j'aille le voir, que je discute avec lui. J'ai besoin de comprendre.

— Lequel ? Yvon, le maréchal des logis ?

— Oui.

— Je me demandais quand tu m'en reparlerais. Depuis notre visite à Agnès Perrusson, tu n'as pas dit grand-chose à ce sujet. Si tu veux, je t'accompagnerai. Aubance ne sera pas surpris, il m'a déjà vu ! Et il ne m'a pas dit toute la vérité !

— Ah, çà, il t'a roulé dans la farine, le vieux gendarme ! Mais ça m'ennuie de faire encore appel à toi. J'abuse...

— J'aime bien quand tu abuses.

Maud releva les yeux et croisa son regard. Elle eut l'impression que le feu lui montait aux joues et elle s'empressa de croquer une cerise.

— Ça me fait tout drôle d'imaginer que je vais rencontrer un ancien amant de ma grand-mère, dit-elle, espérant que cet aveu expliquerait la brusque rougeur de ses pommettes.

— Je m'en doute. Et Roger Aubance, tu vas aller le voir aussi ?

— J'aimerais bien, mais je ne sais pas si j'en aurai le courage. Il a perdu un fils et j'ai peur de raviver de méchants souvenirs. Peur aussi de me faire jeter dehors ! Ce qui n'est pas impossible.

— Allons rendre visite au gendarme d'abord, ensuite, tu aviseras. Je dis « nous », mais encore une fois, je ne veux pas m'imposer. Si tu préfères être seule pour parler de ta grand-mère avec lui, je comprendrai. En revanche, avertis-moi, s'il te plaît. Je suis rassuré quand je sais où tu es.

— D'accord.

Élias déposa une cerise sur sa langue et se leva pour insérer un disque dans la platine.

— Mon album préféré de Supertramp ! s'exclama Maud. Je vois que tu n'as pas oublié.

— Je n'oublie rien de ce que tu me dis.

Le cœur de Maud se serra. Les mots d'Élias lui rappelaient ceux d'Amaury... Il n'avait pas cessé de lui rabâcher qu'il n'y avait qu'elle pour ne pas voir combien Élias lui était attaché. Des souvenirs plus anciens lui revinrent d'un coup. Julia aussi lui avait fait remarquer que le gendarme la dévorait du regard. C'était le soir de son agression...

— Écoute cette chanson, fit Élias. Elle a dû être écrite pour toi.

Maud tendit l'oreille, attentive aux paroles qu'elle connaissait bien mais qu'elle n'avait jamais pris la peine de traduire.

— « Cache-toi dans ta coquille parce que le monde est dehors pour te saigner à blanc », reprit Élias. C'est toi, non ?

— Je ne me cache pas.

— Un peu, tout de même. Je sais que ce que tu as vécu avec Marius reste omniprésent dans ton esprit, mais il ne faut pas croire que tous les hommes sont comme lui...

Elle posa sa tasse et le dévisagea, émue de déceler autant d'intensité dans son regard. D'espoir aussi. Élias pouvait-il comprendre ses blessures sans qu'elle doive en faire étalage ? Il ne les ignorait pas, de toute façon. Et pour ce qui était de se confier, elle avait le docteur Avrillé...

— De quoi tu as peur, Maud ?

— Je n'ai pas peur.

Elle était piquée au vif. Bien sûr qu'elle avait peur ! Peur des hommes, peur d'elle-même ! Elle n'était pas prête à sortir de sa coquille. Pourtant, elle en avait envie.

— Ne me fais pas la tête, dit-il en esquissant un sourire pour la rassurer.

Il était furieux contre lui-même d'avoir écorné cette complicité qu'ils avaient tissée au fil des jours. À l'évidence, même si elle était plus détendue, elle n'était pas prête. Ou alors... elle ne ressentait rien pour lui ! Elle ne l'aimait pas et ne l'aimerait jamais. Pour se donner une contenance, il se pencha sur la petite table et tendit le bras vers le bocal de cerises.

— Je te ressers ?

— Une seule.

— Moi aussi, et c'est vraiment de la gourmandise.

Elle le regarda faire. Il la touchait beaucoup plus qu'elle ne l'aurait pensé. Pour une fois, le reconnaître l'apaisa. La terreur inspirée par Marius s'était transformée en défiance vis-à-vis de la gent masculine, doublée d'une crainte plus sourde. Elle ne se faisait plus confiance... Ce soir, Élias lui avait prouvé qu'il tenait à elle. Il aurait fallu être stupide pour ne pas comprendre ce qui se dissimulait derrière chacune de ses allusions et de ses petits gestes. Et au lieu d'attraper la main qu'il lui tendait, elle s'apprêtait à fuir. Elle savoura la cerise, la gardant en bouche, goûtant le sucre mêlé d'alcool qui coulait au fond de sa gorge. Elle ne quittait pas des yeux Élias qui ne pouvait ignorer l'attention dont il était l'objet. Leurs regards se croisèrent, s'accrochèrent. Elle ébaucha un sourire puis emplit ses poumons d'air, et se leva. Elle s'approcha du canapé où il était assis, figé, interloqué. Elle s'installa à côté de lui, lui prit le bras et le passa autour de ses épaules. Il se laissa faire. Elle posa la tête sur son épaule et il respira le parfum de ses cheveux.

— C'est vrai, chuchota-t-elle. J'ai la trouille et ça me rend folle.

Il ne répondit pas immédiatement. Une parole mal choisie, et c'était fichu. Il resserra légèrement son étreinte.

— Et si j'étais ton garde-fou ?

— Alors, je crois que j'aurais moins les chocottes !

Il rit doucement. Elle se tourna vers lui et posa un doigt sur sa bouche, lui intimant l'ordre de se taire. Puis elle s'approcha et ses lèvres frôlèrent celles d'Élias. D'une main tendre, il saisit sa nuque, la caressa du bout des doigts, l'invitant à poursuivre. Ce baiser, il en rêvait.

45

Élias s'éveilla et immédiatement, les images et les sensations de la nuit lui revinrent en mémoire. Il étendit le bras, fut déçu de ne pas sentir Maud à côté de lui. Il enfila un caleçon puis dégringola l'escalier, persuadé qu'il allait la trouver sur la terrasse. Elle n'y était pas. Il jeta un œil dans la cuisine, dans la cour : sa voiture n'y était plus. Pris d'un mauvais pressentiment, il courut à la chambre d'amis que Maud avait occupée jusqu'à la veille. Elle avait emporté toutes ses affaires ; il n'eut pas besoin de plus pour comprendre qu'elle était partie. Les larmes lui montèrent aux yeux et il se mit à pleurer comme un enfant.

Maud avait quitté Saint-Georges paniquée. Par quoi ? Elle était incapable de le dire. Elle s'était réveillée en sursaut, sur un horrible cauchemar. Elle se promenait au bord de l'Indre quand Marius était venu la rejoindre. Il l'avait empoignée et... À côté d'elle, Élias dormait paisiblement. Elle aurait pu se blottir contre lui. Pourtant, elle n'avait pensé qu'à fuir. Elle était passée à Tours, avait déposé ses sacs dans l'entrée de l'appartement puis elle avait raflé quelques affaires de rechange ainsi que sa trousse de toilette et avait pris la route de la Dame blanche où elle espérait oublier, ou réfléchir. C'était l'un ou l'autre.

Il était tôt lorsqu'elle arriva chez Hortense, mais personne ne s'en étonna. Tous étaient sur le pont. Une grande journée se préparait. Amaury exposait à la brocante d'Azay-le-Rideau et Julia y vendrait ses confitures sur le marché des producteurs. Un événement qui avait lieu tous les ans en mai. Cette année, il correspondait avec le week-end de la Pentecôte. On attendait beaucoup de monde. La famille Châtillon au grand complet irait passer la journée dans cette petite commune, célèbre pour son château bâti sur une île au milieu de l'Indre. Amaury, Julia et Victor étaient partis à l'aube pour installer leurs stands. Les brocanteurs exposaient sur l'un des parkings de l'îlot, les producteurs locaux sur le parvis de l'église et dans la rue Rabelais. Il fallait déballer la marchandise puis aller garer les véhicules à l'extérieur du village. Azay serait en grande partie inaccessible aux voitures. Les visiteurs étaient invités à stationner en dehors de la commune, dans des champs réquisitionnés pour l'occasion.

— Un café ? demanda Jacques. À moins que tu préfères partir dès maintenant ?

— C'est comme vous voulez, répondit Maud.

Isabelle les informa qu'Hortense n'était pas tout à fait prête. Maud pouvait boire tranquillement son café. Tout son esprit était tourné vers Élias, avec le souvenir de sa tendresse, de ses caresses et de ses baisers. Un moment de grâce enlaidi par la brusque apparition de Marius.

À la gendarmerie, Élias s'était enfermé dans son bureau. Il n'était pas de permanence mais il avait préféré venir travailler. Se plonger dans ses dossiers l'empêcherait de cogiter. Il ouvrit son ordinateur pour étudier une affaire en cours, le vol de mobilier et de tapisseries de valeur dans une propriété familiale du début du XVIe siècle. Située non loin de Langeais, la demeure avait été cambriolée deux semaines plus tôt. Élias s'absorba dans la contemplation des photographies. C'était un joli pavillon de chasse de style Renaissance, entouré d'un parc et d'un bois. Un endroit calme mais très isolé. Pour le plus grand bonheur des cambrioleurs sans doute. Il ouvrit un tiroir et saisit le rapport rédigé par le lieutenant Veuil qui avait été chargé de l'enquête de voisinage. Hélas, aucun témoignage ne rapportait des faits suspects. On n'avait rien remarqué aux alentours. Pas le moindre passage d'un véhicule inconnu, pas de rôdeurs autour de la propriété. Pas le plus petit début de piste. Quant à l'équipe scientifique et technique déléguée sur place, elle n'avait récolté aucun indice significatif. Les voleurs n'étaient pas des débutants, ils avaient pensé à tout : alarme neutralisée, port de gants et de combinaisons avec capuches pour retenir les cheveux… Il n'y avait pas une trace d'ADN. Un vrai travail de professionnel. Élias soupira. Ne restait que le coup de chance pour espérer récupérer une partie du butin. Et ce coup de chance passait souvent par Internet. Il se connecta, inscrivant dans le moteur de recherche les termes « tapisserie », « Aubusson », « vente », « achat »… Il parcourut plusieurs pages, s'intéressant surtout aux ventes en ligne des antiquaires. Sur le marché de l'art, les trafics étaient fréquents. Moins d'un mois plus tôt, non loin de Blois, un coup de filet retentissant avait permis d'arrêter cinq personnes, dont le patron d'une prestigieuse maison de ventes et une ancienne conservatrice du Louvre. Le réseau avait dérobé des objets de culte d'une grande valeur historique, dont un crucifix du XIIe siècle volé dans une vieille chapelle de Provence, réapparu sur Internet lors d'une vente aux enchères. À partir de cette simple annonce, la filière avait été remontée, les coupables arrêtés et le réseau démantelé. Hélas, concernant le vol commis non loin de Langeais, aucune tapisserie d'Aubusson ne circulait sur le Web.

— Ça viendra, marmonna Élias. Patience…

Il soupira, se redressa et jeta un coup d'œil par la fenêtre. Le temps était magnifique. L'idée d'une belle journée lui parut insupportable et il se concentra de nouveau sur son enquête. Il décida d'adresser un mail au colonel Gentilly, de l'OCBC. Il le connaissait depuis des années pour avoir parfois collaboré avec lui, et il l'appréciait beaucoup. La brigade de l'OCBC, même réduite à vingt agents, traquait avec efficacité les criminels spécialisés dans le vol et le recel d'objets précieux. Élias dérangeait rarement le colonel Gentilly, toujours accaparé par de grosses affaires. Mais plus il songeait aux tapisseries, plus il se disait que cette marchandise ne pourrait pas être revendue via les brocantes et qu'elle transiterait obligatoirement par les mains de personnes très organisées. Il l'avait vérifié, les tapisseries anciennes ne se vendaient pas à moins de 20 000 euros. Et ce n'était que le montant de départ. Les prix pouvaient s'envoler, certaines tapisseries dépassaient les 100 000 euros, voire plus, parfois le million. Ce n'était donc pas dans les vide-greniers de Touraine qu'on retrouverait le produit du vol. Il composa son message, le relut et cliqua sur « envoi ».

Son regard se perdit de nouveau vers la fenêtre et il eut l'impression que le soleil le défiait. L'insolence de ses rayons était cruelle. Elle lui rappelait combien il aurait été bien chez lui à profiter du jardin, allongé dans un transat à côté de Maud… Sa poitrine se comprima et il repoussa sa chaise, soudain décidé. Il voulait la voir ; elle lui devait une explication.

Il se mit à faire les cent pas, naviguant entre la porte et le bureau, réfléchissant. Il n'était pas question de débarquer chez elle sans prévenir, pas question non plus de l'effrayer mais juste de lui dire combien il était perdu, décontenancé, déçu, triste… tout bonnement malheureux. Il attrapa son portable et rédigea un SMS :

Pourquoi ? Pourquoi tu n'étais plus là ce matin ? Cette nuit, j'ai cru qu'on commençait quelque chose tous les deux. Ai-je rêvé ? Me suis-je trompé ?

***

— Peux-tu faire le réassort du côté des abricots, s'il te plaît ? demanda Julia à sa mère. Ça se vend comme des petits pains.

— Bien sûr !

Maud était ravie. Le stand ne désemplissait pas et Julia lui avait demandé de lui prêter main-forte. Sans le savoir, sa fille lui rendait un énorme service. Occupée, elle n'avait guère le temps de penser. Victor était là également, ne ménageant pas sa peine. Maud ouvrit un carton, en sortit des pots deux par deux et les aligna près de l'ardoise indiquant *Abricots de Touraine*. Elle prit soin de séparer ceux qui étaient parfumés à la vanille. Il fallait ranger les confitures en fonction des fruits et des différents arômes et épices.

— Je vais rechercher deux ou trois cartons au camion, annonça Victor en saisissant le diable.

Maud le regarda s'éloigner. Elle était désormais à l'aise avec lui. Et réciproquement. Chacun avait fini par trouver sa place et Maud ne voyait même plus la différence d'âge qui séparait Julia de son fiancé. À l'automne, une fois terminée la saison des fruits, ils se marieraient. Ce serait simple : un repas en famille au domaine à l'issue de la bénédiction à l'église. Un choix qui ne plaisait guère à Amaury, qui aurait aimé une fête avec de nombreux invités. Hortense aussi avait été déçue. Elle aurait voulu une belle réception pour le mariage de l'aînée de ses arrière-petits-enfants... Mais Julia n'en avait pas démordu. La seule chose sur laquelle elle avait cédé, c'était sa tenue. Pour faire plaisir à son arrière-grand-mère et à sa grand-mère, elle porterait une grande robe blanche. Le vêtement avait été dessiné par Isabelle et Marianne. Elles avaient ensuite confié une partie du travail à une couturière. Les essayages avaient lieu tous les quinze jours dans la bibliothèque, et personne n'avait le droit d'y pénétrer.

— Hé, Maud !

Maud sursauta et reconnut Amaury.

— Je t'ai appelée, tu ne réponds pas. Où est ton téléphone ?

— Je ne l'ai pas entendu, s'excusa Maud.

— C'est bientôt l'heure de déjeuner. Tu viens ? J'ai réservé une table en terrasse. Le bistrot est un peu plus loin, au bout de l'allée. Julia viendra plus tard avec Victor. On mangera à tour de rôle afin de garder les stands.

— J'attends le retour de Victor et je te rejoins.

Maud rangea les derniers pots, chercha son téléphone dans son sac et découvrit le SMS d'Élias. Bouleversée, elle s'éloigna. Le message de son amant la ramenait à sa fuite inexpliquée. De quoi avait-elle peur ? Elle fit quelques pas, se retrouva sur le pont qui enjambe l'Indre et s'accouda à la balustrade. Entre les arbres et les mouvements légers du feuillage, le château d'Azay-le-Rideau se dessinait au-dessus de son miroir d'eau. Mais cette jolie vision ne pouvait la consoler et lui faire oublier les mots d'Élias. Évidemment, il n'avait pas compris. Évidemment, il se posait des questions. Que lui répondre ? Élias lui plaisait et sans doute l'aimait-elle. Il était séduisant et désirable. Rien que de penser à lui, elle sentait son cœur s'emballer. Était-ce ça, l'amour, ou vivait-elle le début d'une histoire banale qui n'irait pas très loin ? Jamais elle n'avait construit quelque chose avec un homme. Elle avait même écarté le père de Julia pour élever seule l'enfant désiré.

Des larmes lui brûlèrent les yeux. Oui, elle aimait Élias. N'avait-elle pas déjà tout gâché en faisant l'amour avec lui ?

46

Élias s'assit sur la coque de la vieille barque et fixa Maud, attendant qu'elle sorte de son silence comme il avait attendu des heures une réponse à son SMS. Elle lui avait finalement envoyé un message tard la veille au soir. Elle lui proposait de venir la voir à la Dame blanche le dimanche après-midi.

Après le déjeuner, elle avait guetté sa voiture et l'avait aussitôt entraîné pour une promenade au bord de l'Indre où nul ne viendrait les déranger. Seul Benoît s'y baladait parfois. Mais Benoît ne dérangeait personne…

— Tu m'as demandé de venir ici parce que tu t'y sens en sécurité ? demanda Élias, voyant qu'elle ne se décidait pas à ouvrir la bouche. Tu redoutais de me rencontrer loin de ta famille, c'est ça ? Tu as peur de moi ?

— Non.

— Explique-moi.

Elle leva les yeux au ciel, attrapa la branche d'un

saule et en caressa le feuillage avant de la lâcher. Un clapotis lui fit baisser les yeux. Un crapaud venait de sauter dans l'eau. Des ronds réguliers se formèrent à la surface et elle scruta l'eau verte à la recherche du batracien. D'ordinaire, ces petits animaux préféraient la mare à la rivière... Amaury le lui avait dit au moins cent fois quand ils étaient enfants : « Le crapaud est un animal qui vit plutôt sur la terre, mais lors de la reproduction, il retourne dans la mare où il est né. »

— Si tu me disais à quoi tu penses ? fit doucement Élias.

— Si je te le dis, tu ne me croiras pas.

— Vas-y toujours.

— Je pensais au crapaud et à ce qu'Amaury me racontait sur cette espèce lorsque nous étions gosses.

— Ah, effectivement, c'est original ! Amaury t'a-t-il également expliqué que le crapaud, s'il est embrassé par une jolie femme, se transforme en prince charmant ?

Quand elle répondit à son sourire, il fut soulagé d'être parvenu à détendre un peu l'atmosphère.

— Tu n'as rien d'un crapaud, murmura-t-elle.

— Normal, puisque tu m'as embrassé pendant toute une nuit.

Elle rougit et regarda ses pieds. Il fallait qu'elle se lance, qu'elle ose lui avouer ce qui l'effrayait.

— J'ai peur de te perdre, lâcha-t-elle enfin.

Élias resta bouche bée, pas certain d'avoir compris. Elle avait peur de le perdre et elle mettait un terme à leur histoire d'amour à peine née ? Ça n'avait aucun sens. Elle ne l'aimait pas. Point barre.

— Ce que tu veux, souffla-t-il d'une voix étranglée, c'est qu'on n'aille pas plus loin mais qu'on reste amis. Donc, qu'on oublie qu'on a fait l'amour. Pourquoi tu ne me dis pas honnêtement les choses ? Que tu ne m'aimes pas. Je préfère avoir mal une bonne fois pour toutes et cesser de rêver.

Elle s'assit à son tour sur la vieille barque. Il ne restait guère de traces de l'antique peinture bleue et le bois s'effritait chaque jour davantage. Un jour, l'embarcation disparaîtrait complètement. À moins que quelqu'un s'aventure à la restaurer.

— Non, je tiens à toi.

C'était dit, et il l'avait entendue. Ça n'empêchait pas une terreur sourde de la miner.

— As-tu pensé que coucher ensemble pouvait tout fiche en l'air ? reprit-elle. Si ça met fin à la complicité qui existe entre nous, je devrai dire adieu à tout ce que j'aime chez toi.

— Arrête, Maud ! Ton raisonnement ne tient pas debout. Soit tu m'aimes et on y croit, soit… Je suis paumé, alors fais un effort pour éclaircir tes sentiments et te décider. Est-ce que tu sais ce que tu veux ?

Maud soupira. À chaque fois qu'elle tentait de se justifier, elle creusait un peu plus le fossé entre eux. Elle était au trente-sixième dessous, consternée de ne savoir que faire, affolée à l'idée qu'une fois de plus, elle ratait quelque chose.

— Je ne veux pas te perdre, répéta-t-elle.

Elle hocha la tête, comme pour appuyer ses mots.

— Écoute, Maud, je vais te laisser réfléchir. Moi, ça fait des mois que je t'attends. Alors oui, avant-hier soir, j'y ai cru. Vraiment. Et maintenant, je suis… fatigué.

Bouleversée, elle le regarda. C'était vrai, il avait l'air épuisé. Et son regard était tellement triste… Qu'aurait-elle pu ajouter pour adoucir les choses ?

— Je sais que je peux parfois paraître compliquée ! lâcha-t-elle. Je te jure que j'ai eu peur de te perdre. C'est pour ça que je me suis sauvée.

Avec un haussement d'épaules, Élias se leva. Elle plongea la main dans sa poche et en sortit un trousseau de clés.

— Je suis partie avec, hier matin, murmura-t-elle.

— Garde-les. Le temps que tu réfléchisses. Tu as besoin de prendre un peu de recul. On n'a pas exactement la même conception de l'amour, toi et moi, ou alors tu n'as pas encore défini la tienne. Moi, je n'ai peur ni de t'aimer ni de te perdre. Si tu m'aimes, bien sûr… Mais pour le moment, j'ai le cœur à l'envers.

Il fit quelques pas lents, comme s'il l'attendait.

— Ça ne change rien à mes promesses, reprit-il. Si tu as besoin de ma présence à tes côtés pour aller voir Aubance, tu me fais signe, je serai là.

Pétrifiée, elle le regarda s'éloigner puis bondit pour le rattraper.

— Attends, ne pars pas comme ça. Je ne supporte pas de te savoir malheureux.

Il eut un petit rire grinçant : voulait-elle aider l'ami ou l'amant ? Il ne posa pas la question. La balle était dans son camp. C'était à elle de faire le premier pas si elle souhaitait reprendre la partie. Ils avaient à peine ébauché leur histoire, à peine effleuré l'amour... Sa poitrine se comprima et il eut l'impression que son corps tout entier exprimait ce qu'il lui avait dit quelques minutes plus tôt. Il avait le cœur à l'envers. Il ralentit, épuisé. Maud marchait toujours à côté de lui, silencieuse. Ils bifurquèrent à gauche, quittèrent le petit chemin qui longeait l'Indre et remontèrent vers la cour où Élias avait garé sa voiture.

— Est-ce que tu veux entrer prendre un verre ? Amaury est là, proposa Maud.

— Non, merci, c'est gentil, mais je suis crevé. Salue Amaury pour moi, ainsi que toute ta famille.

Élias tendit la main vers la portière. Au même moment, Amaury sortit sur le perron.

— Ah, il me semblait bien que j'avais reconnu ta voiture ! s'écria-t-il en dégringolant l'escalier. C'est quoi, cette visite secrète ? Tu viens jusqu'ici et ce n'est pas pour me voir ? Quel cachottier tu fais !

Maud se tourna vers Élias, affolée. Comment allait-il expliquer sa venue au domaine ?

— Aucune cachotterie, dit Élias en tendant la

main à Amaury. J'étais venu dire à Maud de conserver les clés de la maison de Saint-Georges. Si jamais elle en a besoin…

— Je pensais te voir à la brocante d'Azay-le-Rideau. Il y avait de belles choses. À coup sûr, tu as manqué des affaires. Quand tu auras le temps, passe à la boutique. J'ai une jolie console que j'imagine très bien dans ton entrée, près de l'escalier.

— Je viendrai, promis ! Mais où ? À Tours ou à Montlouis ?

— Elle est à Montlouis, mais je peux la rapporter à Tours si tu préfères.

— Ne te donne pas cette peine, j'irai à Montlouis. Ce sera l'occasion d'une belle promenade.

— OK ! Appelle-moi avant afin que je t'y retrouve.

— Ça marche ! répondit Élias.

Son teint était d'une pâleur inquiétante. Il esquissa un sourire et, soudain, se figea. Il porta la main à son cou comme pour desserrer la cravate qu'il ne portait pas. Est-ce qu'on lui écrasait la gorge ? Est-ce qu'on le privait d'air ?

— Élias, ça va ? Élias, qu'est-ce qui t'arrive ? s'inquiéta Amaury.

Une douleur irradia le torse du gendarme, l'empêchant de répondre. Il se sentait lourd, si lourd… Il fit quelques pas en titubant, s'appuya pesamment sur le capot de la voiture. Amaury se précipita vers lui. Il n'eut que le temps de l'attraper, d'accompagner sa chute et de retenir sa tête avant qu'elle ne heurte le sol de gravier.

— Appelle les secours ! cria-t-il à sa sœur hébétée qui mit quelques secondes à réagir.

Élias ne réagissait toujours pas et gardait les yeux fermés. Amaury ôta son pull qu'il lui cala sous la tête. Puis il se plaça au-dessus de lui, posa ses mains sur sa poitrine et entreprit une série de compressions thoraciques.

47

Dans la vaste salle d'attente des urgences, Maud repéra Amaury. Il était monté dans le véhicule du SAMU qui avait transporté Élias à l'hôpital de Tours. Elle les avait suivis en voiture mais n'avait pas roulé aussi vite que l'ambulance et les avait perdus de vue. Elle avait mis plus de vingt minutes à trouver une place de stationnement une fois dans l'enceinte de l'hôpital et cherché un bon moment l'accès aux urgences réservé au public. Elle se précipita vers son frère.

— Comment va Élias ? Tu n'as pas pu rester avec lui ? Tu as des nouvelles ? Que dit le médecin ? Est-ce…

D'un geste, Amaury l'arrêta.

— J'attends, lâcha-t-il. Ils l'ont emmené sitôt arrivé, et depuis, rien. Je n'ai revu personne. Je suppose qu'on lui fait passer des examens. Dans l'ambulance, le médecin et l'infirmier m'ont interrogé sur son état de santé. Mais à part leur raconter son malaise, je n'ai pas pu leur en dire plus. J'ai contacté le lieutenant Veuil ; il ne devrait plus tarder. Peut-être sera-t-il en mesure de répondre aux médecins. Si Élias a déjà eu des soucis de santé, il est sans doute au courant.

Maud hocha frénétiquement la tête. Des images se télescopaient dans son esprit : Élias mangeant une cerise à l'eau-de-vie ; Élias en uniforme lorsqu'ils s'étaient rendus chez Agnès Perrusson ; Élias franchissant la porte de l'agence immobilière ; Élias souriant le jour où il avait signé les papiers pour l'acquisition de la maison de Saint-Georges ; Élias au-dessus d'elle, torse nu, se penchant doucement, happant ses lèvres... Elle fut prise d'un vertige et sentit le bras d'Amaury qui saisissait le sien et l'entraînait.

— Ce n'est pas le moment de tomber dans les pommes, marmonna son frère. Viens, on va s'asseoir.

Il la conduisit jusqu'à une banquette et l'y poussa doucement.

— Ça va ? demanda-t-il en se penchant vers elle.

Elle était pâle à faire peur.

— Tu avais remarqué qu'Élias était souffrant ?

Elle fit signe que non.

— Il s'est passé quelque chose avec lui ?

Elle remua encore négativement la tête. Amaury fit la moue, pas convaincu. Il s'apprêtait à l'interroger de nouveau lorsqu'il aperçut le lieutenant Veuil, accompagné d'un supérieur. Il se leva pour aller à leur rencontre. Veuil fit les présentations. Amaury raconta ce qui s'était passé, le malaise d'Élias et l'arrivée des secours.

— Le médecin m'a demandé si Élias avait déjà eu ce type d'accident, mais j'ai été incapable de lui répondre, ajouta-t-il. Je pense que vous pourrez le renseigner davantage.

— Pas à ma connaissance, répondit le colonel. À moins qu'il nous ait caché quelque chose, ce qui n'est pas son genre. Et vous, Veuil, vous savez si Samara était malade ?

— Il ne l'était pas. Jamais il n'a eu un malaise de ce genre. Mais…

Veuil marqua un temps d'hésitation, ce qui fit froncer les sourcils de son supérieur.

— Mais ?

— Hier matin, il est venu travailler alors qu'il était en repos, et…

— Et quoi ? Ça n'est pas la première fois que Samara bosse sur son temps libre.

— Non, ce n'est pas ça. C'est…

— Il y a eu un souci à la gendarmerie ? coupa le colonel avec une pointe d'impatience. Un problème sur une affaire dont on ne m'aurait pas parlé ?

— Non, pas du tout. C'est juste que le commandant n'était pas comme d'habitude. Il était énervé, fatigué… À cran, peut-être.

— Et personne ne s'est inquiété de savoir pourquoi ?

— J'ai bien tenté de lui parler, mais il n'était pas d'humeur.

Le colonel fit la lippe. Cela ne ressemblait pas du tout à Samara. Cependant, il se tut, peu désireux de poursuivre cette conversation devant un civil. Il fit quelques pas pour réfléchir, puis revint vers Veuil et Amaury. Au même instant, un jeune homme en blouse blanche les rejoignit et s'adressa directement à ce dernier.

— C'est vous qui avez accompagné monsieur Samara, n'est-ce pas ?

— Oui. Comment va-t-il ?

— Son état est stable. Heureusement que vous étiez là ! Vous avez eu les bons réflexes. Nous lui avons fait un électrocardiogramme qui va être complété par une coronarographie.

— Qu'est-ce que c'est ? demanda Amaury.

— Un examen des artères et du cœur qui permet de déceler s'il y a eu infarctus. Des artères bouchées ou rétrécies par une plaque de cholestérol, par exemple, pourraient en être la cause.

— Je suis le supérieur du commandant Samara, intervint le colonel. Le lieutenant Veuil, ici présent, vient de nous dire qu'il ne l'avait pas trouvé très en forme, hier.

— Pas très en forme, c'est-à-dire ?

D'un regard, le colonel ordonna à Veuil de répondre.

— Il n'était pas dans son assiette. Plutôt fatigué. Un peu énervé aussi.

— Je vois. Je le note sur sa fiche pour le médecin.

— Parce que vous n'êtes pas médecin ? maugréa le colonel.

— Deuxième année d'internat, répondit le jeune homme sans se départir de son calme avant de se tourner de nouveau vers Amaury. Monsieur Samara a-t-il de la famille ?

— Il n'en a pas, intervint encore le colonel. Sa famille, c'est nous.

L'interne acquiesça et sourit à Amaury.

— Et vous, monsieur ?

— Je suis un ami.

— Bien. Si vous n'y voyez pas d'inconvénient, je vais prendre votre nom et votre numéro de téléphone.

Après s'être exécuté, Amaury retint l'interne.

— Quand pourra-t-on le voir ?

— Quand nous aurons fini tous les examens et que nous l'aurons installé dans une chambre. Vous pouvez attendre, mais ça risque d'être long…

— Merci, murmura Amaury avant de reculer pour laisser le colonel qui souhaitait discuter seul à seul avec le jeune médecin et de se rapprocher de Veuil.

— Je suis désolé de n'avoir pas été plus utile, dit le lieutenant. Je travaille depuis longtemps avec le commandant Samara. J'aurais dû l'interroger, hier, mais il avait la mine tellement fermée que je ne m'y suis pas risqué. Aurait-il un souci dont il vous aurait fait part ?

— Aucun. Vous savez, j'ai eu à peine le temps de lui parler. On a échangé trois mots, et il s'est effondré.

Amaury se retourna et jeta un coup d'œil vers Maud. Elle était toujours assise sur la banquette, avec le même air perdu que lorsque, enfant, elle avait fait une bêtise et craignait la colère de leurs parents. Instinctivement, il sut que quelque chose clochait. Elle ne lui avait pas tout dit. Il attendit poliment que le colonel ait terminé son entretien avec l'interne puis salua les deux gendarmes et rejoignit sa sœur.

— Quelles sont les nouvelles ? demanda Maud.

— Son état est stable. Tu veux attendre ici ou revenir plus tard ? On ne peut pas le voir maintenant, les examens ne sont pas terminés.

— On reste un peu, si tu veux bien.

— D'accord. Je vais appeler maman et lui dire de ne pas nous attendre pour le dîner. On grignotera en rentrant.

Après avoir passé un bref coup de fil à Isabelle, il saisit les mains de Maud et murmura :

— Que s'est-il passé avec Élias ?

Elle plongea son regard dans celui de son frère et fondit en larmes. Il la laissa pleurer, attendit qu'elle se calme pour l'interroger de nouveau. Les yeux rougis, la voix encore pleine de sanglots, elle lui raconta tout. Sa nuit d'amour avec Élias, sa fuite le lendemain matin et leur conversation cet après-midi.

— Je sais que je l'ai blessé, conclut-elle. Je m'en veux.

Amaury serra ses doigts entre les siens. Il était peiné et contrarié à la fois. Peiné pour Élias, qu'il estimait, peiné pour Maud, qui culpabilisait, et contrarié parce qu'elle avait eu tort de ne pas s'ouvrir à lui. Élias aurait compris les raisons de son cauchemar et ses hésitations si au moins elle lui avait dit qu'elle l'aimait.

— Si tu as des sentiments pour lui, il faut les lui avouer, conseilla-t-il. Et pas dans quinze jours !

— Non, j'ai tout fichu en l'air. Si je parviens à le garder comme ami, ce sera déjà pas mal.

— On a déjà eu cette conversation. Élias n'est pas ton frère et il ne te regarde pas comme une sœur. Il est honnête et droit, si tu ne fais pas le premier pas, il va s'effacer. Et toi, tu vas le regretter. Je sais que…

Il n'acheva pas sa phrase, l'interne venait de surgir.

— La coronarographie de monsieur Samara est tout à fait normale. Pas d'infarctus. Cependant, le produit injecté dans le cœur a permis de voir que le muscle n'a pas une forme normale. On dirait une amphore. Ce détail n'est pas anodin et nous avons une petite idée. Nous allons vérifier avec une échographie du cœur et une IRM cardiaque. Nous traitons de toute façon le patient comme pour un infarctus du myocarde en attendant des résultats définitifs. Hélas, il vous sera impossible de le voir.

On ne va pas l'installer dans sa chambre maintenant. Il reste en soins intensifs cette nuit, sous surveillance.

— J'appellerai dans la soirée pour prendre des nouvelles, si c'est possible. Merci de lui dire que nous pensons très fort à lui, ma sœur et moi.

— Je lui transmettrai le message.

48

Maud reposa sa tasse vide et fixa le vieil homme. À quatre-vingt-dix ans, Yvon Aubance avait le corps fatigué mais il était facile d'imaginer ce qui avait pu séduire Hortense en lui. Il avait dû être grand et élancé. Malgré son âge, il était resté fin et faisait des efforts pour se tenir droit comme un i. Ses rares cheveux gris étaient coupés très court et il était rasé de près. Maud avait cru deviner des notes de cédrat dans son eau de toilette.

— Votre examen est concluant ? demanda-t-il abruptement en tournant son visage vers Maud.

Elle rougit, se sentant prise en faute. Quand elle lui avait décliné son identité, il avait affiché une moue dubitative. Elle lui avait proposé de lui montrer ses papiers pour attester qu'elle était bien la petite-fille d'Hortense Châtillon. Il avait décliné, montrant du bout des doigts les verres fumés de ses lunettes.

« Je serais bien incapable de lire quoi que ce soit »,

avait-il maugréé avant de s'effacer pour la laisser entrer.

Il lui avait offert une chaise dans le jardin et il était reparti vers la maison. Effectivement, il avait des problèmes de vue. Il marchait lentement, faisant attention aux endroits où il posait les pieds et se servant de sa main droite pour se repérer au moment de franchir la porte. Quand il était revenu, il portait deux tasses et une cafetière.

« Servez-nous, s'il vous plaît. Au moins, je n'en renverserai pas partout. »

Il s'était assis en face d'elle, de l'autre côté de la petite table de fer forgé. Puis il n'avait plus dit un mot. Maud non plus, trop occupée à le scruter et à songer à l'histoire qu'il avait vécue avec Hortense, sans savoir exactement comment aborder le sujet pour lequel elle était là.

— Vous êtes venue pour quoi ? demanda-t-il brusquement. Si c'est pour poser des questions, allez-y. Plus vite ce sera fait, mieux ce sera.

Elle déglutit, surprise par cette rudesse de ton et cette envie d'en finir au plus vite. Elle avait cru qu'il lui faudrait combattre pour lui tirer les vers du nez, et voilà qu'il lui coupait l'herbe sous le pied.

— J'aimerais que vous me racontiez ce qui s'est passé le jour où le fils d'Hortense et celui de votre frère se sont noyés, et ce qui est arrivé après. Pourquoi avez-vous démissionné si vite ? Sans même faire une enquête digne de ce nom… Vous aviez découvert quelque chose de dérangeant ?

— Je suppose que la visite du commandant Samara il y a quelques semaines est en rapport avec votre venue aujourd'hui. C'est un de vos amis ?

— Oui, mais je ne suis pas là pour parler de lui, bafouilla Maud, décontenancée.

Elle but une gorgée de café pour se ressaisir puis réattaqua.

— Pourquoi Hortense a-t-elle été considérée comme responsable du drame par certaines personnes ? Pourquoi n'êtes-vous pas resté à ses côtés ? Vous l'avez fuie, elle aussi ?

Le visage du vieil homme se crispa. Instinctivement, Maud recula sa chaise, presque apeurée par la dureté de ses traits. Enfin, il desserra les mâchoires et prit une grande inspiration.

— Vous vous trompez, jamais je n'aurais abandonné Hortense.

Il se tut et fixa un buisson, tendant l'oreille. Maud crut reconnaître le chant d'une mésange mais elle ne dit mot. Cet instant bucolique avait-il ramené Yvon Aubance dans le passé ? Le rattachait-il à un souvenir ou tout simplement à la vie, à la nature qu'il ne pouvait plus admirer mais qu'il pouvait encore sentir et entendre ?

— J'aimais Hortense, reprit le vieil homme en soupirant. Je l'aimais comme je n'avais jamais aimé et je crois bien que rien n'a changé.

Maud crut deviner un sourire furtif sur ses lèvres et en fut émue.

— J'aurais fait n'importe quoi pour elle.

D'ailleurs, lorsqu'elle m'a demandé de partir, j'ai obéi. Vous ne pouvez pas savoir comme j'ai souffert. J'ai bien cru que mon cœur n'y résisterait pas. Ce n'est pas qu'une image, vous savez. Pendant des jours, je pouvais à peine respirer, comme si ma poitrine était comprimée dans un étau. J'ai pensé que mon palpitant allait s'arrêter. Peut-être même que je l'espérais inconsciemment. Mourir pour ne plus avoir mal. Hortense m'avait brisé le cœur… à moins qu'elle me l'ait arraché.

Maud frémit. Elle bascula quelques jours en arrière et les paroles d'Élias lui revinrent à l'esprit avec la violence d'un boomerang. *J'ai le cœur à l'envers.* Tels étaient les mots qu'il lui avait dits quelques minutes à peine avant de s'écrouler ! Elle serra les poings.

— Racontez-moi, murmura-t-elle, espérant chasser son angoisse.

— Le jour de la mort de Sylvain, j'étais avec Hortense. On s'était donné rendez-vous en début d'après-midi à Cormery, au bord de l'Indre, sur le petit chemin qu'on nomme l'Enclos de l'Abbaye. Un endroit où nous pouvions être tranquilles, où nous aimions être ensemble. Il était fréquenté par les pêcheurs tôt le matin ou en toute fin de journée. Personne ne pouvait nous y surprendre l'après-midi. Du moins, je le croyais. Après le drame, en entendant ici et là les ragots, j'ai compris que quelqu'un nous avait vus.

Immédiatement, Maud songea à la vieille Berthe

Perrusson, mais elle ne dit rien pour ne pas interrompre Yvon.

— On s'est séparés peu avant 16 heures. Hortense est rentrée au domaine, moi à la gendarmerie. C'est là que j'ai appris pour l'accident. J'ai alors rejoint au plus vite mes hommes qui étaient déjà sur place. Il n'y avait plus rien à faire. Ils avaient sorti de l'eau deux cadavres et un gosse était assis sur la berge, enroulé dans une couverture. Sur le moment, je n'ai pas vu qu'il s'agissait de Benoît. Les pompiers ont déposé les petits corps sur des brancards et j'ai reconnu mon neveu. J'ai regardé le visage du second, c'était Sylvain. Je le voyais parfois avec son jumeau. Ils venaient tous les deux jouer chez mon frère. Je savais qu'ils étaient les fils d'Hortense... Hortense avec laquelle j'ai passé les meilleurs moments de mon existence sur l'herbe douce des bords de l'Indre, quelques heures volées chaque semaine à nos obligations respectives.

La voix d'Yvon tremblait et Maud chercha à deviner son regard derrière ses lunettes. Elle aurait juré qu'il avait les larmes aux yeux. Mais il parut se reprendre et continua son récit. Les pompiers avaient emporté les enfants décédés dans un de leurs camions. Yvon avait tenu à monter avec Benoît dans l'autre, après avoir demandé à ses hommes d'aller prévenir son frère et Hortense afin qu'ils viennent à l'hôpital. Benoît était en état de choc. Muré dans le silence, il tremblait de tous ses membres. Aux urgences, il avait été pris en charge par une équipe de médecins. Il n'était pas gravement blessé, il n'avait que deux plaies pas bien méchantes à la cuisse. Le plus inquiétant était son état psychologique. Hortense était arrivée, suivie par le couple Aubance quelques minutes après elle. Il y avait eu des cris, des larmes, puis Yvon avait entraîné Hortense à l'écart pour la calmer. Elle devait s'apaiser avant de voir Benoît. Il venait de vivre un traumatisme et il avait besoin de sa mère…

— Quelques heures plus tard, Benoît a enfin réussi à ouvrir la bouche et le ciel nous est tombé sur la tête.

Yvon Aubance fit une pause. Une fois de plus, Maud eut l'impression qu'il écoutait les bruits du jardin, mais c'était plutôt la voix du souvenir qui résonnait dans ses oreilles.

— Benoît a raconté que Sylvain, Ludovic et lui avaient quitté le domaine en cachette avec les vélos. Sur les bords de la Loire, ils avaient chipé la barque d'un pêcheur et avaient traversé le fleuve pour se retrouver sur l'île de la Grange. Une dispute a éclaté à propos d'une broutille que je n'ai même pas retenue. Toujours est-il que la fâcherie s'est transformée en bagarre. Sylvain avait insulté Ludovic et celui-ci s'est rebiffé. Il a dit aux jumeaux que leur mère était une putain, qu'elle couchait avec tous les hommes du village. Bref, des insanités. Sylvain a répliqué, Ludovic a sorti son couteau, un canif comme les mômes en ont à la campagne et qu'on pense inoffensif. Il a blessé Sylvain à l'épaule, le sang a jailli et Benoît a foncé pour défendre son frère. Ludovic lui a porté deux coups à la cuisse. Benoît l'a alors poussé de toutes ses forces et l'a fait tomber à l'eau. La barque a tangué et Sylvain a basculé. Benoît nous a expliqué que Ludovic criait et lui tendait la main pour qu'il le tire de là. Mais Benoît n'a pas bougé, ne pensant qu'à son frère. Il a regardé Ludovic se noyer sans rien faire, pétrifié sans doute. Ludovic a bu la tasse plusieurs fois, puis il a disparu. Quant à Sylvain, il restait invisible. Et pour cause, le coup de canif avait touché l'artère axillaire…

Yvon Aubance baissa le ton et joignit les mains. Priait-il pour ces malheureux enfants ou pour trouver le cran de continuer ? Ses lèvres étaient restées entrouvertes mais plus aucun son n'en sortait. Maud fixait les lunettes aux verres fumés, essayant d'apercevoir une lueur.

— Sylvain n'avait plus la force de réagir, murmura Yvon. Il s'est vidé de son sang en même temps qu'il se noyait. Benoît a fini par sauter à l'eau pour le chercher. C'est à ce moment-là qu'un promeneur l'a aperçu gesticulant, emporté par le courant, et qu'il a alerté les secours.

Maud respira très fort. Benoît avait regardé mourir Ludovic sans réagir et il n'avait pas pu sauver son frère. Il y avait de quoi devenir fou. Mais que s'était-il passé ensuite ? Yvon Aubance avait-il tu sciemment à son frère ce que Benoît lui avait raconté pour boucler l'enquête au plus vite ? Elle attendit pour laisser au vieux gendarme le temps de récupérer.

— Puis-je aller vous chercher un verre d'eau ? proposa-t-elle. Ou autre chose...

— Un verre d'eau, oui, merci. La cuisine est sur votre droite quand vous entrez.

Maud revint avec une carafe et deux verres.

— Vous êtes la petite-fille d'Hortense, m'avez-vous dit ? La fille de Louis, de Jacques, ou de... Benoît ?

— La fille de Louis.

Pour la première fois, Yvon esquissa un vrai sourire. Hortense parlait souvent de son fils aîné. Elle était fière de lui. Elle adorait ses quatre enfants mais avec Louis, c'était différent. Sans doute parce qu'elle lui avait transmis sa passion de la terre, des arbres, et qu'il reprendrait les rênes du domaine. Yvon reposa son verre sur la table, mais trop près du bord. Celui-ci se brisa sur les pavés de la terrasse. Yvon rugit et Maud se précipita pour ramasser les débris.

— Sans la vue, je ne suis plus bon à rien, marmonna Yvon. Bientôt, il faudra que je quitte ma maison.

— Qu'arrive-t-il à vos yeux ? osa demander Maud.

— Une maladie liée à l'âge... Il y a encore deux

ou trois mois, tout allait bien. Il n'y a rien à faire, ça se dégrade de jour en jour.

Maud hocha la tête, ne sachant que répondre. Elle comprenait pourquoi Élias ne lui avait pas parlé de cette cécité qui handicapait Yvon. Lorsqu'il l'avait rencontré, le mal n'était pas déclaré.

— J'ai sans doute déjà trop tardé à entrer dans un établissement spécialisé, reprit le gendarme. Mais, mon Dieu, que c'est dur de tout abandonner, d'admettre qu'on perd son autonomie, qu'on ne peut plus rien faire sans l'aide des autres. Je me suis toujours débrouillé seul. Pour tout. Ma maison, mon jardin, je ne les ai confiés à personne, même une fois à la retraite. Hélas, ce temps est révolu et je n'ai plus le choix, je dois partir d'ici. C'est un crève-cœur, vous pouvez me croire ! Je vais le regretter, ce joli jardin si parfumé au printemps, et mes promenades… Il y a un ancien lavoir à une centaine de mètres d'ici, à deux pas de la rivière. J'aimais y aller avant, m'asseoir sur la pierre et respirer la nature. Mais le sentier, ce n'est plus possible pour moi.

— Je vous y emmène ? proposa Maud qui avait compris la prière formulée à demi-mot. Vous me raconterez la suite de l'histoire en chemin.

— Hortense a beaucoup de chance de vous avoir, murmura Yvon tandis que Maud passait son bras sous le sien. Et vous, vous avez une chance infinie d'être la petite-fille d'une femme comme elle.

Le cœur à l'envers

Maud se mordit les lèvres. Depuis des semaines, elle avait l'impression que le fossé se creusait entre sa grand-mère et elle. Pour la première fois, elle songea qu'il était temps de déposer les armes…

49

— Il faut qu'on parle.

Maud dévisagea son frère. Il n'avait pas la mine enjouée qu'elle lui connaissait d'habitude. Passé l'étonnement et le plaisir de le voir à l'agence, elle sentit la contrariété la gagner. Amaury n'était pas venu pour bavarder mais pour avoir une discussion.

— Tu es allée voir Élias ? demanda-t-il.

— Oui, hier, dans l'après-midi, avant mon rendez-vous chez le psy.

— Ah, bien pour Élias. Et tu as vu ton psy, c'est parfait. Et qu'est-ce qui ressort de tout ça ?

Maud recula d'un pas. Ce n'était plus une discussion mais un interrogatoire.

— On va jusqu'au café de l'Univers si tu veux, dit-elle en attrapant son sac à main tout en montrant Mélanie d'un mouvement du menton.

Elle n'avait pas envie d'étaler ses états d'âme devant son employée, aussi gentille et bienveillante soit-elle. Ils traversèrent le boulevard Heurteloup et contournèrent la place Jean-Jaurès sans échanger un mot. Une fois en terrasse ils commandèrent des cafés allongés.

— Comment ça va avec Élias ? murmura Amaury.

Son ton s'était adouci et Maud soupira, vaguement soulagée.

— Ça va, répondit-elle laconiquement.

— C'est-à-dire ? Que lui as-tu dit ?

— On a parlé de choses et d'autres.

Elle n'avait aucune envie d'expliquer à Amaury qu'elle n'avait fait que lui rendre une visite de politesse, utilisant sa rencontre avec Aubance comme prétexte. Bien sûr, elle lui avait demandé de ses nouvelles, mais ensuite elle avait préféré l'entraîner sur le terrain de son enquête familiale.

— Il sort de l'hôpital demain, reprit-elle pour couper court à une nouvelle question. Mais il ne pourra pas reprendre le travail tout de suite. Il doit se reposer. Quatre semaines, minimum. Ordre du médecin.

— À mon avis, quatre semaines ne suffiront pas. Il va devoir faire de la rééducation, un peu de sport, de quoi remettre le cœur en forme. J'irai le voir ce soir et je lui demanderai s'il a besoin de quelqu'un pour le raccompagner chez lui demain. Car je suppose que tu ne lui as pas proposé, n'est-ce pas ?

— Non.

Amaury respira un grand coup, peut-être pour ravaler des reproches. Maud connaissait bien son frère. À cet instant, il cherchait comment lui présenter les choses.

— Écoute, Maud, tu ne peux pas faire comme si votre conversation de dimanche n'avait pas existé. Tu ne peux pas nier l'amour qu'Élias a pour toi, ni te retrancher derrière des histoires d'amitié. Soit tu l'aimes et tu veux le garder, soit...

Maud fixa son frère. Elle le savait, si elle ne mettait pas ses sentiments au clair, elle perdrait Élias. La veille, sur son lit d'hôpital, elle l'avait trouvé encore pâle et fatigué par le malaise qui l'avait terrassé. Ses yeux se posaient sur elle tantôt avec tendresse et espoir, tantôt avec tristesse et résignation. Fuyant son regard, elle avait raconté son entrevue avec Aubance, presque fière d'être parvenue à aller au bout de sa quête seule. Le récit d'Yvon Aubance avait mis un terme à ses incertitudes. Désormais, elle connaissait la vérité. Il lui faudrait encore trouver le courage d'avouer à Hortense qu'elle avait creusé le passé, déterré des secrets. Il faudrait la convaincre que seul le rétablissement de la vérité pourrait apporter la paix à Benoît, et par conséquent à Léopold et à toute la famille, sans oublier Yvon, qui méritait lui aussi la tranquillité et l'apaisement. Élias avait écouté Maud sans l'interrompre puis l'avait complimentée. Ensuite, il s'était tu, les traits tirés, et elle avait pris congé en lui souhaitant un prompt rétablissement. Il avait vaguement souri lorsqu'elle lui avait dit au revoir d'un petit signe de la main, mais son regard était triste. Sans doute avait-il songé qu'elle n'avait plus besoin de lui.

— Je n'y arrive pas, murmura-t-elle au bord des larmes.

— Tu n'arrives pas à quoi ? demanda Amaury.

Prise d'une nausée, elle repoussa la tasse de café.

— Réponds-moi ! insista Amaury.

— Je ne vois pas clair dans mes sentiments, lâcha-t-elle. Je ne sais pas dans quelle mesure j'aime Élias. Dimanche, j'ai eu peur pour lui, très peur même. Mais j'aurais ressenti la même chose s'il t'était arrivé un accident du même genre.

Amaury leva les bras au ciel, à bout d'arguments.

— Si tu ne l'aimes pas, finit-il par dire, il vaut mieux ne plus le voir. Je pense que ça sera moins douloureux pour lui. Et moins dangereux aussi. S'il a le cœur fragile, autant ne pas lui causer d'émotions inutiles.

Les paroles avaient claqué. Impitoyables, mais raisonnables. Maud plongea la tête entre ses mains. La conclusion d'Amaury rejoignait les propos du docteur Avrillé auquel elle avait tout raconté. Quand elle lui avait fait part des explications de l'interne, le praticien avait entrevu un diagnostic possible aux maux d'Élias.

— Le psychiatre pense que le malaise d'Élias est lié au syndrome de Takotsubo, dit Maud. C'est le cœur en forme d'amphore qui l'a mis sur cette piste.

— Parce que ton psy est calé en cardiologie ?

ironisa Amaury, qui ne savait pas où Maud voulait en venir.

— Il s'intéresse à cette pathologie parce qu'on l'appelle aussi le syndrome du cœur brisé.

Amaury soupira. Il commençait à comprendre. Il se tut, jugeant indispensable de laisser Maud s'exprimer.

— Le Takotsubo est une urgence cardiaque. En japonais, cela signifie « piège à poulpe ». La maladie survient à la suite d'un stress intense. Dans les cas les plus graves, elle entraîne la paralysie du cœur. Le muscle est sidéré et ne peut plus assurer sa fonction de pompe. Cela entraîne des troubles du rythme ventriculaire, et parfois des complications plus graves, jusqu'à l'arrêt cardiaque. Je crois que je suis responsable de ce qui est arrivé à Élias.

— C'est ta conclusion ou celle du psychiatre ?

— La mienne. Et sans doute aussi celle du psy, même s'il s'est gardé de me le dire. Dimanche, Élias ne m'a pas caché qu'il était fatigué, et aussi qu'il avait... le cœur à l'envers.

— Tu n'es pas la seule en cause. Élias a un métier stressant. Il est peut-être un peu anxieux de nature.

— C'est possible, mais je crois que ce que je lui ai fait ce week-end en m'enfuyant de chez lui comme une voleuse, c'était la goutte de trop. Cumulé au reste... On peut s'en aller et marcher ?

Elle se leva sans attendre. Amaury laissa un billet sous sa tasse et lui emboîta le pas.

— Et tu vas où, comme ça ?

— Je ne sais pas. Je veux juste marcher.

— Alors, allons jusqu'au parc.

C'était une belle matinée de fin de printemps, avec un soleil déjà bien haut dans le ciel. L'après-midi serait chaud et la soirée agréable. Durant quelques secondes, Amaury se laissa distraire, rêvant à un dîner en tête à tête avec Caroline sur la terrasse de son appartement. Il lui en ferait la surprise. Elle adorait ces moments réservés rien que pour eux deux. Et lui aussi les aimait, ces instants d'intimité... Caroline avait balayé ses certitudes de vieux célibataire et toutes ses habitudes ! Pour rien au monde il ne serait revenu à son existence antérieure, maintenant qu'il avait goûté à la vie à deux.

— Es-tu prête à effacer Élias de ta vie ? demanda-t-il soudain à sa sœur.

Elle stoppa net, comme heurtée par sa question. Il y avait déjà tant de souvenirs entre eux. L'enquête sur le décès de Sylvain les avait rapprochés, toutes ces heures passées à émettre des hypothèses, à les confronter. Elle avait apprécié aussi leur cohabitation, douce et agréable, les repas préparés à deux le soir tandis qu'Élias, au détour d'un récit sur un cambriolage, se lançait dans une discussion passionnante sur l'histoire de l'art. Et puis il y avait eu cette nuit, leur nuit.

— Je sais que tout est embrouillé dans ton esprit, reprit doucement Amaury. Tu as vécu des moments difficiles et quelques petites choses en toi se sont cassées. Ce que Marius t'a fait est ignoble. Rien que d'y penser, j'ai honte pour ceux de mon sexe. Dans le même temps, moi, j'ai eu la chance de tomber amoureux de Caroline. C'est vrai qu'en changeant de vie, j'ai changé la tienne, mais tu ne m'as pas perdu pour autant. Je reste ton frère et je serai toujours là pour toi. Quant à Caroline, tu sais qu'elle t'apprécie. Tu peux venir nous voir quand tu veux. Si tu as besoin de parler, de trouver un réconfort... Mais Élias, ce n'est pas pareil. Si tu acceptes de l'aimer, il te donnera tout ce qu'un homme épris peut apporter à une femme. Évidemment, ça ne fonctionne que si les sentiments sont partagés. Alors, je repose ma question, tu l'emportes avec toi, tu y réfléchis, tu mûris ta décision : es-tu prête à effacer Élias de ta vie ?

Maud serra le bras de son frère. Ses yeux étaient pleins de larmes et il comprit qu'il l'avait bousculée. Mais il ne voyait pas d'autre moyen de la contraindre à agir. Elle ne pouvait demeurer dans l'expectative. Élias non plus, sous peine de faire un nouveau malaise cardiaque dont il ne sortirait peut-être pas indemne... Il n'évoqua pas ce risque devant sa sœur mais tint tout de même à la mettre en garde.

— Quand tu trouveras de vraies réponses, alors tu sauras ce que tu as à faire. Il ne s'agit pas de te brusquer. Si, comme le pense ton psy, Élias souffre du syndrome du cœur brisé, tu n'as que deux possibilités : l'oublier afin qu'il puisse se réparer loin de toi, ou l'aimer pour de bon.

50

— Un petit cadeau de la part de Julia, annonça Maud en tendant un sac de coton à Élias.

— Elle fait les choses bien ! s'exclama-t-il en admirant le joli logo imprimé aux couleurs des confitures de la Dame blanche de Châtillon. Tous les clients ont droit à un *tote bag* ?

— Non, ce serait trop coûteux. Seuls ceux qui achètent plusieurs produits d'un coup en ont un, ainsi que les fidèles qui passent presque chaque semaine faire provision de douceurs.

— Alors, je suis gâté. Tu la remercieras de ma part.

Élias ne manifestait pas le désir de venir remercier lui-même Julia. À l'évidence, il n'avait pas l'intention de passer au domaine. Maud sentit un frisson lui parcourir l'échine. S'efforçant de dissimuler sa gêne, elle reprit le plus naturellement possible :

— Tu remarqueras que ce sac a été réalisé en

coton bio. Elle m'en voudrait d'avoir omis de le préciser !

Élias sourit et sortit trois pots de confiture qu'il déposa sur la table, avant de consulter l'étiquette intérieure qui confirmait ce que disait Maud.

— Remercie ta fille chaleureusement, répéta-t-il. J'adore ses recettes, et je conserverai précieusement ce sac pour transporter mes bouquins. Quand je vais à la bibliothèque, par exemple.

— Puisqu'on parle de livres, j'ai trouvé celui-ci pour toi. J'espère que tu ne l'as pas déjà.

— *Le Siècle d'or hollandais* ! C'est très bien choisi. Non, je ne l'ai pas, mais tu as fait une folie !

— C'est pour t'aider à tenir en place et à ne pas te languir du travail. Il te faut du repos.

Élias acquiesça sans un mot et un silence s'installa. Il feuilleta quelques pages de l'ouvrage pour masquer sa gêne. Suivant le fil chronologique de l'Histoire, de la guerre de Quatre-Vingts Ans jusqu'au début du XVIIIe siècle, les principales théories et pratiques artistiques des Néerlandais étaient développées au travers des plus grands chefs-d'œuvre de l'époque, mais aussi d'œuvres d'artistes moins connus que Rembrandt ou Vermeer.

— Je t'offre quelque chose à boire ? demanda-t-il en posant le livre.

À l'arrivée de Maud, il était dans le jardin. Il l'avait invitée à s'asseoir dans un petit fauteuil en bois de teck au confortable coussin de toile écrue, sans même songer à lui proposer un café ou une boisson fraîche.

— Non, merci. Ne te donne pas de mal. Reste assis.

— Je dois bouger ! Me reposer, certes, mais marcher aussi. D'ailleurs, j'ai pris l'habitude de faire une longue promenade chaque matin. Vivre au bord de la Loire a du bon. Le sentier des berges est très agréable. Alors, citronnade, thé, café ?

— Pour le moment, je n'ai pas soif. Mais dis-moi comment tu vas.

— Bah, pas mal, comme tu peux le constater.

— J'ai eu peur pour toi.

Elle était parvenue à lâcher un fragment de tout ce qu'elle voulait lui dire, mais la suite risquait d'être plus compliquée. Sa gorge se noua et elle regretta de ne pas avoir accepté un verre d'eau.

— Tu as parlé à ta grand-mère ? demanda Élias.

Elle le regarda fixement, sidérée. Elle venait de lui avouer qu'elle avait eu peur pour lui et il voulait discuter d'Hortense et de ses secrets ! N'avait-il donc pas envie qu'elle se confie davantage, qu'elle lui confesse enfin ce qui l'avait effrayée et surtout pourquoi elle avait eu si peur ?

— Pas encore, marmonna-t-elle. Je redoute un peu le moment. Pourtant, j'ai conscience que je n'ai pas le choix. Il faut que je la confronte à la vérité pour qu'elle puisse parler à Benoît et rétablir… l'ordre des choses. C'est comme ça qu'on dit, n'est-ce pas ?

— Oui, mais peu importe la formulation. Comme toi, je pense qu'il est vital pour ton oncle de mettre au jour les cachotteries et les mensonges. Peut-être que ça lui permettra de retrouver une certaine stabilité mentale, de revenir dans la réalité… Enfin, je dis ça… C'est au psychiatre qu'il faudrait en parler.

— Le docteur Avrillé est au courant de mes intentions. Il est partant, mais il aimerait assister à la conversation quand Hortense parlera à Benoît. De cette façon, si jamais elle commet une maladresse et que Benoît en est heurté, il pourra recadrer le dialogue. Évidemment, Hortense devra accepter sa présence. J'ai l'impression que ça ne va pas être une partie de plaisir. Elle ne va pas aimer du tout.

Élias soupira, songeant à ce qu'il connaissait du caractère de la grand-mère de Maud. Celle-ci avait raison, Hortense risquait de sortir de ses gonds.

— N'oublie pas cependant qu'à l'époque, ta grand-mère a sûrement voulu bien faire, crut-il bon d'ajouter. Pour protéger Benoît. Elle venait de perdre un fils et souhaitait préserver l'autre. Du moins, c'est comme ça que je vois les choses.

— Oui, tu as raison.

— Parfois, on fait, on dit des choses en pensant que c'est le mieux pour l'autre, mais c'est souvent pour soi-même qu'on agit. C'est involontaire, bien sûr, cependant…

Maud le dévisagea. Une impression fugitive lui traversa l'esprit. Élias évoquait bien sûr Hortense, mais cette remarque lui était également destinée.

Il lui envoyait un message et il n'était pas question de faire comme si elle ne l'avait pas compris.

— Je regrette, Élias, et je te demande pardon, lâcha-t-elle en baissant les yeux.

Elle avait les yeux rivés sur la pelouse parsemée de pâquerettes. Si elle croisait le regard d'Élias, elle ne pourrait aller plus loin. Elle était à deux doigts de le perdre définitivement. Son attitude amicale en était le signe. Ses gestes, ses mots étaient calculés pour marquer la distance. Élias était courtois, mais dans la retenue. D'un seul coup, l'avertissement d'Amaury prenait tout son sens…

— Tu as raison, reprit-elle, je t'ai dit des choses parce que je croyais que c'était mieux pour toi et moi. En fait, je ne pensais qu'à moi, à ma peur de te perdre, à mon désir de conserver ton amitié, quitte à passer à côté de l'amour. Je me rends compte que tu t'éloignes doucement de moi. Je le sens. Tu n'es pas indifférent, mais voilà, cette fois, c'est toi qui te mets à l'abri de moi. Je ne peux pas t'en vouloir, mais…

Elle se tut et silencieusement implora le ciel pour qu'Élias lui tende une perche, qu'il l'incite à dire à voix haute ce que lui dictait son cœur. Mais il ne bronchait pas, se mordillait les lèvres, gêné, hésitant.

— Je ne veux pas te faire encore souffrir, murmura-t-elle. C'est ma faute ce qui t'est arrivé, et…

— Non ! l'interrompit-il. Tu dis des bêtises, ça serait arrivé, de toute façon.

— Tu sais bien que non. Tu es adorable de

ne pas me culpabiliser, mais je porte ma part de responsabilité. Je ne suis plus une enfant. C'est fou comme j'ai le sentiment d'avoir grandi en une année ! Surtout ces derniers jours. Je crois que quelque chose en moi était resté coincé dans l'adolescence à cause de cette fâcheuse manie de me reposer sur Amaury, de me réfugier chez lui au moindre pépin… Je me suis trompée quand j'ai pensé pouvoir faire pareil avec toi.

Cette fois, elle releva les yeux sur Élias et leurs regards s'accrochèrent. Mais elle ne réussit pas à déchiffrer le sien. Il était encore sur la réserve, les mains sagement posées sur ses cuisses. Elle ne pourrait en dire plus. Elle redoutait surtout la réaction d'Élias si elle allait au bout de son aveu. Peut-être avait-il déjà fait une croix sur elle. Peut-être jugeait-il salutaire de s'éloigner d'elle. Cette éventualité, elle l'avait déjà envisagée. Mais jamais elle n'aurait le courage de l'entendre dire qu'il était trop tard…

— J'ai préparé une lettre, déclara-t-elle.

Elle ouvrit son sac, déposa une enveloppe sur la table et se leva.

— Tu la lis. Ou pas. Tu y réponds si tu le souhaites. L'essentiel est que tu fasses ce qui est le mieux pour toi, pour ta santé. Prends soin de toi, Élias.

Elle lui fit un petit signe de la main et s'éloigna très vite. Il ouvrit la bouche, la referma aussitôt. Un instant, il avait été prêt à la retenir pour le plaisir de la contempler encore un peu, de sentir les effluves de son parfum, de l'écouter, bref, d'être auprès d'elle. Mais au fond de lui, la voix de la raison lui avait dicté de la laisser partir. Il ne bougea pas tandis qu'elle faisait demi-tour dans la cour puis franchissait le portail. Dès que la voiture eut disparu de son champ de vision, il décacheta l'enveloppe. Ses doigts tremblaient lorsqu'il déplia la feuille de papier.

Je m'en veux, Élias. Tu m'offrais d'être mon garde-fou, et moi je t'ai mis le cœur à l'envers. Il a fallu que tu risques ta vie pour que je le comprenne. Et il a fallu que je risque de te perdre pour désirer plus que tout au monde une seule chose : reprendre avec toi cette histoire que j'ai massacrée, à peine celle-ci commencée.

Je ne peux pas te promettre quoi que ce soit, j'aurais trop peur de te décevoir. Mais je t'aime, et je veux que tu le saches.

51

Amaury leva sa coupe de champagne vers Caroline et murmura « Je t'aime » avant de boire une gorgée. Le regard pétillant de sa fiancée émut Maud qui détourna la tête afin de cacher son trouble. Hortense la fixa sans un sourire et le cœur de Maud se comprima dans sa poitrine. Elle avait tout gâché, piétiné les liens qui l'attachaient à sa grand-mère. Elle baissa les paupières. Depuis leur dernière discussion, Hortense lui battait froid. Elle faisait comme si elle n'existait plus et ne s'adressait à elle qu'en cas d'absolue nécessité. Devant les autres membres de la famille, elle ne faisait même pas semblant ; chacun avait compris qu'il s'était passé quelque chose de grave entre Hortense et sa petite-fille. Les interventions des uns et des autres pour ramener la paix au sein du clan n'y avaient rien changé. Même Julia, qui parvenait toujours à amadouer son arrière-grand-mère, avait échoué dans sa mission diplomatique de réconciliation entre les deux femmes. Hortense ne digérait pas les propos de Maud qui portait en silence le fardeau de la culpabilité.

— Aux fiancés ! s'écria Jacques.

Ses mots furent repris par toute l'assemblée. Parmi les voix, Maud reconnut celle d'Élias. Elle savait qu'Amaury l'avait invité et qu'il avait confirmé sa venue, mais elle n'avait pas encore eu l'occasion de lui parler. En fait, dès l'apparition des premiers convives, elle s'était réfugiée dans la cuisine au prétexte d'aider Claudine. Celle-ci avait été plutôt embarrassée par sa présence, mais elle s'était bien gardée de le lui faire remarquer. À 13 heures, quand Jacques avait débouché les bouteilles de champagne, Isabelle avait demandé à Claudine de venir trinquer à la santé des fiancés et Maud n'avait pas eu d'autre choix que de la suivre. Son frère annonçait officiellement son mariage. Et il le faisait en grande pompe…

Elle fit encore un pas en arrière et sentit une main se poser sur son épaule.

— Comment ça va, maman ? demanda Julia.

— Bien, ma puce, bafouilla Maud.

Victor enlaçait tendrement Julia, un bras autour de sa taille. Maud aperçut Élias et aurait juré qu'il avait tourné la tête pour ne pas la voir.

— T'es sûre ? insista Julia. Tu as l'air…

— Ce n'est rien, je t'assure. L'émotion. C'est un grand jour pour mon frère.

Julia fit une moue dubitative. Ne sachant que

dire, Maud se sauva. Il n'y avait personne dans la grande salle à manger, cependant, elle préféra s'enfermer dans la bibliothèque. Carlo était couché sur le tapis. Lui aussi avait préféré fuir ces gens qui l'empêchaient de rester collé à sa maîtresse. Il releva sa grosse tête comme pour demander à Maud de s'approcher. Elle se mit à genoux et le caressa, touchée par la douceur de son regard. Elle ne put contenir davantage ses larmes qui dévalèrent le long de ses joues. Son chagrin retenu depuis des jours était devenu un puits sans fond.

— J'ai déconné, hein ? murmura-t-elle en s'adressant au chien. Si tu pouvais parler, tu me le dirais, n'est-ce pas ? Je croyais bien faire et je me suis plantée. Et maintenant…

Elle se tut en entendant la porte s'ouvrir. Sans doute Julia venait-elle la chercher. Elle renifla et se redressa, s'apprêtant à prier sa fille de la laisser seule un instant. Elle demeura bouche bée en voyant Hortense.

— Rien de mieux qu'un animal pour confier ses souffrances, dit cette dernière en appuyant sa canne contre un guéridon.

Maud approuva sans un mot. Elle se préparait à recevoir de nouveaux reproches, peut-être même à essuyer une nouvelle colère. Elle entendait déjà les mots d'Hortense. Quoi qu'il se passe, un jour comme celui-ci, on ne se cache pas pour pleurer en douce ! On fait face, on reste digne pour recevoir la famille et les amis invités. Bref, on ne se comporte pas comme une enfant gâtée !

— Toute ma vie, j'ai partagé mes joies et mes peines avec mes chiens, reprit Hortense presque à voix basse. De fidèles compagnons qui m'écoutent sans jamais me juger et qui m'aiment, quoi que je dise ou fasse.

— Mais je t'aime, mamie ! Je ne voulais pas te juger.

C'était un cri du cœur. Ou une bouteille à la mer… Hortense s'assit dans un fauteuil de velours rouge, immédiatement rejointe par Marco qui se coucha à ses pieds. Elle avait l'air fatiguée. Rien à voir avec la mine fière qu'elle affichait quelques minutes plus tôt devant les invités. Elle portait une jolie robe achetée à Tours avec l'aide de Julia et Isabelle. Pour les fiançailles d'Amaury, elle avait tenu à soigner sa tenue. Elle s'était légèrement maquillé les yeux, avait poudré ses joues et verni ses ongles d'un magnifique rouge. Elle était également allée chez le coiffeur le matin.

— Je t'aime, mamie, répéta Maud qui ne trouvait rien d'autre à dire.

— Je le sais. Mais aimer n'autorise pas tout.

Maud baissa la tête. Il n'y avait plus qu'à écouter son sermon.

— Je me suis toujours débrouillée seule, dit Hortense, sans jamais me préoccuper de ce qui convenait ou pas aux autres. J'ai mené mon existence comme je le voulais, mais en essayant de toujours agir au mieux. L'autre jour, ton attitude, tes propos m'ont paru inadmissibles. Te mêler de ma vie, revenir sur les choix que j'ai faits alors que tu n'étais même pas née ! Pourtant...

Il y eut un long silence. Maud n'osait pas relever le visage vers sa grand-mère. Elle attendait la suite.

— Pourtant, tu n'avais pas tout à fait tort. En y repensant, je crois que ce qui m'a le plus contrariée, c'est ta visite à Yvon Aubance. Tu te serais adressée à moi pour avoir des explications, je me serais fâchée, évidemment, mais que tu te permettes d'interroger un homme que j'ai aimé et que tu ne connais même pas, je ne l'ai pas supporté. J'ai réfléchi à tout ça depuis, à cette terrible journée de 1968 et aux événements qui ont suivi. Benoît sur son lit d'hôpital me racontant l'accident, la bagarre avec Ludovic et tout le reste. Tu ne peux pas savoir, Maud, combien son récit m'a bouleversée et me bouleverse encore malgré les années. C'est comme si c'était hier ! Chaque parole de Benoît est inscrite là ! dit-elle en pointant son front du bout de l'index.

Ses paupières se plissèrent et elle serra les poings.

— À l'époque, j'ai concentré tous mes efforts pour essayer de sortir Benoît de l'enfer. Je n'ai jamais courbé l'échine, cachant mon désarroi et supportant ma faute en silence. Mets-toi bien en tête que tout ce que j'ai décidé ensuite, je l'ai fait pour Benoît. Et ce qu'Yvon a fait, il l'a fait pour moi. Parce que je l'avais exigé.

D'une voix plus mesurée, elle résuma ce que le

vieux gendarme avait déjà dit à Maud, ajoutant des détails qu'il avait oubliés ou préféré passer sous silence. Après l'accident, Roger et Jeannette Aubance, les parents de Ludovic, ainsi qu'Yvon et Hortense s'étaient retrouvés à l'hôpital. Devant tous ces gens autour de son lit, Benoît avait eu une attaque de panique. Entre réalité et délire, il avait parlé de la bagarre, du sang qui giclait de l'épaule de son frère, avant de hurler qu'il avait écrasé les doigts de Ludovic quand celui-ci avait voulu s'accrocher à la barque. « Je voulais qu'il crève ! Qu'il crève pour le mal qu'il avait dit de ma mère et parce qu'il avait blessé mon frère. »

— Tout le monde a cru qu'il délirait, encore traumatisé par ce qu'il venait de vivre, murmura Hortense. Moi, j'ai tout de suite su que c'était la vérité. Non seulement Benoît avait regardé Ludovic se noyer sans rien faire, mais il l'avait *empêché* de sortir de l'eau. C'est du moins ce que j'ai pensé. Plus tard, les infirmières nous ont fait sortir de la chambre. Dans le couloir, Yvon a voulu calmer sa belle-sœur qui désirait retourner interroger Benoît. Elle s'est mise à crier que tout était ma faute, que j'étais une putain et qu'Yvon était bien placé pour le savoir puisqu'il couchait avec moi. Roger a éloigné son épouse et ils sont partis. Yvon m'a raccompagnée à la Dame blanche. Je me souviens que durant le trajet je ne songeais qu'à une chose : Sylvain était mort et Benoît serait puni pour le décès de Ludovic, condamné à rester toute sa vie prisonnier de son secret. Ce jour-là, j'avais perdu non pas un fils, mais deux. Tu peux comprendre mon angoisse, n'est-ce pas ?

— Oui...

— Jeannette n'a pas renoncé. Folle de douleur, elle voulait que justice soit faite pour son fils mort. Yvon a de nouveau questionné Benoît, en tête à tête, estimant que l'enfant serait moins impressionné s'il n'avait pas devant lui un bataillon d'uniformes. Il a mené une enquête assez brève et a conclu à l'accident. Sans lui, je ne sais pas ce qu'il serait advenu de Benoît. Il m'a permis de le garder près de moi et je lui en serai éternellement reconnaissante. Après cette affaire, Yvon a décidé de démissionner de la gendarmerie. Il ne s'en sentait plus digne.

— Pourquoi ?

— Ah, il ne t'a pas tout dit, alors...

— Qu'est-ce qu'il m'a caché ?

— Notre plus gros secret.

Hortense soupira et ferma les yeux. Yvon ne l'avait pas trahie, même devant Maud, même cinquante ans plus tard. Une cavalcade d'images lui traversa l'esprit. Leurs rendez-vous sur les rives de l'Indre, leurs baisers, leurs caresses... Des sensations qu'elle avait crues à jamais enfouies au fond de sa mémoire et qui resurgissaient, à la fois agréables et terribles. Terribles puisque ces moments d'abandon ne reviendraient plus jamais.

— Vois-tu, Maud, ce qu'il y a de moche dans la vieillesse, c'est le renoncement. Un jour, tu renonces à aimer parce qu'aimer, c'est prendre des risques et qu'avec l'âge, ça fatigue… Le corps ne suit plus ce que ton esprit voudrait et exige que tu calmes tes ardeurs. Alors, tu t'efforces de les mettre dans un coin de ta tête. Tu peux même prier pour oublier.

— Pourquoi Yvon n'était-il plus digne d'être gendarme ? insista Maud.

Hortense se raidit. Maud songea que l'instant de grâce était passé ; elle avait posé la question de trop. Elle aurait dû se taire, profiter de ce moment d'intimité pour obtenir le pardon de sa grand-mère au lieu de chercher à l'interroger encore.

— Ne réponds pas, enchaîna-t-elle, c'est votre secret. Ça ne me regarde pas.

Hortense se redressa et attrapa sa canne. Marco s'assit, au garde-à-vous. Maud s'empressa d'aller au-devant de sa grand-mère.

— Lors de l'enquête, un examen a été pratiqué sur les corps de Sylvain et Ludovic. D'après le légiste, Sylvain n'aurait pas pu être sauvé, même s'il n'était pas tombé à l'eau. Sa blessure à l'épaule était trop grave. Il serait décédé avant d'arriver à l'hôpital. Quant à Ludovic, il est certes mort noyé, mais sa main portait des ecchymoses et des os étaient brisés. Ainsi, Benoît n'avait pas menti ; il a bien écrasé les doigts de Ludovic pour l'empêcher de s'accrocher à la barque… Yvon a subtilisé le rapport avant de boucler l'enquête.

— Il t'aimait, Yvon. Il t'aimait très fort, chuchota Maud.

— Je n'en ai jamais douté. Je l'aimais également, mais pas assez pour lui donner une place dans ma vie, au domaine et parmi mes enfants.

— Et Jeannette Aubance, après ça ? A-t-elle cru à un simple accident pour son fils ?

— Non, pas vraiment. Mais son mari Roger était tellement secoué qu'Yvon l'a convaincu de ne pas chercher à en savoir plus. Par ailleurs, Roger se reprochait d'avoir laissé sa femme commérer à tout-va avec les pipelettes du village, notamment avec la mère Perrusson, et de causer de moi et mes amants en présence de leur fils. Quelque part, il lui faisait un peu porter le chapeau, car si Ludovic n'avait rien su, il n'aurait peut-être pas provoqué Sylvain et il ne se serait rien passé. Quelques semaines après le drame, Roger est venu me voir. Il avait l'intention de vendre ses terres et de s'installer ailleurs. Et il voulait faire vite. Il avait trouvé un acquéreur pour la maison et une partie du terrain, mais le type n'était pas intéressé par les vergers. Il m'a proposé de les lui racheter et j'ai accepté. Il avait beau être blessé au vif par la mort de son fils, ça ne l'a pas empêché de me faire payer l'hectare au prix fort. J'ai hypothéqué la Dame blanche…

— Et tu as gardé ton fils avec toi.

Hortense hocha la tête. Oui, elle avait gardé Benoît, et à chaque crise, à chaque cauchemar elle l'avait rassuré, consolé avec sa tendresse de maman, avec des mots simples qui l'apaisaient.

— Il pleurait souvent. Il avait peur, il disait qu'il

avait fait du mal à Ludovic et que c'était sa faute si Sylvain était mort... Pour le calmer, je lui répondais que Sylvain allait revenir, une nuit, entre deux rêves, et que tout redeviendrait comme avant.

D'un geste rapide, Hortense s'essuya les yeux. Elle détestait se laisser aller. Maud se serra contre elle et nicha son visage dans son cou. Des notes de Jicky effleurèrent ses narines. Hortense n'avait jamais porté une autre eau de toilette que cette fragrance de chez Guerlain. Elle la réservait aux dimanches et aux grandes occasions... Maud se laissa emporter par les souvenirs d'enfance, les câlins partagés.

— Benoît a grandi et il est allé mieux, poursuivit Hortense en caressant les cheveux de sa petite-fille. Il s'est marié et a eu Léopold. À ce moment-là, j'ai vraiment cru qu'il était tiré d'affaire. Il était tellement heureux. Et puis son épouse s'est suicidée et tout a basculé. Il est retombé peu à peu dans son monde...

Maud déposa un baiser dans le cou de sa grand-mère. Il lui sembla qu'Hortense se faisait plus petite de jour en jour. Comment elle, sa petite-fille, avait-elle pu faire autant de mal à cette femme qu'elle aimait et dont la vie était à son crépuscule ?

— Je suis désolée, mamie. Sincèrement désolée de t'avoir obligée à cette confession, mais...

— Mais tu as une tête de bois et tu vas me dire que c'était nécessaire, c'est ça ?

Maud se recula et fixa sa grand-mère droit dans les yeux.

— Je n'en suis plus sûre du tout.

— Tu n'avais pas tort. Cependant...

— Cependant ?

— Cependant, deux choses. D'abord, je ne dirai rien à Benoît et je te demande d'en faire autant. Je sais que tu en parleras à Amaury, et peut-être même à Jacques. Je ne peux pas te demander de porter toute seule ce secret, comme je l'ai fait, mais je refuse que quiconque revienne sur cette affaire avec lui. Benoît a assez souffert. Bon, changeons de sujet ! Tu ferais bien de te mêler de tes oignons, en commençant peut-être par aller voir le bel Élias. Tire les choses au clair. Cessez de vous repousser alors que vous ne faites que vous chercher. Il y a un temps pour tout, la partie de cache-cache est terminée !

52

Accoudés à la rambarde du petit pont au-dessus de l'Indre, Élias et Amaury bavardaient en contemplant la rivière. Depuis la terrasse, à l'abri de la glycine grimpant sur le treillis, Maud les observait discrètement. Léon était venu s'asseoir sur ses genoux et feuilletait un livre. Parfois, un doigt sur une image, il faisait un commentaire auquel elle répondait machinalement.

— Les poules, tata Maud ! Et là, c'est la coq !

— *Le* coq, reprit-elle en souriant.

— Le coq et le poule ! répéta-t-il.

— Le coq et *la* poule. Le papa et la maman. C'est la même famille, ce sont les parents des poussins.

— Ah, d'accord, admit l'enfant en tournant la page.

Il poursuivit son babillage, nommant tous les animaux de la ferme présentés dans l'ouvrage, puis, le refermant d'un coup sec, descendit des genoux de

Maud pour courir rejoindre son père. Maud glissa de nouveau son regard derrière le feuillage épais de la glycine.

— Tu te décides quand ? murmura Hortense à son oreille.

Maud sursauta, elle n'avait pas entendu sa grand-mère approcher.

— Me décider à quoi ?

— La journée tire à sa fin, les invités vont partir et tu restes les deux pieds dans le même sabot !

Maud ouvrit des yeux ronds, elle ne comprenait pas l'allusion.

— Va le voir, commanda Hortense, au lieu de rester plantée là à le zieuter.

— Qui ?

— Le beau gendarme !

En voyant Maud rougir, Hortense soupira. Sa petite-fille avait beau avoir la quarantaine, elle était toujours aussi peu fichue de masquer ses émotions. Exactement comme lorsqu'elle était gamine !

— Il n'y a pas que toi qui t'intéresses aux affaires des autres, insinua Hortense. Moi aussi, j'ai mené ma petite enquête. Je te trouvais un peu étrange ces derniers mois… Il n'a pas été difficile de tirer les vers du nez à ton frère. Il m'a raconté ce que Marius t'avait fait subir. Quelle ordure ! J'ai appris qu'il avait demandé sa mutation, qui a été acceptée. Il devrait bientôt quitter la métropole pour la Guyane. Tu ne le croiseras plus. Amaury m'a également dit comment cette histoire vous avait rapprochés, Élias et toi. À mon avis, il n'est pas venu que pour les fiançailles d'Amaury, aujourd'hui !

— Non, tu te trompes, mamie. Il est venu pour Amaury qu'il apprécie beaucoup. Je lui ai écrit, présenté mes excuses... et je lui ai dit que je l'aimais. Mais il n'a pas répondu. Je le comprends, il se protège. Il a raison, il doit faire attention à son cœur.

— Son cœur t'attend. Une lettre, ça ne suffit pas. Il faut des actes pour prouver à un homme qu'on l'aime.

— Et tu suggères quoi ? Que je fonce sur lui et que je l'embrasse à pleine bouche ?

Hortense éclata de rire. La solution lui plaisait, même si elle était osée. Elle retrouva son sérieux, se pencha de nouveau sur Maud, lui intimant gentiment l'ordre d'agir.

— Ne fais pas comme moi, conclut-elle. Ne repousse pas cet homme s'il compte pour toi. Tu le regretterais toute ta vie.

Maud plongea son regard dans celui de sa grand-mère. Hortense évoquait Yvon, évidemment. Cet amant auquel elle avait dû être plus attachée qu'elle ne voulait bien l'avouer, cet amant qui n'avait jamais cessé d'aimer... Isabelle, Julia et Caroline s'approchèrent, entourant Maud et Hortense.

— Va voir Élias, maman, intervint Julia.

— C'est une vraie conspiration ! s'écria Maud. Tout le monde est donc au courant ?

— Seulement nous quatre, répondit Isabelle.

C'est pour la bonne cause. Il ne va pas tarder à partir. Dépêche-toi.

Maud dévisagea tour à tour les quatre femmes. Elles lui souriaient et leurs regards pétillaient de malice. Mais derrière cette légèreté, il y avait beaucoup de bienveillance ainsi qu'une prière : ne pas manquer ce qui était peut-être son ultime chance.

— Vous croyez ? demanda-t-elle après avoir jeté un nouveau coup d'œil vers le pont.

— On est sûres !

— Vas-y, Maud, l'encouragea Caroline. J'ai très envie de récupérer Amaury pour moi seule.

Elle éclata de rire et fit un signe de la main, invitant Maud à se lever. Le cœur battant, cette dernière s'exécuta et quitta la terrasse. Elle descendit l'escalier menant au jardin puis s'engagea sur le chemin conduisant à la vieille passerelle. La gorge sèche, les joues en feu, elle gardait la tête baissée. Amaury et Élias l'avaient forcément aperçue.

— Ah, ma petite sœur ! s'exclama Amaury. Je suis content que tu viennes bavarder avec nous.

Malgré le ton badin, il avait très bien compris la raison pour laquelle Maud les rejoignait. Elle se plaça à côté de lui, s'accoudant comme eux à la rambarde. Il s'efforça de poursuivre la conversation comme si de rien n'était.

— Je parlais du mariage. Eh oui, maintenant que les fiançailles ont été annoncées, il faut y penser ! Ce sera donc au printemps de l'année prochaine, et ce sera une fiesta d'enfer.

Élias rit mais d'un rire qui sonnait faux. Maud n'avait pas besoin de le regarder pour savoir qu'il était tendu et que son arrivée n'était pas étrangère à ce changement d'attitude. Elle se demanda si elle n'aurait pas dû lui ficher la paix. Sa santé était sa priorité, or elle était tout sauf un bon remède ! Elle faillit sourire de son cynisme mais fut tirée de ses pensées par Amaury.

— N'est-ce pas, Maud ? demanda-t-il en lui donnant un coup de coude à peine perceptible.

— Pardon, je rêvassais. Que disais-tu ?

— Je parlais du mariage de Julia qui aura lieu avant le mien. Il est toujours prévu pour l'automne ?

— Oui, fin octobre, ou début novembre. Ils n'ont pas encore fixé la date. Ils ne sont guère pressés, ils veulent faire simple.

— À mon grand regret ! s'écria Amaury. Ah, voilà ma fiancée. On dirait qu'elle m'appelle.

Caroline s'était plantée au beau milieu du chemin et lui adressait de grands signes.

— À tout de suite ! dit-il en abandonnant Maud et Élias.

Pendant plusieurs minutes, ils restèrent silencieux. Demeurait entre eux le vide laissé par Amaury, cinquante centimètres, un petit mètre peut-être. Ce n'était rien, et pourtant la distance était énorme. Maud ne voyait pas comment réduire cet écart, et la situation lui parut soudain grotesque. Qu'est-ce qui lui avait pris d'écouter Hortense ? Et pourquoi avait-elle cédé à la pression de Julia, de sa mère et de Caroline ? Non seulement elle mettait Élias dans une position délicate, mais elle allait se couvrir de ridicule.

— Il n'y a pas de crapauds, ici ? demanda Élias en se penchant davantage.

Maud le fixa. Avait-elle bien saisi ? Elle réprima un soupir. Il cherchait une diversion, évidemment. Évoquer la faune aquatique était aussi peu dangereux que de parler de la pluie et du beau temps.

— Non, pas ici, dit-elle au bout de longues secondes. Il y a trop de monde aux alentours. Il faut aller plus loin pour espérer en voir.

— Là où nous sommes allés marcher ensemble un jour ?

— Oui, c'est ça.

Elle déglutit. Avait-il l'intention de lui rappeler leur conversation lors de cet horrible dimanche ? Son malaise ? Elle prit une grande inspiration.

— Au risque de me répéter, Élias, je suis désolée de ce qui t'est arrivé et je te demande…

— On va les voir, ces crapauds ? la coupa-t-il. Tu viens ?

Elle écarquilla les yeux. Il n'avait pourtant pas l'air de se moquer d'elle, au contraire. Il lui souriait, un sourire franc et honnête. Il fit un pas vers elle, lui tendit la main. Elle sentit des larmes brûler ses paupières et agrippa les doigts qui saisissaient les siens.

— Tu viens ? répéta-t-il en la tirant doucement.

Elle ouvrit la bouche mais aucun son n'en sortit.

Élias ne parut pas s'en formaliser et l'entraîna. Ils descendirent la passerelle puis marchèrent sans prononcer un mot jusqu'au sentier qui s'enfonçait dans le sous-bois. Sous les saules, la lumière de cette fin de journée d'été diminuait un peu. Les bruits de la maison s'éloignèrent, bientôt remplacés par ceux des insectes et des oiseaux. L'atmosphère était paisible, tellement douce que Maud se demanda si elle ne rêvait pas. Élias s'arrêta près de la vieille barque retournée.

— Est-ce le bon endroit ? demanda-t-il. Le petit coin où les crapauds aiment plonger dans l'eau pour rejoindre leur fiancée ? Dois-je me jeter à l'eau pour espérer un baiser de ma princesse ?

Il n'avait pas lâché sa main et la regardait fixement. Elle l'observait également. À la naissance de son cou, elle pouvait voir une veine se gonfler de sang au rythme de son pouls. Cette vision la crispa.

— Mon cœur va bien, dit-il, comme s'il avait lu dans ses pensées. Et je crois qu'il irait encore mieux si tu m'embrassais. C'est tout ce qui me manque.

Elle ne bougea pas d'un millimètre et il perçut son angoisse.

— Je vais bien, je te le jure. Quand tu es venue à la maison, le mois dernier, tu es partie en me laissant une lettre. Je l'ai lue. Je ne t'ai pas répondu tout de suite parce que j'attendais d'être sûr de m'en sortir, de savoir si je pourrais de nouveau mener une vie normale. Et j'ai pensé que ça te laisserait également du temps pour réfléchir. Ce soir, tu m'as laissé t'entraîner jusqu'ici, tu ne vas pas fuir maintenant, si ?

Elle fit non de la tête et sourit. Il l'attira à lui avant de l'enlacer. Durant plusieurs secondes, il la garda contre lui, respirant le parfum de sa chevelure. Puis, de l'index, il releva son visage avant d'attraper doucement ses lèvres.

— On va tout reprendre, murmura-t-il entre deux baisers. Tu es d'accord ?

— Oui. Embrasse-moi encore.

Il ne se fit pas prier davantage.

53

Maud revint dans la chambre sans faire de bruit et demeura immobile un instant, troublée par la douce ambiance. Un rayon de soleil s'insinuait par le volet entrouvert, apportant une touche de lumière dorée à la pièce. La fenêtre entrebâillée laissait entrer l'air frais du matin. Elle déposa le plateau sur la commode et s'approcha du lit. Élias dormait toujours. Son visage était détendu, presque souriant, sa respiration paisible. Elle posa la main sur sa poitrine, chercha son cœur. Sous sa paume, elle perçut des palpitations régulières. Elle soupira, rassurée. La main d'Élias rejoignit la sienne et la caressa.

— Ne t'inquiète pas, murmura-t-il. Tout va bien.

— Je croyais que tu dormais.

— Je viens juste de me réveiller et j'ai l'impression de rêver encore. Sans doute parce que tu es là.

Il souleva le drap et attira Maud à lui. Elle se laissa aller, se nichant dans ses bras.

— Tu es déjà douchée ? remarqua-t-il en l'embrassant derrière l'oreille où quelques mèches de cheveux étaient encore humides.

— Le week-end est fini, je travaille, ce matin.

— Pitié, ne pars pas tout de suite.

Il resserra son étreinte et elle sentit le sexe de son amant se raidir contre sa cuisse. À la fois flattée et heureuse de son désir, elle laissa ses doigts courir sur son ventre, frôler son pubis. Leurs bouches s'attrapèrent, lentement d'abord. Il la débarrassa de son peignoir. Il la voulait nue contre lui pour parcourir chaque parcelle de sa peau.

— Tu me rends dingue, chuchota-t-il en roulant sur elle.

— Dire que tu devais être mon garde-fou !

— J'essaie, mais parfois, je dérape. Comme maintenant. Et c'est bon…

Elle sourit et il happa de nouveau ses lèvres, avec la sensation qu'il ne serait jamais rassasié d'elle. Puis sa langue glissa sur la gorge et s'arrêta sur les seins, en agaçant la pointe. Maud se cambra. Il la saisit au creux des reins et écarta ses jambes pour se glisser en elle.

— Finalement, c'est pas mal du tout, la folie, plaisanta-t-elle.

— Chut !

Il ferma les yeux, grogna de plaisir. Dans un lent va-et-vient, il conduisit Maud aux portes de la volupté. Elle ondulait sous lui, gémissant de temps à autre, frémissant aussi. Ils jouirent ensemble et il retomba sur elle, la gardant serrée contre lui. Elle ne bougeait pas, guettant les battements de son cœur. Le rythme était rapide après l'amour. Trop rapide ? Elle se concentra sur sa nuque, si douce à caresser, sur ses cheveux, un peu plus longs qu'à l'accoutumée. Elle souffla doucement, la peur s'éloignait. Le nez dans son cou, Élias ne se lassait pas de humer sa peau, de son parfum. Il se redressa sur un coude pour observer Maud et distingua une larme qui perlait au coin de sa paupière gauche.

— Tu pleures ?

— C'est… le bonheur.

Du bout des lèvres, il sécha la larme. Comment avait-il pu vivre sans elle ? se dit-il en contemplant son visage. Avec Maud, il était entier, complet. Tout était chamboulé et tout était parfait. Le paradoxe de l'amour, sans doute. Elle remua, interrompant sa réflexion.

— Il faut que j'y aille.

Il s'écarta à regret. Elle se leva, attrapa son peignoir puis fila dans la salle de bains, dont elle ressortit rapidement, habillée et coiffée.

— Vas-tu te reposer encore un peu ? demanda-t-elle.

— Non, j'ai merveilleusement bien dormi.

Elle ouvrit la fenêtre, repoussa complètement le volet laissant la lumière entrer à flots. La journée serait belle, chaude mais pas trop. Le mois d'août commençait bien.

— J'ai monté ton petit déjeuner, dit-elle. Hélas, le café doit être froid, maintenant.

— C'est pas grave. Ce qui compte, c'est toi, c'est nous. Quand reviens-tu ?

— Je ne sais pas. En fin de semaine, si tu veux.

— En fin de semaine ? Autant dire une éternité !

— C'est dans cinq jours.

— Approche.

Elle obéit et s'assit sur le lit. Il avait raison, cinq jours, c'était loin. Mais il avait besoin de repos. Ils avaient fait l'amour trois fois cette nuit. Et trois fois elle avait eu peur pour sa santé. La peur d'un nouveau malaise, la peur de le perdre la taraudait. Elle ne lui en avait rien dit… Évidemment, dès qu'il l'embrassait ou la caressait, elle oubliait ses craintes. Un baiser d'Élias, et elle ne se souvenait plus qu'il devait se ménager. C'était peut-être ça, le plus affolant. Dans ses bras, tout s'effaçait. Cinq jours… Il lui manquerait. Cependant, elle n'avait pas le choix.

— Cinq jours sans toi, je ne peux pas, déclara-t-il en saisissant doucement son poignet.

— Élias, on en a discuté et on était d'accord.

— Non, tu étais d'accord avec toi-même. Tu es persuadée qu'il me faut du calme, que je dois me préserver et que ta présence pourrait m'être préjudiciable. Je me trompe ?

— Non. Tu as raison.

— Je vais bien, et si tu en doutes, tu n'auras qu'à m'accompagner chez le cardiologue. J'ai un rendez-vous dans deux semaines. C'est toi qu'il me faut, tu es mon meilleur remède. Avec toi, je suis bien, je vais bien.

Remuée, elle ne sut que répondre. Elle était sûre de l'aimer et elle voulait le protéger. Il avait déjà souffert à cause d'elle, pas question de lui faire courir le moindre risque.

— Si tu es près de moi, il ne m'arrivera rien de fâcheux, reprit-il, parce que je suis heureux. Et toi ?

— Moi ?

— Tu n'es pas heureuse ici, avec moi ?

— Si, bien sûr, mais il faut que j'aille bosser.

— Je ne te parle pas d'abandonner ton job ! J'espère bien reprendre le mien d'ici… l'automne peut-être.

Il grimaça tant cette perspective lui semblait loin. Le médecin qui le suivait avait évoqué plusieurs mois d'arrêt de travail. Certains jours, l'envie de reprendre son activité à la gendarmerie le démangeait. Parfois, il appelait le lieutenant Veuil afin d'avoir des nouvelles des affaires en cours. Veuil lui répondait du bout des lèvres. Le colonel lui avait interdit de déranger Samara pendant sa convalescence. Le commandant devait être tenu à l'écart de tout stress. Mais devant l'insistance d'Élias, le lieutenant n'avait pas d'autre choix que de lui distiller quelques informations sur les enquêtes qui le préoccupaient. Chaque détail ne faisait qu'exciter un peu plus la curiosité d'Élias, qui enchaînait les questions. Le pauvre Veuil finissait par raccrocher épuisé, mort de peur d'avoir désobéi au colonel et désolé d'avoir coupé court à l'appétit d'Élias.

— Je viendrai mercredi soir, si tu veux, proposa Maud en voyant le regard d'Élias s'assombrir.

— Je veux que tu viennes ce soir. Et tous les autres soirs, parce que tu es l'amour de moi.

Elle se pencha pour l'embrasser puis essaya de se lever, mais il la retint.

— Ce soir ? insista-t-il.

— Tu ne perds pas le fil…

— Il n'est pas question que je le lâche, ce fil.

Il ne la quittait pas des yeux et la gardait prisonnière, décidé à ne pas céder.

— Ce soir, je dîne avec Julia et Victor en ville. Ils veulent me voir en dehors du domaine afin de discuter tranquillement de leur mariage.

— Pourquoi « tranquillement » ?

— Parce que Julia veut une cérémonie très simple, avec juste la famille. Ce qui est contraire au vœu d'Amaury, qui aurait aimé une grande fête, et également contraire aux souhaits d'Hortense. Je croyais que le problème était réglé depuis longtemps, mais non. Les deux se sont alliés pour faire pression sur Julia. Elle n'a capitulé que sur un point : la robe. Ainsi, elle fait plaisir à ma mère et à Hortense.

— Alors, tout va bien ?

— Je suppose que Julia veut tout de même discuter de son mariage seule avec moi. Sans Hortense…

Élias hocha la tête. Il comprenait. Il réfléchissait

aussi. Il ne pouvait ni ne voulait se passer de Maud, même pour une soirée. Il l'avait tellement attendue.

— Invite donc Julia et Victor ici, déclara-t-il. Je m'occupe de tout.

— Pas question.

— Julia ne sait pas pour nous deux ?

— Bien sûr que si !

— Alors, tout va bien.

— Je ne veux pas que tu te fatigues. Il faut penser à ton cœur et…

Comme il fronçait les sourcils, elle se tut. Elle l'avait contrarié. Il en avait assez que sa fragilité revienne sans arrêt sur le tapis. Il voulait vivre et oublier ce par quoi il était passé.

— Pardon de t'avoir encore rappelé ça, murmura-t-elle, mais je ne veux plus jamais que tu aies le cœur à l'envers.

— Mon cœur, c'est toi.

Elle tendit la main et lui caressa le visage. Elle aimait le dessin de ses lèvres, la rugosité de sa peau à la barbe naissante.

— Ça te dirait, une colocation ? lança-t-il.

Sa voix plaisantait mais son regard était sérieux, plein d'espoir. Elle eut l'impression que tout allait trop vite, qu'elle ne maîtrisait plus rien. En même temps, elle sentait qu'elle devait se laisser porter, cesser de vouloir tout contrôler, tout prévoir. Se laisser aimer…

— Alors, je le prépare, ce dîner pour Julia et Victor ? demanda Élias.

Maud éclata de rire. Il ne capitulerait pas. Malgré tout, elle en était heureuse. Il tenait à elle et il le lui prouvait. Avec lui, elle existait.

— Tu débouches la bouteille de vin et je m'occupe du reste. On est d'accord ?

— On est d'accord.

— Il faut vraiment que j'y aille. J'ai un rendez-vous avec un client et je déteste être en retard.

Il acquiesça d'un signe du menton. Elle s'approcha de lui et tendit ses lèvres.

— Je vais t'emmener là où on rêve, Maud, chuchota-t-il en l'embrassant. Un peu chaque jour...

Elle se recula légèrement pour contempler son sourire et voir son regard pétiller, avant de se résoudre à partir.

— Au fait, la colocation, c'est un bail illimité ? demanda-t-elle en lui adressant un clin d'œil. C'est la condition pour que je le signe.

Il n'eut pas le temps de répondre, elle dévalait déjà l'escalier...

Vous souhaitez en savoir plus sur les livres
et les auteurs de la collection Terres de France ?

Retrouvez toutes les informations sur le site
www.collection-terresdefrance.fr
et abonnez-vous à notre lettre d'information.

Suivez-nous également sur notre page Facebook,
notre compte Twitter et Instagram.

Composition et mise en pages
Nord Compo à Villeneuve-d'Ascq

Imprimé en France en avril 2023
par l'Imprimerie Maury S.A.S. à Millau (12)

N° d'édition : C20095/02
Dépôt légal : février 2023
N° d'impression : D23/72985L